BAINIAN GUANGXI DUOMINZU WENXUE DAXI

百年广西多民族文学大系

（1919—2019）

戏剧卷

（1919—1949）

总 主 编 ◎ 黄伟林　刘铁群

本卷主编 ◎ 黄伟林　李逊

⑭

GUANGXI NORMAL UNIVERSITY PRESS

广西师范大学出版社

·桂林·

出版统筹：罗财勇
项目总监：余慧敏
责任编辑：余慧敏
助理编辑：廖生慧
责任技编：李春林
整体设计：智悦文化

图书在版编目（CIP）数据

百年广西多民族文学大系：1919—2019：全 18 册 / 黄伟林，刘铁群总主编. 一桂林：广西师范大学出版社，2019.12
ISBN 978-7-5598-2282-6

Ⅰ．①百… Ⅱ．①黄…②刘… Ⅲ．①中国文学－当代文学－作品综合集－广西②中国文学－现代文学－作品综合集－广西 Ⅳ．①I218.67

中国版本图书馆 CIP 数据核字（2019）第 217639 号

广西师范大学出版社出版发行

（广西桂林市五里店路 9 号　邮政编码：541004）
网址：http://www.bbtpress.com
出版人：张艺兵
全国新华书店经销
广西广大印务有限责任公司印刷
（桂林市临桂区秧塘工业园西城大道北侧广西师范大学出版社
集团有限公司创意产业园内　邮政编码：541199）
开本：720 mm × 970 mm　1/16
印张：591.5　　字数：9420 千字
2019 年 12 月第 1 版　　2019 年 12 月第 1 次印刷
定价：2800.00 元（全 18 册）
如发现印装质量问题，影响阅读，请与出版社发行部门联系调换。

目　录

导　言

偏西南隅　聚八方士　扬戏剧魂

——广西1919—1949年的戏剧发展

广西地处南疆边陲，古为百越之地，秦汉时归入中央政府版图，是一个多民族聚居的省区，有壮、汉、瑶、苗、侗、仫佬、毛南、回、京、水、彝、仡佬等12个民族，有着丰富多彩的地域民族文化，自古以来就涵养了丰厚的民间艺术土壤。广西戏剧起源时间以及如何发展成型，至今难以定论。据《旧唐书》记载，广西地区最早的戏剧演出出现于唐代桂林。唐宋以后，广西开始与中原文化有了密切的交往，宋人周去非《岭外代答》曾提道："广西诸郡，人多能合乐。城郭村落，祭祀婚嫁丧葬，无一不用乐。虽耕田亦必口乐相之，盖日闻鼓笛声也。"[①]到明清之际，因南明朝廷辗转至广西，带来了北方中原地区的戏剧班子，大约在清初乾嘉前后，由弋阳腔、二黄和梆子腔融合发展的桂剧正式形成。清代中叶，湖南花鼓、江西采茶调传入广西，同当地的民间演唱形式结合，分别形成了桂北彩调剧和桂南采茶戏。光绪年间，如壮族木偶戏、由古傩发展而来的壮族师公戏以及侗戏等广西少数民族

---

① 周去非：《钦定四库全书：岭外代答》（卷七），中国书店，2018，第222页。

戏剧逐渐发展。清末，曾任台湾巡抚的唐景崧在晚年政治失意之时隐居桂林，以自编桂剧抒怀，他所撰写的《看棋亭杂剧》丰富了清末桂剧剧目，促进了清末桂剧艺术的发展。辛亥革命以后，京剧、话剧传入广西。民国时期，广西戏剧活动进一步活跃，各地出现了大量的戏院、戏园，当时的南宁有中华、西关、大南戏院，桂林有锦福园、娱园、慈园等大大小小的戏院（园）8所。到了20世纪20年代末期，广西左、右江地区革命活动蓬勃发展，由此促生了大量的革命宣传活动，多以街头活报剧的表演形式出现，白话剧演出普遍。但是受限于革命战争的艰苦条件，没有形成正式的演出剧社团体。直至30年代，广西戏剧的发展进入了一个新的时期。

积极进取的广西戏剧工作者

自"九一八"事变爆发后，社会上抗日救亡浪潮不断迸发，旧有的戏剧剧本已经不能适应时代发展的需要，广西本土戏剧工作者由此掀起了旧剧改革的浪潮，为文化抗战发光发热。

马君武自幼生长于广西，早年师从唐景崧，对广西地域文化有着相当深厚的了解，1936年，他广聚贤才，同白鹏飞、陈剑逸等人筹组创办了广西戏剧改进会，培养桂剧人才，改革桂剧表演技术，整理桂剧剧本，被称为"广西桂剧改革的第一人"。白鹏飞是土生土长的广西桂林人，早年一直在北平、上海等地从事教育工作，抗战全面爆发后回到桂林接任广西大学校长。广西戏剧改进会发起的桂剧改革活动，在社会上引起了广泛关注，为桂剧改革开启了新的篇章。

哈庸凡是广西桂林人，民国知名报人。1936年，他在周振刚等人的建议下，根据当时左联提出的"国防戏剧"理念，着手尝试将传统戏剧改为"国防戏剧"，试图赋予传统戏剧更多的时代意义，《雁门关》就是他以"国防戏剧"的理念进行的首次改良作品。通过《雁门关》的改良，哈庸凡等人确立了"国防戏剧"改良的原则："将哀艳的改为悲壮的，将不抵抗的改为抵抗的。"①哈庸凡于1938年创作了《新难民曲》，为了达到更好的宣传效果，他在创作该剧本时，使用桂林本地的口头语，让剧本更接地气。胡明树早年留学日本，是广西文学史上一部分走出家乡、获得了全新文化理念的作家之一。抗战爆发后，胡明树先后在上海、广州、桂林等地从事抗战文艺工作。在回到桂林后，他创作了话剧《南澳的荔枝》。剧中的吴校长对待家境不同的学生有着截然不同的态度：对待富人客气讨好，对待平民则是蛮横。他认为既然"大上海""大南京"守不住，那么"小南澳"也没必要去守，最后给日本人当了汉奸。话剧讽刺了当时部分国民不顾抗日民族大义，只想着保全自身利益的丑态。陈迩冬也是广西桂林人。抗战期间，他在桂林积极从事戏剧创作活动，创作了《战台湾》《鬼》《从魔掌下到幸福之门》等戏剧剧本。由他撰写的独幕剧《鬼》，讲述了一个厌战日本兵装鬼偷取平民食物的故事。全剧的情节和语言都相当轻松平淡，反映出当时两国人民厌战、反战的精神状态。在西南剧展期间，陈迩冬还担任资料部指导，是"十人评议团"成员之一。

纵览这些本土戏剧工作者，可以发现，他们积极活跃的表现，展现了当时广西文化人的责任担当，有力地推动了广西戏剧的繁荣与发展。

前赴后继的旅桂戏剧工作者

进入30年代以后，广西当局将省会重新迁回桂林，桂林成为当时广西地区的政治、文化中心。随着全面抗战的爆发，北京、上海、南京、武汉相继沦陷，大量的文化工作者不断往西南大后方转移，其中有相当一部分来到了桂林，如田汉、欧阳予倩、夏衍、熊佛西、韩北屏、孟超等。桂林地区抗战文化活动因此得到了极大的充实与繁荣。

---

① 周振刚：《改良桂剧的尝试》，《桂林日报》1936年9月8日。

在桂剧改革的浪潮中，马君武是发起者，欧阳予倩是坚定的继任实践者。面对日渐式微的传统桂剧，欧阳予倩决心"用新的思想，新的技术，新的组织，使旧戏的面目焕然一新，要是历史戏也要加一种新的分析和新的解释，使现代人能够接受"[①]。1938年，欧阳予倩改编了桂剧《梁红玉》，这是他改革桂剧、服务抗战的第一炮。他将梁红玉塑造为一个英勇抗敌的民族女英雄形象，受到人们广泛的好评和关注。桂剧《梁红玉》上映后，在桂林连演了28场，场场爆满，但由于其鲜明的抗日主题和台词里对国民党辛辣的讽刺，无法为当局容忍，被下令禁演。1939年，欧阳予倩将《桃花扇》改编为桂剧，发泄了自己对日寇入侵、家国沦亡的悲愤与无奈，将批评的矛头直指部分软弱动摇的知识分子和自私无能的统治者，表达自身的一腔愤懑。在欧阳予倩旅桂的七年时间里，他把桂剧的剧目改革放在首位，经他整理、改编、创作的桂剧剧目达十余出。如独幕讽刺小品《越打越肥》，小杂烩《战地鸳鸯》，历史剧《忠王李秀成》，独幕剧《一刻千金》《可爱的桂林》《桂林夜话》，歌剧本事稿《得救了和平之神》等。同时，他也对桂剧的演出形式进行改革，调整表演形式，丰富舞台音乐，改变化妆方式和舞台装置，并创办了广西省戏剧改进会附属戏剧学校，培养新一代桂剧人才。

孟超于1939年来到桂林，直至1944年秋湘桂大撤退时离开。在桂林期间积极投身于文化抗战活动，创作了独幕剧《被淘汰的人们》。孟超曾任国防艺术社总干事、中华全国文艺界抗敌协会桂林分会历届理事等多项社会职务，也是西南剧展"十人评议团"成员之一，是西南剧展的有力推动者。1937年底扬州沦陷，韩北屏随抗日宣传队辗转大别山、武汉、桂林，后在广西日报社担任编辑，结识了夏衍、田汉、杜宣等人。旅桂期间，他创作了独幕剧《夜宴》。

同时，田汉、夏衍、熊佛西、焦菊隐等人也是抗战桂林戏剧活动的主力成员，

---

① 欧阳予倩：《关于旧剧改革》，载《中国文学史资料全编·现代卷》，知识产权出版社，2009，第234—236页。

对广西戏剧发展所做出的贡献不容忽视。

田汉在抗战期间曾多次来到桂林，是桂林抗战戏剧运动的组织者和领导者。桂林时期是田汉戏剧改革理论不断深入发展的时期，他指导的平剧宣传队为他的戏剧改革活动提供了实践的平台。在1940年，田汉同夏衍、欧阳予倩、杜宣等人创办了《戏剧春秋》，为戏剧改革运动提供剧本、交流经验，并主持了戏剧的民族形式、历史剧创作等重大理论问题的讨论。田汉还创作了大量的戏剧作品，如《秋声赋》《黄金时代》《怒吼吧，漓江》《穷追一万里》《少年中国》《再会吧，香港》等。这些作品无一例外包含着强烈的爱国主义思想，富有鲜明的时代性和战斗性。其中最具有代表性的是他根据在桂林的生活经历创作的《秋声赋》。《秋声赋》"表现中国知识分子经过抗战烽火的洗礼，怎样抛弃渺小的个人迷梦和利己主义，锻炼得既坚强又高尚"[1]。熊佛西与田汉私交甚密，在读完田汉的《秋声赋》之后，曾满怀激情地写下一首诗赞美田汉："名满天下田寿昌，箪瓢食饮写文章。秋风秋雨秋声赋，从古奇才属楚湘。"[2]熊佛西在旅桂期间，创办了《文学创作》和《当代文艺》，参与组建新中国剧社，导演了《新梅萝香》《北京人》《茶花女》等话剧，创作了多幕剧《袁世凯》，也是西南剧展的主要筹备者之一。夏衍于1938年来到桂林，是桂林抗战戏剧运动的领导者之一。他在《戏剧春秋》上发表了大量的戏剧理论活动的文章，有力地支持了抗战戏剧理论的发展。1939年，夏衍发起组织话剧《一年间》的联合公演，为《救亡日报》(桂林版)筹募经费。此次联合公演中演出人员就达三百多人，连续演七天，共计八场，观众达万余人。联合公演还专门设置了桂林话组，是国内用方言演出话剧的先例。焦菊隐在1938年受马君武之邀来到广西大学任教，指导青年剧社的话剧演出。他在桂林期间，对旧剧改革进行了系统化的研究，由他撰写的《桂剧之整理与改进》是"自提倡桂剧改革以来，第一篇较有分量的、从理论上加以探讨的

---

① 蔡定国、杨益群、李建平：《桂林抗战文学史》，广西教育出版社，1994。
② 陈白尘：《现代戏剧家熊佛西》，中国戏剧出版社，1985。

论文"①。

上述这些旅桂戏剧工作者所进行的戏剧活动，是他们积极服务抗战的理念体现，反映了当时社会上日益高涨的抗战救国的声浪，具有一定的时代意义。

昂扬奋发的广西校园戏剧

回望1919年至1949年这30年的中国大学，我们一定能惊异于当时青年大学生所展现的昂扬奋发的精神面貌和积极进步的思想状态。载入史册的五四运动的发起群体也正是那时的中国青年学生们。这样具有勃勃生机的大学校园，"是中国现代话剧运动的摇篮"②。1932年成立的广西省立师范专科学校（以下简称师专），是广西师范大学的前身，也是当时广西唯一有文科的大学，首任校长是杨东莼。他邀请薛暮桥、夏征农等一批左翼文人任教，在校内宣传民主进步思想，使广西师专成为"当时国内独一无二可以公开阅读和讲授马列主义的高等学府"③，在校园内营造了积极进步的文化氛围，为日后蓬勃开展的校园戏剧活动奠定了思想基础。1935年，时任师专教务长的陈此生聘请陈望道、夏征农、杨潮等左翼文人来校任教。在这三人的倡议下，师专成立了广西师专剧团，邀请著名导演沈西苓担任导演，并在1936年先后举行了两次规模盛大的话剧公演，"起了播种和开拓作用，推动了桂林以至广西的话剧活动"④。两次公演分别演出了《父归》《屏风后》《怒吼吧，中国！》《巡按》四部作品，邓初民、杨潮、夏征农同学生一道出演。值得一提的是，随后成立的风雨剧社的其中两位发起人陈迩冬和刁剑萍，当时便在广西师专学习。随后不久，师

① 顾乐真：《广西戏剧史论稿》，中国戏剧出版社，2002，第412页。
② 黄伟林：《多元视域中的新西南剧展》，《学术论坛》2016年第10期。
③ 党明：《广西师专与师专剧团》，《新文化史料》1995年第6期。
④ 陈立民、萧思健主编《千秋巨笔　一代宗师　纪念陈望道先生诞辰120周年》，复旦大学出版社，2013，第166页。

专撤销并入广西大学。广西大学青年剧社于1939年在桂林成立，焦菊隐和欧阳予倩曾先后担任该社的戏剧顾问。在西南剧展中，青年剧社演出了话剧《日出》《压迫》。

抗战全面爆发后，大量的文化工作者云集桂林，文化活动空前活跃。在这样的背景下，广西省政府于1941年重新成立广西省立师范专科学校，并于1943年改名为国立桂林师范学院。在西南剧展期间，国立桂林师范学院在校内组织演出了话剧《两面人》，成立了专门的戏剧教育团体——青年剧社。虽然国立桂林师范学院没有派出剧团直接参与西南剧展，但是学院中的两位教师穆木天和彭慧参与了对西南剧展的评论。穆木天说道："戏剧的教育力量，获得了较多数人的了解，这不能不算中国的新文化运动以来的一个很大的进步。这样，今年的戏剧展览会，也就是我们的新文化运动中的一个伟大的路碑。"[1] 湘桂大撤退时，广西国立桂林师范学院迁到贵州平越，"其所进行的戏剧活动超出了校园的范围，影响了地方"[2]。抗战胜利后，广西国立桂林师范学院在国文系中增设戏剧科并聘请欧阳予倩担任教授，让"欧阳予倩'使戏剧成为教育'的希望得以落到实处"[3]。

这些本土校园戏剧活动的蓬勃开展，展现出抗战时期广西青年学子高涨的爱国热情，也是广西高等教育充满活力的体现。

凝聚人心的广西戏剧社团

随着旅桂剧作家的不断到来以及广西本土剧作家的活跃，桂林地区的抗战戏剧活动不断繁荣。自1937年至1944年湘桂大撤退期间，桂林地区活跃着诸多由社会

---

① 黄伟林：《桂林师院与西南剧展——抗战桂林文化城系列论文之七》，《贺州学院学报》2018年第3期。

② 黄伟林：《桂林师范学院的戏剧活动》，《红豆》2018年第2期。

③ 黄伟林：《桂林师院与西南剧展——抗战桂林文化城系列论文之七》，《贺州学院学报》2018年第3期。

群众自发组织的业余戏剧团体，有据可查的正式剧团就有近30个。如哈庸凡等青年学生组建的桂林风雨社，邮电工人组织的桂邮剧团，书店职工组织的新知书店剧团，救亡团体组织的广西省抗敌后援会宣传团话剧组，大、中学生组织的西大青年剧社和桂中话剧团，军政工商各界联合组织的七七剧团等。除了群众自发组织的业余团体外，还有三个较为专业、影响较大的职业戏剧团体，分别是由国防艺术社组建的国防剧社、欧阳予倩主导成立的广西省立艺术馆的话剧实验团和桂剧实验团，以及田汉等人组织成立的新中国剧社。这些戏剧团体的成员涵盖了各行各界，将文化抗战深入到社会各个层面。

1937年前后，当时年仅22岁的哈庸凡，同陈迩冬等人一起创办了桂林风雨社。哈庸凡曾在自传中写到"在一种事业的狂热的冲动之下，我想以郭沫若的创造社和茅盾的文学研究会为榜样，发起组织业余文艺团体风雨社"①。尽管风雨社存续时间仅不到一年，但在这期间创办了《风雨》月刊，组织了风雨剧团，还创办了紫金书店。当时的《风雨》月刊是广西唯一一个由青年学生自办的文化期刊，彰显了当时广西青年学子积极的爱国热情和青年的使命担当，这种情怀从哈庸凡创作的《风雨》发刊词《风雨前奏曲》中可以看出：

风雨前奏曲（代发刊词）

民族解放，

呼声怒吼，

天翻地动。

时代在暴风雨中，

我们的热血沸涌。

---

① 哈晓斯：《哈庸凡与桂林风雨社》，《江淮文史》2014年第3期。

拉起手拉起手，

联合起被压迫的民众，

向侵略者进攻，

向侵略者进攻。

……

　　风雨社组织的风雨剧团在当时也颇具影响力，在1936年、1937年多次参与桂林地区的剧团联合公演，受到《桂林日报》、《光明》(半月刊)等多家报刊的报道。当时的朱门弦作为桂林风雨社的成员，也参与了风雨剧团的演出，由他创作的《打出象牙之塔》也是风雨剧团的演出剧目之一，哈庸凡在《打出象牙塔》一剧中饰演了男主角艺术家。

　　在抗战期间，国防艺术社与广西艺术馆是广西话剧运动的两大支柱。1937年秋成立的国防艺术社是桂系当局创办的一个官办艺术团体，田汉曾在接受《战时艺术》采访时谈及国防艺术社时说道："国防艺术社在广西可说是个剧运的有力推动者。"①由于当时国共合作共同抗日受到了全民族的拥护，桂系当局政治上相对"开明"，并带有一定的进步倾向，国防艺术社演出了一批"抗日""爱国""进步"的剧目，吸纳了部分进步人士担任导演或社内职务，沟通了文化界与桂系当局的联系，在推动救亡运动、进步戏剧运动上起到了较为积极的作用。

　　而由欧阳予倩主导成立的广西省立艺术馆的话剧实验团和桂剧实验团，是欧阳予倩进行戏剧改革的主要实践场所，其中的话剧实验团从1940年成立至1944年秋，共上演《国家至上》《心防》《日出》《忠王李秀成》等二十多出话剧，受到社会的广泛好评。而由杜宣、田汉、夏衍、李文钊等人组织创办的新中国剧社成立时间较晚，

---

① 顾乐真:《广西戏剧史论稿》，中国戏剧出版社，2002，第291页。

是中国共产党领导的我国西南地区第一个民间职业剧团，由于其"频繁的创作和演出，有力地推动了抗战时期的社会动员和救亡宣传"①。

上述这些剧团大大充实了桂林地区的抗战文化活动，成为广西乃至全国文化抗战的中流砥柱，凝聚了抗战时期的人心，展现出文化人的高度民族自觉以及与广大人民同仇敌忾的民族气节。

声势浩大的"西南剧展"

1944年，以德国、日本为首的法西斯阵营已经日薄西山，全世界的反法西斯战争进入最后阶段。此时外有日本帝国主义的垂死反扑，内有以蒋介石为首的国民党反动派进行的文化管制，戏剧运动已经备受挫折，面临着危机。正如夏衍在《戏剧运动的今天与明天》中提到的，"今天还处身于空前苦难与艰困的境遇。春来之前的寒气往往苛烈甚于冬天，因之今天也许是我们最后试炼的机会。熬住今天，准备明天，这是戏剧工作者的责任"②。戏剧工作者们需要举办一场戏剧集会，重新肯定戏剧为抗战服务的方针，重新厘清自身所肩负的历史使命，检讨戏剧运动的得失，以便于更好地发挥戏剧艺术的作用。那这样的集会为何会发生在桂林呢？

在抗战时期，桂林地区作为大后方，有着较为和平的社会环境。因此，大量沦陷区的文艺工作者纷纷来到桂林。他们带来了先进的思想理念，极大地充实了桂林的抗战文化活动，桂林因此有"抗战文化城"的称号。不仅如此，在抗战以前，广西就一直是桂系军阀割据的地方，与蒋介石的国民党中央政府貌合神离。作为地方势力的桂系军阀，为了巩固自己在地方的统治，便需要联合其他社会各界的力量。

① 李江：《抗战时期桂林戏剧社团的演进及其贡献》，《重庆社会科学》2012年第6期。
② 丘振声、吴辰海：《"旌旗此日会名城"——西南剧展概述》，载《西南剧展（上）》，漓江出版社，1984。

因此，桂系当局对于抗战时期桂林地区进步的文化力量既拉拢又防范，因而形成了相对宽松和自由的社会环境。此时，正如田汉在诗中所写，"壮绝神州戏剧兵，浩歌声里请长缨。耻随竖子论肥瘦，争与吾民共生死。肝脑几人涂战野，旌旗同日会名城。鸡啼直似鹃啼苦，只为东方易未明。"[①]在田汉、欧阳予倩等人的倡议下，他们克服诸多困难，将戏剧工作者们齐聚桂林，最终成功举办了举世闻名的"西南剧展"。

在何满子的一段记叙中可以看出西南剧展前桂林的变化和人们对于西南剧展的期待，"桂林渐渐亢奋起来，随着艺术馆新址的日趋完工，随着火车站和通衢大道的标语的增添，随着桂西、桂东、中南、中北四条马路口的颇具艺术味的彩牌的骨架的建造，随着'剧展'空气的浓厚的酿造，人们面上泄露出盼待的热忱，象一群密云中的海燕，在期望一个狂暴而尽致的什么袭击……"[②]剧展从1944年2月开始至5月结束，历时三个多月。当时参加剧展演出的团队共有28个单位，共计演员895人，总计演出170场，观众达十万多人次。剧展举行期间，还进行了戏剧运动资料展览，戏剧资料展为期半月，参展单位22家，个人参加展出者80人，参观人数达三万余人。同时，剧展期间召开了戏剧工作者会议，总结了过去戏剧运动的经验教训，对日后戏剧工作指明了方向。大会结束那天，全体会员集中在艺术馆剧场举行了"狂欢之夜"。

通过西南剧展这一文化盛会，广西的戏剧文化活动得以扬名于全国乃至世界，将文化抗战辐射至全社会，为中国戏剧史写下崭新的一页，桂林成为名副其实的全国抗战文化中心。美国著名戏剧评论家爱金生在《纽约时报》撰文称西南剧展为"除古罗马以外有史以来的仅见"。在西南剧展这场声势浩大的狂欢中，广西戏剧的发展达到了一个高潮。令人扼腕的是，随后不久，日寇垂死反扑，大举进攻桂林，大量的文化工作者被迫撤退离开桂林。

---

① 田汉：《祝西南剧展兼悼殉国剧人》载《西南剧展（上）》，漓江出版社，1984，第316页。

② 何满子：《"剧展"密云期》，衡阳《力报》1944年2月15日。

结　语

　　回顾1919年至1949年这30年广西戏剧的发展历程，可谓是"承前启后，革故鼎新"，正是在这30年的时间里，广西戏剧吸收新的养分，聚多方才士，在戏剧改革中，吹响了时代的号角，实现了质的飞越。"桂林抗战文化城"和"西南剧展"这两张名片也被后人所铭记，并在深入的研究探索中，不断挖掘其更为深刻的时代价值和社会意义。

李　逊

1930年代

· 哈庸凡改编《雁门关》
· 欧阳予倩《梁红玉》
· 哈庸凡《新难民曲》

雁门关

哈庸凡　改编

（五幕剧　国防戏剧）

第一场

（四番臣上）（排子）（各白一句）鸡鸣紫陌曙光寒，莺啭皇州春色阑。金阙晓钟开万户，玉阶仙杖拥千官。咱家邪子滕，律刀，亚里金，亚里银。请了，狼主升殿，排班伺候。香烟渺渺，圣驾临朝。

（番王上，内监引）（白）绛帻鸡人报晓筹，尚衣方进翠云裘。九天阊阖开宫殿，万国衣冠拜冕旒。孤，突厥国王，自登基以来，深感地瘠民贫，难以立国。经满朝文武商议，决竟向外开疆拓土，垦地发民。也曾命得乌苏乌大元帅带兵前去攻打中原，昨接前方捷报，我方节节胜利，现已进占河北邯郸县一带。这也不在言表。今当早朝，内侍臣，闪放龙门。

作者简介

哈庸凡（1914—2003），广西桂林人，民国知名报人。曾任安徽省政协委员、安徽民政志主编、《江淮英烈传》主编。1937年1月任《桂林日报》（同年4月易名《广西日报》）外勤记者、采访主任。1938年6月奔赴抗日前线。

作品信息

《雁门关》即《杏元和番》，又名《重台分别》，由哈庸凡根据《杏元和番》改编而来。本书剧本选自《桂林日报》1936年9月11日—15日连载。

内 （白）龙门闪放。

四番臣 （同白）臣等朝拜。

王 （白）众卿平身，金殿赐座。

四番臣 （同白）谢座。

王 （白）众卿上殿，有何本奏？

邪 （白）臣启奏狼主，现有唐朝使臣，奉唐王旨意，持表到此讲和，请旨定夺。

王 （白）现在哪里？

邪 （白）现在午门，无旨不敢上殿。

王 （白）传孤口诏，宣唐朝使臣上殿。

内 监 （白）狼主有旨，宣唐朝使臣上殿。

生 （内白）来也。

生 （唱北路起板）在午门等得我口焦舌皱，（二流）上殿来不由人面带惭羞。我本是大唐国二品诰授，今日里到北番变作马牛。唐主爷这几载贪恋色酒，卢杞贼逞奸谋挺身出头，朝纲内军政权握在他手，亲小人远君子嫉贤若仇。只顾他独一人安然享受，全不管众黎民衣食不周。突厥国他那里兴兵为寇，掳钱财杀人民侵占北州。卢杞贼拥大兵不去相救，坚持着不抵抗卖国通仇。眼看着中原地非我所有，他那里才命我身背皇表押解珠宝来到漠北低声下气把和求。来只在银殿停缓缓走，睁开了昏花眼细看根由，殿角下卫士们全身甲胄，两班中文共武欢笑无愁。突厥王在宝座微开笑口，莫不是笑中华地大物博资源广有，临到了强敌压境无人出头。罢罢罢，船到江心难补漏，没奈何上前来屈膝叩头。

王 （唱）坐只在宝座上微微冷笑，笑只笑唐天子志气不高。是硬汉分一个强弱歹好，争江山全凭着一枪一刀。为什么命使臣求和进表，难道是叫孤王罢兵不交。看起来唐朝中兵微将少，夺中原扫南朝不费心劳。（白）下跪唐朝使臣。

生 （白）正是。

· 3 ·

王 （白）到此则甚？

生 （白）领奉吾主旨意，押解珠宝币帛到此，献与大王，望大王早日罢兵，以免两国人民涂炭。现有表章在此，请大王龙目一览。

　　〔呈表介。

王 （白）押在案头。想你国君主昏庸，奸党弄权，盗贼蠡起，民不聊生。孤王兴仁义之师，替天行道，怎么不献地投降，反来请和罢兵。

生 （白）想贵国与敝邦向来和睦，只因宵小之徒到处煽惑，致使干戈不休，生灵受苦。还望大王体上天好生之德，罢却兵戎。我主愿修兄弟之好，现解有百般珠宝币帛到来，献上大王。还有……

王 （白）还有什么？

生 （白）还有一美女，名叫陈杏元。生得婀娜千般，风流万种，特地献与大王，以充媵妾。尚乞罢兵和好。

王 （白）住了。胆大的唐朝使臣，敢用美色前来迷惑孤王。想你堂堂大邦的中华，到了临危之时，为什么不用大将统兵前来，拼一个你死我活。反这样不顾羞耻，用女子出来解危。你中华帝臣人民的脸面何存。孤王生平不爱酒色，将解来珠宝一概带回，孤王即日统帅大兵，扫荡中原。

邪 （白）大王暂且息怒，此事须从长计较。

王 （白）既然如此，唐朝使臣且退殿后，少刻另有计较。

生 （白）叩谢了。（唱）在殿前跪得我腰酸腿痛，一阵阵羞得我满面通红。突厥辱中华高声怒吼，今日里怎能够重回江东。恨卢杞卖国家开门揖寇，锦江山断送在汉奸手中。眼望着大中华泪滴衫透，有何人为民族争取光荣。没奈何咬牙关忍住心痛，一阵阵止不住泪洒西风。

王 （唱）见唐使下殿角挥泪掩袖，中华人惯会做奴隶马牛。看将来唐江山握在王手，大兵到何愁他不肯低头。（白）邪子丞相，方才为何阻挡孤王。

邪 （白）狼主哪曾知道，倘不准唐使讲和，我国徒耗兵马钱粮，日夜攻打，勒逼甚紧，难免中华不有一二爱国之士出面抵抗，那时极费周折。且卢杞乃是自私自利之辈，只知保全自己富贵，全不顾民族利益。现在幸与我国勾结，才能进取中华，势如破竹。倘使我国进攻甚急，分明使卢杞绝望，那时反而失了内应，不如暂允其讲和，得了他的珠宝币帛，充作我国的钱粮，得了他的子女人民，充作我国的士卒。而且使卢杞和平未至绝望，必然苟且偷安。等待时机一到，那时驱使他国的人民上前作战，何愁唐朝江山不得。

王　（白）好便虽好，唯恐中华人民觉悟起来抵抗，那时我国就难以支持了。

邪　（白）狼主放心，前次为臣也曾派得丽旦将军来到卢杞衙中，名为帮助他办要政，实为监视。昨日丽旦将军有书信到来，说道卢杞在朝，祸国殃民，残害忠良。前番梅魁因领兵与我国对敌，被卢杞设计斩首。目下又谪贬了力主抗敌的陈东初。就是今番进来的美女陈杏元，丽旦将军信内也曾说起，她就是陈东初之女。只因与梅良玉、陈春生时常非议朝政，毁谤卢杞，故而将她下嫁到我国。如今待为臣再修书一封与丽旦将军，叫他极力督促卢杞，镇压人民，消灭主战之辈，何愁大好中华不归我国版图，还望狼主参详。

王　（白）准卿所奏，如此二次宣唐朝使臣上殿。

内　监（白）二次宣唐朝使臣上殿。

生　（上，白）怅望祖国不得救，教人满面带惭羞。跪见大王。

王　（白）唐朝使臣听着，孤王本待不准你国讲和，怎奈不忍见两国生灵遭此涂炭之苦，故而姑准所请。将解来珠宝币帛点交御库收存，回禀你主，将河北邯郸县以北之地，割让给我国。至于进献的美女，着由你国派员护送至雁门关，孤王派人前来迎接。谨记所言，拜辞下殿去罢。

生　（白）叩谢了。（唱）银銮殿前三叩首，背过身来暗抚胸。虎口求生中何用，子女财帛一概空。燕北之地俱断送，到后来必然祸无穷。这都是汉奸罪恶重，何日里再恢复往日光荣。（下）

王　（白）亚里银晋位。

亚 （白）臣在。

王 （白）孤王命你带领五百名将士兵，前往雁门关迎接新贵人。

亚 （白）领旨。

王 （白）摆驾。

同 （白）请驾。（排子）

第二场

〔引老生上，四手下（排子）。

老　生 （白）突厥国兴兵入祸，卢杞贼求荣卖国。唐主爷不敢抵抗，陈杏元去把番
　　　　　和。老夫党进，领奉唐主旨意，护送杏元小姐出关。人来，起道长亭。

手 （白）来此长亭。

生 （白）二位公子到了，报爷知道。

手 （白）是。

〔梅陈同下。

〔下马介。

手 （白）二位公子到。

梅、陈 （同白）伯父请上，小侄参拜。

老　生 （白）不敢。

梅、陈 （同白）礼当。

老　生 （白）但不知小姐大轿可到。

梅、陈 （同白）随后就到。

老　生 （白）少候。

手 （白）小姐到。

老　生 （白）打轿上来。

旦　（上，白）梅兄有礼。

梅　（白）小姐有礼。

旦　（白）请问梅兄，但不知何人护送。

梅　（白）党进伯父护送。

旦　（白）请伯父上前。

梅　（白）候着，小姐请伯父上前。

旦　（白）侄女见伯父万福。

老　生　（白）小姐免礼。

旦　（白）侄女前去和番，多蒙伯父护送，一路之上，饱受风霜，为杏元受累
不浅。

老　生　（白）好说了。想目下强敌压境，国难日深。而朝廷之中，文不能安邦，武
不能定国，苟延残喘，忍耻偷生。说来老夫自觉惭愧。

旦　（白）这都是汉奸把持政权，并非伯父之过。请问伯父，鸾车可曾齐备？

老　生　（白）早已齐备。

旦　（白）叫他们打车上来。

老　生　（白）打车上来。

旦　（白）杏元上鸾车，心中如刀绞。中华红颜女，嫁作胡人妾。（起板）陈杏
元上鸾车心如刀绞心如刀绞，（慢皮）思想起不由人珠泪双抛。我国中这
几载汉奸当道，因此上惹下了这场枪刀。我父亲因主战被贼贬了，又要我
二八女去和番朝。此一番到漠北生死未保，思故国想家乡大放哀嚎。舍不
得高堂上父母年老，舍不得姐弟们一旦相抛。舍不得梅良玉英才佼佼，舍
不得锦江山地博物饶。推纱窗见梅兄低声喊叫，陈杏元有一言细听根苗。
今生世不能够同偕到老，但愿得来生世，在天比翼，在地连理，如漆如胶。

梅　（白）唉！不能够了。（唱）梅良玉坐马上把话来表，尊一声陈小姐细听根
苗。卢杞贼奸一似虎狼当道，压人民通外寇罪恶滔滔。我父亲因抗敌被他
斩了，到今日又要你去和番朝。但愿得民众们大家觉晓，那时间抗强敌扑
杀此獠。

陈　（白）姐姐，（唱）陈春生坐雕鞍心中焦躁，尊一声贤姐姐细听根苗。但愿
　　　　得日开云散时一到，拿住了卖国贼万割千刀。

旦　（白）梅兄前去问过党伯父，前面什么所在，那高耸耸的又是什么地方。

梅　（白）候着。马上请问伯父，前面什么所在。

老　生　（白）前面不远乃是河北邯郸县。

梅　（白）那高高的又是什么地方？

老　生　（白）那是重台。

梅　（白）何谓重台？

老　生　（白）昔年汉光武阅边散饷而归，行至此地，却被苏献围困，水泄不通。三
　　　　军鼓噪，故汉光武命人起造一台，名为云台，以为三军瞭望救兵之地。后
　　　　来姚期马武杀溃重围，救驾有功，云台改为重台。后朝人到此，正好探望
　　　　家乡。

梅　（白）领教了。小姐哪曾知道，前面乃是河北邯郸县，那高耸耸的，乃是
　　　　重台。

旦　（白）何谓重台？

〔梅白（同上白）。

旦　（白）哦，你看那重台四周，旗帜鲜明，队伍整齐，帐幕连绵不断，但不知
　　　　是何人统帅的人马。

梅　（白）待我再去问过党伯父。请问伯父，重台四周，但不知是何人的人马。

老　生　（白）唉，贤侄哪曾知道，那不是我的人马。

梅　（白）哪国的人马？

老　生　（白）乃是突厥国的人马，他如今是进占河北内地了。

梅　（白）唉，外侮日逼，汉奸当权。国家民族真正是危险万分。小姐，那里不
　　　　是我国的人马。

旦　（白）又是哪国的人马？

梅　（白）那乃是突厥国的人马。

旦　（白）唉，眼看着大好神州，不久就要沦入胡人之手了。梅兄，前去对党伯父说，杏元此去和番，永无重返故国之日，请伯父将人马暂驻河北邯郸县，来日姊妹们到重台凭吊家乡一番。

〔梅白（同上白）。

老　生　（白）可以使得，众将今晚暂驻河北邯郸县，后日起程。

第三场

〔亚里银带领番兵到雁门关迎接新贵人，过场。

第四场

旦　（唱）（起板）断肠人对秋宵何曾安睡。（梅、陈引旦上）

旦　（唱）思想起，强敌压境，河山破碎。红颜女嫁胡人，遗下了老亲幼弟未婚夫君珠泪双垂。突厥国逞威武，兵入关内，不抵抗都是那汉奸国贼。到如今举国中不能安枕，将杏元送关口解却重围。为什么不与他交锋对垒，看将来满朝中做事全非。出馆驿不由人心中痛醉，猛抬头又只见北雁南飞。叫一声鸿雁儿且等一会，可能够与我带一封书归。一霎间西风紧轻摇环佩，琼林上系住了一抹斜晖。

梅　（白）小姐，此地就是重台。（上台介）

旦　（唱）上重台禁不住掩袖挥泪，见白霜和黄叶断垣残碑。（白）梅兄，但不知我们的家乡又在何方。

梅　（白）朝南一望，烟树迷蒙之处便是。

旦　（白）哎呀，（唱）望家乡不由人心中裂碎，思前想后更伤悲。此番去到突厥内，但不知今生可否转回归。回头来见梅兄难忍珠泪，咽喉哽哽万念灰。

春　（白）姐姐。

旦　（白）哦，贤弟你到下面，叫得众民女上楼前来凭吊家乡。

春　（白）小弟遵命。

旦　（白）梅兄，事到如今，生离死别在即，你难道连话都没有一句吗？

梅　（白）千头万绪，不知从何说起。归根到底，都是汉奸卢杞的罪恶。想突厥兴兵侵犯我国，他那里拥兵自卫，不去抵抗，反而与外寇勾结，弄到今日丧失了半壁山河。在朝之中，残害忠良，屠杀无辜，我父亲因曾与突厥作战，被他设计陷害。后来陈伯父因为主战，又被他谪贬。

旦　（白）如今我又要衔命出关和番了。

梅　（白）唉，我梅良玉枉为男子，在公不能保国家，在私不能护妻子。罢罢，今日我权且咬紧牙关，忍耻偷生，但愿唤醒一般国人，那时候我必然要抗敌除奸。

旦　（白）梅兄既有此决心，杏元纵死漠北，也心甘瞑目了。这里有凤头金钗一支，相赠梅兄，留在身旁。早晚之间，见了这支金钗，犹如得见杏元一般。还有口占一绝相赠：恩爱夫妻隔世遥，决将赤血染胡貂。除奸抗敌君且记，为订来生渡鹊桥。（唱）陈杏元拭泪痕低声相告，尊一声良玉兄细听根苗。此一番到突厥性命不要，绝不肯失身体玷辱南朝。我去后但愿你身体自保，莫把我薄命人挂在心梢。但愿你早把这汉奸除掉，但愿你与人马扫荡虏巢。陈杏元死九泉也含欢笑，不辜负我与你缔结鸾交。雁门关到漠北纤曲古道，魂灵儿定随你转回南朝。

梅　（白）小姐休萌死念。小生这里有玉佩鸳鸯一对，赠与小姐，留在身旁。早晚之间，见了这玉佩鸳鸯，犹如得见良玉一般。还有口占一绝相赠：泪湿黄沙路途遥，欣闻赤血染胡貂。除奸抗敌生平志，来世偕卿渡鹊桥。（唱）梅良玉坐重台把话来表，尊一声陈小姐细听根苗。实指望做夫妻同偕到老，又谁知今日里半途相抛。这几载我国中汉奸当道，忠与奸贤与愚早已混淆。我不愿身荣贵龙门高跳，又不愿食君禄身挂紫袍。愿只愿与黎民拿着了卢杞贼万割千刀。陈小姐到漠北珍重自好，休得要思家乡掩面哀号。梅良玉是男儿志向达到，那时间外抗敌内除奸捍卫国家复兴民族重振天朝。

陈　（上，白）众民女楼下伺候。启禀姐姐，众民女到了。

旦　（白）叫她们上楼。

陈　（白）众民女上楼。

众　（白）参见小姐。

旦　（白）南方就是我们的家乡，尔等凭吊去吧。

众　（白）唉，爹娘呀。

陈　（白）启禀姐姐，党伯父方才说道，人役早已齐备，少刻就要登程。

旦　（白）梅兄，如此姊妹一同下楼。

老　生　（上，白）小姐，突厥备有宫服在此，请小姐下面穿戴，少刻登程。

旦　（白，咬牙惨笑介）如此待侍女下面改换。

老　生　（白）二位贤侄，且到下面休息一会，少刻跨马登程。

旦　（白）告退。

老　生　（白）旗牌过来，命你跨马前行，沿途对突厥兵将说明老夫护送新贵人，以免误会。

旗　（白）小人遵命。

第五场

〔马夫备马介。

〔老生、梅、陈、旦同上。

〔视衣介。

旦　（白）梅兄，贤弟，我现在是异国的人了吗？（惨笑介）（哽咽介）（撕衣介）（梅、
　　陈同拉住介）

老　生　（白）马来。

梅　（白）卢杞奸贼做事差，卖国求荣献娇娃。

陈　（白）玉石雕鞍坐不稳，怅望祖国泪如麻。

旦　（白）杏元今朝离故土，泪痕滴透马蹄沙。（起板）陈杏元坐马上胸腾怒火
　　胸腾怒火，（慢板）顷刻间别故土心如刀割，都只为卢杞贼开门惹祸，因此
　　上红颜女去把番和。上阳关见黄叶随风刮堕，驻马看又只见满天霜落。一
　　路上沙漠地马蹄难过，尘土儿掩蔽了黑山白河。远观看雁门关城池一座，
　　惨凄凄悲切切抛别故国。

亚　（上，白）哪一个是唐家官儿？

老　生　（白）老夫便是。

旦　（白）你这老头儿，怎么这样不懂事。你来看，这里是两国交界之地，为什
　　么还不将新贵人送过来。

老　生　（白）将军息怒，老夫去叫他们分别起程就是。

亚　（白）快些去，中华人总是这么怕疼怕痒的。小鞑子，备马等着。

鞑　（白）是。

老　生　（白）小姐来此两国交界，生离死别就在此地。

旦　（白）哎呀。（唱）听说罢来此是两国交界，颗颗珠泪洒胸怀。梅兄请上受
　　妹拜，杏元言来说明白。今生不能同欢爱，来世与你配合偕。抗敌除奸责
　　任在，莫把杏元挂心怀。春生贤弟受姊拜，为姐言来听明白。堂上双亲你
　　侍奉，抗敌除奸志莫衰。来来来，三人同把伯父拜，侄女有言禀上来。二
　　位侄男望伯父看待，谨防那汉奸二计来。辞别伯父春生我那梅兄把马踩。
　　（哭白）伯父，春生，哎呀我那梅兄呀！（唱）越思越想丢不开，舍不得父
　　母年高迈，舍不得骨肉两分开。舍不得中华花花世界，舍不得梅兄是英
　　才。含悲忍泪把马踩。（哭白）伯父，春生，我那梅郎呀！（唱）要相逢除

非是梦回阳台。（旦自下回望介）

梅　（唱）见小姐登了阳关道，

陈　（唱）开弓放了箭一条。

旗　（上，白）大令到。

老　生　（白）大令到来何事？

旗　（白）只因陈家二位公子毁谤朝政，煽惑人民，有谋反之意，奉卢相钧旨，捉拿他二人回朝问罪。

老　生　（白）若是这个吗？哦，不在此地了。

旗　（白）哪里去了？

老　生　（白）扬州去了。

旗　（白）大人原何落后？

老　生　（白）老夫有恙在身，故而暂在此。

旗　（白）如此扬州追赶。

梅、陈　（同白）请问伯父，大令到来何事？

老　生　（白）卢杞奸贼道你二人毁谤朝政，煽乱人民，有谋反之意，差人到此捉拿你二人到京问罪。

梅、陈　（同白）还望伯父救命。

老　生　（白）老夫已巧言打发他去了，此地也是安身不得。这里有银子五十两，你二人逃命去吧。

梅、陈　（同白）伯父请上，受我弟兄一拜。

老　生　（白）转来。

梅、陈　（同白）转来何事？

老　生　（白）此番去到外面切记着，外抗强敌，内除汉奸，好生去罢。

梅、陈　（同白）记下了。（下）

老　生　（白）正是：滴水檐前丝萝，结来结去几丈波。有朝风雨来打破，卢杞贼汉奸，看你开花怎结果。打道回朝。（下）

｜创作评论｜

在看完了这出戏（指《雁门关》）之后，我们始行确定了改良的原则。拟将"哀艳的"改为"悲壮的"，将"不抵抗的"改为"抵抗的"，换言之，是要将之改为"国防戏剧"。将唱词及对白都加以修改，并将节目增减一些。在这出戏里，希望能够显露汉奸的真面目，把梅良玉和陈春生改变为两位反帝的战士。并且将《杏元和番》改为《雁门关》。至于表演的成绩如何，以后再说。

——周振刚:《改良桂剧的尝试》，《桂林日报》1936年9月8日

｜作品点评｜

哈庸凡改编桂剧《杏元和番》为《雁门关》，事见《中国戏曲志·广西卷》:同年（1936年）九月，国民党桂林县党部组建了剧艺工会以筹划改良桂剧。当时，国防戏剧的口号已在桂林引起戏剧界的关注。当时由哈庸凡将《杏元和番》改编为《雁门关》，将"儿女私情和哀艳情绪"的内容改为"在外敌和汉奸双重煎迫下之悲剧"。

——中国戏曲志编委会:《中国戏曲志·广西卷》，1995

梁红玉

欧阳予倩

（八幕历史剧）

第一场

〔民众甲、乙、丙、丁四人上，手捧布、帛、酒、果等劳军之品。

甲　大家齐起抗金兵，

乙　不抗金兵不是人，

作者简介

　　欧阳予倩（1889—1962），原名欧阳立袁，又名南杰。湖南省浏阳县人。杰出戏剧家，我国话剧奠基人和话剧运动创始人之一。1904年赴日本留学，1907年在日本东京参加演出《黑奴吁天录》，开始从事戏剧活动。1911年回国。全面抗战爆发后，他与郭沫若、田汉等人组织成立上海戏剧界救亡协会，担任上海文化界救亡协会理事。他曾三次到桂，居留时间长达八年以上。在桂期间，他全力从事广西抗日戏剧运动和桂剧改革，担任广西省戏剧改进会会长；1940年3月，建立广西省立艺术馆，任馆长，创办艺术馆话剧实验剧团；同年6月，筹建广西第一座现代化的广西剧场；1941年底，创办了广西省戏剧改进会附属戏剧学校；参与编辑《戏剧春秋》；创作了一批思想性和艺术性都比较高的话剧，还导演了不少好戏。1944年与田汉、瞿白音等人发起并主持西南第一届戏剧展览会。9月，日军侵入广西，他带领艺术馆部分成员疏散到昭平县黄姚镇，仍坚持抗日剧运，演出抗日戏剧，并与张锡昌、千家驹等人办了《广西日报》昭平版。1945年10月回到桂林，因接连写了《思想问题》《言论自由》等话剧剧本，导演了话剧《凯旋》，又发表了一系列讲话，触怒了广西当局，遂于1946年秋离开广西。

作品信息

　　作于1938年，南华戏院桂剧班公演，1938年桂林国防艺术社首次出版。本书剧本选自《抗战戏剧》（半月刊）1938年第一卷，第四、五期。

丙　要将敌人赶出去，

丁　方显中华大国民。

甲　请了。

众　请了。

甲　各位可曾知道，金人造反，乱我中华，抢了我们许多的土地，杀了我们无数的人，我们中华本是礼让之邦，总想用和亲的手段，感化那金国的强盗，以为我们的敌人会适可而止，就可以得过且过，谁想敌人是凶狠成性，贪得无厌。自从他们的兵进了长城，就势如破竹，夺了秦晋，占了汴梁，把我们两个皇帝，都绑到外国去了，因此逼得我们大宋朝，不能不把都城迁到南边，这是何等伤心？何等耻辱？可是如今，金国的四太子金兀术，又带领雄兵杀到南边来了。各位请看，这便如何是好？

丙　像我们中华有这样宽广的土地，有这样多的人民，那金国地方也比我们小，人也没有我们多。怎么他的兵一来，就势如破竹连挡都挡不住呢？

乙　我们平日衣也穿不暖，饭也吃不饱，辛辛苦苦，纳了许多税，捐了许多钱，说是给国家养兵，到了危急存亡之秋，这些兵做什么去了？

丁　我们的兵实在不少，不过金国的兵比我们精得多。第一是，我们的兵器没有他们好，故而打他们不过。

乙　说哪里话来！倘若是兵器不如他们就打他们不过，那样说来，为什么我们的岳飞岳元帅，连打胜仗，把金人杀得片甲不留！

丙　照啊，我们的韩世忠韩元帅，不也是打胜仗吗？

甲　本来只要齐心抗敌，也不是什么打不过人家，不过是朝中有张邦昌、秦桧那种汉奸，一心只想卖国求荣，朝外又有许多不明白的将军们，只想苟且偷安，得过且过，国家事还堪问么！

乙　看起来我们的韩将军，真是难得！

甲　是啊，他听说金兵将到，早已修补城池，屯好粮草，招好了兵，养好了马，磨快了刀枪，准备敌人来到，拼命抵挡。这就叫"将有必死之心，兵就有兼人之勇"，你看韩将军为了国事，辛苦异常，好久不回到城里来了，今日听说一定回来，我们应当前去慰劳一番，一来是，表表我们百姓对抗敌将军敬爱之心；二来，也好鼓动那班抗敌的兵士；三来，也好叫那些不战而退的武将们知道惭愧；四来，要叫那些主和的汉奸们，知道我们老百姓的意思，是要跟敌人拼命到底。

乙　言之有理，就此前去。

丙　慢来，听说韩世忠不懂兵法，他的兵法，都是他的夫人梁红玉教的，不知是否真有其事？

乙　哪个去管那些闲事，只要他会打胜仗就算了。

甲　不过梁夫人是个贤德的妻子，韩将军得她的帮助很多。话休絮烦，就此劳军去吧。

众　请啦！

甲　（唱）救国完全靠百姓，

乙　当兵的大半是农民，

丙　必须大家来拼命，

丁　万众一心打敌人。

甲　你们看那边旌旗招展，尘土乱飞，想必是韩元帅来了。

　　〔男女民众陆续溜上几人。梁红玉内唱。

梁　（倒板）国难当头天人愤，（梁率女兵上）眼看神州要陆沉。快赶强盗出国境，男女齐起共担承。急忙催马朝前进！前面为何不行？

女兵甲　有百姓挡住去路。

梁　（唱）挽住丝绳且问分明。

女兵甲　喂，你们干什么的？

甲　我们是来慰劳的。

女兵甲　（对梁）他们是来慰劳的。

　　〔民众们偷看，作惊异状。

梁　哟，他们倒来慰劳咱们来了？也好，让他们来吧。

甲　不对呀，这个不是韩将军。

乙　韩将军不是有胡子的吗？

甲　可不是吗？

丙　这个呢？

甲　你们来看哪！

〔众看介。梁从旌旗中望百姓。

众　我们不要弄错了！

甲　我自有道理。（对女兵）传令的大哥请了。

女兵甲　请了。可是我不是大哥，是大姐。

甲　大姐？

女兵甲　对了。什么事？

甲　请问这位将军是谁？

女兵甲　怎么？你们这都不认识，这就是韩元帅的太太梁夫人啦。

甲　啊，原来是贤德的梁夫人！我们从来不曾见过。

女兵甲　本来我们今天还是头一次出来操演呢。

甲　（对众人）来来来，这是韩元帅的梁夫人，我们上前见过。——夫人在上，百姓们有礼。

梁　不敢，你们来做什么的！

甲　金兵压境，搅乱中华，看看就要杀到南边来了，韩元帅屯兵养马，修补城池，不单只预备坚守，而且还攻上前去，不使敌人过江，因此我们老百姓十分感激，今日听见元帅回营来了，特地前来慰劳。不想遇见夫人操兵回来，我们就先慰劳夫人。

梁　且慢。（回头对女兵们）这多难为情。一点儿功劳没有，怎么能够受人家的慰劳呢？（对众人）列位，听了：你们的意思我已经明白了。起兵抗敌，元帅早有布置，一定是以攻为守，不让敌人渡江。元帅此番回营，不过是料理后方的事务，并非退守之意，各位尽管放心。至于各位慰劳元帅，他擒过方贼，平过苗刘之乱，自然当得起各位的慰劳。说到我，无德无能，不敢当各位的厚意，只望大家起来，一同救国，收复失地，再造中华，将来凯旋的时候，大家痛饮一杯，不比现在慰劳还得多吗？

甲　夫人至理名言，我等遵命。

梁　列位呀！（唱）如今打仗靠百姓，不靠元帅一个人。救国的责任重得很，需要大众来担承。深知各位忠心耿，（远处金鼓齐鸣，梁惊）呀，（接唱）耳旁金鼓远处闻。（白）耳旁听得金鼓之声，想必是元帅回营来了，你们快快出城迎接去吧！

甲　夫人是否一同前去？

梁　我另有公干，你们去吧。

众　遵命。（下）

梁　哎呀，且住。元帅回营，看见我们来到郊外，一定是四书五经闹不清楚，不如咱们娘儿们先回家去，换了衣服，打扫前堂，迎接元帅便了。（唱）自古道红颜多薄命，世间不重女儿身，是我偏要来扎挣，要打破陋习见光明。（下）

〔二游人作富绅装，乘车冲上，与梁相碰。

游甲　这是哪一个呀？男不男，女不女，真是一个妖怪！

游乙　哎，这个人我认得。他就是我们这儿韩元帅的夫人，名叫梁红玉。

游甲　就是她？

游乙　就是她！

游甲　怪不得我听说她是妓女出身，你看她奇装异服，招摇过市，这才真是有伤风化。

游乙　非但如此，听见她还要鼓动韩世忠和金兵开战，倘若在此地打起仗来，地方岂不糜烂？

游　甲　我们也就不能吟风弄月，逍遥自在。

游　乙　我们都是圣人之徒。

游　甲　又是地面上的绅士。

游　乙　一定要纠正她一下。

游　甲　警告她一番。

游　乙　照呀，我们寄她一封无名信。

游　甲　还是发他几百张传单。

游　乙　叫小子们群起而攻之。

游　甲　使那韩世忠也不能在此立足，庶几和平可望，地方可以维持。正是：休管
　　　　国家兴亡事。

游　乙　只要杯中酒不空。

游　甲　不对，不对，只要袋中钱不空啊。（二人大笑）

游　乙　走吧，走吧，那边韩世忠来了。（同下）

　　　　〔民众上，兵卒上，循序肃立于城门两旁，韩世忠步行上，马夫带马，帅
　　　　旗后随。

　韩　（唱）列位请看雄关显。（白）你们看，这城池可坚固啊！

　众　坚固得很哪！

　韩　（唱）城外深壕绕四边。这一边有山青如练，（白）你看，那一边就是长江。（唱）
　　　　眼望长江水连天，十万貔貅都是壮健。（白）我们的兵个个都是精壮的。

　众　这样子才能保卫我们的国家。

　韩　一字儿排开都是战船。（白）你们看，那都是我们的战船。如今时候，没有
　　　　水军是不行的呵！（唱）我国家为养兵费了巨万。

　众　养兵是应当，假使没有兵，敌人来了，如何抵挡？

　韩　（唱）筹军饷，尽都是百姓的血汗钱。

　众　为了国家，我们倾家荡产都是愿意的。

　韩　（唱）百姓们有的是忠肝义胆，须知国难在眼前。可恨敌人贪无厌，占了北

方又打南边。亡国之祸真可惨，要想救国莫迁延，一个个磨快了刀和剑，一个个回家把钱捐。要把敌人朝外赶，拨开云雾见青天。众志成城谁敢犯，中华的百姓不受人怜。

众　（唱）听了元帅说一遍，强寇来时定与周旋。

韩　时候不早，本帅要回营去了。

众　元帅，请。

韩　带马。（吹打，上马）请！（下）

第二场

〔兀术上。

兀　（念）百万雄兵实可夸，孤王蓄意占中华。立马扬子江头望，水媚山青好住家。孤，大金四太子兀术是也。统领雄兵百万，要想吞并中华，并非是我贪得无厌，只这中华江山，实在太可爱了！哈迷蚩，你们看，各处地方，都是气候温和，物产丰富，这真是人间天国，世上仙乡。孤王兴兵到此，真是不想回去。哈迷蚩，你们看，中华的百姓，也爱他们的家不？

哈　他们不爱。

兀　何以见得？

哈　他们既是爱他们的国家，为什么从北到南，让我们的大军横冲直撞，毫不抵抗呢？

兀　哈哈，言之有理，不过我们也遇见过岳飞的军队，把我们杀得大败。幸喜他们朝中有个丞相，名叫秦桧，他能左右宋朝的皇帝，牵制岳飞。若不然我们必定全军覆没，孤王的性命也就难保。

哈　所以我们盼望他们，多几个主和的秦桧，少几个主战的岳飞，王爷就可以不战而得宋室天下，席卷中华。

兀　岂不快哉，哈哈，岂不快哉！

哈　不过如今到了江北地面，却要小心一二。

兀　哦？这里的守将是谁？

哈　是韩世忠。

兀　韩世忠！

哈　他非但是个勇将，他还是个忠臣。

兀　百姓对他如何？

哈　百姓对他很好。

兀　既是如此，快快进兵，将韩世忠剿灭才是。巴图鲁，起兵前往！（吹打，
　　急急风下）

第三场

〔营帐。韩世忠上。

韩　（唱）狂涛起，黯云飞，秋风两岸，不由得，忧国士，无限心酸。我国家，
　　被敌人占去一半，只落得，江南岸苟且偏安。（雁声）——雁儿哪！（唱）
　　在头上，飞过了，北来新雁。难道说，宋家臣，就不念北边？我也是北方
　　人，有家难返，何日里，雪国耻，扫荡腥膻？我韩世忠也自有忠肝义胆，
　　一定要收失地恢复这锦绣河山！思既往想将来，回肠百转，大丈夫处乱世，
　　要力任艰难。

〔韩入座帐中，乘梁车率婢女捧地图上，四女兵跟随。

梁　（唱）闻敌兵，已到了长江北岸。画好了地理图，也好作战，进帐去，与元
　　帅商讨一番。（白）元帅。

韩　夫人来了，请坐。

梁　老夫老妻，还这么客气干什么？

韩　夫人，手捧何物？

梁　不是你要我画的地图吗？

韩　怎么，已经画好了？

梁　画可画好了，跟原来那个可不同。

韩　那怎么要得。

梁　你当原来那个图靠得住么？

韩　那是我们军师画的，还会错吗？

梁　你那个图是前几年画的，这几年因为种种缘故，地形变了，因此我找了几个地面上的人再带上几个舆地专家，四方八面全去看过，这才知道，你那个图有好些地方不对啦。

韩　有这等事？看起来你倒有点才干，本帅有赏。

梁　得了得了，只要你不说"女子无才便是德"就行了。

韩　我哪里会那样腐败。

梁　可也就够瞧了。

韩　待我看来。（看地图）

梁　郎君哪，（唱）长江天险估优胜。（白）你瞧，从这儿到这儿，从这儿到这儿，不是很好的地势吗？（唱）按图布置更分明。敌军远来多劳顿，以逸待劳，必告成功。

韩　哈哈哈哈！（唱）你是个才女今方信。

梁　小玩意算不了什么。

韩　（唱）本帅也让你二三分。

梁　不敢当，不敢当。

韩　你就好比红线女，军中记室你担承。（中军捧信上）

中　启禀元帅，现在临安京中来的书信在此。

韩　奇怪呀，临安怎么会有书信到来？待本帅一观。（看信介）呵，这还了得！

梁　什么信啦？

韩　中军过来。

中　有。

韩　传下书人进见。

中　下书人走了。

韩　怎么，下书人走了，快快前去捉来见我。

中　遵命。（下）

梁　看了这封书信生这么大气，你到底为了什么？

韩　就是为你。

梁　为我何来？

韩　这封书信虽然署的秦桧的名字，我看一定是假的，只是里面说你奇装异服，招摇过市，有伤风化，叫我管教于你，你自己看看。

梁　（看信介）这必定是汉奸在此挑拨离间，你也相信吗？

韩　哪里来的这许多汉奸！

梁　如今的汉奸才多呢！大的小的，不大不小的……

韩　我来问你，你曾经奇装异服招摇过市没有？

梁　别的没有，穿着盔甲出去操兵是有过的。

韩　怎么你去操过兵？

梁　操过的。

韩　在什么地方？

梁　城外。

韩　怪不得人人说你，本来你自己不好。

梁　怎么我不好？

韩　妇道人家，只要在厨房里烧烧饭，管管家事也就是了，无缘无故，你怎么去操起兵来？

梁　花木兰可以替父从军，梁红玉怎么不能帮丈夫打仗？既要打仗，又哪能够不操兵呢？如今是什么时候？国家已经到了危急存亡之秋，不分男女，都

应当起来抗敌救亡才是，你还要把我赶到厨房里去。我以前当你有点儿作
为，才嫁给你的，原来你也是不达时务。得了，我带着我养的孩子走吧。

（梁起身走，韩上前拉住）

韩　你哪里去？

梁　我去投军去。

韩　没有人收留你。

梁　那我就落草为寇做强盗去。

韩　当真的么？

梁　哪个骗你。

韩　（笑）哈哈哈哈哈哈，我看你既要投军，还是投到我这里来呢。

梁　那我才不来呢。

韩　你不来，我就三顾茅庐来请你，哈哈哈，我这里有礼了。（作揖介）

梁　（笑）我问你，你还是听汉奸的话，还是听我的话？

韩　岂有此理，哪里会听汉奸的话。

梁　那还罢了。

韩　我来问你，你去操兵，哪里来的兵？

梁　我的兵多着呢，要多少有多少。

韩　奇怪呀！朝廷四处招兵，一个也招不着，乡下人一听见招兵，大家逃跑了。
你会招着兵，我才不信呢。

梁　那只怪平日你们这帮老爷们，待百姓太好了。

韩　慢来慢来，你要骂骂那些老爷们，我不在内啊。

梁　那些平民百姓，平日被官府重重剥削，真是求生不得，求死不能，一旦有
事，又要派他们这样，又要派他们那样，他们自然只有逃走。

韩　抵抗金兵是爱国之事，大家都要拼命，不应逃走。

梁　这个道理，许多有钱有势的老爷们都不大明白，还怪那些乡下人吗？而且
还有许多大官，拥兵自卫，鱼肉乡民，把百姓当作仇敌，有谁肯跟他们去

死呢？

韩　好好好，说不过你，你且把你的兵让我看上一看。

梁　好，明天请你阅兵。

韩　就今天如何？

梁　今天来不及。今天只能看看我们的卫队。

韩　也好，先就看看卫队。

梁　既是如此，请你叫你的人去叫我的卫队来到帐前操演。

韩　你叫不是一样吗？

梁　这是在军营之中，不是在咱们家里，还是要你叫才好。

韩　好，中军哪里？

中　有。

韩　传令下去，令夫人的卫队，前来帐前操演。

中　得令，下面听者，元帅有令，夫人的卫队进帐前操演。

内　得令！（女兵上前操演毕）

韩　妙呀！哈哈哈。（唱）看她们操演喜不尽，个个强健有精神，（白）这都是
　　你自己训练的么？

梁　正是！

韩　你怎么会懂得练兵？

梁　因为嫁了个好丈夫，他是行伍出身呢。

韩　多蒙称赞，惭愧惭愧！只是添了许多兵，军饷怎么办？

梁　（取一笺示韩）可以问这班阔人去捐去。

韩　（看看，摇头）这些人都是皇亲国戚，丝毫动不得。

梁　阔人动不得，难道专刮老百姓不成？

韩　这就难说了——她们都是女人么？

梁　对了，她们全是女的。

韩　怎么全和男人一样呢？

梁　你不懂得，这就叫健康美呢。

韩　哦，健康美?

梁　她们不会当姨太太，可是会冲锋打仗，保卫国家。

韩　夫人言之有理。倘若全国男女都能冲锋打仗，国家便无忧矣。（唱）救国大
　　家有责任。

梁　（唱）为男为女不必分。

韩　（唱）如今的打仗是要百姓，

梁　（唱）军民一体方可行。

　　〔探子报。

探　报：金四太子兀术大兵已到，正在预备船只，要在水陆两方，和我们大战。

韩　再探!（探子下）

梁　啊呀，元帅! 既是金兵来到，不必等他渡江，我们就此杀过江去。

韩　夫人言之有理，就此兴兵。众将走上!

　　〔韩尚德、韩彦直及四将同上。

众　元帅。

韩　众将听令!（众应）苏德、解元在东路抵挡! 尚德、彦直四路警戒，本帅
　　自领中军，一齐杀敌，不得违误!

众　得令!（全下）

第四、五、六场会阵交战

第七场

　　〔细乐声中，苏德、解元等四将上。

苏　（念）将军一战摧强寇。

解 （念）江上笙歌祝凯旋。

苏 请了。

解 请了。

苏 金兵南犯，元帅用了夫人之计，大获全胜，将金兀术赶到黄天荡，将他团团围住，断了他的归路；元帅大喜，趁此中秋佳节，大排筵宴，庆贺功劳。我等一同赴宴。请。

众 请。

〔幕拉开。女乐、灯彩。韩世忠、韩尚德、韩彦直已在场上。众与韩元帅相见。

韩 列位将军!

众 元帅

〔宾主大笑。韩二位公子与四将相见。

公 子 将军!

众 将 公子!

韩 贼兵过江，多亏众位将军一同抵挡，大获全胜，聊备薄酒一杯与各位将军贺功。

苏 岂敢岂敢。此番得胜，一来是托主上的洪福，二来是仗元帅的虎威，三来幸亏夫人击鼓助战，乃成大功，末将等才勇有限，何足道哉!

众 将 何足道哉!

韩 各位将军不必谦让。摆宴。

〔宾主坐下。

韩 儿啊，与众位叔父斟酒。（尚德、彦直斟酒毕即下）

众 不敢。（饮介）

韩 列位请看，金人搅乱中华，如入无人之境，我们受了奇耻大辱，莫可如何，不想这回被我们把金虏杀得大败，看那兀术困在黄天荡，不是投降，只有等死，我等总算出了一口闷气。请列位将军不必拘束，尽管开怀痛饮。

众　谢元帅。

韩世忠　请。(唱)可叹国运太颠连，含辛茹苦送华年。打败了金兵时势转，一战成
　　　　功喜笑开颜。今宵莫负金樽满，眼看降虏到帐前。(白)列位请看那边就是
　　　　黄天荡，那些灯火都是我们的战船。兀术呀，贼子，看你怎能不投降也！

　　(韩掷杯把剑起舞，众将和之)

　　〔内叫夫人到。

　　〔梁红玉急急风上。

众　夫人(见礼介，此时他们都带一些醉意)

梁　列位少礼。

韩　今夜众将贺功，夫人为何不来饮宴？（梁无话，众愕然）夫人，你看今晚
　　月明如画，我们到江上赏月如何？

梁　请问元帅，如今是赏月的时候吗？

苏　夫人，今夜中秋佳节，正是赏月的时候。

梁　啊，原来如此。

韩　本来无心赏月，不过与众将士杯酒贺功而已。

梁　元帅以为这回的胜仗，十拿九稳靠得住了吗？

韩　此番作战，多亏将士们同心勠力，又亏夫人参预机谋，亲到战场擂鼓助战，
　　总算是如天之福，将敌人杀得大败。如今兀术被困在黄天荡，前有重兵将
　　他围住，他后路已断，粮草已绝！他不投降就要饿死，从今以后，我们高
　　枕无忧矣。

苏　金兀术已成釜中之鱼，瓮中之鳖了。我等高枕无忧矣。

梁　元帅差矣！依我看来，金兀术受困，决不甘休，倘若突围逃去，岂不全功
　　尽弃。此时应当加紧进攻，斩草除根，以免后患，才是道理。元帅置酒高
　　会，粉饰太平，忘了国家托付之重，是何理也？

韩　你哪里知道，古人有言，穷寇莫追。兀术已经被困，我用重兵将他困住，
　　不出十日之内，他不投降，必定饿死；我便不折一兵，不损一将，就把敌

人消灭，岂不是好？

苏　元帅所言真上策也！

梁　养寇遗患真下策也！

韩　请问你的上策。

梁　此时一定要将他根本消灭，无论任何牺牲，都不能姑息。

韩　军旅之事，非汝所知。

梁　请问，我们是不是收复黄天荡就算了事？

韩　我们一定要迎回二圣。

梁　那么，河北一百二十州的失地呢？

韩　当然也要收复。

梁　既然要收复北方失地，为什么不赶快乘胜进兵？死守黄天荡有什么用处？
　　而且兀术足智多谋，让他缓过一口气来，必定发生变故，十天之后，倘若
　　敌人的援兵开到，恐怕兀术没有饿死，我们倒弄得措手不及，进退两难，
　　元帅一个人的生死倒还是小，失了千载一时的机会，怎么对得起国家，对
　　得起百姓呢？

韩　本帅领兵以来，战无不胜，攻无不克，列位将军看我打过败仗么？

梁　此次不过小胜，要知道虽胜不骄。

苏　（领着头答话）元帅智勇兼备，真是大英雄。

梁　列位将军以为我刚才说的话不对吗？

苏　（又被众人推举答话）这……夫人深谋远虑，真是大，大……

梁　唔？

苏　（一时想不出适当的话，解元从旁推他一下，他不知不觉说出以下三字）真
　　是大丈夫。

　　〔众人忍不住大笑，韩世忠大怒。

韩　（叫头）列位将军！本帅镇守一方，政令必须统一，行军之事，本帅自有权
　　衡，如此多言，殊属不成体统！

梁　我劝你少摆官派。

〔苏、解下场，偕尚德、彦直上。苏等即溜下。

韩　红玉你且听了。（唱）有本帅领兵马一方重镇，战与守用不着夫人劳心。

梁　（唱）怕的是转瞬间敌人逃遁，你那时负国家更负人民。

韩　（唱）这时候必须要出以镇静，金兀术倘逃走有我担承。

梁　罢！（唱）忠言逆耳劝不醒！（要走）

彦　（拦住母亲，唱）母亲息怒听分明。（白）母亲！此时敌人还在境内，爹娘意见两歧，如何是好！

第八场

〔王智、殷农上。

王　（念）不管国家兴亡事，只要袋中钱不空。

殷　怎么你又记起这两句话来了？

王　我觉得只有这两句话有点道理。

〔二人无聊地笑。

殷　哈迷蚩先生约我们在此处相见，为什么这时候，他还不见到来？

王　做这些事，一定要有些耐心。

殷　其实韩世忠也在出榜招揽贤才，我们为什么不到他那里去呢？

王　不对，不对，他那里要的是拼命的，我们都是享福之人，哪个与他去拼命？二来韩世忠正打胜仗，在锦上添花也显不出我们的本事。金兀术正在为难之际，只要给他一点好处，就如同立了大功。目下用外国人几个冤枉钱，将来还可以做一个大大的外国官……

殷　只怕是遗臭万年。

王　却也乐得自己受用哪。

殷　原来如此！

王　这就叫便宜人人会占，各有巧妙不同。

〔哈迷蚩暗上，将他们一把抓住。

哈　拿汉奸！

王、殷　（大惊）啊呀！

哈　我在此听了半天，你们要去投降金国，卖国求荣。韩元帅正在捉拿汉奸，来，来，来，我们一同去见元帅。

王、殷　老爷饶命啦，老爷饶命！

哈　两位仁兄，看我是谁？

王、殷　啊呀，原来是哈军师，险些儿没有吓掉性命。

哈　适才不过是取笑而已，有劳二位久候，当面恕罪。

王、殷　岂敢。此时可否拜见狼主？

哈　狼主命在下先与二位一谈，少时就来相见。不过请问二位有何妙计，可以解得目前的围困？

王　狼主要出重围，必须用火攻之计。

哈　什么火攻之计？

殷　火攻之计就是……

王　（推开他）慢来，你不要说明，他们这些当军师的，讨了便宜，就会把我们卖了。(回头对哈)军师，其中因有许多不便，一定要见了狼主，才能言讲。

哈　哈哈，王先生，你太精细了！（回头）有请狼主！

〔兀术率四金兵上。

兀　（唱）盖世英雄遭围困，黄天荡寂寞是孤坟。这几日宋兵围得紧，怕的不能得逃生，思来想去我的心烦闷，且看军师显智能。

哈　参见狼主。

兀　军师，有何军情议论？

哈　有一位王先生，一位殷先生，都是本地的绅士，熟读圣贤之书，深达周公之礼，因知我国狼主，□□王道之邦，特地前来投效。

兀　既是如此，快快请来相见。

哈　二位先生，狼主有请。随我来。（介绍）这位就是王智王先生，这位就是殷农殷先生。这就是我家狼主。

王、殷　（上前）参见狼主。

兀　不知二位驾到，有失远迎，当面恕罪。

王　我等一介书生，怎敢当狼主的大礼。

兀　二位请坐。

王、殷　谢座。

兀　孤家无德无能，来到贵国被困在黄天荡，二位先生有何见教？

王　狼王要出重围，并非难事，只是费用多些罢了。

兀　倘能如愿，无论多少钱财，在所不计。来，快取黄金千两，送与二位。

王、殷　惶恐呀，惶恐。

哈　请教请教。

王、殷　狼主容奏，第一要毁掉韩世忠的战船……

兀　怎样的毁法？

王　我这位殷农会造火箭，将我们的火箭，直对韩世忠的战船射去，便能将他烧毁。——其次，黄天荡后面有一条小河，久经泥土塞住，只要连夜挖开就可以通到金陵，狼主可由此路退出。现在地图在此，狼主请看。

兀　（看图）啊呀，真是周密极了！还有什么？

王　还有这第三……第三，怎么想不起来了？

兀　再取黄金千两，赠与王先生。

王　啊呀，我想起来了。我们应当一面造火箭，一面开小河，一面派人向韩世忠求和，只说我们粮草已尽，连狼主都饿病了，聊以为缓兵之计。然后再用些钱财，买通韩世忠的左右，叫他谎报军情，只说金兵狼狈不堪，使他不想进攻。这样一来，狼主可以从容退出：他不追便罢，他若追时，我们可以趁着北风天气，射出万支火箭，焚烧他的战船，韩世忠性命休矣！

兀　真妙计也！（唱）多承二位巧计定，他日成功再报恩。（白）二位，既是如此，就请殷先生动手造起火箭。军师，你可派一心腹之人与王先生一同过江，买通韩世忠的左右去吧。

王　这个？

兀　不必推辞，孤少陪了。（唱）二位必须要谨慎，你们是我国的大功臣。（下。哈、王、殷三人送兀术）

哈　（立到当中，唱）殷先生造箭须赶紧！（二番兵持刀送殷下）王先生过江莫留停！（另二番兵持刀送王下。哈对之作鄙夷状）此等之人真可恨，不重国家重黄金！（下）

第九场

韩　（上，念）谈笑退强寇，儒将有风流。

探　子　（上，念）谎报军情事，欺人不欺天。我，韩元帅帐下探子的便是。金国的哈迷蚩军师，给了我一点儿好处，叫谎报军情，让我预备预备，把胆子发大一点儿。报，探子告进！

中　军　（溜上）启禀元帅，探子回来了。

韩　叫他走进前来！

中　军　走进前来！

探　叩见元帅。

韩　探子你回来了。敌人的虚实如何？

探　元帅说的就是那金兀术么？

韩　讲！

探　元帅容禀！想那金兀术，鱼在釜底游，自从被困黄天荡，盖世英雄一旦休。

粮草都吃尽，刀枪也生锈。人饿倒，马饿瘦，无论兵和将，个个尽低头，金兀术，真发愁，要投降，又害羞，倘若我们的兵不退，没有性命回北州。

韩　报得好，下面有赏。

探　多谢元帅。（叩头，立起，走至台口）真想不到两边都有赏，看起来做这个买卖真是好生意。

韩　（想起来，自己笑起来）哈哈哈，兀术啊兀术，你此番休矣！（唱）不期此处歼强寇，要复中原百廿州。

梁　（内叫）走啊！（上，唱）元帅忠义世少有，此番只怕误机谋。（白）元帅。

韩　啊，夫人来得好，我正要找你。

梁　元帅面带笑容，莫非有什么喜事？

韩　大喜大喜，金兀术快要死了。

梁　何以见得？

韩　适才探子报道，他们的人饿倒，马饿瘦，兀术就要投降来了。

梁　我看他不久就要走了。

韩　他，就要走了，你何以见得？

梁　我也有我的探子。

韩　那些女兵都靠不住。

梁　我是叫百姓们去看过的，据说兀术亲自督工，在那里大兴土木，番兵全在挖土。

韩　哈哈！必是他要土遁。

梁　他们人也强，马也壮，个个都在磨洗刀枪，制造弓镝呢。

韩　我看你那个百姓一定是谎报军情。

梁　你那个探子才是军情谎报。

韩　你的那个人一定是吃醉了酒。

梁　你的探子一定是受了敌人的贿赂。

韩　哪有此事，可以叫来当面审问。来，将适才那个探子传来问话！（内应

"遵命"）

梁　元帅呀！（唱）敌人奸诈世少有，要步步留心免中奸谋。

　　〔探子上，二军跟随。

探　报，探子告进，叩见元帅、夫人。

韩　下面领过赏银没有？

探　多谢元帅，领过了。

韩　适才所报军情，你自己探来的，还是从别人那里听来的？

探　那是小人亲自前去探听，亲眼看见的。

梁　住口！我曾经前去私访，才知道你适才所报军情，全是谎报，受了敌人的
　　贿赂多少？还不从实招来，免你一死。

探　没有多少，只有五十两。

梁　元帅，你看如何？

韩　（对探子）我来问你，本帅平日待你如何？

探　待小人恩重。

韩　可曾克扣你的军饷？

探　不曾克扣。

韩　你为何如此？

探　一时痰迷心窍。

韩　你可知道军法？

探　小人罪该万死。

韩　来，推去斩了。

梁　且慢，望元帅开恩，予以自新之路，将他重责，监禁起来，让他将功赎罪，
　　元帅意下如何？

韩　也罢，念在夫人讲情，暂时免他一死。来，将他重责八十，钉镣收监，扯
　　下去！

　　〔两军卒押探子下。

韩　我，好恨也！（唱）我一生做事惟谨慎，积德也不能感人心！（白）夫人哪！本帅统兵以来，与士卒同甘苦，想不到出了这种奸细，恨煞人也！

梁　平日待兵士们的都是私恩，所以他们不懂得公义。从今往后要使他们人人知道以国家为重才是。（唱）私恩本是难持久，公义方能服人心。

〔内又喧闹。韩问"何事？"中军急上。

中　军　启禀夫人，外面有一渔夫，说有机密大事，要见夫人。

梁　好，叫他进来。

中　军　遵命，下面听着，夫人有命，将那求见的渔夫，带了上来！

〔渔夫，即第一场之民众甲，上。

渔　夫　叩见元帅夫人。

梁　罢了，有何机密大事前来见我？

渔　夫　（叫头）啊呀，元帅呐！小人奉了夫人之命，前去打探金兵的虚实，因此装成渔夫的模样，就在黄天荡一带打鱼，因此看破了金兵的机关。

〔尚德、彦直溜上。

韩　机关怎样？

渔　夫　不是从黄天荡有一条小河，早已被泥土塞住了的么？倘若将那条小河挖开，一水之便可通金陵，金兀术恐怕会由此路逃走。

韩　这是哪个出的主意？

渔　夫　听说有位姓王的王智暗中跟敌人来往。

梁　他们就全靠汉奸。

韩　好，打探辛苦，下面领赏。

渔　夫　谢元帅！（念）正是：兴亡皆有责，各自效微劳。（下）

韩　（叫头）啊呀，夫人，既是如此，事不宜迟，尚德、彦直听令！

尚、彦　在！

韩　命你二人，领二千人马过江，切断兀术的去路。

尚、彦　得令！（下）

中　军　（上）启禀元帅，兀术派人求和来了。

　　韩　啊，派人求和来了？

　　梁　依我看来，这是缓兵之计。

　　韩　你看见他不见？

　　梁　依我看来，元帅不必见他，由我代见，就便探听他们的虚实，元帅意下

　　　　如何？

　　韩　如此甚好！将那求和之人领到此处，先见夫人。

中　军　得令！（下）

　　韩　夫人，昨晚有本地许多绅士前来恳求，要想与金邦停战议和，当时我拒绝

　　　　了他们。恰好今日敌人便来议和，看将起来，其中不无可疑。

　　梁　想起来了。这里的绅士，不是就有一人姓王名智的么？

　　韩　那是个道学先生，绝不是汉奸，做汉奸的必定是另一王智。

　　梁　这且不去管他，且等见过金国使臣，再作道理。

　　韩　夫人全权处理，必无差错。

　　梁　只要你肯拼命打仗，我的交涉就不会吃亏。

　　韩　夫人哪！（唱）夫人但把心放稳，决胜千里我有雄兵。武力才能为后盾。

　　　　（与梁耳语）

　　梁　晓得了，晓得了。

　　韩　（唱）你办交涉要小心。（下）

　　梁　（唱）变化多端难拿稳，方寸之间是苦辛，低下头来暗思忖，必有决断始能

　　　　行。（白）来一个人哪。

家　将　夫人何事？

　　梁　你可知此处有一位王智王老爷？

家　将　知道的。

　　梁　你拿元帅名帖，请他来过营议事。

家　将　遵命。（将下）

梁　回来！等王智离家，马上派人到他家搜查一切文件。

家　将　（回头）是！

　　梁　还有那金国的使臣，在外头等了半天呢。叫中军带他前来相见。

家　将　是。（下）

　　梁　哈哈，平日受金人的气也就够了，今日我也要摆点儿架子让他看看。等他到来，自有道理。（唱快板）听说金使到我境，倒叫红玉苦在心，平日他们骄又狠，今日他出不了我的手心。坐在帐中威风凛，（白）卫队走上！

　　　　〔卫队上。

　　　　〔哈迷蚩上，中军同上。

　　哈　（唱）大丈夫能屈也能伸，假装笑面假恭敬。

中　军　报！大金国四太子帐下哈迷蚩军师到。

　　梁　有请。

中　军　有请。

　　哈　（唱）且看那韩世忠是怎样的人。（四面一望）元帅在那里？

　　中　元帅今日有事，请军帅见过夫人。

　　哈　怎样先见夫人？好！好！好！夫人在那里？

　　中　这就是我家夫人。

　　哈　啊，夫人，这厢有礼！

　　梁　军帅少礼，请坐。

　　　　〔哈迷蚩一看，哈哈大笑。

　　梁　军帅为何发笑？

　　哈　我笑的是中国无人。

　　梁　何出此言？

　　哈　两国的大事，交付于一个女人，真是令人可笑。

　　梁　你国重男轻女，我国男女一样，女子一样有才处理国事，军师少见多怪，岂不贻笑大方。

哈　今日本使奉命前来，元帅避而不见，是何道理？

梁　元帅正在调集大兵要生擒一个大盗，故而出外去了。军师以为避而不见，见识未免太浅。

哈　（旁白）看不出这个女人倒有两下子。只好闲话少说，言归正传。（问梁）夫人知道本使的来意么？

梁　正要请教。

哈　大金与大宋两国，本是兄弟之邦，只因许多误会，又因贵国有意排斥敌国，弄得兵连祸结，至今未了。我国狼主以王道爱人之心，常常想起中华百姓，心中难过；总以为大宋朝可以明白大金的用意，彼此讲和，也免得生灵涂炭。谁想我国的四太子游玩山水，来到江南，总想是能与韩元帅杯酒言欢，谁想始终还是兵戎相见。这不是两国之福。因此特命本使前来与元帅商量，倘能够彼此让步，一切和平了结，岂不美哉？

梁　军师此言差矣！宋金两国之间，兵连祸结，并非由于误会，更不是敝国排斥贵国，只因贵国的狼主和许多将军们，好大喜功，贪得无厌，处心积虑，要吞灭我邦，你们无端挑衅，我们忍无可忍，只好拿起刀枪，以求自存之道。但是敝国的百姓最爱和平，只要贵国能够尊重我国，将兵撤退，那贵国的百姓都是我们的弟兄，彼此亲爱，岂不是好？如若贵国的将官定要一意孤行，夺我们的土地，那就中华全国的人民宁愿死绝，也不能受人糟蹋。你们想灭亡宋朝，以为确有把握，不过经过最近的两战，恐怕胜负之数还未可料吧。

哈　夫人既知道胜负之数还未可知，那就一时的进退，韩元帅也不要太自满了。

梁　来，看酒款待来使！

　　〔女兵上，斟酒。

哈　哈哈，夫人真是贤惠。

梁　依军师之意，应当怎样才好？

哈　我们愿意与韩元帅约定，要是元帅退兵，敝国的兵也可以退到黄河的南岸。

梁　黄河南岸么？那么说，黄河北岸一直到长城以外，就不是中国的疆土吗？

哈　夫人，题目不要放得太大，最好是就讲此处。

梁　军师，我们一定要先顾国家。老实对你说吧，如果退兵，你们先退，至少退到燕云十六州以外。

哈　夫人请！

梁　请！……军师怎么不喝？

哈　这个……

梁　你当这酒中有毒吗？这是你们的拿手好戏，中华的人民没有那种鬼怪。

哈　这是笑话，不过请问夫人，你说的也能算数吗？

梁　怎么不算数？说妥了，就退兵，说不妥就再打，岂不是很爽快吗？

哈　我国的狼主预备了许多的珠宝，要送与夫人。

梁　我从来不欢喜首饰。

哈　人生还不是为富贵。

梁　我们只知道为国家。

哈　江南这样好的地方，倘若为了战事糜烂不堪，夫人你忍心吗？

梁　我们不忍苟且偷安，去做亡国的奴隶。

哈　看起来元帅是不预备退兵？

梁　兵在我们本国，叫我们退到哪里去？

哈　好，我们三日后再谈吧，必定能使元帅满意。

　　〔梁红玉不语。

哈　如此，请问韩元帅，愿他康健。

梁　请问候四太子，愿他平安。

哈　告辞了！

梁　恕不远送。

哈　（冷笑。唱）看她冰霜不可犯，不知我主可能安？（下）

梁　（唱）义正词严贼破胆，谁道是弱国说话难？（白）来呀！——刚才来了个臊鞑子，弄得我满屋子臭气。——来，你们给我扫地。

　　　　〔女兵扫地，家将上。

家　将　启禀夫人，王智王老爷请到。

梁　只说元帅有请。

家　将　王老爷，元帅有请！

　　　　〔王智上。

王　（引）谦冲君子德，雍容儒者风。（白）元帅在哪里？元帅……（望见梁）

梁　这位就是王智王老爷么？

王　不敢不敢，啊呀呀，男女授受不亲，我要告辞了。

梁　且慢！哈迷蚩军师正在此处等候王先生。

王　奇怪呀，我与他毫不相干，等候鄙人做甚？

梁　他在称赞你呢？

王　称赞什么？

梁　称赞你跟他定的好计呢。

王　什么计呀？

梁　你不是教他们开河造箭吗？

王　啊呀，这是哪个王八蛋说的呀？

梁　王先生，站在此处说话不便，那厢请坐。

王　不！不！不！我家中还有要事。

梁　王先生，你富贵就在眼前，你怎么还不明白？

王　哪有什么富贵？"富贵于我如浮云"。

梁　哟，别酸了！老实对你说吧，我们跟金兀术讲和啦。

王　怎么讲和了？

梁　对了。因为金邦的援兵已到，元帅就此讲和，也免得糜烂地方。这个主意，你说不好吗？

王　为什么问我？

梁　因为你是一代的大诗人，又是一方的大绅士。因此要请你来写一张降表。

王　怎么？要写降表么？

梁　你瞧大宋的江山都去了一大半了，我们这个小小地方，死守着不是傻子吗？如今我们跟金兀术已经变了一家人了，讲和了。

王　当真讲和了？

梁　哪个骗你？

王　如此谢天谢地！

梁　当谢天地。你快替元帅写降表吧！我们已经派兵去接金四太子过江来了。

王　我衣冠不整，如何是好？

梁　回头派人到你家里去拿吧。

王　元帅当真要想和平么？

梁　元帅不想和平，哈迷蚩怎么会把你定的计策告诉元帅呢？

王　啊呀，惭愧呀，惭愧！

梁　要是元帅早知道你们有这么大的才学，早就请你做军师了。

王　小小智谋，何足道哉！

〔家将捧信件上。

家　将　启禀夫人，王老爷的文件在此。

梁　待我看来。（看介）王老先生请看，哈迷蚩写给你的书信，在这里呢！

〔王智惊极无语。

梁　只要这一封信就够了。来，把那些凭据好好地收藏起来。

家　将　遵命。

梁　来，将他绑了！（兵绑王智）有请元帅！

〔韩大打上。

韩　哈迷蚩走了么？

梁　被我三言两语，把他说走了。

韩　啊呀，这是何人？

梁　这就是本地绅士王智。

王　元帅饶命！

韩　这是福建的名士，为何绑在此处？

梁　因为他是一个大大的汉奸。

韩　名士做汉奸，倒是头一次听见。有何证据？

梁　现在许多书信在此，元帅请看。

韩　（看介）啊呀！既是如此，王先生哪王先生，本帅就是爱你之才也不能庇护
　　你了！（唱）一见汉奸心头恨！

梁　（唱）破坏国家害人民。

韩　（唱）你也是娘生父母养，

梁　（唱）倒不如禽兽有良心。

韩　（唱）人来与我带去拷问（扫头）！

　　〔苏德上。

苏　（叫头）啊哟，元帅！大事不好了！

韩　何事惊慌？

苏　金兵从黄天荡中射出几万支火箭，我们的战船一齐焚烧起来，敌人就要突
　　破重围了！

韩　快去调兵抵挡！

苏　得令！（下）

王　这才晓得我的厉害。

韩　不必多言，推去斩了！

　　〔兵卒押王智下。探子上。

探　报！金兀术突围逃走！

韩　再探！（叫头）唉哟，夫人！以前悔不听夫人之言，致令敌人利用汉奸，
　　使我功败垂成。想我韩世忠，怎么对得起国家？怎么对得起百姓？也罢！

不如自刎一死，以谢天下！

　　〔韩拔剑，梁上前挡住。

梁　（叫头）元帅哟，想那金兵虽然是突围逃走，还有尚德、彦直两个孩儿，早已布置好了，断了敌人的去路。而且敌人的元气已经大伤，一定不敢恋战。我们可以由旱路连夜追赶，使敌人不能立足，就是赶过黄河亦非难事。以前，我劝你虽胜不骄，如今应当是虽败不馁。如今国难临头，无穷的困苦正要我们担待，难道为了一时的小胜小败，就放下自己的责任么？

（探子上）

探　子　报！有许多难民被金兵杀死，现在还有许多聚在营门以外，请元帅保护。

梁　到了此时，只有他们自己保护自己。

韩　好哇！快快打开仓库，把兵器分与众百姓，一同追击敌人去者！

　　〔起兵，金鼓齐鸣，火光烛天。

（全剧完）

| 文学史评价 |

　　《梁红玉》是欧阳予倩的第一出改编桂戏，"一出《梁红玉》打响了桂剧改革的第一炮，揭开了桂剧改革的序幕"（蔡定国、杨益群、李建平：《桂林抗战文学史》，147页，广西教育出版社，1994）。这出戏是通过宋代巾帼英雄梁红玉出谋划策，配合其夫韩世忠打败金兵的故事来"为抗战作宣传"的"有为而作"（欧阳予倩：《我自排自演的京戏》，见《一得余抄（1951年—1959年艺术论文选）》，243页，北京，作家出版社，1959），具有鲜明的现实性，"歌颂了抗击外国侵略者的英雄人物，暴露了侵略者和汉奸的罪恶，而且借剧中老百姓的口说出了显然是讽刺国民党反动派的话"（季华：《教育人民，打击敌人——略谈欧阳予倩的桂剧本〈梁红玉〉〈桃花扇〉的战斗性》，载《广西日报》，1962年9月28日）。对国民党顽固派的讽刺，成了后来被禁演的原因。

　　——李建平等：《桂林抗战艺术史》，广西人民出版社，2014，第158页

| 创作谈 |

　　桂戏，不像粤剧那样接近富商大贾，不像平剧那样接近王公大臣；她没有特别绚烂的衣饰，也没有充分的营养；她住的地方比较偏僻，交通不甚便利，所以很少有机会去对外交际，也就没有很多人去访问她。因此她始终保持着她那朴素的姿态。

　　——欧阳予倩：《后台人语》（之三），载杨尚昆主编《欧阳予倩全集》（第六卷），

　　上海文艺出版社，1990，第328页

| 作品点评 |

　　抗战爆发后，梁红玉的故事得到了前所未有的关注。1933年，梅兰芳主演了《抗金兵》，梁红玉是剧中的核心人物，正是由于她战前善于审时度势，战时英勇无畏，才获得了对金斗争的胜利。此后，尚小云根据传统折子戏《战金山》整理改编成了京剧《梁红玉》，剧中的梁红玉豪爽仗义，颇具侠客风范。梅兰芳和尚小云塑造的梁红玉形象是一位能担负起民族和国家责任的奇女子，已有时代气息隐现其中。梁红玉的题材也吸引了欧阳予倩，他写于1937年的京剧《梁红玉》因其现实感极强，在上海演出多场，受到了观众的热烈欢迎，后欧阳予倩在桂林期间，又将此剧改为桂剧演出，同样受到欢迎。《梁红玉》全剧围绕着梁红玉带领军队抗击金兵，在黄天荡一役中大获全胜的故事展开。梁红玉满腔爱国热情，她认为，爱国打仗不只是男人的职责，女子也同样有责，天下兴亡，匹夫有责，她在剧中所说："如今打仗靠百姓，不靠元帅一个人，救国的责任重得很，须要大众来担承。"梁红玉富有军事才能，她亲自训练女兵，指挥军队。最能体现她智慧的是黄天荡之战，梁红玉用计将金军困在了黄天荡，韩世忠认为已经大功告成，金军的投降是迟早的事，他可以高枕无忧了。梁红玉是清醒的，她认为当务之急是歼灭金兀术部队，以绝后患，韩世忠却不以为然。金兀术靠收买汉奸，得知了突围黄天荡的方法，当即实施起来，若不是梁红玉早有安排，洞悉一切，后果将不堪设想。这部戏曲塑造了一个

充满大丈夫气概，有雄才大略的女英雄形象，并对那些贪生怕死的武将和卖国求荣的汉奸进行了猛烈的抨击。相比《双烈记》和《麒麟节》，欧阳予倩尽可能地淡化了忠君报国的思想，强化了梁红玉的家国情怀。

——王永恩：《论欧阳予倩抗战时期的戏曲改编成就——以〈桃花扇〉〈梁红玉〉〈木兰从军〉为例》，《戏剧》(中央戏剧学院学报)2017年第4期

《梁红玉》原是欧阳予倩于一九三七年在"孤岛"上海创编的京剧本子，曾由"中华戏团"在上海演出多场，深受观众的欢迎和赞扬。欧阳予倩之所以受到汉奸、特务的迫害不得不离开上海，主要的原因之一，就是这出戏成功地塑造了南宋抗金英雄梁红玉的杰出形象，宣传了同心协力地"歼强寇，收复冀北定江南"的抗敌救国的主张，并有力地打击了汉奸、投降派。剧中，汉奸王智被处决；梁红玉讽喻"王亲国戚只知搜刮百姓自肥，不顾民族存亡"；末尾还以大败强虏胜利闭幕，有力地鼓舞了人民群众，刺痛了汉奸卖国贼和反动统治者。欧阳予倩于一九三八年夏天第一次应邀来到桂林，便立即把这出戏改编成桂剧，交由国防艺术出版社出版。接着他便亲自为"戏改会"的桂剧团排练。演出轰动了桂林市，连续二十八场，盛况不衰。但同样因为刺痛了汉奸、国民党地方当局而遭到了迫害。汪精卫的老婆陈璧君路经桂林时，前往剧场看戏，当梁红玉痛斥汉奸王智，并喝令处决他时，她气得脸无人色，中途逃席；白崇禧的岳父马曼卿看戏时，听到梁、韩对话中尖刻地讽刺"王亲国戚"，也气得跺足而去；桂系军阀的爪牙黄钟岳(省财政厅厅长)甚至当面对欧阳予倩威胁道："梁夫人的嘴也太辛辣了一点，先生可否为她稍易其辞？"欧阳予倩却斩钉截铁地回答说："可以禁演。一字不改。"于是国民党广西当局撕破了脸，下令禁演。这些都充分说明了《梁红玉》在当时起到了怎样的作用，也足可说明欧阳予倩在桂剧剧目的改革上是坚持怎样的宗旨。

——丘振声、杨荫亭：《桂剧发展史上的丰碑——欧阳予倩改革桂剧的卓著贡献》，载《欧阳予倩与桂剧改革》，广西人民出版社，1986，第12-13页

新难民曲

哈庸凡

（独幕话剧，桂林军团妇女工读学校集体创作）

时　夏季里一个晴爽的傍晚

地　一个宽敞的市区街头

人　赵伯娘——摆摊子的老妇

　　岑李氏——从战区逃难出来的中年妇人

　　岑小娟——岑李氏的长女

　　岑小芳——岑李氏的次女

　　观　众　甲乙丙（男）

　　观　众　ABC（女）

　　宣传队长

　　宣传队员若干人

　　应征士兵一队

作品信息

　　哈庸凡于1936年8月至12月，应聘担任桂林军团妇女工读学校国文教员，其间发起创办文学社团"桂林风雨社"，并在该校组织"湖滨剧团"，指导学生演出救亡话剧。1937年1月，哈庸凡离开该校转任《桂林日报》（同年4月1日改名《广西日报》）后，与桂林军团妇女工读学校学生自治会常务干事（会长）江文英发展为恋爱关系，故而哈庸凡在1938年6月北上抗战前线之前，仍与该校关系密切，热心指导该校抗战救亡戏剧活动，创作并导演《新难民曲》即是一例。本书剧本选自《战时艺术》，1938年第2卷第6期。

表演开始:

　　傍晚,太阳还未落尽的时候,街头上正奔腾着黄昏的人潮。那些扮演观众的男女,也就三三两两地在闲逛着。远远地,赵伯娘一手扶着摊子和板凳,一手提着一只篮子,蹒跚地走来,在街旁一块宽敞的空地上把摊子架起,又把篮子里装的花生、甘蔗、纸烟和一个茶盅等物摆好,又拿起盆子向附近人家要了一盆清水。这样,她便坐到凳子上,拿起刀来削马蹄(即荸荠。桂林人俗称马蹄。桂林马蹄颗粒大、皮薄、肉厚、色鲜、味甜、清脆,通常当水果生食或煮食,驰名中外)。观众甲、乙慢慢地向摊子边走过来。

观众甲　(问乙)天气热得很,我们买马蹄吃好吗?

观众乙　(点头)好的。

观众甲　(对赵伯娘)马蹄几多钱一串?

观众乙　烟仔怎么卖?零口的。

赵伯娘　三个铜板一串,烟,一百钱两口。

观众乙　怎么这么贵?

赵伯娘　唉!先生,你们哪里晓得做小生意的苦处,摆一天的花生摊子,还得不到一天的伙食。昨天街长叫我去开街民大会,大家都说是日本鬼害了我们,真的,现在的世界都变坏了。

　　〔观众甲、乙不和她唠叨,各自出钱买他们自己要买的东西,样子是异常悠闲。这时岑李氏带着她的两个女儿,背着包袱,一步一拖地走到摊子边来。

岑李氏　(疲倦地,饥饿地,又伤心地)妹妹,我实在走困了,就在这里坐坐吧。

小　娟　好,我们就在这里求点周济吧。(放下包袱垫着,扶着妈妈坐下来)

小　芳　(又娇又有点伤心)妈,我的脚也走痛了,肚子又饿,怎么办呢?

岑李氏　小芳,耐耐烦吧。(边说边把苦状摆好)

　　〔这时街上的闲人都围拢来,观众甲、乙、丙,A、B、C等也从附近的地方挨近身来，大家都先用好奇的眼光打量着这母子三个狼狈的情形。然后，那些认得字的，便都弯下腰来看苦状。

观众甲　（似乎看完了苦状，要懂不懂地）喂，你们是从 ×× 逃难来的吗？

岑李氏　（望着陌生的人，心里有些惶恐）是的，先生。

观众甲　坐车来的还是搭船来的？

岑李氏　先生，我们这些难民还想搭船坐车？就连走路也还是告化来的。

观众乙　（有点慨叹）这么远，亏你们走哪！

岑李氏　有什么办法呢？这都是那些砍头的日本强盗给我们受的罪孽……

观众甲　（叹息）可怜！可怜！

观众A　（触起自己的感慨，半自觉地）我们也是同样的命运。

岑李氏　小姐，你也是逃难来的吗？

观众A　是的，告诉你，我也是逃难出来的。我是从北平逃出来的，不过我们比他们好些……是坐车来的。

小　娟　小姐，你们都好哟，你们有钱可以坐车，我们没钱只好走路，告化。

小　芳　我们受了许多痛苦才来到这里哟。

观众B　你家里有多少人？

岑李氏　有八个人。

观众甲　那么你们为什么只来了三个呢？

岑李氏　呀，先生，莫提，提出来真教人伤心哟。

观众甲　（好奇地）怎？你讲，你讲，到底是怎么一回事，我们来听听这段新闻。

岑李氏　（悲苦地）还有怎样，他们……他们都给那些日本禽兽杀死了哪！（掩面拭泪）

观众丙　（失声）啊！！

观众乙　莫伤心，莫伤心，慢慢地讲嘛。

观众A　讲吧，我也想知道一点日本鬼子残杀我们同胞的事实。老实说，我们都是逃难的，都是可怜人，或者我可以帮助你，别哭了。

观众丙　对呀！讲了，我们大家帮衬你，什么话！

岑李氏　（忍住伤心，拭去眼泪）我告诉各位，我家里原是安分守己好好的人家，那时，她爸爸在一家洋货店里做掌柜，我还有一个大儿子，就是她们的哥哥，也在一家店里帮工。家里除了他们的爷爷奶奶之外，还有我们母女四个，她们还有一个小弟弟。这姊妹两个日间去上学，放学回来就帮我洗浆缝补，所以我们一家的收入虽然不多，大家勤勤俭俭，倒也可以勉强度日。实指望辛辛苦苦挣出一个出头的日子来，哪晓得……（喉咙哽咽起来）天啊……（掩面痛泣）

小　芳　（看着妈妈哭，也忍不住伏在妈妈怀里哭起来）妈妈……

小　娟　（一边拭泪）妈，别哭了，你看太阳快落下山了，我们也要早点找地方住。妹妹有一天半没吃饭了。

岑李氏　（勉强忍住悲痛）那时，好好的，那些砍头的、杀千刀的日本强盗拼命要从海岸登陆，整天把兵船排在海口，架起炮，等着打仗，市面上的风声一天紧过一天，有不少人都往租界里搬走了，只剩我们这些穷鬼，整天在日本飞机下东奔西跑。那一天，情形越发不对了，我把她们姊妹两个打发到店里去叫她爸爸回来商量，我自己又背着一个未满两岁的孩子去找他哥哥。回来的时候，一路上听见人说，西区都给鬼子的飞机炸了，西区，那正是我们住的地方。你想，那时我们急得怎么样？三步当作一步，走回家来一看，什么都完了，房屋家私都被炸得稀糟，两个老人家也不见了。后来在墙底下才扒见他们奶奶的尸首，一身压得血淋淋的，他们爷爷也只剩得两条腿，其他都是一堆模糊的血肉。（声调转为悲切）那些鬼子的飞机还在天空上扬扬得意地飞哪！他爸爸伤心地把二老殓埋了，便把一家搬到乡下去住。

观众甲　在乡里应该安靖些？

岑李氏　安靖？日本鬼子还肯好好地放饶我们？过了两天，日本强盗便占领了西区，那些禽兽军队便到处杀人放火，跟着就杀到乡下来。那天，她爸爸想出去看看风色，才出村口，就遇到一伙日本兵拉住他，问他哪家有钱，哪家有漂亮的姑娘，又说他穿着长衫，像个读书人，一定是反动分子，又说他出街没有拿日本的国旗，不尊敬皇军，硬要东拉西扯，加上许多罪名，把他活活地砍死。（又哭）隔壁李阿毛从鬼子刀下挣脱出来告诉我，我顾不得幼子娇儿，跑到村口来看，（悲痛极了）我的天哪，连肠子都拉出来了。我一步一跌地跑回家里，大儿子正拦着房门，正和一个满脸横肉的日本强盗争斗，我晓得又出事了。走上去问，原来那个禽兽正要来糟蹋我的女儿。你们各位看，她们两姊妹，一个十五岁，一个才十三岁，那些无天理的强盗都放不过呀！我，我那时气极了，什么都不顾，一头向那强盗撞去，（咬紧牙关）我要报仇！

观众丙　怎么样？后来。

岑李氏　（还是咬紧牙关，握着双手）我要报仇！我要报她奶奶一身血淋淋的仇！我要报她爷爷只剩得两条腿的仇！我要报她爸爸拉出肠子来的仇！

观众Ｂ　撞得怎么样？撞死了那家伙没有？

观众Ｃ　讲下去哪！后来怎么样？

小　芳　（攀过一只手来握着妈妈的手，悲切切地）那个强盗被我妈撞在地上，登时大怒，爬起来抓住我妈的头发，拿起皮鞭乱抽。我哥哥忍不住，上前抢了那个强盗的皮鞭，那个强盗不由分说，就是当胸一刀，（痛哭）把我哥哥搠死，倒在我妈身上。

观众丙　又杀死一个？！

观众乙　那些日本鬼子真下得手哪。

观众Ａ　你们两个呢？

小　芳　那时，我妈晕倒了，不省人事，那个强盗扬扬得意，便进房来搜我们两姊妹。我们两个，也顾不得妈和哥哥，赶快就躲到厨下的灰堆里，那强盗找我们不到，大概又是动怒，把睡在床上的弟弟，又是一刀砍死。我们在灰堆里听见弟弟惨叫一声，连心都痛了，恨不得出来咬下那强盗几块肉来才甘心。（说到这里，岑李氏放声痛哭，小芳也倚着妈妈流泪）

观众甲　你们又是怎样逃出来的呢?

小　芳　那天快夜了,料想那强盗走了,我们才敢偷偷地出来,熬起开水把妈灌醒,妈狠命地痛哭了一顿,我们刚才好劝住,忽然看见东边火烧红了一大角天……

观众乙　怎么呐?

小　芳　原来日本鬼子在村里奸淫掳掠闹了大半天,全村都被抢光了,他们心满意足地回去,临走的时候又放一把火,把全村烧起来。

观众甲　(摇头叹气)真果是"福无双至,祸不单行"了。

观众C　这些强盗的心才狠毒呀!

小　娟　我和妹妹,见事不好,扶着妈,冒着火,跟村子里的人连夜逃出来。第二天,听见人说,全村都成了一堆灰烬,什么都完了。从此我们便没有家,从此我们便到处流亡。(流泪)

　　　　(观众都黯然叹息)

岑李氏　(惨痛地)我们,人给日本强盗杀了,家给日本强盗烧了,什么也没有了,只有我们母女三条命,到处求乞,到处告化,你们各位发点善心,可怜我们这些难民,请随便周济点吧!

观众A　(掏出钱来)我们同样遭着日本强盗的毒害,唉,你们也是可怜的,我就帮你们一点吧。(递钱)

观众C　我也帮你一点。(给钱)

岑李氏　(强为欢笑)多谢!多谢!

观众丙　(一面无钱给她们,一面怜惜似的说)你们这样坐着讨钱,也不是好的办法。

观众甲　听说××来的姑娘,都会唱歌。你们也何妨唱唱来听呢?

岑李氏　先生,我们已经饿了一天半了,还有什么力气唱歌呢。请你们做点好事,不要我们唱了,多把几个钱给我们吧。

观众乙　要唱要唱,唱了我们给钱。

观众A　她们饿了一天半了,大家多凑些钱给她们吧。

观众 B　你们唱吧，唱了他们好把钱给你们。

岑李氏　好吧，可是，我们饿了是唱得不好的。

观众甲　不要紧，你们唱吧。

赵伯娘　（自言自语）好吧，唱吧，我，也得听听。

岑李氏　小娟，唱个歌给他们听吧。我们也好得些钱来买碗饭吃。

小　娟　我不唱，多不好意思的，肚子又饿了。

岑李氏　唉，我们饿了几天了，得不到钱，恐怕要饿死了，你就唱吧。小芳，你也
　　　　帮你的姊姊唱唱。

小　芳　唔。

小　娟　我们唱什么呢？

小　芳　唱《永别了我的弟弟》。

小娟、小芳　（合唱《永别了我的弟弟》）我亲爱的小弟弟，天真烂漫，活泼美丽。
　　　　那时候，你小小年纪，不会胡闹，不会淘气，一天到晚笑眯眯，爸爸
　　　　妈妈都很欢喜。谁知你，睡在摇篮里，一病不起，害得妈妈心里慌，
　　　　爸爸着急，姐姐去赎药，哥哥去请医，弟弟妹妹伺候你，一天到晚没
　　　　有安息。谁知道，雄鸡啼，永别了我的弟弟，永别了我的弟弟。

观众乙　（拍手）好！再来一个。

岑李氏　得了，她们没有气力了。

观众甲　再唱一个，我们再多给些钱。

岑李氏　妹妹，你们就再唱一个吧，我们为了要吃饭，有什么办法呢？

小　芳　（有点赌气了）我实在唱不来了。

小　娟　（听了母亲的话，只好哄着妹妹）唉！妹妹，我们在学校唱的《流亡曲》，
　　　　是完全讲日本鬼压迫我们的情形的，我们就唱一个给他们听吧。

小娟、小芳　（合唱《流亡曲》）我的家在东北松花江上，那里有森林煤矿，还
　　　　有那满山遍野的大豆高粱。我的家在东北松花江上，那里有我的
　　　　同胞，还有那衰老的爹娘。九一八，九一八，从那个悲惨的时候，

九一八，九一八，从那个悲惨的时候，脱离了我的家乡，抛弃那无尽的宝藏，流浪，流浪，整日价在关内流浪。哪年，哪月，才能够回到我那可爱的故乡。哪年，哪月，才能够收回我那无尽的宝藏。爹娘啊，爹娘啊，什么时候，才能欢聚在一堂？！

〔唱完了，两姊妹红着脸，掩着口不作声，观众纷纷丢钱过来。

岑李氏　小芳，我口干了，你去讨些水来吃吧。

小　芳　到哪里去讨？

观众丙　就到旁边花生摊子去。

〔小芳站起来，走到花生摊子边。

观众C　伯娘，请你给点茶给这位姑娘。

赵伯娘　茶就没有，这里有点水，干净的，你拿去吃吧。留心点哪。

小　芳　（接过杯子）谢谢。（手颤，杯跌落地，杯碎）

赵伯娘　（怒）你看，叫你留心点，就把我的杯子跌坏了。

〔小芳心头一急，想赶快躲到妈妈那边去，一动脚又把摊子碰倒了。

赵伯娘　（更加大怒，指着小芳）你这死女娃子，我好心给水给你们吃，你倒把杯子也打破，摊子也碰倒了。我是要靠这摊子吃饭的，现在本钱给你们倒完了！我要和你们拼命！拼命！（想过去拉岑李氏）

〔观众很稀奇地望着，岑李氏站起来，小娟赶忙过来和赵伯娘拾起地上的残物，小芳心中害怕，跑过去挨紧母亲。

岑李氏　伯娘，对不起，请你原谅我。这女孩子年纪小，不懂事，伯娘，我们和你捡起吧。

赵伯娘　那不得！那不得！我是要靠这摊子吃饭的，你们不赔，我这老命也不要了！

观众丙　算了！伯娘！她也不是故意的，她们是逃难来的，哪有钱赔给你。

赵伯娘　你们各位也晓得的，不是我故意这么撒赖，我是一个孤单人，就靠这个摊子吃饭。去年我的儿子，他说是什么日本鬼来压迫我们哪，就跑去当兵去了，好久没有信回。家里就只有我一个人，做点小生意过日子。我还要看着我的儿子打胜日本鬼回来的，现在连我这养命的摊子都给他们倒完了，我还吃什么？我还有得活命？这真是……

观众C 算了，算了，她们逃难也是苦的。

岑李氏 求你老人家做点好事，原谅我们吧！

赵伯娘 做好事！哪个又和我做好事呢？

〔正在闹得不可开交的时候，一群宣传队挤了进来。

队 长 请你们让让，（站到中间）为什么事呀？

观众甲 我告诉你，这三母女是从××逃难来的，她们在这里讨饭、唱歌，这小姑娘向这位伯娘借杯水吃，失手打坏了杯子，又碰倒了摊子，所以这位伯娘在要她们赔。

赵伯娘 先生，我的儿子去当兵打日本鬼去了，家里只剩有我一个人，做小生意过日子。现在连本钱都完了，叫我怎么活下去？我还要看我的儿子打胜日本鬼回来的。

队 长 哦，原来这样。伯娘，你莫生气，人家逃难来也是没有法的。好，我这里的五毫子，就算替她赔给你。你要晓得，她们逃难出来，是为的受了日本鬼的压迫，逼着她们失了家乡。据你老人家讲，你的儿子也是因为看不过日本鬼来压迫我们，就去当兵打日本鬼去了。这样看来，你们两下不但不应该争斗，倒反要和和气气地携起手来才对。你想，你儿子去当兵打日本鬼，就为的是要保卫她们，也保卫我们，我们都是一家人呀！

赵伯娘 （转笑脸，向岑李氏）呵，大嫂子，我们是一家人啊！得罪了你，莫怪。

岑李氏 哪里的话。我们都是受着日本强盗的痛苦呀！

队 长 对了，各位，你们看见没有？这三位辛辛苦苦逃难出来，是为着受日本鬼的压迫；这位伯娘，没有儿子奉养，要自己做小生意来度日，也为着受了日本鬼的压迫。就连你们各位，有的生意冷淡，有的衣食不周，有的没有事做，有的抛妻别子，都是受了日本鬼的压迫。就是我们，放下书本不读，到街头来做宣传工作，也是为着受了日本鬼的压迫。从今以后，我们要晓得日本是我们的死对头，我们的痛苦都是日本鬼给我们的，只有大家齐心协力打倒日本鬼，我们做生意才会繁盛，才会有吃有穿，才会有事做，才会父母妻兄团聚在一起。现在我们高呼：打倒日本帝国主义！

全剧中人　（一起举起手来）打倒日本帝国主义！

队　长　好了，现在我们来唱一个《义勇军进行曲》，希望各位都能做一员最英勇的战士。现在我们唱：一，二，三，唱《义勇军进行曲》。"起来，不愿做奴隶的人们，把我们的血肉，筑成我们新的长城，中华民族到了最危险的时候，每个人被迫着发出最后的吼声：起来，起来，起来，我们万众一心，冒着敌人的炮火，前进！冒着敌人的炮火，前进！前进！前进进！"

〔在唱到第三个"前进"的时候，一队应征的兵士唱着激昂的歌曲走过来。

队　长　（看着那些兵）你们看，这些勇士都是去跟日本鬼拼命，给你们报仇，给我们保卫的。我们来欢送他们。（说着，便领头走了出来。全体队员和岑李氏母女、赵伯娘、观众等都跟在后面。队长唱起《民团歌》来欢送那些出征的壮士）"走上去，走上去，这伟大的人群，伟大的歌声，流荡在热闹的街头。"

（全剧完）

｜作者附白｜

我们为了要赶上"雪耻与兵役扩大宣传周"的公演，就来了这次冒险的尝试。自然，这剧在结构上、技巧上都不免留下很多的缺点，我们自己的能力不够，这是不可否认的事实。不过在闹着剧本荒的今天，对于这个虽然粗劣的收获，我们也颇引为安慰。但，我们仍得继续努力去多多学习。

因为要便于当地观众的看和听，在题材上我们是偏重于桂林地方的实际生活，特别在说白方面，纯粹采用桂林的口头话。不过，假如在另一个地方演出，要改成当地的方言或是国语，也还很便当。

在桂林，我们一共演出了三次——两次街头，一次舞台，都是由哈庸凡先生担任导演，在效果上是颇能激发观众的抗敌热情的。不过这剧在舞台的效力就比在街头差些，但在街头演出也有困难，主要的是观众的秩序太乱，太难维持，我们希望有更好的方法来克服这种困难。

我们把这个剧本献给一切救亡剧团，我们欢迎别的剧团上演，而且希望把演出后的效果和麻烦告诉我们，我们更期待着热心剧运的先生们给我们以批评和指正。因为我们还在学习。

一九三八年，五月

1940年代

桃花扇

欧阳予倩

（三幕话剧）

人 物

侯朝宗——识香君时二十七岁

吴次尾——三十岁上下

陈定生——同上

阮大铖——五十来岁

众秀才甲、乙等

杨文聪——四十余岁

柳敬亭——五十岁左右

李贞丽——约三十，但样子只像二十多岁

苏昆生——五十岁左右

郑妥娘——二十余岁

作品信息

　　1937年初冬欧阳予倩将《桃花扇》传奇改编为京戏。1947年春欧阳予倩改编《桃花扇》为三幕话剧，1957年修改后由中国戏剧出版社出版。现收录的《桃花扇》（三幕话剧）选自《欧阳予倩全集（第二卷）》，上海文艺出版社1990年出版。

寇白门——二十余岁

卞玉京——二十余岁

丫头二人

李香君——十七八岁

相府家丁甲、乙、丙

难民五六人

阮府家丁阮升、小五

兵五六人

马士英——五十七八岁

中军官

马士英的随从甲、乙

剃了头留着辫子的乡民甲、乙

剃头匠

清兵二人

侯朝宗的马夫

第一幕

第一场

人物：侯朝忠、吴次尾、陈定生、众秀才、阮大铖、杨文聪、柳敬亭。

时间：明朝崇祯末年，春。

地点：南京文庙的一角。

〔在文庙墙上张贴着陈定生写的《留都防乱揭贴》。好些人在看，陈定生、吴次尾和侯朝宗三人漫步走来，想听听众秀才对揭帖的意见。

秀才甲　（念揭帖）"当初太监魏忠贤专权的时候，阮大铖就拜在魏忠贤的门下，去做奸臣的干儿子。一个读书人像他那样趋炎附势，下流无耻，已经就十足表现了他那奴才的丑态，……"（念到这里回头看看旁边的人）

秀才乙　（接着念）"想不到他巴结到了一个官，就进一步变成了权门的走狗，到处咬人，一味陷害忠良……"

陈定生　侯兄，你看，贴上了！

侯朝宗　好极了。

吴次尾　听听那些看的人有什么意见。

秀才甲　好！好文章。痛快，痛快！

秀才丙　这是攻击阮大铖的。

秀才甲　像阮大铖那样的家伙还不应当攻击！

陈定生　各位，这并不是攻击阮大铖个人，只是揭发魏忠贤余党的阴谋。难道我们大家吃他的苦还不够多吗？无论是谁，写一首诗也好，作一篇文章也好，他就以大宗师自命，挑三挑四，谁要是不跟随着他，不附和着他，他就说你是毁圣叛君，说你是异端邪说，大逆不道，把一个重大的罪名乱安在人们的头上，想使你向他低头。如今魏忠贤死了，他的靠山倒了，他又装成读书人的样子，在我们面前来摇摇摆摆。

吴次尾　他想露了面又好做官，又好作恶。

侯朝宗　听说他今天还要来祭我们的至圣先师。

陈定生　这是文庙，那种无耻小人，我们不准他来。

秀才乙　他若来了，我们大家就耻笑他，把他笑走。

侯朝宗　他脸皮厚得很，不怕人笑的。

秀才甲　那我们就骂他。

吴次尾　他挨人的骂挨惯了的。他要是怕人笑骂，就不会去做太监的干儿子了。

陈定生　像阮大铖这种奴才，最大的本领就是脸厚心黑，我们绝不能够放过他。

吴次尾　我们决不能让他再翻身！

侯朝宗　喂，喂，你们看，那边不是阮大铖阮胡子来了吗？

陈定生　好好好，我们散开一点，等他来，我们要给他一点厉害。

〔说到此处，大家散开一点，或坐或立，等着阮大铖来。

〔阮大铖，字圆海，原是宦官魏忠贤的党徒，他为人阴险猜忌，对上媚，对下骄，活现出一个势利小人。他是个奴化了的知识分子，所以专门和有良心的文士作对；权倾天下的宦官魏忠贤失败死了，他就失了靠山，许久不敢出头露面。今天他来到文庙，是想借祭孔的机会，拉拢一班文士，以便东山再起。

〔他一走来，大家都不理他，他看见大家的脸色不对，便先自赔笑，拱手为礼。

阮大铖　各位仁兄来得好早啊！

〔大家不理。

阮大铖　各位是不是来与祭的？

〔大家还是不理。

阮大铖　（忽然一眼看见侯朝宗，马上招呼）啊，这位不是侯朝宗侯仁兄吗？

侯朝宗　（不还礼，突然问他）你是哪个？

阮大铖　朝宗兄就忘了吗？学生姓阮名大铖，号圆海，孔子庙每年的丁祭，都是由学生来主持的。

侯朝宗　啊，你就是阮大铖啊！

阮大铖　啊！怎么直接叫起我的名字来了！

陈定生　阮胡子，你到这里做什么来了？

阮大铖　哈哈，奇怪呀！你们不是来祭至圣先师来的吗？

秀才甲　至圣先师不要你祭。

阮大铖　孔夫子是大家的，你们祭得，我也祭得。

吴次尾　你也配！你这奸贼魏忠贤的干儿子！这是什么地方，也许你这下流无耻的奴才在这里摇摇摆摆吗？

侯朝宗　你也读过诗书，为何不自爱惜，去趋炎附势，做那太监魏忠贤的干儿义子，帮着那奸贼专和读书人作对，联络一班流氓地痞，摧残善类，陷害忠良，许多爱国志士死在你手里，你还赖吗？

阮大铖　想你们都读圣贤之书，为什么相信那些异端邪说，反抗朝廷，图谋不轨？若不是我从中设法，恐怕你们这班年轻人还有许多要抓去杀头呢。我念在斯文一脉，便不顾旁人笑骂，舍身投入虎口来保全你们，想不到你们还是恩将仇报，怪不得人家都说你们这班乱党是缠不得的。

陈定生　住口！你这无耻奴才，狐假虎威，害了东林、复社许多朋友，你还自鸣得意，想来强辩吗？如今奸贼魏忠贤已经死了，你的靠山已倒，就该隐姓埋名，闭门思过，重新做人，那我们也不咎既往。不想你还在家里养戏班、养歌女，用来巴结官府，联络地方绅士，想要恢复你的势力，你还敢公然到文庙来上祭，至圣先师要你这奴才走狗来祭的吗？还大言不惭，公然栽赃诬陷，骂我们是什么乱党，你这无廉下耻的狗，敢把我们怎么样？

众秀才　我们打这奸贼！

众　人　打打打！

众秀才　（一哄而上，把阮大铖按住就打，一边打一边骂）你还作恶吗？你这狗东西！你还敢害人吗？

阮大铖　（大叫）救命！

〔杨文聪上，急忙劝解，大家也就住了手。

杨文聪　各位，各位！请慢动手，有话好说！

阮大铖　龙友兄救命啊！

陈定生　你是什么人，敢来替奸贼说话！

杨文聪　小弟杨文聪，号龙友，跟这位侯世兄朝宗，这位吴世兄次尾都是朋友。今日见诸位动了公愤，小弟本来不敢说话，诸位这样崇尚正义、疾恶如仇，兄弟十分佩服，好得很，好得很！但有一层，这里是孔子庙前，倘若打死了人恐怕有些不便，君子不为己甚，圆海也是聪明人，诸位仁兄不妨予以自新之路。

侯朝宗　好，念在龙友兄讲情，饶他这次，让他走吧！

吴次尾　便宜了这奸贼！

陈定生　快走！这样浑身粪臭、浑身血污的人，永远不许再来！

　　　　〔阮大铖抱头鼠窜而去，众秀才哄笑。文庙内传出钟磬丝竹之声，众秀才说：“要练舞了。”同下。只留侯朝宗、陈定生、吴次尾、杨文聪四人。庙内乐声继续约一分钟停止。

杨文聪　唉，“一失足成千古恨”！圆海也是咎由自取。不过他近来也有些悔过之意。以兄弟看来：“得放手时须放手”！各位仁兄，不妨予以自新之路。

陈定生　国事已经被奸贼们弄到了这步田地，倘若再让阮大铖之流混进朝堂，把持朝政，那还堪设想吗？

吴次尾　所以遇见这样的人，一定要打得他不敢出头。

杨文聪　（转移话头）各位仁兄近来得到什么新的消息没有？

侯朝宗　道路阻塞不通，连家信都没有，哪里还有什么消息！

吴次尾　龙友兄可曾得有什么消息？

杨文聪　适才看见官报，据说官兵一连大败，李自成进逼京师，快要进城了。

吴次尾　啊！

陈定生　贪官污吏，到处横行；苛捐杂税，重重剥削；百姓们求生不得，又怎么不……

杨文聪　（注意陈定生）这位……

侯朝宗　原来你们两位还不认识，这是敝同年陈定生，这是杨兄龙友。

杨文聪　原来是定生兄，失敬了！

陈定生　彼此彼此。

杨文聪　定生兄刚才的话十分中肯，不过李自成固然可怕，清兵又有进关的消息，大局不堪问了！

侯朝宗　想我们这些读书人既不能手握大权，又不能冲锋打仗，几篇文章也挽回不了人心天意，令人惭愧。

杨文聪　事已至此，也是无可如何，我们只好且看春光。

〔侯朝宗长叹摇头。

陈定生　倘若清兵打进关来，哪里还有什么春光可看。

杨文聪　不谈了吧，我们去到秦淮河上游玩一番如何？

侯朝宗　心绪不宁，哪里都不愿前去。

杨文聪　侯兄不是到过李贞丽家里吗？

侯朝宗　偶然去过，你怎么知道的？

杨文聪　风月场中的消息，比国家大事的消息灵通得多呢！

〔大家一笑。

杨文聪　……贞丽有个女儿，名叫香君的可曾见过？

侯朝宗　听说香君是绝代佳人，可惜那天她到郑妥娘家去了，不曾遇见。

杨文聪　我来跟侯仁兄做媒如何？

〔侯朝宗微笑不语。

吴次尾　朝宗兄脸红了。

侯朝宗　（不觉念《西厢记》二句）"系春心情短柳丝长，隔花阴人远天涯近！"

杨文聪　哈哈哈！侯兄是才子，香君是佳人，应当撮合才是。

陈定生　我看与其寻花问柳，不如去听柳麻子说书，倒还有些道理。

侯朝宗　柳麻子不就是那柳敬亭吗？

陈定生　就是他。说书说得真好极了，他把历代兴亡成败的故事说得有条有理，还有许多新的见解，连我们读书人都不如他呢。

侯朝宗　听说柳敬亭是阮大铖的门客，那也就是奸贼的走狗，这样的人说书，不听也罢。

吴次尾　你不能有那样的看法。那阮胡子自以为有几个冤枉钱，他除了养歌女、养戏班之外，还把苏昆生和柳敬亭一班人养在家里。以前小弟写了一篇文章，说明阮胡子是魏忠贤的死党，那柳敬亭知道了，就和苏昆生一同带了一班乐工离开了阮家。他说宁愿饿死，也不做奸臣的门客。

侯朝宗　想不到江湖上有这样磊落光明的豪杰，那一定要去拜访，龙友兄同去如何？

杨文聪　敬亭差不多每日见面，今日不陪了。

侯朝宗　那就请便吧。

杨文聪　各位再见。

众　人　再见。

　　　　〔忽闻渔鼓声。

杨文聪　好像是敬亭来了。(望一望)那边不是柳敬亭吗？(叫)敬亭！敬亭，哪里去？

柳敬亭　(内答)哪位？啊，原来是杨老爷。

杨文聪　敬亭，请到这里来！待我来介绍几个朋友。

　　　　〔柳敬亭上。

柳敬亭　啊，杨老爷，各位相公！

　　　　〔大家拱拱手。

杨文聪　敬亭来得正好，有一位朋友久慕大名，正要见你。

柳敬亭　岂敢，岂敢！

杨文聪　这位是侯朝宗侯公子，这就是柳敬亭。

柳敬亭　侯公子，失敬了。

侯朝宗　敬老侠骨柔肠，相见恨晚。

柳敬亭　岂敢，岂敢！

杨文聪　小弟告辞。

侯朝宗　再会。

　　　　〔杨文聪下。走进庙内。

柳敬亭　小人也告辞。

陈定生　正要请教，怎么就走？

柳敬亭　大街小巷都说秀才们在孔夫子庙前打胡子，我这胡子也有些害怕。

〔众人笑。

吴次尾　我们打的是阮胡子。

柳敬亭　嗯！还好，我是个硬胡子。

陈定生　那是个大胡子。

柳敬亭　我是个小胡子。

侯朝宗　那个胡子是奸贼魏忠贤的干儿子。

柳敬亭　那我是我爸爸的好儿子。

陈定生　你看我们今天打胡子打得好不好？

柳敬亭　打得不好。

陈定生　怎么？

柳敬亭　可惜没有打死。

众　人　哈哈哈哈！

柳敬亭　打虎不死，反受其害。

〔众人笑。

陈定生　敬老不是在阮大铖家里教科班吗？在他家里过得怎么样？

柳敬亭　我在他家里穿得好，吃得好，他每月还给我不少的钱。

陈定生　那你为什么又不干了呢？

柳敬亭　那些奸臣的走狗，他们的钱还不是从老百姓身上刮来的造孽钱！我情愿饿
　　　　死，也不愿去替那些奸贼帮场面。

陈定生　偏偏有些读书人自命懂得道理，却反而去替奸贼们帮场面！

柳敬亭　有些人非但去帮场面，而且甘心做狗，还要陷害自己的朋友呢！

侯朝宗　敬老的话不错，所以我们第一要伸正义，正义一伸，邪恶就自然不能容，
　　　　今日我们打阮胡子，也就是伸正义的举动。

柳敬亭　不过，请恕我放肆！

侯朝宗　请讲。

柳敬亭　魏忠贤虽然死了，党徒还散布在各处。阮胡子诡计多端，各位相公要随时

防备，这就叫"明枪容易躲，暗箭最难防"啦！

〔大家点头。

柳敬亭　在下不才，最近编了几支小曲，无非是叫老百姓大家起来，提倡忠义，惩治奸邪的意思。倘若各位不嫌弃，请到寒舍奉茶，等我来唱给各位听一听，当面请教如何？

众　人　正要请教。

柳敬亭　各位请！

众　人　请！

柳敬亭　小人带路！

〔众人同下。

〔庙内歌颂乐章之声又隐隐可闻。

〔杨文聪上，撕下揭帖。回头见阮大铖走出来。

杨文聪　圆老，想不到……（挽阮大铖坐下）

阮大铖　太不像话了！

杨文聪　那班年轻气盛之徒，真是……

阮大铖　他们目无尊长，将来必定要造反。

杨文聪　圆老是不是要应付一下才好？

阮大铖　倘若魏公还在，只要一纸文书，就把他们一网打尽。

杨文聪　如今是谈不到了。

阮大铖　是不是要用些钱去……

杨文聪　还是疏通一下吧。

阮大铖　一个人只要给他钱肯受，给他官肯做，那就有办法，如果给钱不受，给官不做，那其心就不可问了。

杨文聪　不过他们都还是人才。

阮大铖　人才要为我用才是人才，不为我用，那只是废材。

〔杨文聪微笑点头。

阮大铖　送点钱倒是没有什么，是不是他们反而会摆起架子来呢？

杨文聪　钱是人人都要，不过当面送钱，似乎总不好意思。

阮大铖　对，对，我们要使他们不知不觉受我们的钱，不知不觉听我们的话，不知不觉就变成我们的人。

　　〔杨文聪微笑。

阮大铖　不知道他们当中为首的是哪一个？

杨文聪　侯朝宗似乎最有声望。

阮大铖　好，擒贼擒王，我们就在侯朝宗身上下些功夫。

杨文聪　如今倒有一个好机会，那侯朝宗很有意于秦淮河一个歌女李香君，可是他没有钱，圆老何不花一笔钱，让他梳拢了香君，这也是艺林雅事。

阮大铖　大概要多少钱？

杨文聪　香君是个有名的歌女，第一次上头，大约总非数千金不可。

阮大铖　这个数目虽不算少，兄弟还可以办得到，那我就出他三四千两银子。

杨文聪　哪个可以做媒呢？

阮大铖　那一定要请杨老爷做媒。

杨文聪　那怎么行？倘若被人知道，还说杨龙友堂堂县令给人带马，岂不笑话？

阮大铖　为了小弟的事，总求龙友兄勉为其难，拜托拜托！（跪下去叩头）

杨文聪　啊呀，啊呀！（跪下挽起阮大铖）圆老的事就跟小弟自己的事一样，小弟一定帮忙。

阮大铖　龙友兄，你真是古道热肠，令人佩服！只要那侯朝宗到了李家，进了香君的房，上了香君的床，觉也睡了，钱也花了，我们就在外边放话，说他用了我阮胡子的钱，进了我阮胡子的党，看他还充什么英雄好汉！到了那个时候，什么东林也好，复社也好，叫他们党里自己捣乱。我们再用点方法，使他们自己消灭。哈哈哈！

杨文聪　"无偏无党，王道荡荡；无党无偏，王道平平。"我辈圣人之徒，岂能有什么朋党。倘若东林、复社两党的朋友能够顾全大局，解除纠纷，也未尝不可一变士林的风气，小弟以无偏无党之身，甚愿为此事奔走。

阮大铖　龙友兄真是："君子人欤，君子人也!"（深深一揖）

杨文聪　岂敢! 岂敢!（回揖）

——闭幕

第二场

人物：李贞丽、苏昆生、郑妥娘、寇白门、卞玉京、丫头、李香君、杨文聪、侯朝宗。

地点：李贞丽家。

〔开幕时场上没有人。陈设颇整齐雅致，脉脉瓶花，嘤嘤鸟语，令人觉得幽丽而静适，可以久坐忘疲。

〔丫头上场，插花。

〔苏昆生带着笛子走上来，常来常往的，毫无拘束，坐下来。

丫　头　苏师傅来啦!

苏昆生　妈妈呢?

丫　头　在家呢。妈妈，苏师傅来了!

〔李贞丽出来。

李贞丽　呦，苏师傅。

苏昆生　贞姐，你好!

李贞丽　好。你好吧?

苏昆生　还好。

李贞丽　（叫丫头）小红! 去叫姐姐来!（对苏昆生）有什么消息?

苏昆生　听说李自成快打进北京城，清兵也要进关了。

李贞丽　那怎么得了!

苏昆生　照我们的古话，是叫"不了了之"。

李贞丽　总不会打到南京来吧？

苏昆生　难说。

李贞丽　你不是在阮大胡子家里教小科班吗？怎么又出来了？

苏昆生　当初不知道阮大铖是奸臣魏忠贤的干儿子，为了吃饭，就到他家里教戏，以后知道他是魏党，我就跟柳麻子一同出来了。

李贞丽　那你怎么过活呢？

苏昆生　纵然饿死，也不做奸党的门客。

李贞丽　看起来你的火气倒还不小呢。

　　　　〔丫头上。

丫　头　姐姐在楼上哭呢！

李贞丽　怎么，好端端的哭起来了？让我看看去。

　　　　〔李贞丽刚要上楼，就听见郑妥娘的声音。

郑妥娘的声音　贞姐在家么？

　　　　〔郑妥娘上。

李贞丽　呦，老妥！

　　　　〔寇白门、卞玉京同上。

寇白门、卞玉京　贞姐，我们都来了。

李贞丽　什么风把你们吹来的？

郑妥娘　我们来约你到莫愁湖玩去。

李贞丽　苏师傅还刚来呢。

郑妥娘　谁管他这糟老头儿。

　　　　〔苏昆生尴尬地笑着。

郑妥娘　香君呢？

李贞丽　听说在楼上哭呢。

郑妥娘　哭？为什么？

李贞丽　我正想去问她。

郑妥娘　也是时候儿了，十七八岁的姑娘，遇见这样的春天，怎么能不难过呢？

李贞丽　谁像你这样不害臊。

郑妥娘　让我来看看去。（跑上楼去）

苏昆生　她真像个猴子。

李贞丽　白门姐，你们有没有听见什么消息？刚才苏师傅说，李自成就快打进北京城了。

寇白门　我听说外面还贴了告示，说军民人等不要听信谣言，天下还很太平呢。

卞玉京　那到底听谁的好呢？

李贞丽　听说将来南京都危险呢。

寇白门　那总不会吧。还听说李自成来了，老百姓就不要纳粮呢。

苏昆生　噢？！

　　　　〔郑妥娘从楼上一路笑下来。

郑妥娘　（手里拿着一本《精忠传》）你们当香君为了什么哭？原来她在看《精忠传》，看到风波亭岳老爷归天的时候，就哭起来了。

李贞丽　这才真傻呢，"看兵书落泪，替古人担忧！"

　　　　〔大家都笑。

郑妥娘　你们看，她把岳飞的名字都圈上一个红圈，秦桧的名字就都用香火烧掉。

苏昆生　（站起来，走过去，接过郑妥娘手里的书）啊，了不得，了不得！真是有心胸，有志气。像岳飞那样的忠臣，人人应当敬重；秦桧那样的奸贼，人人得而诛之。

郑妥娘　话是不错，可是世界上的事难说得很。宋朝的秦桧人人知道，明朝的秦桧谁知道？有些人做的事情像秦桧，样子装得像岳飞。

苏昆生　瞧，这张嘴，呱呱呱，像只乌鸦。

　　　　〔李香君从楼上走下来，上场。

卞玉京、寇白门　香君！

李香君　姨！

寇白门　小妹妹不哭了吧？

苏昆生　香君你真好！

李香君　师傅！

郑妥娘　（对李香君）得了，小妹妹，别傻了，还是唱唱曲子吧！

李贞丽　香君，把《牡丹亭》"良辰美景奈何天"那一段温习一遍吧。

苏昆生　唉，"良辰美景奈何天，赏心乐事谁家院！"这两句话真是不尽兴亡之感。

郑妥娘　得了，别酸了，吹笛子吧！我来唱春香。（唱）小春香……

苏昆生　真会捣乱！（吹笛）

李香君　（唱）原来姹紫嫣红开遍，

　　　　似这般都付与断井颓垣！

　　　　良辰美景奈何天，

　　　　赏心乐事谁家院！

　　　　〔唱到这里，杨文聪和侯朝宗上，歌声顿止。

杨文聪　哈哈哈哈，唱得好！唱下去，唱下去！

李贞丽　（上前张罗）杨老爷！

杨文聪　我来介绍介绍，这就是有名的侯朝宗侯公子，这是贞丽。

李贞丽　侯公子万福。香君你来，这就是大家常常说起的侯公子，上前见过！

李香君　公子万福。

杨文聪　不认识杨老爷了？

李香君　杨老爷万福！

杨文聪　朝宗兄，你看她娉婷窈窕，真是天仙化人！

侯朝宗　但不知哪一个有福气的可以消受？

杨文聪　有福气的么，（拍着侯朝宗的肩）就在这里哪，哈哈哈哈！

郑妥娘　杨老爷，有那样漂亮的公子，也不引荐引荐？

　　　　〔丫头送茶上。

杨文聪　对不起，我倒忘了。这是风流潇洒的卞玉京。

侯朝宗　真是玉京仙子！

杨文聪　这是鼎鼎大名的寇白门。

侯朝宗　真是白门柳色！

杨文聪　这是最风流最淘气的郑妥娘。

侯朝宗　啊，果然十分妥当。

苏昆生　她才真正的不妥。

郑妥娘　我怎么不妥？

苏昆生　多少有点那个……

郑妥娘　我不那个，你还不知道在哪儿呢！

　　　　〔大家笑。

侯朝宗　妥娘辞令，真妙极了。我有意拜访香君的妆楼，不知道能否如愿？

杨文聪　这要看香君的意思了，香君的妆楼是不能随便去的。

侯朝宗　那就恕我冒昧。

李贞丽　香君，请侯公子、杨老爷楼上待茶，好吧？

李香君　（微笑）杨老爷，侯公子，请楼上坐吧！

杨文聪　朝宗兄，请吧！

侯朝宗　（有点腼腆）您请！

李贞丽　请吧！

杨文聪　您先请，我还跟贞丽有点小事商量。

李贞丽　杨老爷请坐一坐，我送公子上楼就来。

　　　　〔侯朝宗、李香君、李贞丽一同上楼。

郑妥娘　杨老爷，你是做媒来的是不是？

杨文聪　你怎么知道？

郑妥娘　那还瞒得了我！

杨文聪　我正是做媒来的。你看刚才那个小伙子怎么样？还配得上你吧？

郑妥娘　我才不喜欢那种酸不溜丢的。

杨文聪　他是当今的名士呢！

郑妥娘　名士卖几个钱一斤呀？

杨文聪　你真是俗不堪耐，只晓得买卖。

郑妥娘　魏忠贤当权的时候，不是许多名士都去卖身投靠吗？

杨文聪　啊呀，你真把一班名士骂苦了！

　　　　〔李贞丽下楼来。

李贞丽　杨老爷，你刚才说有什么事？

杨文聪　这……

郑妥娘　（对寇白门、卞玉京）喂，我们走吧，让他们……

　　　　〔寇白门、卞玉京点头。

郑妥娘　（向苏昆生）喂，老师傅，你走不走？

苏昆生　贞姐，看来香君今日也不能上学了，杨老爷，老汉给您告假！

杨文聪　苏师傅，请等一等。

郑妥娘　好，那我们先走。

李贞丽　喂，别走！你们一同上楼去陪陪公子。

郑妥娘　那我可不去。

李贞丽　为什么？

郑妥娘　我怕香君吃醋。

　　　　〔郑妥娘、寇白门、卞玉京笑着同下。

杨文聪　（望着出去的郑妥娘）这个人倒真爽快。

苏昆生　风月场中也有她才显得热闹。

杨文聪　贞娘，你看公子人品如何？

李贞丽　人品是再好没有。

杨文聪　我想香君也必定如意。

李贞丽　郎才女貌，自然是一见倾心。

杨文聪　我有意举荐侯公子梳拢香君，你看怎么样？

李贞丽　杨老爷举荐，有什么话说，不过……

杨文聪　贞娘，你不必迟疑，聘礼都包在我身上。

李贞丽　杨老爷还客气吗？不过……

杨文聪　五百两置衣服和首饰，四百两压衣箱，八十两办酒席，二十两赏乐工，另外二千两随你分派，一共是三千两；不成我们就……

苏昆生　杨老爷想得周到极了。

李贞丽　慢说有这样多的聘礼，只要杨老爷一句话就够了。

杨文聪　就请苏师傅做媒。

苏昆生　承杨老爷不弃，当得效劳。

杨文聪　既是如此，你们一面预备，聘礼就派人送来。

李贞丽　多谢杨老爷。

苏昆生　我们先到楼上去向公子报喜。

杨文聪　我看先不必告诉公子，等会儿我就把几套新衣服送来，等到酒席齐全之后，你们就请公子下楼喝酒，再把柳敬亭那班清客和一班手帕姐妹一齐邀来，大家热闹一番。酒过三巡，就把公子送上楼去。让他不知不觉进了洞房，不知不觉上了牙床，不知不觉枕上成双，不知不觉到了天光，就好比刘阮到天台，武陵渔夫进了桃花源一样，岂不是十分有趣？

苏昆生　这真是妙人妙事。

李贞丽　真是妙极了！倘若公子要问呢？

杨文聪　公子问起，你只含含糊糊说，杨老爷全预备好了就是。

　　　　〔丫头上。

丫　头　姐姐说公子请杨老爷楼上坐。

杨文聪　知道了，可是我还有事，要先走一步，就对公子说我回头再来奉陪。一切都请苏师傅办理就是。务必把柳敬亭约来。

苏昆生　遵命。

· 77 ·

杨文聪　这里有纹银五十两，请苏师傅喝杯茶。

苏昆生　那可不敢当。

杨文聪　不收便是嫌少。

李贞丽　既是杨老爷的好意，师傅就收下吧。

苏昆生　多谢杨老爷。

杨文聪　这里还有五十两送给柳敬亭，请代收下。

苏昆生　这是……

杨文聪　因为知道敬亭自从阮家出来以后，景况不大好，所以借个题目大家热闹一下，不过朋友帮忙而已。

苏昆生　杨老爷真是侠义，难得难得！（接了银子）

杨文聪　那我先走，你们赶快准备。

李贞丽　请杨老爷放心。

杨文聪　好，再见。

苏昆生　我去叫他们备马。

　　　〔苏昆生、杨文聪同下。

李贞丽　杨老爷走好……这真是做梦都没有想到的事！

——闭幕

第三场

　　人物：侯朝宗、郑妥娘、苏昆生、柳敬亭、寇白门、卞玉京、李香君、李贞丽、丫头。

　　　〔李家客厅灯烛辉煌，外面奏着细乐。两个丫头在布置杯盘。郑妥娘上，看布置得妥当没有，她认为满意。丫头下。

　　　〔侯朝宗上。

侯朝宗　怎么这样热闹？（显然是装傻）

郑妥娘　今晚李家做亲。

侯朝宗　做亲？

郑妥娘　今晚香君下海。

侯朝宗　下海？

郑妥娘　下海就是梳拢，梳拢就是上头。你别装糊涂了。

侯朝宗　啊……苏师傅、柳敬老都在这里！

苏昆生　杨文聪杨老爷叫我们来陪伴公子。

侯朝宗　杨老爷怎么不在？

苏昆生　杨老爷说今日别处还有要事，明日前来道喜。

侯朝宗　真叫我和香君结成终身之好吗？

郑妥娘　你还有什么不愿意吗？

侯朝宗　秀才点状元，哪有不愿意的道理！只是我"阮囊羞涩"，难以为情……

苏昆生　侯公子不必烦心，杨老爷早已预备好了。

侯朝宗　怎么杨老爷……

苏昆生　是啊。杨老爷说，朋友相交，应当主持风雅，愿天下有情人终成眷属，公子和香君真是郎才女貌，天上少有，地下无双，因此草草预备一些妆奁酒席，聊表庆贺之意。

侯朝宗　杨仁兄真是有情人也！只是如此情景，真是做梦一般。

郑妥娘　这样的梦倒是不坏。你们只管咬文嚼字，新娘子等得不耐烦了。

　　　　〔郑妥娘推侯朝宗下。苏昆生、柳敬亭留在场上。

柳敬亭　（对苏昆生）笑话，笑话。

苏昆生　何以见得是笑话呢？

柳敬亭　侯公子怎么会梳拢香君？

苏昆生　他和香君一见钟情，那也就没有什么奇怪哪！

柳敬亭　就是一见钟情也不会这样快呀！

苏昆生　香君已到了成长的时候，见了美貌多才的侯公子，那侯公子作客在外，遇
　　　　着了如花似玉的李香君，那还不是烈火干柴一碰就着。

柳敬亭　那侯公子来到南边避难，哪里有许多钱呢？

苏昆生　钱，好像是杨文聪借给他的。

柳敬亭　怪事，怪事。那杨文聪素来不是钱多挥霍的人，怎么忽然大方起来，还给
　　　　你我每人五十两？我怕这个钱受不得。

苏昆生　你我都是香君的师傅，因此每人五十两，我受得你也受得，你不要多疑。

柳敬亭　我看这钱还是放一放，受不受等两天再说。

苏昆生　那也好。（乐声大作，并闻女子们的欢笑声）你看侯公子跟香君来了。（和
　　　　柳敬亭下）

　　　　〔众人拥新人进来，柳敬亭、苏昆生再跟着进来，新人互拜。

郑妥娘　（把侯朝宗推向李贞丽）还要拜拜丈母娘。

　　　　〔侯朝宗又一揖。

郑妥娘　（又指指自己）还有我呢！

　　　　〔侯朝宗也拱拱手。众人大笑。

郑妥娘、寇白门　新人请上座。（推新人坐下）

　　　　〔卞玉京拿秤把给侯公子让他挑盖头。

卞玉京、郑妥娘　称心如意！

　　　　〔侯公子不接秤，亲手为香君揭盖头。

郑妥娘　你看这是谁？

侯朝宗　这不是月里嫦娥，就是人间仙子。

郑妥娘　对啦，你到了月宫，见了月里嫦娥，要喝酒三百杯！（将盖头放在侯怀中，
　　　　让他和李香君并坐）喝交杯酒吧！（斟酒给新人）

　　　　〔侯朝宗与李香君对饮交杯酒。

苏昆生　祝公子和香君白头偕老！

　　　　〔众人和侯朝宗、李香君饮酒。

侯朝宗　（接过李香君的扇子）我有意在这扇上题一首诗送给香君。

李贞丽　那好极了。

寇白门　好极了，待我来捧砚。

柳敬亭　这砚要让香君捧的。

〔寇白门捧过砚台送给李香君。

郑妥娘　（指指寇白门）碰钉子啦！我看题诗不如唱戏，唱戏不如猜拳，来吧，来吧！

苏昆生　让人家题好诗再猜拳。

寇白门　（指郑妥娘）你也碰钉子了。

〔侯朝宗诗成递给李香君。

郑妥娘　就题好了，看起来有点儿才学。

柳敬亭　让我先来拜读拜读。（从香君手中接过扇子，念诗）

夹道朱楼一径斜，

王孙初御富平车；

青溪尽种辛夷树，

不及东风桃李花！

好极了，我们要贺一杯。

〔柳敬亭敬酒，侯朝宗一饮而尽。

苏昆生　香君，谢谢公子题诗，应当敬一杯。

郑妥娘　公子题了诗，我们唱支曲子祝贺公子和香君吧！

寇白门　好哇，唱什么呢？

郑妥娘　我唱公子的诗吧！

卞玉京　怎么唱法呢？

郑妥娘　公子有这么大才学，我们不也有那么点本事不是！

寇白门　好！那我们来看看，别回头忘了词儿。

郑妥娘　（抢过扇）不许看，谁要唱错一个字就罚酒三大杯。

81

寇白门　瞧你的吧。

郑妥娘　苏师傅吹起来吧！

　　　　〔李香君斟酒敬公子。众人边唱边给公子、李香君敬酒。

柳敬亭　我们老哥俩也来敬一杯，祝公子和香君前程远大……

苏昆生　瓜瓞绵绵。

郑妥娘　好，这下该我的了！我敬公子一大杯。恭喜公子和香君天生一对，福慧双修，一个是如花美眷，一个是文章魁首，福如东海水，寿比南山上的石头！（敬酒）

侯朝宗　对不起，我真不能喝了，再喝就要醉倒了。

郑妥娘　人家的都喝了，就不喝我的那可不成。

侯朝宗　好，我就勉尽此一杯。

郑妥娘　这才对呀！

　　　　〔侯朝宗举杯将饮，李香君接过去一口替他喝了。

郑妥娘　啊呀，真不害羞，还没上头就这样巴结！这杯不算，再来一杯！

李贞丽　（上前解围）我看请公子上楼安歇吧！

郑妥娘　啊哟，丈母娘保驾来哪！好！你们不喝，我喝了。告诉你们，今天闹房，我到楼上等着你们去。（上楼）

苏昆生　送新人入洞房。

　　　　〔细乐。丫头和李贞丽送侯朝宗、李香君上楼。卞玉京、寇白门陪着上去。一会，郑妥娘从楼上下来。

苏昆生　又算完了一桩事。

郑妥娘　又算过了一天。

苏昆生　人生不过是这样。

郑妥娘　你们看他们这段姻缘怎么样？

柳敬亭　公子哥儿的事还不是行云流水。

苏昆生　那也难说。

郑妥娘　啊，累了！回去吧！（下）

〔夜阑灯熄，楼上笑声隐隐可闻。

——闭幕

第二幕

第一场

人物：李香君、侯朝宗、郑妥娘、卞玉京、杨文聪、李贞丽、陈定生、吴次尾。

地点：李香君妆楼。

〔李香君跟侯朝宗定情的第二天早晨。天清气朗。后面传来女孩子学唱的歌声，一切都好像宁静而甜蜜。

〔李香君晨妆才罢，一个丫头替她收拾妆台，一个丫头替她穿衣服。侯朝宗暗上，欣赏她的新妆，走过去和李香君一同照照镜子。丫头拿过衣服来。侯朝宗抢着为李香君穿。丫头卷起帘子，李香君拉侯朝宗走到窗口望一望秦淮春景，窗外微风，柳丝摇曳。

李香君　（轻轻抚一抚侯朝宗的肩）冷不冷？

侯朝宗　（摇摇头）不冷。（顺手就拉着李香君同坐）怎么样？

李香君　你呢？

〔彼此相视微笑，沉浸在甜蜜的陶醉中。

李香君　真想不到，你怎么会来！

侯朝宗　我来了。你还会想不到，怎么一来就永远不走。

李香君　那可说不定。我只是这样想，要好，就是一刻也好；不好，就一世也没有意思。

侯朝宗　可是我不是轻薄少年。

李香君　我可不是千金小姐。

侯朝宗　就不许我在风尘中有个知己吗？

李香君　你真当我是知己？

侯朝宗　走遍了天涯海角，除了香君，哪里还有知己？

　　　　〔李香君注视着侯朝宗，满意地一笑。丫头送莲子羹上，李香君端一碗给
　　　　侯朝宗，相对而食。

李香君　甜不甜？

侯朝宗　很甜。（敬李香君莲子，不留神把汤洒在李香君衣上）哎呀，闯了祸了。（放
　　　　下碗，站起来想替她擦）

李香君　不要紧，一会就会干的。

侯朝宗　这件衣裳穿在你身上可真漂亮。

李香君　衣裳是很漂亮，人嚜……

侯朝宗　我说的是人。

李香君　你分明称赞的衣裳。

侯朝宗　说话要凭良心。（坐下）

李香君　（也坐下）你这衣裳我穿了正好，是哪家做的？

侯朝宗　我也不知道。

李香君　是谁替你去办的？

侯朝宗　据说是杨文聪杨老爷办的。

李香君　怎么杨老爷……

侯朝宗　（有点窘）香君，我来到南京，因为慕你的芳名，颇怀非分之想，这个意思
　　　　我曾无意之间说过，谁知杨老爷就认了真，居然替我办了妆奁、酒席，把
　　　　我送到这里，以后我也不知道怎么真的就如了平生之愿。

　　　　〔李香君点头，如有所思。

侯朝宗　可是杨老爷事先丝毫没有谈起过，也不知道他究竟用了多少钱。

李香君　大概要花两三千两银子。

侯朝宗　啊，要他花这样多的钱，那怎么行！

李香君　杨老爷倒是常来常往，好像他从来没有什么钱。

侯朝宗　那他这许多钱从哪里来的呢？

李香君　你跟杨老爷是什么交情？

侯朝宗　是文字之交，相识不久，来往也并不很密。

李香君　那就有点奇怪。我看回头杨老爷来了，你不妨问问他。

侯朝宗　我想请你不着痕迹地问他一声，看他怎么说。

李香君　那也可以，不过……

　　　　〔郑妥娘、卞玉京同上，只站在门口。

郑妥娘　昨晚怎样？还好吧？

卞玉京　恭喜，恭喜！

郑妥娘　辛苦，辛苦！

侯朝宗　请进来坐。

卞玉京、郑妥娘　再见，再见！（笑着下）

李香君　怎么不坐坐？

李贞丽的叫声　啊，杨老爷！

李香君　他来了。

李贞丽　（一面上楼，一面叫）杨老爷来了，就请楼上坐吧！

　　　　〔杨文聪、李贞丽同上。

杨文聪　哈哈哈哈，恭喜，恭喜！

侯朝宗　多谢成全！

李贞丽　香君，还不拜谢杨老爷！

李香君　多谢杨老爷！

杨文聪　打扮起来越发标致了！老兄，我这个媒做得怎么样啊？香君，你看侯公子
　　　　人是人才，文是文才，总还称心如意吧？哈哈……

侯朝宗　是啊，我和香君彼此海誓山盟，必定白头偕老，仁兄成全之德，永不能忘。

不过这许多妆奁礼物，都是仁兄的厚赐，真不敢当，小弟只有惭愧。

李贞丽　好朋友就不要客气哪！

杨文聪　是啊，些微礼物，何足挂齿，只是太轻微了。

李香君　杨老爷，听侯公子说，他和杨老爷旧日并无深交，杨老爷在南京也是作客，
　　　　并不十分充裕，哪里有许多钱送给朋友呢？

杨文聪　这……

李贞丽　（把李香君拉在一旁）喂，这些话你问他干什么？

李香君　这是侯公子叫我问的。

李贞丽　唷，你瞧，他才来，你就这样听他的话，叫做妈妈的还说什么呢？

　　　　〔丫头端上几样酒菜。

李贞丽　好吧，杨老爷，您请来喝杯酒吧，就当我们谢大媒。

杨文聪　不用客气，摆下就是。（打定主意对侯朝宗说明）朝宗兄请过来。适才香君
　　　　不问，小弟也不好启齿，如今既是问及，小弟就只好说个明白。

侯朝宗　小弟也有些疑惑，还望仁兄说明缘故。

杨文聪　这一回小弟梳拢香君，一共用了两三千两银子，这个钱都不是小弟的。

侯朝宗　是哪一个的？

杨文聪　是另外一个朋友的。

侯朝宗　哪一个朋友？

杨文聪　我看暂时还是不说。

侯朝宗　还是请仁兄告诉小弟吧。

杨文聪　说出来老兄不要动气。

侯朝宗　请您快说。

杨文聪　这钱是阮圆海送的。

侯朝宗　阮圆海？就是那阮大铖阮大胡子吗？

杨文聪　就是他。

侯朝宗　怎么，我在这里所用的钱，都是阮大胡子的钱？

杨文聪　是呀，老兄用的就是阮大胡子的钱。

侯朝宗　（一呆，大窘）啊呀，我怎么会糊里糊涂用了阮胡子的钱！我想把钱还他，身边又没有钱，倘若不还，人家说我用了奸臣的钱，那还怎么做人？

杨文聪　些些小事，老兄不必为难。想那阮圆海，他也是聪明人。当日他投到魏忠贤的门下，也有他不得已的苦衷——那魏忠贤，本想杀尽天下贤士，多亏阮大胡子从中设法，保全的也有不少。不料东林、复社的朋友，不能相谅，始终当他是个坏人，他如今也十分后悔，只想求老兄替他在许多朋友面前疏通一下。

侯朝宗　（被迫妥协）龙友兄，你的意思我都明白了。那阮大铖，只要他诚心悔过，从此好好地做人，我也可以原谅；到可以说话的时候，朋友面前我也可酌量说几句话。

杨文聪　就是说替圆海疏通几句？那是再好没有，大家都好。

侯朝宗　至于那三千两银子，小弟虽然穷，还可以设法，陆续地还他就是。

杨文聪　这又何必呢！

侯朝宗　只是，龙友兄，这件事关系到小弟一生的名誉，还望在外面不要说起。

杨文聪　那自然，人家不会知道的。

李香君　侯相公，你错了！

李贞丽　香君，要你管什么闲事？

李香君　我听了半天，早已经明白。侯相公，你是被人卖了！

杨文聪　香君，你说话要谨慎一些。

李香君　杨老爷，谁不知道那阮大胡子是魏忠贤的义子？他作恶多端，天下咒骂，您为什么反而要去帮他？

杨文聪　我这是为大家好，这个你不懂。

李香君　这分明是欺负侯相公忠厚，就做成圈套，要败坏他的名誉。

李贞丽　香君不许多讲！

杨文聪　生米煮成熟饭，不要错怪好人。

李香君　什么叫生米煮成了熟饭？难道侯相公在这里住了一晚就不能做人了吗？

杨文聪　我说的是你。

李香君　我？尽管你们把我看成下贱的女子，可是我心还没有死，是忠是奸我还分
　　　　得出来。（对侯朝宗）侯相公，你怎么不说话？大丈夫，有话说话，有错认
　　　　错，上了当，磊落光明说出来，怕什么！三千两银子，你还不起，我叫我
　　　　妈替你还了他们。

李贞丽　啊呀，你疯了吗？

李香君　妈妈还不了，我就是沿街卖唱也替你还了。（对杨文聪）杨老爷，身上穿的
　　　　这件衣服，头上戴的这朵珠花，都是你昨天送来的，我先把这些还了吧！
　　　　（说着便摘下头上的花，脱了身上的衣服）

李贞丽　哎呀，你真是疯了！

　　　　〔杨文聪无可如何，只好发出掩饰的笑。

杨文聪　香君。你这样闹，不要给公子种祸根哪！

李香君　谢谢你杨老爷，只恳求你老人家拜上那阮大胡子，只说侯朝宗没有接受过
　　　　他的恩惠，不会做他的走狗。（把衣服、珠花放在杨文聪面前）

杨文聪　岂有此理！

李贞丽　杨老爷不要生气，香君小孩子脾气，请您高抬贵手，原谅她！（对李香君）
　　　　你太不懂事了！还不来给杨老爷赔罪！

侯朝宗　龙友兄，非是小弟不领盛情，只怕自信不坚，反为儿女子所笑。这些礼物
　　　　请仁兄带回，其余的银子明天一定凑齐了送过去。

杨文聪　不必谈了，不必谈了。"美意翻成恶冤家"，总而言之，好人难做，再会！

侯朝宗　真是抱歉！

李贞丽　（拉李香君）还不送杨老爷。

　　　　〔李香君走上几步，杨文聪已下楼，李贞丽追下。

李贞丽的声音　杨老爷您走好！明天带香君到您公馆来请罪！

侯朝宗　（异常难过的样子）我真糊涂，我怎么会上这样一个当！

李香君　事情已经是这样了，难过也没有用处，以后格外谨慎就是。

侯朝宗　这样一来，弄得我真是……

李香君　谁会想到像杨老爷这样的人，会帮着阮大胡子玩这套把戏呢！不过你这回上当，完全为了我，还是我害了你。（轻轻地哭起来）

侯朝宗　香君，千万不要这样说，是我对不住你；我在你面前只有惭愧。

　　〔李贞丽上来。

李贞丽　香君，你今天的脾气闹得可真不像话，你一定闹得我们在这里住不下去，活不下去，你才开心吗？你当他们是好惹的呀？

　　〔李香君无语。

侯朝宗　这都是我的不是。

李贞丽　侯公子，您不知道，像我们这样的人能活着就不容易。（叹口气走进去了）

　　〔侯朝宗僵得说不出话来。

　　〔正在这个时候，楼下有人叫，问侯公子在不在，听那声音，知道是陈定生。侯朝宗急忙走到楼梯口。

陈定生的声音　侯公子在这里吗？

侯朝宗　定生兄吗？啊，次尾兄也来了，请上楼来坐！

　　〔陈定生、吴次尾同上。

陈定生　你果然在这里！

侯朝宗　有什么紧急的事吗？

吴次尾　怎么你还不知道？

侯朝宗　什么事？

陈定生　外面大街小巷、茶楼酒肆，有人发出匿名揭帖，说你用了阮胡子的钱，入了阮胡子的党，许多朋友都在文庙的明伦堂等你去说话呢！

吴次尾　这一定是阮胡子的阴谋诡计。

侯朝宗　虽然是阮胡子的阴谋诡计，我自己也不小心。

吴次尾　究竟是怎么回事？

侯朝宗　杨文聪把我带到这里，莫名其妙就把衣服、首饰送给贞丽，酒席也早预备好了，说是主持风雅。谁知今天早上他又来了，这才告诉我说，我用的是阮胡子的钱，要我在朋友们面前替阮胡子说几句好话，真把我急坏了！不想激起了香君的义愤，她当场把衣服、首饰脱了下来，还给杨文聪，他一气就走了。

吴次尾　这完全是他们预定的圈套。

陈定生　倒想不到香君会这样义烈。

李香君　我死也不穿奸贼送的衣服，不戴奸贼送的首饰。

吴次尾　香君真了不得！

陈定生　真令我们肃然起敬！（拱手）

侯朝宗　真是我的畏友！

吴次尾　足以愧煞须眉！

侯朝宗　可是现在怎么办？

陈定生　我们要打破他们的阴谋，你赶快去对同社的朋友把实在情形说个明白，同时对他们所造的那些无耻的谣言来一个反击。

李香君　侯相公赶快去吧！阮胡子的钱，我想法子还他。

侯朝宗　那不要。

陈定生　那当然不要烦劳香君，无论多少钱，我们大家凑足了，送给杨文聪就是。朝宗兄，如今到处都是陷阱，每一步都要留神。我们去吧！

侯朝宗　去吧。

　　〔他们一同下楼，李香君送到楼梯口，李贞丽上。

李贞丽　刚才来的是不是一个姓陈，一个姓吴？

　　〔李香君不语。

李贞丽　那班老爷们最讨厌的就是这班秀才，以后跟侯公子讲，最好是让他们少来吧。

李香君　我不能说。

李贞丽　你尽跟我闹别扭，你到底想怎么样？

李香君　我要做人。

李贞丽　好吧，好吧，随便你闹吧！除非你不要吃饭，可惜你没长得做千金小姐的命！（坐下，长叹）

李香君　妈妈！

——闭幕

第二场

人物：李贞丽、李香君、郑妥娘、卞玉京、寇白门、侯朝宗、陈定生、吴次尾、丫头。

地点：李香君的妆楼。

〔侯朝宗外出未归，香君等得甚为焦急。远处传来群众喧嚣的声音。

李香君　（自言自语）怎么还不回来！

〔李贞丽上楼来。

李贞丽　侯相公怎么还没有回来？外面风声很不好，听说李自成打进了北京，崇祯皇帝吊死了。

李香君　那不是早就听说了吗？

李贞丽　是呀，可是如今凤阳总督马士英跟阮大胡子他们又请出一个皇帝来，就要在南京登基。他们得了势，魏忠贤的党羽又全出来了。听说以前跟他们作过对的全要抓起来，听说已经抓了好些个，又听说有好些胆小的读书人都逃跑了。你看侯相公在我们这里，要紧不要紧？

李香君　我想总不要紧吧。

李贞丽　"不要紧吧"？你怎么知道不要紧？

〔远处又传来群众哄闹声。

李贞丽　你听！又不知道出了什么事！（谛听）

　　　　〔静默。丫头上。

丫　头　侯相公还没有回来，饭还是等一等，还是先开？

李贞丽　开好了。

李香君　稍微再等一等吧。

丫　头　噢。（退下）

李贞丽　真麻烦。

丫　头　（刚下楼梯）啊！侯相公回来了！（下）

　　　　〔侯朝宗又愤怒又忧郁的样子走上来。

李贞丽　啊，回来了，好啦，开饭吧。（走下楼去）

李香君　什么事生这么大气？

侯朝宗　那阮大铖勾结马士英和许多武人，拥立福王由崧做皇帝。那个福王谁都知道是个酒色之徒，什么都不懂，什么坏事都会做，弄这样一个人怎么能够当国！现在整个北方已经断送了，剩下这偏安之局，国家万分危急，而皇帝是个糊涂皇帝，臣子又是一班魏忠贤的干儿义子，下流无耻的东西在专权，还堪设想吗？我们这些读书人难道一句话也不说，就听凭那些奸贼自私自利，把国家断送吗？因此我们集合了许多人，去跟那些奸贼辩理，想不到他们竟命许多校卫，拿着鞭子棍子把我们乱打一顿，真气死人！

李香君　受伤没有？

侯朝宗　我倒还好。

李香君　现在怎么对付他们？

侯朝宗　现在福王已经即位，为目前之计，只好发出檄文，檄动左良玉、史可法的兵，先把一班奸贼除掉再说。

李香君　这样一来，岂不要自己打起来？那清兵马上就会过江，我看一定要先把清兵挡住，再跟奸贼们算账。

侯朝宗　你哪里知道，阮大铖、马士英他们控制着许多军队，把军饷克扣着不发，又怕他们不归附，就挑拨离间，使他们各自猜疑，这还怎么能打仗？

〔陈定生、吴次尾同上。侯朝宗、李香君都紧张起来。

侯朝宗 事情怎么样？

陈定生 听说阮大铖对马士英建议，要他延揽人才。

侯朝宗 怎么延揽人才？

陈定生 意思就是说，要把我们这些人，尤其是我们当中的四五个人，拉进朝里去做官，随便给个官给我们做，那他就可以说把复社全部社友都降服了。

吴次尾 从外面看起来，他是延揽人才，不分彼此，其实他就是要弄得我们廉价出卖，变成他的奴才。

侯朝宗 我看要拉我们入朝做官，都是鬼话。刚才不是还指挥校卫衙役打我们吗？

陈定生 叫兵来打我们是一种做法，拉拢我们又是一种做法；两种做法同时并进，这叫双管齐下。

吴次尾 所以他又叫杨文聪来对我们说了许多好听的话，他说，打人的事是出于误会。他还说阮大铖本人绝不记以前在文庙里挨打的旧恨，希望在国事艰难的时候延揽人才，其实这只是一种骗局。

陈定生 除掉这打跟骗之外，还有一手就是抓。杨文聪私下告诉我，他说，如果我们受朝廷的延揽，就要我们马上去见一见阮大铖，倘若不去见他，那他就说我们有意跟他作对，就会去告诉马士英，派兵来抓我们。

侯朝宗 抓我们？我们犯了什么罪，何以来抓我们？

陈定生 那欲加之罪，何患无辞。他就说你存心反叛朝廷，图谋不轨，等你辩明已经来不及了。

侯朝宗 那我应当怎么样呢？

吴次尾 我们手无寸铁，人又只有这么几个，兵荒马乱，社友各处星散，力量就更显得单薄了。

侯朝宗 看起来我们还不如李自成，可以号召几百万人，横行天下！（苦笑）

吴次尾 今日真有"文章何处哭秋风"之感！

陈定生　我就以为文章还要多写，实实在在，还靠文章来提倡忠义，振奋人心呢。

　　　　　我看这样吧……

　　　　　〔三人密谈。丫头上。

丫　头　姐姐，开饭了。妈妈说请各位公子楼下吃便饭。

　　　　　〔陈定生、吴次尾二人告辞。

吴次尾　好，我们走吧。

李香君　在这里吃饭吧，没有什么菜。

陈定生　谢谢，我们还有事。（对侯朝宗）你不要送下楼，你赶快写封信到扬州给史

　　　　　可法阁部，看我们是不是可以到他那里去。我看扬州是唯一可去的地方。

　　　　　今天晚上你到我家里来一趟，我们再谈一谈。

侯朝宗　好，那我就不送。

　　　　　〔陈定生、吴次尾下楼后，侯朝宗不安的样子，背手沉思。

李香君　你想怎么样？

侯朝宗　我，我想赶快写封信，明天早上寄到扬州，我到后面房里去写，你去吃饭

　　　　　吧，我吃不下。（说着就回身进后房去了）

　　　　　〔李香君见到此情形，十分忧虑。李贞丽上。

李贞丽　刚才那两个人真有那许多话讲，他们来来往往，将来一定要出事。

丫头的叫声　妈妈，柳师傅来了！

李贞丽　他来干什么？（马上向楼下走）啊，柳师傅来了！

　　　　　〔李贞丽正要下楼，柳敬亭已经上来。

柳敬亭　（神态严重）喂，侯相公在不在？

李香君　什么事，柳师傅？

柳敬亭　外面情形很不好，请他出来，我有话跟他讲。

李香君　啊，是啦。（跑进后房去）

　　　　　〔柳敬亭坐下。

李贞丽　（惊惶得很）柳师傅，是怎么回事？

柳敬亭　回头谈吧。

〔侯朝宗上。

侯朝宗　柳师傅，难得，难得，许久不见了。

柳敬亭　侯相公，今天我特意来给你报个信，阮大胡子因为你们不跟他合作，要派兵来抓你来了。

李贞丽　（第一个急起来）啊呀，那怎么得了，只好赶快逃走吧！

侯朝宗　（外表似乎还镇定）真是岂有此理！

柳敬亭　积下来的仇恨，有什么话说？两条路，永远合不来的。

李香君　既是这样，恐怕要暂时避开一下。

李贞丽　这也真叫没有办法。

侯朝宗　可是避到什么地方好呢？

柳敬亭　我看到江北比较好，或者史阁部那里，……只是情势很紧急，最好马上动身。

侯朝宗　这样怎么来得及！

柳敬亭　我看不如暂时离开这里，到另外一个朋友家里去，收拾一下行李，明天一清早过江也未尝不可。

李贞丽　我看最好就去雇一条船，马上下船。我叫人把行李给公子送到船上，连夜顺水开船，那就大家都放心一点。

柳敬亭　路上查得很严，最好改一改装扮。

李贞丽　那么，是不是现在立刻就动身呢？

柳敬亭　能快最好是快一点……

李贞丽　好，那我就去替你雇船。（下）

柳敬亭　（对侯朝宗）我去替你预备改装的衣服。

侯朝宗　好，拜托，拜托！

〔柳敬亭下。

侯朝宗　香君，真想不到……

李香君　你放心，自己保重……

　　　　〔邻家有歌声。

侯朝宗　我从北方避难到江南来，想不到遇见你，你是这样美丽、聪明，又有这样高洁的品性。我生平只有你这样一个知己，就是地老天荒我一刻也不愿离开你，可是遭遇到这样的时候，豺狼当道，国家危急，他们一切不顾，只想排除异己，要把有良心的读书人一网打尽。像我这样早已有家归不得，又从江南逃回江北去！香君，我只要不死，将来无论在什么地方，我都要来找你！

李香君　流离失所、无家可归的人不知道有多少，我们又有什么话说？你到了江北，一定有更多报国的机会，你不要顾我，你只要为国家保重自己。你走了，我自然有我的打算，我决不辜负你……

侯朝宗　香君……

　　　　〔侯朝宗、李香君相持而泣。李贞丽、柳敬亭相继上。

李贞丽　侯相公，都准备好了！

李香君　那就趁早动身吧！我替你去收拾收拾。（走进后房）

柳敬亭　侯相公，香君的事，有我们在这里照料，尽管放心！

侯朝宗　（对柳敬亭一揖）一切拜托，……想不到魏忠贤的党羽又上了台，而我始终不能不走！

柳敬亭　世界上的事难说得很。

　　　　〔门外有号角声、呼喝声、喧闹声。丫头上。

丫　头　妈妈，刚才街上有一群兵押着几个犯人去杀头，听说都是读书人想造反的，里头有一个好像以前还到过我们家里。

李贞丽　好，去吧！不要乱说呀！柳师傅，候公子这样出去该不要紧吧？

　　　　〔李香君拿一个包袱上，放在桌上。

柳敬亭　回头让侯相公从后门走，先到妥娘家去避一避，然后再到我家，半夜换了衣服再走吧。

李香君　既是这样，我看要给陈、吴二位相公送个信，叫他们也避一避。

侯朝宗　好，可是谁去送信呢?

李香君　我去吧。

李贞丽　（追着叫她）香君，你去不得!

李香君　妈妈，只有我能去。

柳敬亭　香君，用不着你去，回头我去送信就是。

李贞丽　柳师傅去再好没有。

李香君　（脱一对手镯给侯朝宗）这个你带着吧。

侯朝宗　用不着，我还能想办法。

李贞丽　（从李香君手中接过手镯，怀里掏条手帕包上交侯朝宗）带着吧，一路上总
　　　　会有些开销的。

侯朝宗　贞娘，真有说不出的感激。（深深一揖）

李贞丽　一路上要多加小心，多多保重，祝你一路平安!（拿起包袱走向楼门口。
　　　　回头见侯朝宗与李香君依依不舍，为之惨然）

柳敬亭　公子请吧!（先行）

侯朝宗　（无可如何，趋前与李香君握别）香君保重……

　　　　〔李香君紧握侯朝宗手哽咽无语。

——闭幕

第三场

　　人物：李丽君、郑妥娘、卞玉京、李贞丽、杨文聪、丫头、相府家丁数人、苏
昆生。

　　地点：李香君妆楼。

　　　　〔场上静悄悄地。李香君坐妆台前，提起笔来想写信给侯朝宗，又觉心烦
意乱，无从写起。她放下笔，弄着扇子，站起来在室中徘徊，百无聊赖地

走进里屋去。郑妥娘和卞玉京上。

郑妥娘　哟，怎么没有人？贞姐在家么？

卞玉京　贞姐！

李贞丽的声音　老妥、玉京，请坐吧！就来。

〔李贞丽从后房出。

李贞丽　我一听就知道是你们。今天可冷了。

郑妥娘　可不是吗。

卞玉京　香君呢？

李贞丽　唉，病了。

卞玉京　病了，什么病？

李贞丽　自己闹病的。可是侯相公幸喜走了，以后真有人来问过他。

郑妥娘　外面这几天更闹得不成样子了！听说吴三桂借了清兵来打李自成，清兵就
　　　　趁势杀进关来，把江山抢了去，听说要打到南边来呢。

李贞丽　怕就真要逃难，那可不得了。

丫头的叫声　杨老爷来了！

郑妥娘　哟，这位老爷又来了。

李贞丽　（走去迎接）杨老爷请楼上坐吧！

郑妥娘　这位老爷来了，又不知道有什么事，我们去看香君吧。

〔郑妥娘和卞玉京进里屋。

〔杨文聪上。丫头送茶。

李贞丽　预备点心。

杨文聪　不用，不用。香君呢？

〔丫头下。

李贞丽　有点不大舒服，睡了。

杨文聪　哦？不是相思病吧？哈哈哈！

李贞丽　不会的，天气变了，凉着的。可是杨老爷，侯相公走了，不会连累我

们吧？

杨文聪　有我替你们打点，包你没事。

李贞丽　一定要求杨老爷多多帮忙。

杨文聪　不过像前回香君发那么大的脾气，我可不能帮忙。

李贞丽　如今的宰相马老爷是你的舅老爷，只要你肯帮忙，借你一句话，什么都好办。香君不过是小孩子脾气，只怪我没有教导。杨老爷，大人不记小人过，宽恕她吧！

杨文聪　我是从来不会记恨的。

李贞丽　我知道您是宽宏大量的。

杨文聪　我今天来，想告诉你一件事。

李贞丽　（很担心地）什么事？

杨文聪　有一个田仰田老爷你可认识？

李贞丽　我不认识。

杨文聪　马相爷说他是了不得的人才，把他提升为漕督了。

李贞丽　漕督？

杨文聪　漕督是个管粮食的大官，你们吃的米都要归他管。

李贞丽　哦，那是个发财的官！

杨文聪　可不是吗？如今他要去上任，马相爷想买一个人送给他，听说他要娶你的女儿。

李贞丽　侯相公刚走，要香君嫁人，她一定不会肯。

杨文聪　可是这班新贵人是不好得罪的，而且他是马相爷的得意红人。我特地来报个信，你们最好做些个准备。

李贞丽　我们做些什么准备？我看还是请杨老爷跟那位田老爷去说说，让他另选一位吧。杨老爷，求求你！

杨文聪　是不是问问香君看？

李贞丽　香君一定不会答应。

杨文聪　那是不是让香君避开一下？

李贞丽　教我们避到哪儿去！还是恳求杨老爷给我们说说好话！

杨文聪　我一定帮忙，可是田仰这个人脾气很坏，就怕他不讲情面。好，我去碰碰
　　　　看吧。（起身）

李贞丽　杨老爷成全香君，我们永远忘不了的。

杨文聪　不要客气，再见吧。（下）

　　　　〔郑妥娘、卞玉京上。李香君随上。

郑妥娘　怎么回事？杨文聪干什么来了？

李贞丽　他说有个田仰，新升了漕督，是个发财的官，要娶香君。

郑妥娘　田仰啊，哈哈哈哈……那真碰着了！

李贞丽　他是怎么个人？

郑妥娘　他还不是阮胡子的一党！一个刻薄鬼，要钱不要命，又脏又怪那么个鬼老
　　　　头子。

卞玉京　怎么会弄出这样的怪物来做大官？

郑妥娘　要不然明朝怎么会弄成这个样子！

李贞丽　杨文聪还说他是个人才呢！

郑妥娘　会替他的舅子刮地皮，那还不是人才？

李香君　妈妈怎样回复那杨文聪的？

李贞丽　我托他给说说好话放了你，且看怎么样吧！

李香君　我不肯，不见得就把我抢了去。

李贞丽　那可难说。

郑妥娘　哼，这些老爷们啦，对老百姓没有什么事他们做不出来的。

　　　　〔忽然楼下闯进一班人来大声吵闹，口口声声要李香君：“李香君呢？”“把
　　　　李香君叫出来！”

　　　　〔丫头慌慌忙忙跑上楼来。

丫　头　楼下来了一班人，要抢姐姐！

李贞丽　这是哪儿说起！

〔大家让李香君避进后房去。

郑妥娘　让我去看看。

〔郑妥娘还没下楼，楼下的人已经大嚷大叫挤上来了。只听得："他们不来，我们去找。他妈的，还敢躲起来呢！"——一群如狼似虎的家丁，不由分说冲上楼来，有一个像是个头脑，面貌凶恶，出言粗暴。

家　丁　你们哪一个是李香君？出来跟我们走！

李贞丽　李香君她不在这里。

家　丁　胡说！

李贞丽　您请到楼下歇息歇息，有话好说。

家　丁　放屁！有什么说的？识相的把李香君叫出来，穿上衣服跟我们走，要不然把你们这帮婊子锁起来！

李贞丽　这……

家　丁　（把一根铁链往地上嘭的一丢）看这是什么东西！

郑妥娘　（上前赔笑）您请坐吧。您为什么生这么大的气呀！香君病在床上，头也没有梳，脸也没有洗，等我们扶她起来梳洗好了一同去。万一真不能起床，明天叫她母亲带着她到府里请罪就是了。

家　丁　你是什么东西，敢来胡说八道，给我锁起来！（拿起链子就要锁）

〔正在为难之际，杨文聪走上来。

郑妥娘　啊，杨老爷来了。

杨文聪　（对家丁）怎么你们都在这里？

家　丁　是，杨老爷！我们是来接人的。

杨文聪　好，你们先下去，我来跟她们先谈谈。

家　丁　是，请杨老爷快一点！

杨文聪　知道。

〔家丁们下。

李贞丽　杨老爷，你要救救我们才是啊！（跪下去）

杨文聪　要我怎样救你们？我刚从这里走出去不远，就是一群人在打听你们的住

　　　　处，怕你们要吃亏，特为折回来看看你们。

郑妥娘　如今到底是相府要人，还是田府要人？

杨文聪　我告诉你吧，马相爷要招揽天下贤士，他爱田老爷有经济之才，就升他为

　　　　漕督，要买个美人送他上任去。田老爷久闻香君大名，就指明要她。香

　　　　君呢，现在哪儿？

李香君　（突然奔出）杨老爷，香君在这里。

杨文聪　香君，你看这件事怎么办？

李香君　（异常镇静地）我要等候相公回来。

杨文聪　他避祸逃走，不知去向，倘若他一年不回来？

李香君　我等他一年。

杨文聪　十年不回？

李香君　等他十年。

杨文聪　他若是遭了危险？

李香君　我跟他同死。

杨文聪　香君！只怕由不得你。

李香君　杨老爷，你是靠文章吃饭还是靠做媒为生？

杨文聪　出口伤人那还了得！好，看你怎么办吧！

　　　　〔家丁们又闹起来。

家丁的声音　快点儿吧，时候不早了！到底是怎么回事呀！香君再不出来，把这一

　　　　　　家子全给带走！

李香君　好！要逼我死，我就死！（从楼窗往下跳。大家拉住，她一头碰在柱子上）

　　　　〔李香君的头流着血，晕倒下去，她的左手里还抓住侯朝宗题诗的那把扇

　　　　子，她的血溅在扇上。晕倒时扇子掉在地上。李贞丽无可如何，只好扶她

　　　　进里屋去。

〔李贞丽、卞玉京和一个丫头扶李香君下。家丁跑上来，手里托着一个盘子，里面一件红披。

家　丁　杨老爷，怎么办？我们没法子回复相爷。

杨文聪　（想一想）好，你们去预备轿子，听我的信。

家　丁　是。（把盘子放在桌上，下）

郑妥娘　杨老爷，我看香君一定不能让她去，勉强把她送去，到那里又闹起来岂不是更糟吗？请杨老爷还是另外想法子吧。

　　　　〔李贞丽走出来摇头长叹。

李贞丽　杨老爷，你看我有什么办法？

杨文聪　看样子香君今天是不能去了，我看总得有人代替她，哪怕是顶一顶，不然没法交代。

杨文聪　（走近李贞丽）这样吧，贞娘。

　　　　〔杨文聪对李贞丽耳语。

李贞丽　那怎么使得？

杨文聪　有什么使不得？把那件衣服一穿就去哪！

李贞丽　万一人家认出来了……

杨文聪　不要紧，只要我说你是香君，田老爷一定信得过的。不然怎么下台？

李贞丽　天哪，叫我怎么办！

家　丁　（其势汹汹在门口吵）香君要再不上轿，就把一家人全带走，把房子封起来！

杨文聪　你们去预备轿子好了。

家　丁　是，杨老爷。下面轿班预备！

杨文聪　（对李贞丽）赶快打扮吧，赶快打扮吧，你要不肯，今天就下不了台。

李贞丽　（为着李香君被迫答应，沉重地）好吧。

杨文聪　（上前对李贞丽一揖）贞娘成人之美，真了不得！（马上托过相府家丁放在桌上的红披，送到李贞丽面前）

〔李贞丽不屑地对红披一瞥，如见蛇蝎，一抬眼正对着杨文聪催逼的眼光。她知道穿上这件红披一生就算完了，她没想到会被逼到这步田地，满腔愤恨，满心烦乱，她犹豫一下。

杨文聪　（进一步催）不要紧，暂且去一去，明天再回来收拾东西。

〔家丁在楼下吼叫："还不下楼吗！"

〔李贞丽为着香君毅然牺牲自己，她抓过红披，披上。

郑妥娘　（见此情景异常感动，帮李贞丽整理衣服）你放心吧。香君有我们照顾。（泣不成声）

〔李贞丽穿好衣服，想到里屋去与李香君作别，但一转念又退回来，决心悄悄地走。她刚走近楼门，李香君追出来。卞玉京随出。

李香君　妈妈！妈妈！你不要走，你不要走！

〔场上大家一愣。

李香君　妈妈，我去。

李丽珍　怎么？

李香君　我去跟他们拼了！（急步下楼）

〔杨文聪大惊。

李贞丽　（挡住李香君，把她推回来）孩子，你这是怎么啦！一块千斤的石头从天上掉下来，你这样做又有什么好处？我们都是遭难的人，可是你还年轻，侯公子还会回来，你还有指望。保重吧，孩子！谁也不知道什么时候再能见面，我这个苦命的妈妈你就舍了吧！

李香君　妈妈！（跪下去，抱着李贞丽痛哭）

〔家丁走进来，杨文聪迎着。

家　丁　杨老爷，再不走我们不好回复相爷。

杨文聪　知道了，你们下去，就来。

家　丁　是，请您快点儿。（下）

杨文聪　贞娘去吧！

〔李贞丽推开李香君，决然下楼而去，一无回顾。

〔郑妥娘送李贞丽下。楼下鼓乐声大作。

李香君　妈妈！（站起来，追上去，禁不住感情的压抑，晕倒）

〔卞玉京扶着李香君往里屋去。楼下鼓乐之声渐远。

杨文聪　(拾起李香君遗落的扇子)啊，这是朝宗写给香君的定情诗。(翻过面看一看)这一面全被血污了！唉，美人的鲜血染在扇子上，倒是十分鲜艳。待我把它画成一枝桃花，正好为薄命的香君写照。（顺手用桌上的笔墨随便点染一下）

〔郑妥娘上。

郑妥娘　杨老爷，事情算是完了，你还在写什么？

杨文聪　你看这是什么？

郑妥娘　一枝桃花，你刚才画的吗？

杨文聪　你看这桃花鲜艳不鲜艳？

郑妥娘　鲜艳极了。啊呀，这不是香君刚才溅的血吗？

杨文聪　谁说不是？你看妙不妙？

郑妥娘　妙是妙极了，可是人家碰头流血，你拿来开心取乐，未免……

杨文聪　那些大将军们把千万人的鲜血写成一个人的功劳簿，比我怎么样？

郑妥娘　那我就不好说什么，总而言之，你们男人的心是狠一点的。

杨文聪　不，我们男人的心比你们女人的心宽一点，要不然，我还能在这里画扇子？

郑妥娘　也只有你杨老爷这样的风流名士，在这种时候才有这样的闲情逸致！

〔李香君听着他们说话，从里面出来，卞玉京扶着她。

郑妥娘　香君，(把扇子还给李香君)你看。(把桃花指给她看)杨老爷给你画的扇子。

〔丫头上。

〔李香君无语，生气的样子，苦笑，把扇子一摔。

丫　头　杨老爷，你的管家问你，说下雨了，你回不回去？

杨文聪　啊？好，你说就走。

丫　头　是。（下）

杨文聪　（走近李香君）香君，不要只顾着闹脾气，你要仔细想想，你现在怎么样？
　　　　将来怎么样？你能够怎么样？唉，可叹！可叹！

　　　　〔外面风声。

　　　　〔李香君无语。

　　　　〔杨文聪轻蔑地一笑，下。

郑妥娘　下雨了，我们也要回去了，怎么办呢？

卞玉京　我在这里跟香君作伴吧。

李香君　（摇头）不要。

卞玉京　把丫头叫上来吧。

李香君　不要。

卞玉京　你不怕吗？

李香君　我什么都不怕。

郑妥娘　（和卞玉京很担心的样子）香君，你可不要糊涂。

李香君　我很明白，你们放心，我决不会死。我还要睁开眼睛活给他们看！你们回
　　　　去，让我静一静吧。

郑妥娘　好，那我们走了，回头再来陪你。

卞玉京　你好好地保重，一会儿我还来看你。

　　　　〔郑妥娘、卞玉京很难过的样子，走着又回头看一看，下。

　　　　〔李香君一个人在场上，她虽是孤独彷徨，但神情仍显得坚定。她拾起那
　　　　扇子，反复看一看，她的爱和恨都集中在这上面。外面风雨声越来越觉得
　　　　凄厉。从隔壁人家断断续续飘过歌女的歌声，唱的还是"良辰美景奈何天"
　　　　那一曲（《牡丹亭·游园》中的〔皂罗袍〕曲）。其时已是暮霭沉沉，光景
　　　　渐暗，李香君禁不住感情的压抑，伏在扇上痛哭。

　　　　〔苏昆生上。

苏昆生　香君你受苦了！

李香君　师傅！（上前拉着苏昆生的手痛哭）

苏昆生　你真是苦命！

李香君　师傅，您来得正好。这把扇子上有公子的题诗，我的鲜血溅在上面，烦劳师傅找个机会，把这扇子带给侯公子，就说香君生死存亡不保，他看见扇子就像看见我一样。拜托师傅！（交扇）

苏昆生　我一定亲自把扇子送到扬州，倘若公子不在扬州，无论什么地方我都把它送到。

李香君　多谢师傅！（拜下去）

——闭幕

第三幕

第一场

　　人物：难民六七人，阮升，小五，兵五六人，阮大铖，李香君，郑妥娘，寇白门，卞玉京，苏昆生，杨文聪，马士英，中军，马士英的随从甲、乙，侍卫若干人。

　　〔金陵城郊一个胜境，有一个亭子，名叫赏心亭。刚下过雪，亭子旁边几树梅花正开着。可是这个地方被一群难民占了，他们又冻又饿，实在没处去。阮大铖要请马士英到这里赏梅花，便命家丁们带了几个兵来打扫，因此先要把几个难民赶开。

　　〔开幕时有三五个难民在亭子里，另外两个走了来。

难民甲　那几个兵把这亭子打扫得倒是蛮干净，可是我好容易弄来的一堆稻草，全被他们弄掉了，今天晚上又不知道怎么过！

难民乙　今天晚上？你想得太远了！恐怕不到晚上就……

难民甲　听说出了告示，要发赈米，还有钱发，怎么始终没有看见发呢？听说很多

　　　　大老爷们都捐了钱呢。

难民乙　那还不是一笔糊涂账！

难民甲　糊涂账也总有笔账呀，我们就跟他们算账。

众难民　对，我们就跟他们算账！

难民乙　算账？真是饿昏了你的头！小百姓跟老爷们去算账？不怕你的脑袋搬家？

难民甲　唉，反正是死路一条！

　　　　〔兵甲、乙走来。

兵　甲　咦，怎么，你们又跑来了？他妈的！走！

兵　乙　走走走！

难民甲　为什么一定要赶我们走？

兵　甲　相爷要到这儿来，你们能够不让开吗？

难民乙　啊！相爷要来，是不是来放赈啦？

兵　甲　放赈？放你妈的屁！

难民甲　不放赈，那一定是来看看我们，好替我们想法子。

兵　甲　看你们？人家是来看梅花。

难民乙　那也好，我们正好等着见见相爷，好诉一诉我们的苦。

兵　甲　那不行，你们这个样子也配见相爷？还不赶快走！

难民甲　我们不走。

众难民　我们不走！

兵　甲　你们不走？你们想造反啊？

众难民　我们饿得快死了，走不动！

兵　甲　走不动也得走！

兵　乙　不走那就不要怪我们。

难民甲　随便你们好了。

　　　　〔兵士们上前拿鞭子一阵乱打，叫着"快走，快走！"难民也不反抗，也不

走，弄得两个兵一点办法没有。阮家的二家丁——阮升、小五上。

难民甲　反正是一死！

难民乙　在这里还可以躲一躲北风，除了这里要我们到哪里去？

阮　升　怎么回事？怎么回事？

兵　甲　他们不肯让开。

阮　升　不肯让开？那怎么行？赶赶赶！

兵　乙　打他们也不走。

阮　升　(对难民)喂，我告诉你们，今天马相爷跟许多文武官员要到这里来商议国家大事，你们不能待在这里，你们赶快走开！那边有的是牛车棚，有的是茅厕，你们随便到哪里避一避，等回头相爷回府之后，你们再回来不是一样？你们要是听话，回头吃剩下的东西全赏给你们，要是不听话，那马上就叫几十个兵把你们捆起来，丢到雪里去，冻死你们！

难民乙　哈哈，真了不得，一个家丁也有这样大的势力。

阮　升　混账东西，你讲什么？

小　五　这一定是个坏蛋！

阮　升　昨天煽动抢米的一定就是这个家伙。(对台内招呼)来呀！

〔另外几个兵士随上。

阮　升　(对难民)好啊，正要抓你们这班叛徒！(对兵士)把他绑起来！(指着难民乙)

〔兵士应了一声，立刻把难民乙绑起来。

阮　升　押着走！

难民甲　哼，可怜！

兵　甲　我们这也叫没有法子，"官差不自由"，你们不给让开，我们就没法子交代，你们就算帮帮我们的忙吧。

〔难民们眼睛里发着愤怒的火，被赶押着退去；场上的兵士们急忙打扫、布置。家丁们上上下下忙着。阮升匆匆下。

兵　甲　那些难民真可怜。

兵　乙　可是那班有钱的老爷们只会坐着收租，吃饱了，穿暖了，又来一套什么踏雪寻梅，弄得翻天覆地，人困马乏。

兵　甲　这就是为着马相爷为国为民辛苦了……你少说废话，那边有人来了！

〔兵甲颇为惶恐的样子止住了兵乙的牢骚，兵乙叹气摇头。李香君（改名李贞丽）、郑妥娘、寇白门、卞玉京，四个歌女和苏昆生，还有两个乐工，一同被一个兵押着上。

兵　丙　你们都来齐了没有？

苏昆生　都到齐了。

兵　丙　到亭子后面去候着去！

〔苏昆生等应声走向格子窗后。

〔阮大铖上，阮升随上。

阮大铖　（四面看看）这个地方的确不错，梅花也开得很好。

阮　升　是，这都是最近收拾的，而且这里的梅花有的被人砍了，有的枯了，有的又开花很少，小的一看不像样，就叫老百姓从别的地方移了些来补上……

阮大铖　很好。可是一路上有很多死尸都掩埋好了没有？

阮　升　今年因为特别冷，米又贵，冻死饿死的人比往年多，一时掩埋也来不及，小的急了，想了个急主意……

阮大铖　唔，怎么样？

阮　升　小的一看，尸首那样多，时间那样短，挖坑都来不及。好在是冬天，只好把尸首堆起来，把雪随便盖一盖，看上去长长的一条，好像小小的土坡。小的又叫人砍了些松枝插上，又把移来的红梅插上两枝，这样一来，不知道的还当一个景致看呢。

阮大铖　太麻烦，只要相爷看不见死人不就结了！

阮　升　是。

阮大铖　要找几个当地的父老来献羊、酒，找好了没有？

阮　升　找好了。

阮大铖　几个？

阮　升　两个。

阮大铖　太少了。

阮　升　本地的父老都不肯来，这两个老头子还是在难民当中去抓来的，给了几个钱，他们肯了，只好就说他们是两个代表。

阮大铖　羊跟酒都预备好了？

阮　升　都预备好了，回头叫两个伙夫抬上来。

阮大铖　还要说几句话，他们都学会了没有？

阮　升　请张师爷写出来教给他们念熟了。

阮大铖　那好得很。秦淮河上那些唱歌儿的都到了没有？

阮　升　都到齐了。

阮大铖　叫他们伺候着。

阮　升　是。（下）

　　　　〔小五上。

小　五　杨老爷到。

阮大铖　快请！

　　　　〔小五应声下。杨文聪上，在场内已经听见他的笑声。

杨文聪　哈哈哈哈，圆老，恭喜！恭喜！

阮大铖　龙友兄，有什么喜讯呀？

杨文聪　听说圆老编的新戏《燕子笺》已经进呈给皇上，皇上非常高兴，不是就要在宫里排演吗？这还不是喜讯？哈哈哈……

阮大铖　是呀，想不到陛下非常高兴，陛下看了我的戏本，居然对我说："阮大铖，你真是仙才！你来做我的内廷供奉吧！"这真是天恩高厚，一个人得一个知己朋友已经不很容易，何况是上蒙天眷！尤其难得的是陛下不但深通文学，而且非常懂戏，我戏里的好处，精彩的地方，陛下全都给我指出来。这，龙友兄，你看你看，就是唐玄宗复生也不过如是，我们眼看着开元天宝的盛世就在眼前哪！

杨文聪　那真是了不得，了不得！那么，几时可以在宫里上演呢？

阮大铖　陛下本来催着要快些演，一来因为新造的戏台还差一点没有完工；二来我家里那个小班，都是些小孩子，不大能够传情，所以想调齐秦淮河有名的歌女来演这出戏，陛下也很以为然。

杨文聪　选妃的事现在怎么样了？

阮大铖　选妃的事已经命礼部办了，不过陛下很想先看看秦淮河上的姊妹们，所以叫她们进宫去演《燕子笺》是一举两得的事。

杨文聪　（连连点头）那真好极了！（周围望一望，极力称赞阮大铖的布置）圆老，你真是了不得，这样一个荒凉的地方，布置得这样幽雅。

阮大铖　见笑，见笑。不过我以为相爷太忙了，城内太烦杂，应当到郊外散散心。龙友兄以为如何呢？

杨文聪　太好了，太好了！

　　　　〔阮升急上。

阮　升　启禀老爷，报马已经回来，相爷就快到了。

阮大铖　好，赶快预备迎接。

阮　升　是。

阮大铖　茶烹好了没有？

阮　升　烹好了。

阮大铖　酒席赶快准备。

阮　升　准备好了。

阮大铖　传苏昆生！

阮　升　（叫）苏昆生！（下）

　　　　〔苏昆生上。

苏昆生　阮老爷！杨老爷！

阮大铖　你倒还认得我！你怎么没有推病不来！

杨文聪　来了很好。

阮大铖　（对苏昆生）你听着，回头相爷来了，入席的时候，你就拿着笛子到松林里去吹，你要让笛子的声音从远处悠悠扬扬顺风送到这里，懂不懂！

苏昆生　懂了。

阮大铖　还有，到敬第一轮酒的时候，你就让秦淮河上的姊妹们出来拜见相爷，你们奏乐的不要出来，只在屏风后面就是。

苏昆生　知道了。

阮大铖　好，去吧。

苏昆生　是啦！（下）

阮大铖　什么"是啦"！说话一点儿规矩都没有，混账东西！

杨文聪　唉！才难才难，如今好的乐工也真不多了！像苏昆生这样的已经是凤毛麟角了！

阮大铖　就是说呀！老的死了，年轻的又接不上，吹的、弹的、打的，都还要靠眼面前这班人，如若不然，像苏昆生、柳敬亭那班东西，我早把他们干了。他们竟敢看不起我啦！还有，龙友兄，不知道你听见没有，据说那班妓女像李香君、郑妥娘之类，因为吃了复社少年的屁，背地里也学了些新名词来骂我。

杨文聪　那大概不至于吧。

阮大铖　千真万确！我现在养的几头猎狗倒不错，听不到也闻得到。可是我也不去管她们那些贱货，我只要她们把我的《燕子笺》在宫里演给皇帝看了，皇帝欢喜就行，为了国家的事，我是不记私仇的。

杨文聪　俗语说："大人不记小人过，宰相肚里好撑船。"像圆老这样宽宏大量，公而忘私，真是贤宰相的风度。

阮大铖　岂敢，岂敢，龙友兄太夸奖了。哈哈哈哈！（得意之至）

　　　　〔阮升急上。

阮　升　启禀老爷，相爷驾到。

阮大铖　龙友兄，我们一同迎接去吧。

杨文聪　请！

　　〔锣声、鼓乐声。阮大铖、杨文聪同下。一排侍卫上场警卫。阮大铖、杨文聪陪着马士英同上。马士英暂不就座，随便浏览风景，他的随从也跟在后面。

马士英　雪景真好。今天倒是一点不冷，气候怕要转了。

阮大铖　今天实在是不冷，相爷到这里带来了阳春和煦之气。

马士英　（微笑）只望有一个好年成。

阮大铖　今年的雪花的确是六出，无疑是丰年之兆。

马士英　这是圣天子的洪福。

阮大铖　都是相爷燮理阴阳之功。

马士英　岂敢，岂敢！这个地方倒颇宜于赏雪，梅花居然都开了。

杨文聪　这都是圆海先生布置有方。

马士英　难得，难得！

阮大铖　荒亭野渡，有屈高轩，实在是不成敬意。不过，能得丞相光临，为江山生色，学生与有荣焉。

马士英　老兄真是雅人深致，哈哈哈哈！

阮大铖　岂敢，岂敢，请相爷入座！

马士英　叨扰了。

　　〔当马士英等看风景之时，家丁等已将酒菜布置好了，此时揖让入席。苏昆生的笛声悠悠扬扬从林中飘出，马士英听得入神，深感愉快。

阮大铖　相爷请！

马士英　不必多礼。（坐下，喝酒）谁在吹笛？

阮大铖　是呀，不知道谁在吹笛。

马士英　吹得很好，野外人家倒有闲情逸致。

阮大铖　这也是太平景象。（敬酒）相爷请！

马士英　　随便，随便。

阮大铖　　今天没有外客，免得拘束。

　　　　　〔马士英点头称善。

　　　　　〔笛声停了。

马士英　　（对阮大铖）老兄的《燕子笺》听说要到宫里去演，是哪一天？

阮大铖　　已经选好了秦淮歌女十余人，正在排练，明天就叫她们到礼部过堂，过堂

　　　　　之后即刻送进宫去，大约两三天内可以在御前上演。

马士英　　好极了！可是此处风景宜人，也不可无丝竹之声以寄雅兴。

阮大铖　　秦淮歌女当中，有几个出类拔萃的人物，今天都调到这里来了。

马士英　　啊？哈哈哈，圆海实在想得周到。

阮大铖　　小五！

小　五　　是。

阮大铖　　去叫她们来吧。

小　五　　是。（下）

　　　　　〔屏后奏起细乐。场上众人饮酒。阮升上。

阮　升　　启禀相爷，这一带的老百姓听见老相爷到了郊外，有好几千人扶老携幼要

　　　　　来拜见相爷。

马士英　　啊？那是为什么？

阮　升　　他们说，自从马老爷入阁拜相，善政流传，真是民之父母，老百姓感恩戴

　　　　　德，无以为报，只好就今天这个机会，前来致敬，他们还预备了许多土产，

　　　　　羊啊，酒啊许多东西，要当面献给老大人。

马士英　　（对阮大铖、杨文聪）你们看这怎么办？人太多了……

阮大铖　　学生以为不妨叫他们推两个为首的来，叫大家先回去。

马士英　　这样很好，……慢着，我看不如赏他们几个钱，说改天再传见他们吧。

阮大铖　　是。（对阮升）你去对他们说，相爷今天不能接见那样多人，改天相爷再派

　　　　　人来犒赏他们。

阮　升　　遵命。（下）

　　　　　〔小五领着李香君等鱼贯而上，卞玉京在前，次寇白门，再次郑妥娘，李香君最后，她趑趄不前，小五从旁催促。经郑妥娘轻轻劝说，李香君才走了过来。小五下。

阮大铖　好好好，你们快来叩见相爷。

卞玉京　叩见相爷！

　　　　　〔卞玉京、寇白门、郑妥娘一同下拜，李香君不跪，郑妥娘又拉她，她无可奈何地跪下，大家叩一个头，站起来。

阮大铖　哈哈哈哈，这是秦淮河上最有名的歌女。来来来，每人在相爷面前报上名来！

寇白门　寇白门。

卞玉京　卞玉京。

郑妥娘　郑妥娘。

　　　　　〔李香君无语。

马士英　你叫什么名字？为什么不讲？

杨文聪　（赶快帮李香君说）她叫李贞丽。

马士英　李贞丽！丽而未必贞也吧？（大笑）

杨文聪　妙极，妙极！哈哈哈哈！

阮大铖　哈哈哈哈！

马士英　这个女孩子倒有些意思。

阮大铖　李贞丽，唱一支曲子给相爷侑酒。

李香君　我不会唱曲。

马士英　不会唱曲，怎称名角？

李香君　本来不是名角。

阮大铖　岂有此理！李贞丽，人人知道你唱曲有名，故意推托不唱，胆敢违抗相爷不成？

李香君　（望着阮大铖，退后一步，低声自语）这不是阮大胡子吗？你害得我好苦啊！

阮大铖　你在说什么？

李香君　启禀相爷，曲子本来会唱，只是我满腹含冤，唱不出来。

马士英　小小年纪，你有什么冤枉？

李香君　我的冤枉杨老爷知道。

马士英　龙友兄，这又是一段风流韵事吧？

杨文聪　相爷不要听她胡说。

马士英　你有什么冤枉，说说看。

李香君　我一个人的冤枉且不去说它，只可叹我们平民百姓纳了许多粮饷，出了许多钱财，养了一些面厚心黑的无用之辈来作威作福，贻误天下，那才真是冤枉！

杨文聪　（想把话来岔开，他领教过李香君的脾气，生怕弄出事来，因而把身子倾向李香君，很关切地）今天叫你来唱曲子，你就唱一个曲子，有冤改天再诉，不行吗？

李香君　今日就不诉冤，也不能唱曲。

马士英　为什么？

李香君　我怕。

马士英　怕什么？

　　　　〔郑妥娘扯李香君的衣裳，叫她不要说下去。

李香君　（还是很倔强地把心中的积恨倾泻无余）清兵就要渡过黄河，杀到江南来了，怎么不叫人害怕？

马士英　哼，这样胡说八道，那还了得！

阮大铖　你这些话是哪个教给你说的？

李香君　想如今明朝已经到了危急存亡的时候，百姓们被搜刮得家空业尽，叫苦连天。你们各位大人老爷，既不能以身报国，又还要用刀用枪，用可怕的刑

117

罚，用栽赃诬陷的手段杀害忠良，欺压那些饥寒交迫的老百姓，凡是有良心的都是你们的仇人。

杨文聪　不要再说了。

阮大铖　让她说下去！

李香君　（杨文聪、阮大铖的话并没有打断她的词锋）你们又只会苟且偷安，粉饰太平。这是什么时候，你们还在征歌选舞，把国家大事放在脑后。我虽是出身微贱，尚且寸心不死，努力做人，你们听了我的话，应当惭愧才是，还问我的话是哪个教的，难道你们的心都死了不成？

阮大铖　（对马士英）一个歌女不会说出这样的话来，一定有人指使。李贞丽，你赶快把指使的人供了出来！

李香君　你要问指使的人么？（手抚胸口）就在这里。是我的良心指使我的，因为良心不死，不肯附和魏忠贤的余党，那奸贼的干儿义子！

阮大铖　（大怒）你这娼妇！

　　〔阮大铖一脚把李香君踢出亭子外面，倒在雪中，他追上去打她，杨文聪劝住。

杨文聪　圆老，你是朝廷命官，小小歌女，生之杀之，不费吹灰之力，何必这样生气？

马士英　是啊，圆海过来喝酒吧，这种疯狂歌女，让她倒在雪地里听其自生自灭吧。

阮大铖　这个娼妇竟敢冲犯相爷，晚生负罪深矣！

马士英　不必难过，就叫那几个歌舞侑酒，回去把贞丽交承守营重办就是。现在把她绑在树上冻着她！

阮大铖　来人！

阮　升　是。

阮大铖　把李贞丽绑在树上冻死她！

阮　升　是。

　　〔阮升等家丁把李香君扯起来绑在树上。屏后奏起细乐。

马士英　外面雪下得真好，到外面看看吧！我们还不妨联句。

阮大铖　老大人主持风雅，晚生勉步后尘。

马士英　（走出亭子，看那雪下得实在可爱）啊，好雪！想见琼瑶宫殿就在人间，可以浮一大白！

阮大铖　妥娘，快给相爷斟酒！

　　　　〔郑妥娘、卞玉京、寇白门三人分别斟酒送与马士英、阮大铖、杨文聪。

马士英　好，你们三个合唱一支"雪瓮蓝关"吧。

郑妥娘　是。（口里答应，眼里流下泪来）

马士英　为什么流泪？

郑妥娘　"兔死狐悲，物伤其类。"求大人开恩，放了贞丽！我们一定劝她改过就是。

马士英　贞丽自作自受，应当这样罚她，你们替她求情，也就要跟她一样。

阮大铖　老大人真是金玉之言，如果歌女都那样猖狂，那还有什么纲常礼教。

杨文聪　妥娘！你们好好地唱支曲子，唱得好，我再替你们求情吧。

郑妥娘　多谢杨老爷！

　　　　〔小五持一封信上。

小　五　启禀老爷，礼部有紧急文书。（递信给阮大铖，下）

阮大铖　啊？（急忙接信，拆看）

马士英　什么事？

阮大铖　奇怪，皇上听得李香君的艳名，要召她进宫！

马士英　香君不是嫁了田仰吗？

杨文聪　其实贞丽比香君更美，唱得也更好，似乎不妨把贞丽当作香君送进宫去。

马士英　那也未尝不可。

阮大铖　只是太便宜了这娼妇。

杨文聪　进宫去，不更好处置她吗？

马士英　这也有理。在皇上面前，军政大事绝不能随便，这样的小节倒不必过于拘泥，好在圆海斟酌好了。

119

阮大铖　是是，晚生看情形吧。（对郑妥娘等）你们呆着干什么？唱你们的呀！

马士英　外面是冷一点，里面去联句吧。

　　　　〔大家走向亭内，远处群众的喧闹声，声音渐大、渐近。

　　　　〔郑妥娘等斟酒，刚唱出"雪瓮蓝关"四字，随从引中军急上。

中　军　启禀相爷。

马士英　什么事？

中　军　有许多饥民，还有许多闹饷的兵，不知怎样联合起来了，他们知道相爷到
　　　　郊外赏梅，要到这里来见相爷。

马士英　哼！

中　军　他们说饥寒交迫，要请相爷救济他们。跟他们百般解说，说相爷不在郊外，
　　　　他们不信，还是闹到这里来了。

马士英　为什么不派兵驱散他们？

中　军　他们有差不多两千多人，被挡住在那边，打伤了好几十个人，还不肯退。

马士英　啊，他们要造反吗？

阮大铖　这一定又是那班家伙鼓动的。哪里会有那样多的饥民！

中　军　以沐恩的愚见，请相爷从那边另外一条小路回府，让他们到这里来扑一个
　　　　空，然后再来对付他们。

马士英　快去传谕他们，不许再闹，再闹就格杀勿论！

中　军　是。（下）

马士英　侍卫，轿子呢？

侍　卫　是。（下）

马士英　今天真是奇怪，一边哭哭啼啼，一边吵吵闹闹，败人雅兴，可笑可笑。
　　　　嘿……（对阮大铖一拱手）谢谢！

阮大铖　真是不胜惶恐之至！

　　　　〔马士英下。阮大铖、杨文聪慌张同下。阮升胡乱收拾东西。郑妥娘等赶
　　　　快从后面把李香君解下，扶过来。她已经冻晕过去了，苏昆生从后面上，

帮同换李香君。

苏昆生　我们快走吧!

〔群众的声音更近。

李香君　（望着那个方向，高举她的手）来吧，来吧! 快些来吧! 我们一同来出了这口怨气吧!

——闭幕

第二场

人物：剃了头留着辫子的民甲、乙，剃头匠，清兵二人，苏昆生，柳敬亭，卞玉京，寇白门，郑妥娘，李香君，侯朝宗。

时间：约清顺治二年。

〔一个残破的村落，一堵破墙，上面贴着告示。告示文如下："明朝流寇作乱，崇祯殉难煤山。大清吊民伐罪，仁师应运入关。天与万民归顺，圣君奠定中原。改正朔易服色，巩固一统江山。从此太平享乐，人民就业相安。如有敢违天命，必当循法严办。仰尔军民人等，其各禀遵毋犯。天清顺治元年吉月吉日县正堂吴示。"

〔两个拖着辫子的人走来看告示，其中有一个人背一只葫芦。

民　乙　告示是怎么讲的?

民　甲　你不懂? 它是说，李自成作乱，崇祯皇帝煤山上吊死了。大清的兵就进了关，他们是来救百姓的。它说这是天把中国给他们，因此万民归顺，他们就奠定了中原，那么就要"改正朔"，改正朔，就是把年号改成顺治，"易服色"，就是从此不准穿大领衣。（指指辫子）还有就是留上这个。

民　乙　完了!

民　甲　当然完了。

民　乙　可是乡下还有好些人没有剃头。

民　甲　现在衙门里正派着人四面在搜呢，有不剃头的就杀头。

民　乙　反正总是完了——剃头也完，不剃头也完。宏光皇帝选妃子还没有选好，清兵就来了，皇帝被降将绑走了，那些刮地皮趋炎附势的狗官们，又向新来的主子摇尾巴了，苦的只有我们老百姓。

民　甲　喂，别说话啦，那边有人来了。

民　乙　（望一望）哟，是个老头儿。怎么？他的胆子倒不小，还没有剃头发啦！

　　〔柳敬亭作道士装，敲着渔鼓上。

民　甲　啊，原来是个道士。

柳敬亭　二位请了！

民甲、民乙　请了，请了！

柳敬亭　请问二位，葫芦里是酒还是水呀？

民　甲　水。哪里有酒？

柳敬亭　讨口水喝吧，出门人行行方便。（从布袋中取出碗来）

民　甲　（取出水给柳敬亭）喝一口吧。

柳敬亭　多谢，多谢，实在渴了！

民　甲　怎么你没有剃头，不怕那些兵会杀你吗？

柳敬亭　我是个道士，不要紧吧？

民　甲　那难说，我们这里为了不肯剃头，杀了好几百人啦！

柳敬亭　看起来明朝还是没有亡。

民　乙　明朝还没有亡？

柳敬亭　只要人心不死，总是亡不了的。朱家的天下亡了，中国也亡不了的。哪一个不爱他的家乡？哪一个不爱他的父母妻子儿女？哪一个不恨那些杀人的强盗？我们的爱越积越厚，我们的恨越沉越深，总有一天，总有一天！

民　甲　这个人有点疯疯癫癫，不要跟他多说，免得惹祸。

柳敬亭　（拍着渔鼓，唱起来）

　　　　　爱家乡，保家乡，

　　　　　父母心，儿女肠，

　　　　　血海冤仇不能忘，

　　　　　我只有一曲悲歌，唤醒迷茫！

　　　　〔民甲、乙两人听着柳敬亭唱的，深为感动，对他颇为关切。

民　甲　喂，你走吧，你要藏躲一下才好。你看，那边清兵来了！

柳敬亭　（掉头一望，果然有人来了。便对那二人拱一拱手）多谢关照！（走向破墙
　　　　后面去了）

民　乙　我们走吧！

民　甲　不要走，一走反而不好，我们还是看告示。

　　　　〔民乙同意民甲的意见，二人假装看告示。一个剃头匠挑着担子，后面两
　　　　个清兵持刀跟随着同上。剃头担子上挂着一块牌，牌上写着八个大字："奉
　　　　旨剃头，违令者斩"。

清　兵　（对民甲、乙）喂，刚才好像有人敲着什么冬冬冬，在唱曲子，你们看见
　　　　没有？

民　甲　我们也听见，却没有看见，好像是那边。（指着台后远处）

剃头匠　哟，这两个家伙倒都剃了头。（对民甲、乙）你们觉得辫子是不是好？

　　　　〔民甲、乙莫名其妙地点了点头。

剃头匠　你们还不知道，辫子的用处大着呢！

清兵甲　好了，好了，不要跟他们啰唆了，还到那边去搜搜吧！

剃头匠　好吧，好吧。唉，倒霉！今天生意不好，只砍四五个脑袋。（接着大喝一声）
　　　　奉旨剃头，违令者斩！（威风凛凛地挑着担子和二清兵同由台左下）

民　甲　这下我们可以走了。

民　乙　去吧，这就够受了。（由台右走，回头望一望墙后，下）

　　　　〔苏昆生扮成个和尚，身上背一小捆茅草，很疲倦的样子走上。

苏昆生 （唱）松柏摧，鸟巢倾；

　　　　泉水涸，鱼不存！

　　　　满山的树木都烧尽，

　　　　唉，愁煞我砍柴人！（坐在一块石头上）

〔柳敬亭在墙后听得他唱的声音，从墙缺口处伸出头来。一看认出果然是苏昆生，便走上前去。

柳敬亭 （轻轻地问了一声）你不是苏昆生吗？

苏昆生 （大惊而起）你是……

柳敬亭 昆生，真是你……

苏昆生 敬亭，是你啊！

〔二人相抱痛哭，一会又相视而笑。

柳敬亭 想不到……

苏昆生 难得，难得……

柳敬亭 我们的苦受得够了！

苏昆生 到处都不成样子了！

柳敬亭 老朋友还能见面，就算……

〔彼此又相持对看，又哭。

苏昆生 你是怎样逃出来的？

柳敬亭 唉，一言难尽，回头慢慢地再谈吧。你到扬州见了侯公子没有？

苏昆生 我到扬州，侯公子已经离开扬州到宜兴去了，我又到宜兴才把扇子交给了公子。等我回到南京，香君已经被阮大铖送进宫里去。听说叫她唱《燕子笺》，她不肯唱。她说奸臣编的戏，她死也不唱。皇帝因为她长得好看，不忍马上杀她。恰好那个时候，刘良佐、刘泽清都反了，把皇帝也卖了，她们也就没有下落了。你得了香君的消息没有？

柳敬亭 听说香君在一个庙里。卞玉京做了道姑，她跟妥娘就都到那里暂住下来，我正想去看她们。

苏昆生　啊，这就对了，我在路上遇见了小红，就是以前香君家里的那个小丫头。她告诉我玉京在葆贞庵出了家，她还说恐怕香君也在。

柳敬亭　啊！

苏昆生　当时我问明了大致的方向，就来访她们来了，不想会遇到你。

柳敬亭　我的家是什么全完了，如今变得好像叫花子一样。

苏昆生　我也只剩了一个人，我本想死，只是又听见这里起义兵，那里起义兵，总还有一片痴心，想再看一看，找个地方去死。

柳敬亭　我也是一样。不过看来看去……唉！（摇头）老百姓太散漫，读书人多半只会说空话。（忽然想起）啊，你近来得到侯公子的消息没有？

苏昆生　侯公子有了下落了。

柳敬亭　他在什么地方？

苏昆生　听说他已经回了家，所以我看见小红以后，马上就四处托人带信，我想总有一封他会接得到，如果他知道香君的地方，他总可以把她接回家去。

柳敬亭　那也好。

苏昆生　不过我还得了一个奇怪的消息，据说清朝开科举，侯公子去考了，没有考到举人，只中了一个副榜。

柳敬亭　你看见题名单吗？

苏昆生　题名单我没有看见，不过有人看见，上面分明写的是侯方域三个字，侯方域不就是侯朝宗吗？我又想或许是同名同姓，我看侯公子不会去考。

柳敬亭　可是也难说。他能够糊里糊涂用了阮大铖的钱去玩儿，也就说不定他会糊里糊涂去赶考。

苏昆生　可是我想他不会那样糊涂。

〔此时忽然听见刚才那个剃头匠"奉旨剃头，违令者斩"的叫声。

柳敬亭　走吧，走吧，那班家伙来了！

苏昆生　你先走吧，等他们来盘问我，你就走远了。

柳敬亭　好，我在前面等你。

苏昆生　去吧，去吧！

　　　　〔苏昆生把背在背上的斗笠戴好，端坐石上。剃头匠和清兵上，剃头匠口
　　　　里哼着小曲，一见苏昆生，他就当是生意来了。

剃头匠　喂，这家伙怎么还穿着大领衣！

清　兵　看看他剃了头没有。

　　　　〔苏昆生站起来对他们合掌为礼，剃头匠放下担子，把苏昆生的斗笠揭开。

剃头匠　喂，你怎么不留辫子？（一看）啊，原来是个和尚。

清　兵　问问他是真和尚还是假和尚。

剃头匠　喂，你是真和尚还是假和尚？

　　　　〔苏昆生指指嘴，又指指耳朵，表示他是个哑巴。

清　兵　原来是个哑巴。

剃头匠　真和尚头上有九个洞。（对苏昆生）过来让我看看。

　　　　〔苏昆生会意，假装害怕的样子，合掌低头。

剃头匠　他妈的，倒是个真的。

清　兵　（把刀放在苏昆生的脖子上）杀一个和尚头，像西瓜在地上滚才好玩儿呢！

剃头匠　要胖的才好玩，瘦的没意思，算了吧。

清　兵　（抽回刀来在苏昆生腿上一刺）你是个真哑巴，还是假哑巴？

苏昆生　啊啊啊啊啊……（并不叫痛）

剃头匠　（大笑）哈哈哈，倒是个真的。

清　兵　真的王八蛋！

　　　　〔他们得意地笑着走了。剃头匠仍唱着难听的小曲。苏昆生摇摇头，拖着
　　　　一条受伤的腿一步一步颠着。

　　　　〔暗转。

第三场

人物：郑妥娘，寇白门，卞玉京，李香君，柳敬亭，苏昆生，侯朝宗，马夫。

地点：葆贞庵佛堂前的回廊，下了台阶就是院子，回廊的对面，经过院子看得见通外面的门。

〔寇白门在院子里晒衣裳，卞玉京在佛堂里敲着木鱼念经，郑妥娘在晒太阳，手里在整理一盆野花，看样子她们都很艰难，很无聊，衣服也都破旧了。

郑妥娘　白门你看，这盆花越来越好了。

寇白门　你真有闲心。（微笑）

郑妥娘　小姐，你真有忙心。

寇白门　我不忙，看这些衣服怎么干？你要那么说，我就不给你晒衣服。

郑妥娘　你不给我晒衣服，我晚上就不给你作伴，让鬼伸着两尺长的舌头来舔你的脸。

寇白门　你这个坏蛋！

郑妥娘　（对佛堂叫）玉京仙子，那么用功干吗呀？也不出来玩玩？

〔卞玉京在内念经不辍。

郑妥娘　我总不懂经有什么念头，手里一天到晚波波波，嘴里就一天到晚"阿弥陀佛，阿弥陀佛……"如果我是菩萨，人家一天到晚"郑妥娘、郑妥娘……"老叫着我的名字，那真会烦死了。所以我就不念，也好让菩萨清静点儿。

寇白门　你这个人真会讲怪话。

郑妥娘　我的话才真有道理啦！（向窗内）对不对？哟，我叫她，她不理我，让我来吵吵她。

寇白门　你少淘一点气好不好？

郑妥娘　我到那边去，唱一段《尼姑思凡》试试她的道行。

寇白门　得了吧，瞧你这么大年纪了，还这么顽皮！真是，好容易千辛万苦逃到这里，大家毫无办法，你还这么跳跳蹦蹦的。

郑妥娘　哭哭啼啼就有办法了吗？一天哭两缸眼泪也没有办法，我真看透了，我再不傻了！

寇白门　（长叹）咳！

郑妥娘　（走到佛堂前面，坐在石级上唱起来）

　　　　奴把袈裟扯破，

　　　　卖了藏经，弃了木鱼，丢了饶钹——

　　　　学不得罗刹女去降魔，

　　　　学不得南海水月观音座。……

　　　　〔佛堂中木鱼声忽然停止，卞玉京作道姑装，从里面走出来。

卞玉京　你这个顽皮孩子，真讨厌！

郑妥娘　玉京仙子真下凡了！

卞玉京　我告诉你，像你这样闹要下地狱的。

郑妥娘　你放心吧，我没有坑过人，没有害过人，我才不会下地狱。近来地狱里头听说满座了，什么马士英啦，阮大铖啦，还有许多都装不下。阎王爷对我说："妥娘你不要来，对不起，请你在阳间再多受几天罪吧，等我造好了房子来请你。"

　　　　〔说着大家都笑了。

卞玉京　那我不能陪你下地狱，今世造了孽，应当修修来世。

郑妥娘　来世，那太远了！我才不信那一套。嘿，今天天气可真好！又不冷，又没有风。让我搀香君出来坐坐，闷在里头更要病啦。

　　　　〔李香君从经堂内缓步出来，她快快病损，形容异常憔悴。

寇白门　我来搀你吧！

李香君　不要扶，今天好像是好一点。

　　　　〔卞玉京搬一个矮凳给她坐下。

李香君　谢谢！

郑妥娘　出来坐会舒服一点。我们在南京住的房子多好，这个地方的房子都是又黑又闷。

寇白门　你又提起南京啦！（她是怕李香君伤感）

郑妥娘　对了，对了，不提，不提。

李香君　唉！（叹口气，摇摇头）

卞玉京　（把话岔开，对郑妥娘）你把我们闹出来，有什么高见？

郑妥娘　难得天气这样好，请你们出来晒晒太阳，一个人总不能老在黑屋子里闷着呀！我弄了一盆花送给香君，虽然没有香，颜色还不坏。（忽然想起）今日是什么日子了？

卞玉京　今天是十八。

郑妥娘　对了，今天不是香君的生日吗？我们要热闹热闹才好呀！恭喜，恭喜！

卞玉京、寇白门　真是的，恭喜，恭喜！

李香君　（微笑）真是，死也不知道死了多少次，想不到如今还活着。近来我常想起，不知道为什么活着，也不知道活着到底有什么意思！

卞玉京　我想侯公子一定不会有什么，他一定会来找你。

寇白门　我也是这样想。

郑妥娘　在这个时候，我总觉得变动太大了，我就不知道怎么想才好，只好就什么都不想。

李香君　他来不来，我并没有打算，我也并不盼望他来。我想，清兵既是到了南京，他在扬州一定是凶多吉少。不过，如果他死了，我想知道他是怎样死的，万一他还能活着，我也想知道他是怎样地活着。在这种时候，活着自然不容易，随随便便一死也似乎不好交代。我总在想，天下这样大，难道就没有一个人挺身出力，来做一番事业吗？

卞玉京　我想侯公子一定能够做出一番事业来的。

　　　　〔忽然有人轻轻地叩门。大家一同惊起。

寇白门　谁在敲门？

卞玉京　让我去看看。（走向门口）是谁？

柳敬亭的声音　请问一声，这里有位卞姑娘没有？

卞玉京　（回头对郑妥娘等）喂，这声音好像是柳师傅！（接着向门外问）你是谁？

柳敬亭　我姓柳。

卞玉京　啊呀，真是柳师傅！（又问）你是柳师傅吗？

柳敬亭　玉京姐，是你吗？请开门吧！

〔门开了，柳敬亭进来，苏昆生跟着进来。

卞玉京　（不认识苏昆生了，惊问）这是谁？

苏昆生　不认识我了吧，玉京姐？

卞玉京　啊，苏师傅！（关门）

郑妥娘　（跑过去）啊，老朋友，你也来了！

柳敬亭、苏昆生　啊，老妥！

寇白门　（也跑过去）柳师傅，苏师傅！

柳敬亭　你们都在这里，白门姐！

苏昆生　白门姐！你们都还好吧？

寇白门　真是想不到！

郑妥娘　这下也算是团圆了。

苏昆生　香君呢？

卞玉京　（指李香君）这不是香君吗？

〔李香君以病弱之身经不住感情的刺激，她只在栏杆前呆望着。

柳敬亭、苏昆生　香君！

李香君　（伸出双手，苏昆生、柳敬亭连忙扶住她）柳师傅，苏师傅！

柳敬亭、苏昆生　香君！

〔李香君泣不可抑。大家都哭，郑妥娘也忍不住双泪交流。

卞玉京　好了，不要过于伤感了，大家谈谈别后的事情吧。苏师傅，柳师傅，你们是怎样找到这儿的？

苏昆生　我遇见了小红……

柳敬亭　好容易打听到的。你们都瘦了！

寇白门　大家都不成样子了！

卞玉京　能够留一条命就难得了！

苏昆生　香君怎么样？歇着吧！

郑妥娘　一直生病，今天才稍好一点儿。

李香君　见着两位师傅，我病也会好些，可是许多话不知道从哪儿说起。

苏昆生　你歇一歇，等你精神好一点我们再长谈。

李香君　现在扬州成了什么样子了？

苏昆生　扬州是早就没有了。

李香君　史可法史阁部呢？

苏昆生　史阁部是一个大忠臣，所以马士英非常恨他，故意把他弄到扬州，不给他军饷。别的军队他又不能指挥，清兵杀来了，史阁部领着扬州全城的百姓死守不降。那时候，城里头粮饷不够，兵器也不够，援兵又不到，城就被清兵攻破了。破城那天，史阁部就伏剑自刎了。扬州被清兵屠杀了十天，连小孩子都没有剩一个！

　　〔大家听着都很难过。

李香君　唉！（恨着在身上一捶）

郑妥娘　你瞧，刚好一点，又……

柳敬亭　我看改天再谈吧！

李香君　不不不，我要听。你们不要担心，我这是常事。两位师傅，告诉我，侯公子是不是跟着史阁部一同守城？

苏昆生　侯公子没有，他先就离开了。

李香君　他怎么早离开了？

苏昆生　听说是马士英、阮大铖叫史阁部不要收留他。

李香君　混账！

苏昆生　可是侯公子倒是因祸得福，没有在扬州遭难。

李香君　知不知道他以后怎么样了？

苏昆生　他好像是回了家。

李香君　回了家？

苏昆生　是啊，所以我一得到你们的消息，马上就托了些人带信给他，我想不久他就会来接你。

卞玉京　香君，恭喜你，你可以放心了。

李香君　他回家没有危险吗？

苏昆生　那有什么，回了家还不就好啦！

李香君　他要是家里能够住，他以前就不会避难到南京，我看他回去一定是凶多吉少，而且还会死得不明不白。

柳敬亭　那不会，因为现在的局面变了。

李香君　怎么？

苏昆生　最近还有一个不大可靠的消息……

柳敬亭　（赶快插嘴）那完全是谣言。（对苏昆生使个眼色）

李香君　什么谣言？

苏昆生　那完全靠不住的。

李香君　是不是他被清兵杀了？

苏昆生　不是。

李香君　他自杀了？

苏昆生　不是，不是。

李香君　他被人抓去关起来了？

苏昆生　也不是。

李香君　那么他起兵勤王去了？

苏昆生　更不是。

李香君　那么是什么？请您说吧，我真急死了！

苏昆生　只怪我溜了嘴。有人说，新朝开科取士，侯公子去考了，中了个副榜。

柳敬亭　这才真是笑话！

李香君　（冷静而坚决地否定这个消息）哦，这是谣言，一定又有人在中伤他。

苏昆生　是的，谁也没有亲眼看见放榜，也没见题名录。

卞玉京　那也许他是被逼着没有办法……

李香君　不会的，决不会！你们想，像侯方域这样一个忠孝传家，讲道德讲气节的人，会忘了国仇家仇去考，去求取功名？那除非是太阳从西边出来！我敢讲，别人我不知道，他，我知道。如果有谁能够证明他去考了，就把我一双眼睛挖了！

卞玉京　何必生这么大气呢？这也只怪我多嘴。

李香君　玉姨你千万别多心，我不过说是绝没有这样的事。

柳敬亭　不会的。

苏昆生　所以我说是谣言。

　　　　〔卞玉京和寇白门、郑妥娘相视，微微摇头。

李香君　吴次尾、陈定生他们二位相公有消息没有？

柳敬亭　听说他们都殉难了！

　　　　〔李香君长叹。

卞玉京　柳师傅、苏师傅，你们家里怎么样了？

柳敬亭　只剩我一个光人了！

郑妥娘　苏师傅回家没有？

苏昆生　不要问吧，我已经是和尚了！

郑妥娘　完了，完了，反正是完了！

李香君　我妈妈有没有消息？

郑妥娘　是呀，她怎么样了？

苏昆生　你妈妈她嫁了田仰没多久，田仰就不要她了，把她赏给一个老兵。

郑妥娘　妈的！真该死！

李香君　苦命的妈妈，这都是为了我。（又哭泣）

〔正在满堂唏嘘时，忽闻叩门声，还听见一个女孩子在门外叫。

卞玉京　谁？

小　红　阿姨开门！姐姐开门！我是小红。

〔卞玉京开开门，小红站在门口。

卞玉京　怎么，小红，你来了？

小　红　阿姨，我是从很远的地方来的。坐了船，还骑了马，还带了一个人来。您
　　　　看，这是谁？

卞玉京　谁呀？啊，侯公子！香君在这儿啦！

李香君　（听见大惊）啊！

〔大家都站起来。

卞玉京　（往里跑）香君，侯公子来啦！

〔侯朝宗身披斗篷，头戴风帽，一进门，站住，抬头望见李香君。李香君
　飞也似的跑过去，他的斗篷掉在地上，大家都跟她走过去。

李香君　（两手拉住侯朝宗，望着他）你来了！（伏在他怀里抽抽噎噎地哭）

侯朝宗　（也流着泪）香君，我来了。我来接你来了。这下不要紧了，我带你一同
　　　　回家去。

〔此时侯朝宗的马夫走进来，恭恭敬敬站在旁边。侯朝宗看见李香君的衣
　裳单薄，脱了身上的斗篷替她披上，顺手把头上的风帽除下来交给马夫。
　他头上戴的是便帽，身上穿的是清制的行装，箭衣马褂，脑后拖着辫子。
　他从袖子里取出李香君溅过血的扇子，交给李香君。

侯朝宗　香君，你为我受了苦！你托苏师傅送给我的这把扇子我也带来了。你的灾
　　　　难过去了，从此以后，我们永不分离了。你是我最心爱的人，到我家里，

也没人敢欺负你。

〔旁边的人都不说话，有话也不知从何说起。

〔李香君看着侯朝宗的样子，听他说话，心里自然早有几分明白。不过她的态度却意外地变得平静，她只不转眼地望着他。

侯朝宗　（没十分注意到李香君的神情，却望见了李香君身后的许多人）啊，各位都在这里，大家平安，真是难得。你们都可以回家去，现在没有什么了，我可以尽量帮忙。

李香君　（冷冷地）侯公子，你来做什么来了？

侯朝宗　我不是说过，我是接你来了。

李香君　扬州失陷的时候，你是不是在家里？

侯朝宗　是在家里。

李香君　恭喜你还在顺天乡试，考取了副榜。

侯朝宗　你怎么会知道的？香君，那不过是权宜之计。

李香君　侯公子，我是白认识你了！（一抖，侯朝宗的斗篷掉在地上）

侯朝宗　香君！

李香君　你以前对我说的什么话？你曾经拿什么来鼓励过你的朋友、你的学生，你还鼓励过我！你不是说，性命可以不要，仁义、道德、气节是永远要保住的吗？你为什么不跟着史可法阁部一同守城？回家去你至少可以隐姓埋名，你为什么不？为什么要在许多人起兵勤王的时候，去考这么一个不值钱的副榜？

侯朝宗　香君！

李香君　你不是常骂人卖身无耻吗？你为什么又去投降？在这国破家亡的时候，来找我干什么来了，干什么来了！去吧！

〔李香君把扇交还侯朝宗，他呆着不接，扇子掉在地上，她激动得要晕倒，郑妥娘等拉住她。

侯朝宗　香君，我为了你，我不能死。

· 135 ·

李香君　我为了你，死了也不闭眼！……苏师傅，柳师傅，妥姨，寇姨，卞姨，你
　　　　们都是好人，我死，要你们在我面前。我死了，把我化成灰，倒在水里，
　　　　也好洗干净这骨头里的羞耻！（跑向房里去，脚一碰台阶就跌下去，她
　　　　死了）

〔柳敬亭、苏昆生、郑妥娘等把她扶起来，叫着她的名字。侯朝宗呆望着
想去扶李香君，郑妥娘挥手让他离开，他只好低下头来往外走。

——闭幕·剧终

一九四七年春于上海

一九五七年修改于北京

┃艺术史评论┃

欧阳予倩确有《桃花扇》情结。抗战爆发不久，热血沸腾的欧阳予倩就积极投
身文化救亡运动。1937年11月，他在上海组织了中华京剧团，将一些彰显民族精神
的历史人物故事改编成京剧，其中就有《桃花扇》。通过这个根据清人孔尚任的传
奇《桃花扇》改编的京剧本子，欧阳予倩首次对原著进行了再创造。在主持广西戏
剧改进会期间，欧阳予倩又将自己的京剧《桃花扇》改编成桂剧。这两度改编，为
后来的话剧本《桃花扇》奠定了基础。抗战胜利不久的1946年底，欧阳予倩随新中
国剧社赴台湾演出，带去了由他自己改编并执导的话剧《桃花扇》(原剧为七场，收
入人民文学出版社1956年版《欧阳予倩剧作选》时为三幕九场)。戏曲本和话剧本
的《桃花扇》在不到十年的时间里三次推出的过程，是一个爱国的、热情而执着的
艺术家对一出传统经典剧作精益求精的重新创造的过程。

——田本相主编《中国话剧艺术史·第四卷》，江苏凤凰教育出版社，2016，
第202页

现在这个演出本，照初稿又经过好几次删节和修改：尽可能截掉了那些当时认为必要的暴露和讽刺的对话，一则认为现在没有必要，再则戏太长不能不割爱。照现在这个演出本，如果把整个的节奏加快一点，三个半小时能够演完——一般地说似乎还长一点，一个戏能在三小时以内演完最好，可是我觉得这个戏很难再加删节。本来我想把第三幕第二场删去，也曾这样做过，只是弯转得太急，看上去不舒服，也不接气，因而只能保留。原来阮大铖定计收买侯朝宗的一场，地点是在阮大铖家里，那样比较合理，在我的剧作选集中仍保留着另外一场的形式；在演出本中根据苏联专家列斯里同志的意见，把这场戏改在文庙前演，就戏而论是紧凑一些，也能节省时间，作为话剧这样也好。

…………

我觉得历史戏究竟是戏，不是历史，对于历史事件，我们可以根据当时的经济、政治、人民的生活状况、阶级关系等来求得比较正确的看法。但是现存的史料不管是正史、稗史或是小说笔记之类，却很难说哪一个记载是百分之百的真实，尤其关于某一个人的记载，那就可能出入更多。例如《史外》说侯朝宗南来携带万金，我就认为这是不可靠的，这一类不甚可靠的记载，就是现代也很多。所以写历史人物，只要把那个人物的思想见解、生活态度、社会关系写得适合于他所处的那个时代，就不至于违反历史。至于把这个人物描绘成怎样的形象，那是可以根据作者的见解来处理的，分寸是可以由作者来掌握的。

写历史上的大人物，说明一个大的历史事件，反映那个时代的精神，这是一种性质的历史戏；像话剧本《桃花扇》写的主要是几个平常人，企图通过他们反映南明时代人民的感情或者仅仅是作家思想感情的寄托，都无不可。但戏只能当戏写，为着戏里的需要，适当地配备一些人物来说明问题，并不是对每个人物的生平事迹都要作全面的交代。我写《桃花扇》京剧本的时候，完全没有想这是不是一个历史戏，就是改写话剧本的时候，也没有把历史戏这个概念放在心上，我只是想到哪里写到哪里。当时如果我想到作为一个历史戏应当怎样写，可能我就会有很多顾虑，难于下手，至少也决不能脱稿那么快。我写的只是戏而已。我写京剧本的时候手边放着孔尚任的原作，曾经不时翻阅一下，可是京剧本写成后，和原作大不相同，如作为介绍原作而从事改编，那我的剧本未免唐突古人。话剧本也和原作不同，不仅是中心思想，人物的处理，就是情节也有所改变，因此不能算改编本，只好算我的作品，粗劣之处我应自负其责。我常想我们的杂剧和传奇，有很多极为优秀的作品，要把它们搬上今天的舞台，需要加以整理和改编，那就必须尽可能保全原作的精神，忠实地使其再现，这是非常重要的工作，我想这和根据原有的情节改写也并不矛盾，剧作家不妨有选择的自由。我这样想，不知对不对？

一九五七年六月二十六日于无锡大箕山

——欧阳予倩：《〈桃花扇〉序言》，载《欧阳予倩全集（第二卷）》，上海文艺出版社，1990，第434—440页

| 排演札记 |

一九五六年十二月二十六日，演员们都怀着喜悦和希望的心情，激动地坐在排演室里等待着总导演孙维世同志和欧阳予倩老院长来到排演场。维世同志微笑着宣布：下个剧目要排演《桃花扇》，而且由老院长亲自来导演。大家都非常兴奋，接着就在热烈的掌声中，老院长开始给演员们说话。

老院长思索了一会，很和蔼地看着大家，有些为难似的停顿了一小会才开始说：同志们，我想和大家在一起研究一下，目前《桃花扇》重新上演是否需要呢？这剧本究竟行不行？我们要演出一个怎么样的《桃花扇》呢？我认为专家排的《桃花扇》基本上是好的，只某些地方大家看了有些意见，这也是不可免的，因为专家对中国风俗不熟习，而我们帮助得也不够。但专家好的地方我们是不舍得要丢掉的，当然有些地方也是可以更动的。

这个戏在好几个地方演出都有些争论，我想我们的演出也会引起争论的，这些争论对我们排演是有好处的。但是这个戏是不是能排？值得排不？……导演的话音

· 138 ·

刚落，演员们不等主席的允许就发言了。

大家一致表示：我们非常喜欢这个戏，而观众也很爱这个戏，它是一个值得我们保留的剧目，尤其是老院长来排，我们能向他学习民族传统的表演方法，因此是否能排这个问题是不存在的。作为一个话剧演员应该学习如何演古典戏，希望很快地开始工作。

最后导演在演员们的要求下，表示可以马上排这个戏，并且指出希望大家开始做准备工作，练唱、练身段等，并说练身段的目的并不是完全要和京戏一样，究竟这是一个话剧，但也避免一点都不像，因为古时的人穿那样的衣服，就是那样行动的。

这样，演员们带着兴奋的心情开始了排演前的准备工作。

——欧阳予倩：《〈桃花扇〉排演札记》，载《欧阳予倩全集（第二卷）》，上海
  文艺出版社，1990，第441—442页

| 创作评论 |

欧阳予倩的《桃花扇》改动最大的地方在于人物形象与情节。欧阳予倩在《桃花扇》中塑造了泾渭分明的两组人，一组是以李香君为代表的，充满了爱国热忱的普通百姓，他们信守节操，绝不向敌人妥协。在原剧中，李香君是一个有骨气的歌妓，她虽身为下贱，却见识不凡，当阮大铖意欲收买侯方域时，是她一针见血地指出了阮的阴谋；当田仰要强娶香君时，香君以头撞墙，血溅宫扇，宁死不屈；在阮大铖与马士英的宴席上，香君当面痛骂奸臣，即使被打倒在雪地里也绝不讨饶。对于原著中关于李香君的这些描写，欧阳予倩都予以了保留，并大加渲染。与之形成鲜明对比的是侯方域的变节投降。原著中的侯方域虽曾在阮大铖的利诱下有过动摇，但瑕不掩瑜，他此后一直恪守品节，辅佐史可法，扬州城破后侯方域陷入绝望，既然无力回天，便绝意红尘。而欧本中的侯方域与此则有了根本性的差异。侯方域本是进步团体复社的核心人物，有正义感，但是他的政治气节却远逊于香君，如

果没有香君义正词严的提醒，侯方域恐怕早就入了阮大铖的彀中，这个情节为后面侯方域的投降清廷埋下了伏笔。在欧本中，当南明小王朝灰飞烟灭时，香君虽然病重，仍怀着极大的希望等待着侯方域，不料等来的侯方域已投降清廷，香君极度失望，当即气绝身亡。这个结尾对原著的改动很大，据史料记载，南朝亡后，侯、李二人不曾相见，侯方域确实曾参加过顺治年间的科举考试，但并未去做官，他深悔此举，认为自己是"失节"了，年仅37岁便郁郁而终，还给自己的书房取名为"壮悔堂"，喻己悔意。欧阳予倩的改编相比孔作而言，更接近史实，但欧阳予倩并不是为了要符合史实才作如此改动的，而是为了批判当时的投降派。许多投降派和侯方域一样，不是不知道该如何做，而是由于软弱，禁不起威胁利诱而投降。结尾处两人相见时，当李香君看清了侯方域投降派的真相后，大失所望，曾经情意绵绵的情侣，如今因为政治立场的截然对立，不得不分道扬镳。这样的描写在抗战的背景下是大有深意的，欧阳予倩所肯定的是有民族气节的人，鞭挞的是忘记了祖国、卖身求荣的人，李香君和侯方域正是这两类人物的典型。这样的结尾显然比孔尚任的结尾更有现实意义，因而产生了深远的影响，甚至超过了传奇《桃花扇》。

  ——王永恩：《论欧阳予倩抗战时期的戏曲改编成就——以〈桃花扇〉〈梁红玉〉〈木兰从军〉为例》，《戏剧》（中央戏剧学院学报）2017年第4期

  《桃花扇》也是欧阳予倩于一九三七年在"孤岛"为"中华戏团"改编的京剧本子，于一九三九年改编成桂剧。这出戏以孔尚任的《桃花扇》传奇为素材，但根据时代的需要进行再创作。就如他所说的那样："我那个剧本依据孔尚任原作的故事轮廓，采用了其中的主要情节，只借以发抒感慨，并没有，也不可能仅忠实于原著作为一个古典剧作的翻版。"剧中塑造了李香君为代表的一班爱国艺人的生动形象，展现了他们的崇高的民族气节，突出地颂扬了被压迫于最底层的劳动大众的爱国情操。这对激发人民群众奋起抗日救亡，有着很大的感染力量。剧中还以南明覆亡的历史悲剧，把锐利的矛头直接指向汪精卫汉奸集团和国民党反动派。戏一揭幕，首先通过老伶工的口，毫不留情地揭破了汉奸、反动派厚颜无耻的嘴脸。接着

便以"唱书"的表现方法，从腐败的反动统治到国土沦丧的悲惨现实，从最高统治者到地方土豪劣绅的丑恶本质，一一加以痛快淋漓的揭露和猛烈的鞭笞。全剧告诫人们："千古兴亡恨，又到眼前来。"但"看此剧我们也无须伤感，望各位前途珍重，爱护这锦绣河山"。它充分发挥了戏剧艺术鼓舞人民、打击敌人的战斗作用，因此也和《梁红玉》一样轰动了桂林市。首演连演了三十三场，群众还一再要求续演下去。就连原来对欧阳予倩的搞法不尽赞同的马君武先生和一些还不理解欧阳予倩的文化界人士，也不得不表示赞赏、钦佩。然而，这激怒了以当时桂林市市长苏新民为首的官僚政客，他们下令禁演。

——丘振声、杨荫亭：《桂剧发展史上的丰碑——欧阳予倩改革桂剧的卓著贡献》，载《欧阳予倩与桂剧改革》，广西人民出版社，1986年，第418－419页

南澳的荔枝

胡明树

（四幕剧）

第一场

时——一九三八年夏，荔枝初熟的时候。

地——南澳，一间小学校的操场。

人——吴校长

李先生（体操教员）

周文童（人都叫他十三少，因为他是盐田富翁的儿子）

王丙生（牧牛的）

作者简介

　　胡明树 (1914—1977)，原名徐善源、徐力衡，现代作家、诗人、文学翻译家。广西桂平县大罗村人。1929 年至 1932 年在广州中山大学读书，开始文艺创作活动，与古子坚等人创办进步刊物。1934 年留学日本。1937 年爆发全面抗战时回国，创办了《诗》月刊并担任主编，先后在上海、广州、桂林等地从事抗战文艺工作，创作了大量的诗歌、散文、小说。1938 年参加由日本作家鹿地亘所组织的反战同盟，1939 年在桂林加入中华全国文艺界抗敌协会桂林分会。1939—1944 年在桂林先后创办并编辑了《诗月刊》和《诗》杂志。抗战胜利后赴香港从事民主运动和文艺创作。1954 年任广西文联驻会秘书长和副主席，是文联日常工作的负责人之一。

作品信息

　　本书剧本选自《东方战友》1940 年第 16、17 期。

　　　　小学生若干人

　　　〔小学生三三五五的在游戏，或喧闹着。

学生甲　周文童，你们果园里的荔枝熟了吗？

周文童　还没有熟。

学生乙　还没有熟！你今天送给校长的是什么东西？

　　周　什么又怎么？难道你想吃不成？

　　乙　我不稀罕你的荔枝！让校长"稀罕"它吧！（走过一边去）

　　甲　周文童，我和你是好朋友，你给我荔枝吃么？我还可以帮你做算术的。

　　周　是的，我明天带五个来给你。

　　甲　五个太少！

　　周　十个？

　　甲　二十个！

　　周　喂，你怕算术吗？我最怕……

　　甲　我不怕，——你为什么怕呢？只要你叫你爷送给算术先生几十斤盐，他不

　　　　就会替你算了吗？（二人拉着手走）

王丙生　（向孩子群中走来）玩去吧！拾荔枝去吧！挖甘薯去吧！

　　周　丙生，你们去拾荔枝？但不要"偷"我们果园的呀！

　　王　偷？乌龟才偷人家的东西！

　　乙　（走近丙生）喂，丙生，你又来啦！教我们唱山歌吧！

　　周　教我唱《祝英台》吧，丙生！

　　王　不过，你给我荔枝吃么？

　　周　没有荔枝。

　　王　那么，我也不会唱。

　　甲　丙生，随你教我们唱什么都好！

　　王　你们的先生不教你们唱么？

　　乙　音乐是校长教的，但他只教我们《双飞蝴蝶》，叫他教我们救亡歌曲但他

不肯教。

周　（辩护地）谁说不肯教！他只不过说，那不大好听的，所以不教了吧。

王　（向乙）还没有放学吗？放了学大家去挖甘薯好吗？（又与乙耳语）

乙　（点头）唔唔。

〔铃声响，接着是口笛声。

李先生　（出现）一年级体操！（又吹口笛）集合！（学生们争先恐后地在排队）快
　　　点！快点！——立——正！！向左看——齐！！报数！（学生报数。吴校长
　　　走来，在旁看）听口令！——向右——转！！（学生动作）右转弯——开步
　　　走！！（但学生们却弄错了，变为"左转弯走"了）立——正！！弄错了——
　　　弄错了！（走近排头，和气地说）右转弯——你一听了"右转弯"三个字，
　　　你就要想一想哪边是右！哪边是右？懂得么？

乙　（动右手）这边！

李　对了！但你为什么要转过左边去呢？

吴校长　（抢过来骂道）你既然知道了为什么要乱转呢？你想捣乱吗？！出来！站过
　　　一边来！立正！！眼向前！……手不动！罚你立正三十分钟！

〔李先生却气忿忿地走向房里去了。

吴　李先生！李先生！（李不睬他，于是向学生）听口令！稍息！立正！报
　　　数！（学生报错了）重报！（又错）重报！……你们打什么精神，报数也
　　　不清楚！听住呵：向右——转！！（但学生却向左转）什么！！什么！！又
　　　向左！吓！左右不分！全是你们这些劣种！国家哪有不衰亡的道理呢！
　　　（走近排头，把排头的又拉了出来）站出来！！罚你立正！！眼向前，不许
　　　动！是不是有鬼叫你向左转的？（忽然看看队中的周文童）十三少！

周　什么？

吴　你可以回家了。你回去吧！

周　是。（离开队伍）

吴　（向十三少）你对你爷说，我晚上来。（学生们做起鬼脸来）

周　是。(离开)

王　(旁观得忍不住笑)嘻嘻！嘻嘻！

吴　(向笑声看去，怒，持鞭赶上去)你妈的！滚！

王　(拔步便跑，但又回转头来)嘻嘻，嘻嘻！

　〔吴没有把丙生追上，但这边学生们又做起了鬼脸。

——幕——

第二场

时——半月后，一天的下午。

地——一个村庄的鱼池边，塘塍上。

人——吴校长，周文童及其母，鱼池的主人，使役，王丙生，和满身溅着泥浆的"捉鱼癫"(注：主人不要的剩下的小鱼谓之"鱼癫")的人们。

　〔因为天旱，鱼池的水快干了，主人就决定把它放干去，把鱼捉起来到市场出卖。主人在指挥着工作，塘塍的上手边是鱼池，下手边是水田——也晒干了。主人使役，和捉鱼癫的民众，因为在池里工作，只见上半身和脑袋。在塘塍上还站着周文童及其母亲等观众。

　〔吴校长自左边的塘塍慢慢走来，周文童及其母见了校长就行礼，校长也还了礼。

母　校长，回家了来么？

吴　是的，回家走了一遭儿。

母　学校怎么样呢？还上课吗？

吴　上是上的，可是大家都不来。我也对他们说的：不要怕！但都不来，有什么办法呢？怎么维持下去呢？

母　校长，照你看，日本会不会占我们南澳？

吴　照我看，未必会占，——那也说不定的，假若他以为必要，也许会占的。

母　他若果要占去，不是易如反掌吗？

吴　那自然！简直是不可抵挡的。你看，上海、南京那么大的地方也抵挡不住，难道我们南澳就会抵挡得住吗？——不过，也用不着害怕的，只要"安分"点，又有什么可怕呢？

周　妈妈，我们还是快点到香港吧！

吴　哦哦，是了，听说你们要到香港去——我正想找周老爷商量商量，在南澳，他是有相当名望的人，必要时他得出来"维持秩序"的，号召大家回来耕作的……有些人都逃到内地去了，又有些人都逃到香港去了，若果逃光了，还成什么世界呢？

母　不过，我们去香港，为的是载荔枝去的。

吴　那自然！像你们，到香港住住也很有意思的。不过，不要住得太久，住了相当时间还应该回来的。因为这里究竟是自己的家乡。

母　对呀！只要"太平"了，或者你们有信去，我们当然回来的。

　　〔鱼池主人看见了校长，于是忙爬到塘塍上与校长攀谈。

主　校长，回家了来么？

吴　是的，回家了来。——今天失了一件裤子了。

主　在家失的？

吴　是，在晒衫竿上。

主　知道是谁偷吗？

吴　有几分知道。

主　那不要紧。——校长，要鱼吗？串两尾回去吧！

吴　不，不敢吃鱼。今年真是旱天呀！

主　可不是吗？世事真是奇怪的！像我们南澳，四面是海，但也没有水救济田地，闹旱灾，只是刮风，不下雨，什么都给吹刮完了！——近来风声很不好，你消息灵通，一定知道底细的吧？

吴　照我看，不见得就有什么事情发生，纵使来了，也不见得就一定可怕。他要南澳有什么用呢？他占南澳只不过想把这里作进攻广东内地的根据地吧。

主　可是听说敌兵无论到什么地方，都是奸淫掳掠、杀人放火的。我们也应该想法子去对付呀！有钱的可以逃到香港去啦，但是我们这些"半桶水"不知逃到什么地方才好？

吴　可不知你想有什么办法吗？

主　李先生说的，我们得团结起来，组织游击队，武装起来，保卫家乡！

吴　人家的"大上海""大南京"也保卫不住，我们的"小南澳"怎样去保卫呀？谈何容易！李先生懂得什么！只会闹脾气！自己不会教体操，还要闹脾气辞职！

主　听说凡是失陷了的地方都有游击队在活动的。我们不可以也来一套吗？

吴　靠不住的。哪里有枪械和粮食的接济呢？人家会封锁我们的呀！

主　那也有道理。……不过，听说游击队全是抢夺敌人的粮食和军械的。

吴　我不相信！游击队会有那么三头六臂的本领！——好，有空再谈吧！（走过去了）

　　〔王丙生自塘塍的左方走进。

王　哦哦，这么多人在"捉鱼癫"哩！我也来，没有"鱼癫"，"虾癫"也好！

周　看哪！丙生就走下去，就给他捉得一尾小红鲤啦！（忘其所以地追下去，不管自己是极漂亮的装束，连鞋踏进泥泞里）丙生，给我！（但丙生走，他在后追）

母　文童，你快上来吧，你看你的裤子都污啦！（也忘其所以地追下去，不管自己是极漂亮的装束，连鞋踏进泥泞里）文童，上来吧！

　　〔丙生捉着小红鲤上来，母也拉着文童上来，文童哭。

母　丙生，给他吧！

王　我为什么要给他，他有荔枝又不给我！（走）

主　不要哭，十三少！你要鲤鱼吗？红的？好！（向使役）阿五！在鱼篓里串
　　两尾红鲤，送给十三少！

使　役　是！（串鱼给文童）

　　　〔文童得了鱼，慢慢走回家去，和母亲一起。临走还谢过主人。

——幕——

第三场

时——与第二场同日，黄昏时分。

地——一个农家的门口，门外有不高的石级。

人——吴校长，王丙生及其父母，弟弟。

　　　〔父亲坐在石级上吸烟，母亲站在门口边看天空，弟弟在阶前独自个儿玩。

母　天将雨似的，很久不下雨了。要是再旱下去，连我们种的甘薯和花生都要
　　旱死啦！

父　又旱，日本鬼又要来！天灾人祸，不知要变成什么世界呢！

母　不过，要是有钱的话，什么天灾人祸也不怕，听说周家明天就要去香港哩！
　　这两天，有钱的人都走啦！

父　像周富翁，明天载一大船荔枝到香港去，又可以赚一大筐钱咯！

母　听说日本鬼凡是捉住了女人——不管老的幼的都拉去强奸。要是天有眼的
　　话，会容这样的人类吗？

父　若果天有眼，我们早就应该发财了啦！世界上最无良心的人才最发财，最
　　做得去！

母　要是日本鬼真的来了，我们女人走投无路，不是只有白白死去么？（悲哀
　　地低下头）

父　（片时的沉默之后）若果日本鬼捉着了你，他要你，你怎办？（带笑）

母　当然不依从他!

父　强奸就并不要人家依从的!

母　那我只有碰石死掉!

父　可是他不让你在强奸之前死去,但是强奸之后,他才杀死你……

母　那我就只有和他拼命了!

父　你够他拼吗? 他们男人气力大,也有手枪。

母　那么,怎么办呢!

父　你得用"计"呀! 当他不提防时,就一刀子过去! 就得了。

母　没有杀过人,到那时恐怕会发抖的吧?

父　不会的,仇恨会使你勇敢!

母　要是有手枪,就更好了。

弟　弟　阿呀! 妈妈! 你看,哥哥种的荔枝出芽啦! (蹲在阶前,用手轻轻地触着那些小植物)妈你看! 看呀! (母走下阶来)

母　真的! 出芽了的,有多少颗?

弟　三颗,长得多么好看呀! 多么美丽呀! 这都是哥哥用荔枝核种的,我种的还没有出芽! ——妈,再过十年可以成荔枝了吗?

母　再过十年可以成了。

〔父亲敲去了烟灰,进了屋内。

弟　到那时,我种的荔枝成了,我送给妈妈一千个荔枝吃!

母　若果有那样的日子就好了! ——弟! 你年纪幼,不知事的:日本鬼快来啦! 鬼子比大虫还可怕呀!

弟　我不怕! 哥哥说的,鬼子会杀人的,因为他们都有刀子。可是我不怕他,我也有刀子,也会杀鬼子的。(在口袋拿出一柄小刀舞弄着)杀呀! 杀呀! 杀日本鬼! 打倒日本豆角煮鱼! (注:豆角煮鱼即帝国主义的谐音)

弟　妈妈,我要荔枝! 我要!

母　哪里有?

149

弟　有的！有的！我要我种的成了，将来还你的呀！

母　（从口袋里拿出荔枝）哪！只剩两个！吃完了，没有啦！

弟　（接荔枝，喜吃）杀杀！日本鬼！（吃完了就把荔枝核种在阶前）

王丙生　（回来，手持红鲤，满身是污泥）弟！妈！有鱼吃啦！

弟　哦哦！哥哥！你去"捉鱼癫"为什么不叫我！

王　我找你不见。

弟　哥！你种的荔枝生啦！——我的还没有出芽！

王　是吗？我来看！（蹲下）真的！长得真好看！

父　（自屋内出来，手在背拿着鞭子）妈的！

王　爸！今天有鱼吃啦！

父　（走近丙生，鞭打他）妈的！

王　我今天看牛，没有给牛吃人家的东西呀！（父仍打他）爸！这尾红鲤是去
　　捉鱼癫得的，不是偷人家的呀！（父仍打他）

母　（怒向父）你又没有喝酒，为什么无缘无故打人的？！

吴校长　（□然而至）回来了吗？好，我来审问他！（父才停鞭）丙生，你好好地招来，
　　你偷了我的纱绸裤子拿到什么地方了？快交还我！

王　裤子？那才奇怪哩！谁见过你的裤子是什么样的？我要你的裤子干吗呢？

吴　不要抵赖！我都知道的！是你偷的！

王　谁偷你的？！生麻风的才偷你的！！

母　校长，你说丙生偷你裤子，这我不敢说什么，"生子不生心"，可是校长，
　　有没有见证呢？谁作见证呢？

吴　当然有的！不过，我不能说出他的名字——证人的名字，在官面前才可以
　　说的！见官去吧！

母　校长，你是知书知理人，没有见证不能诬赖人呀！

吴　哼！你要说蛮横话来吗？你生的好儿子去偷人家的东西，你还敢庇护他
　　吗？我不知书知理敢当校长吗？（忿然而去）

父　（给了丙生一个耳光）你不做好人！人家赖你偷，为什么不赖我？都是你不
　　好！（又一个耳光）

母　人家欺负他，连你也欺负他！（呜咽起来。继着丙生也呜咽了。看看两人，
　　弟弟也哭了。父走进屋内。天下雨了，倾盆的雨。）

——幕——

第四场

时——又二十天后，一个阴暗的下午。

地——原野间，森林中，山坡上。

人——王丙生，他的父亲，弟弟，学生乙，李先生（此二人曾于第一场出现），
　　　吴校长及日兵三人。

〔王丙生、弟弟和学生乙在森林中寻野果吃。

王丙生　这里的果实太少了！有的只是石榴。但是石榴吃得太多，拉屎难的，荔枝
　　　　又快没有了，还是回去吧！爸爸已经一天没见到了，昨天晚上一定打得
　　　　厉害吧！白天不大打的，现在恐怕正伏在什么地方呢！昨天晚上我做了一
　　　　个梦——

弟　什么梦？

王　我梦见爸爸和日本鬼打仗，他杀了十个日本鬼。

弟　是的，我梦见他杀了一百个！哥哥，妈妈在哪里？

王　我哪里知道呢？

弟　哥哥，我要妈妈！我记得妈妈不回来已经五天了。

王　只不过三天吧啦！

弟　妈是不是被日本鬼拉去了？

王　不是的。

· 151 ·

弟　不是的？骗我！她在哪儿？我要的！找去吧！

王　哪里找？她今晚会回来的。

弟　骗我！

学生乙　喂，我们种的荔枝，明天移来这里种不是很好吗？在家里有鸡啄的。

弟　说不定日本鬼会把他们移回日本去的，再过十年成了满枝满树的红荔枝，日本鬼看见了会流涎的！（跪下去）天呀！神呀！保佑我们的荔枝不要被鬼子抢去！

乙　没有神的！

弟　有的，妈妈说是有的！

乙　喂，丙生！那边山坡下有一块甘薯，我们去挖几条回来烧好不好？

王、弟　（同声地）好的！好的！

乙　我去挖甘薯，你叠窑灶！

王　是。（动身拾泥块，乙则去挖甘薯）

弟　我帮你叠！（以手捧泥块）

王　你不会叠！

弟　我会！我会！哥，我会！

王　那么，你帮拾泥块吧！（把拾来的泥块叠着，一个空心的小窑灶将成功了）

乙　（提了几条甘薯回来）叠好了么？（蹲下，忽又站起）不行，不行，简直的不行！（又忽的把窑灶踢翻了）

王　（站起，捏紧拳头，向乙打去）发神经病了么？叠得好好的窑灶你为什么踢崩去？

乙　（退了两步）不行呀！这不行呀！

王　为什么不行！（又想打过去）

乙　不行的。我们在这里烧起火来，敌人远远地看见了，会向这边放枪的呀！那不是糟了么？因为那样，敌人就知道这里有人啦！

王　那也说得有理，那么，甘薯，还是生吃吧！（三人拿起甘薯大嚼起来）

　　〔附近有人声，三人吓了一跳。

王　（向弟）不要出声，伏下。（弟伏下）谁呢？（偷偷儿向远处张望，伏下，又站起）我看是敌人哩！

乙　（低声地）是呀，三个——四个！

王　他们在路旁坐下了，有两个在挖甘薯了。——喂，你去报告李先生吧！我在这里看着他们的动静。

乙　好的，我就去！（离开了森林）

弟　（好几次伸起头）在什么地方？我没见！

王　（以手压弟）不要说话，不要动！（好几次地张望着）不好了，他们向这里来了！伏下！不要动！（二人伏下。约两分钟后三个日兵和一个不同装束的人走近来又走过去了。丙生这才站起）不怕了，已经走过去了。（又站到高地在看）哦！奇极了！他们相遇啦！哦！李先生他们用枪指着日本鬼了，日本鬼被缚了！

　　〔又约三分钟后，乙回来了，李先生、丙生的父亲、鱼池的主人等也到了，刚才那四个敌人也变成了俘虏了。

乙　丙生！那是这样的，我在山岗的转弯处碰见李先生他们，我就将实情报告给李先生他们知道，于是很快地赶到了路口，在转弯处守着，敌人到了，就喝一声"缴枪"！没有响一枪就把他们生擒了！

李　今天的是无本生意呵！

王　（向乙指敌人中的一个说）那是谁呀？不是你们的校长吗？

乙　唔，可是现在已经是汉奸了！（向吴）汉奸！你身为校长也做起汉奸来，如果我们学生都学你的样，也都做汉奸，那还了得吗？

王　（向吴）周文童给你荔枝，你就帮他；日本给你钱你就做汉奸，出卖我们南澳！

弟　是的，日本给他钱，他想把我们南澳的荔枝都通通卖给日本鬼的！

〔丙生和弟弟亲热地拉着父亲的手。

李　我们决定吧：三个敌兵，立刻带到洞里去藏着，还有这位汉奸先生，带回家里慢慢审判他！

众　人　赞成！

〔吴在各个欢喜的脸色中显出他的悲哀，铁青的脸流下了卑怯的眼泪。

——幕——

越打越肥

欧阳予倩

（独幕喜剧）

时：现在。

地：某处一家阔公馆里头。

人：二姨太，三姨太，丫头，娘姨，勤务兵，女友——李四太，胖子哥哥，瘦
子兄弟

〔二姨太同一个女友在看料子，女友拿着料子往身上比，非常高兴的样子，
她们的旁边满堆着一些化妆品和珍贵糖果之类。

女　友　这件料子真好极了，颜色也好，花样也好，这样大一个桂林就买不出。

二　姨　其实算什么，在上海、香港的时候，真是送给你你也不要穿，于今是非常
　　　　时期，将就罢了。

女　友　说起来，人也真是生得贱，有穿的时候，好了还要好；没有穿的时候，马
　　　　马虎虎也就过了。可是越买不出的东西越想买，以前在上海、香港，常是
　　　　托人到巴黎，到伦敦，到纽约去带东西，带衣料，于今又千方百计托人到

作品信息

《越打越肥》（独幕剧），作于1939年，发表于《十日文萃》1940年第2卷第4、5期合刊上，收入
1943年桂林远方书店《二十九人自选集》、1984年人民文学出版社的《中国现代独幕话剧选1919-1949
第一卷》。本书剧本选自《十日文萃》1940年第2卷第4、5期合刊上。

上海、香港去带，真是笑死人。

二　姨　真是，像你跟了你们先生又到巴黎，又到伦敦，又到纽约，真是看不尽的繁华世界，从那种好地方回到香港，回到上海，又回到广州，再到这内地来，也难怪你们过不惯。

女　友　抗战时期尝尝苦的滋味也好，等到了最后胜利的时候，我一定开一个大跳舞会，开它五十打香槟酒，跳它个三天三晚，慰慰我的劳。

二　姨　那怎么等得及？一个飞机走到香港，买张头等船票，到上海去足玩一气，玩够了再回来抗抗战，不很好吗？

女　友　哟，谁像你呀！你的那个大胖子老爷有钱，我们家里的是公务员，赚薪水的，哪儿比得上你们的老爷，又做官，又做大生意。你又是如花似玉，他对你又是千依百顺。像我们哪，可谈不上啦。

二　姨　哟，你骂人啦，我又不跟你借。

女　友　（取烟）哟，"大炮台"！

二　姨　我还有几罐"三个五"，待会儿送给你一盒。

女　友　（又去取另外一件料子）你看我穿这件料子，不太花罢？

二　姨　一点儿不花。

女　友　老太婆了，怕人家笑话。

二　姨　啧啧啧。

女　友　而且人家穿的都是灰布短衣蓝布卦，他们少见多怪，要说我了。

二　姨　管他呢，他们那些女人，自己没有衣裳穿，就也不许人家穿好的，真把我气坏啦。

女　友　她们还常常欢喜演说，骂我们什么奴才啦，寄生虫啦，又是什么醉不生，梦不死啦，我说她们才丑不死啦。她们还说什么解放啦，自由啦，真是蠢东西。我问你，没有钱怎么能够自由？我反正不管，一个年轻女子，连一件好衣裳都没有穿，还说自由呢？再说，那些女孩子，她们也不见得都是大老婆养的。

二　姨　一点儿也不错。

女　友　这件料子让给我吧。

二　姨　你拿去得了。

女　友　多少钱?

二　姨　我不知道,要问胖子,我送给你罢。

女　友　那我就不要,我跟你亲兄弟明算账。

二　姨　我不送你,胖子也会送你的。我送你不受,胖子送你受了,我可不答应你。

女　友　哟,你这个家伙,真会吃飞醋,胖子是你的丈夫,我还有我的那个当家的。

二　姨　哼,于今的太太、老爷们……

女　友　怎么样?

二　姨　我不说了。——我跟你包起来,交给你的司机。

女　友　我不要。

二　姨　你放心,香港来的,正正式式的英国货。

女　友　只要穿在身上好看舒服,管他什么货。

　　　　〔丫头送点心上,都是一些珍贵的食品,牛奶可可之类。

女　友　哟,这么多好东西!

二　姨　你尝尝这个巧克力糖看,这一种里头有白兰地,这一种里头有桔子酒,这一种里头有薄荷酒。

女　友　哟,可了不得!这一种糖在香港都贵得不得了,可是我不大能喝酒。

二　姨　一点儿怕什么?要不你试试这菠萝马蹄糕。

女　友　我很欢喜,可是今天我不敢吃凉的。

二　姨　你放心,我这是用洋菜煮开了做的。

女　友　洋菜!不是说洋菜不能进口吗?

二　姨　谁说的?什么东西不能进口?

女　友　不是说查得很严吗?

二　姨　查的尽管查,运的尽管运。

女　友　听说查着了要枪毙。

二　姨　那些乡下人，还有那些做小生意的，又蠢又笨，那不活该枪毙？这就叫发
财人人都想，各有巧妙不同。老实告诉你说罢，于今世界，要想做人，先
学变戏法，孙猴子有七十二变，到现在，真不够用了。真的，最初胖子运
货的时候，真是提心吊胆，等到他把戏法儿学会了，一变，货物就从海里
上了岸；再一变，上了车；再一变两变，就到了玻璃柜子里头。越贵，买
的人越多，买的人越多，就越贵。说真话，要是不打仗，胖子几乎要破产
了；咦，谁想一打，倒把他打好了，五百块的麻将又干起来了。

女　友　听说又娶了一位年轻的，怎么从来没见过？

二　姨　不见也罢，反正就是那么一回事。

　　　　〔忽闻一男一女吵架，三姨追胖子上，二姨与女友藏在屏风旁窃笑。

三　姨　总而言之，我不答应，老大老二的货都运到了，就只我的货不给我运。

胖　子　谁说的？

三　姨　你不要装聋卖哑，偏心欺负我，害得我少赚好几千块，我要你赔。

胖　子　蠢，真蠢，蠢东西，你当这是太平时候？运货多少难，有车子就抢了运，
哪里管得到谁先谁后！

二　姨　我不管，我要你赔！

胖　子　女人家有穿有吃，有戏看，有牌打，就算了嘛，学了做什么生意？有男人
赚给你们还不够吗？

三　姨　我不管，我不管，我要你赔，赔我五千块。

胖　子　你再闹，再要闹，我就告你走私。

三　姨　我才不怕哪，我先去告你，告你私运仇货。

胖　子　你告不动。（怪笑）

三　姨　（打胖子）胖子真讨厌，讨厌，讨厌。

二　姨　（对女友）你瞧，咱们的家庭电影比劳莱哈代还要演得好哪。

　　　　〔胖子、三姨太与女友、二姨太见面。

女　友　哟，张三爷你好！

三　姨　我反正要赔。

胖　子　有客，别闹，啊，李四嫂！让我来引见引见，你们还没有见过哪，来来来，
　　　　这是李四太太，这是我们老三。

〔她们一见都认识。

三　姨　啊？你呀！

女　友　几时来的？

胖　子　哟！你们都认识。

三　姨　让我也来介绍介绍，（指二姨）这是我们这里的风骚明星赛云珍小姐，张家
　　　　二姨太，一等红人。

二　姨　我也来介绍介绍，这是胖子张三爷的新宠，九尾狐狸精转世，有名的醋坛
　　　　子，外号潘金莲。

三　姨　是的，你才好呢，又会开赌，又会私运仇货。

二　姨　你混蛋。

三　姨　你是亡国奴、汉奸。

胖　子　算了算了，越讲越不像话。

二　姨　你是汪精卫。

三　姨　你是汪精卫的狗。

〔两人打起来，胖子来解劝，女友躲在屏风后装警报。

胖　子　算了算了，警报警报。

三　姨　好好好，饶了你，回头再和你算账，赶快走，赶快走。

二　姨　好，回头你等着，快点快点！——桂花，我的首饰箱子呢？

〔大家都预备走。

三　姨　你的首饰箱子在棺材里。

二　姨　你死了连棺材都没有睡。

〔丫头仆妇等匆匆上场。

胖　子　得了罢，走哇走哇，警报警报！

丫　头　谁说警报？我们都没有听见，没有警报。

胖　子　我分明听见的，你说没有警报，你说没有警报！

〔女友大笑而出。

女　友　警报解除！

众　　怎么样？

女　友　要是我不发警报，只怕你们双方还在打呢。

〔胖子大笑，二姨三姨赌气不作声，三姨拉胖子。

三　姨　走，我们回去！赶快写五千块钱支票给我！

二　姨　又不是野鸡拉客！

三　姨　混账！

二　姨　我才不怕你。

〔两人对骂，又打起来，胖子劝不听。

胖　子　不像样子，算了算了……好，你们真要打，就打个痛快，你们比赛一番，

　　　　以资消遣。让我来做啦啦队，（胖子站上桌子）再来一个！

〔丫头娘姨李四太等大笑，二姨三姨同去拉胖子，打他。正在这个时候，

　　　胖子的兄弟了几个朋友走进来，大家大窘。

兄　弟　哥哥……让我来介绍介绍。

〔女人们走进去。

胖　子　等一等，等一等！（走向屏风后去）

兄　弟　（对朋友）请坐请坐。

朋友甲　我们来得好像冒昧一点吧。

兄　弟　没有关系。

朋友乙　刚才怎么回事？

兄　弟　因为要开游艺会，排演一幕家庭喜剧。

朋友甲　啊，原来令兄也爱好戏剧？

兄　弟　他的表演术恐怕比我们队员还要高呢。

〔胖子整理好衣服，严肃地走出来，大家起立。

胖　子　好，这下介绍介绍吧！

兄　弟　这是周同志，吴同志，郑同志，王同志，这是我家兄。

胖　子　有什么事？

朋友乙　我们是政工队的。因为前方异常紧急，我们五六个团体组织一个游艺会，替前方负伤的同志们捐募医药，还要派人前去慰劳，久仰先生热心公益，对于抗战帮助很多，今天特来请先生帮帮忙。

胖　子　忙是应当帮的，而且是我们的责任。不过力量有限，太多就恐怕……

朋友甲　荣誉券是五百块钱一张，还有二百块钱一张的，想请先生担任两张五百块钱的。

胖　子　（惊骇的样子）啊……那还了得？这真是心有余而力不足，少点可以，少点可以。

朋友甲　这回的节目，非常精彩，有新戏，有旧戏，有广东戏，还有莺莺女士和燕燕女士的双人舞，还有尚夫人和夏夫人的昆腔，还有……

胖　子　节目的确是精彩得很，不过我对于这些游艺都很外行。

朋友甲　客气客气，久仰先生对于戏剧很有研究，刚才排演的家庭喜剧，非常精彩。

〔兄弟以目止住他，但已来不及。

胖　子　什么话？我的家事要人家干预的吗？你们政工队员，只管政治工作好了，跑来干预我的家庭私事，是什么意思？

朋友甲　那是绝对不会的，请不要误会。我们称赞先生的戏排得好。也是表示敬仰的意思，怎么……

胖　子　还说哪！还说哪！我不是随便让人侮辱的，还要我销票子呢，我明天跟你主任说去。对不起！

〔胖子一气走了进去。

朋友甲　奇怪，这是怎么回事！

兄　弟　谁叫你乱说话？

朋友甲　我怎么乱说？我说话技巧并不坏呀。

兄　弟　他跟姨太太打架，你为什么说他排戏？

朋友甲　那是你说的。

兄　弟　蠢东西，那是我的外交辞令，你怎么听不出。

朋友乙　现在怎么办？

兄　弟　你们先回去，让我再想法子。

朋　友　好吧，听你的信。（敬礼，下）

〔胖子突然出现，盛怒。

胖　子　你是不是我的兄弟？

兄　弟　你比我大，我比你小，自然是你兄弟。

胖　子　既是我的兄弟，引了外头人来欺侮我！

兄　弟　我因为帮哥哥的忙，才找他们来的。

胖　子　胡说！

兄　弟　因为他们组织一个检查私货的团体，对哥哥有点怀疑，所以我带他们来，
　　　　要哥哥帮他们一点忙，解释一下误会。

胖　子　更是胡说，我又不走私，又不犯法，怕他们做什么？

兄　弟　不过他们背后都讲哥哥。

胖　子　讲我什么？

兄　弟　他们说：前方的将士艰苦作战，都打瘦了，只有哥哥越打越肥。

胖　子　我天生是胖子，难道要我把肉割下来匀给他们？

兄　弟　他们说哥哥你头也肥，脑也肥，肠也肥，肚也肥，外带荷包更肥。

胖　子　我又不铲地皮，我又不扣军饷，我做生意，赚几个钱吃饭，难道也犯
　　　　法吗？

兄　弟　他们说要查哥哥的货。

胖　子　他们没有这个权力，老实说，他们也查不着，他们也不敢！我运来的货，

他们就开军队去我也不怕。

兄　弟　不过有一个消息，哥哥你要留神。

胖　子　什么消息？

兄　弟　报上有一个消息，以后外货进口，特许民众团体检查。

胖　子　什么报上？我怎么没有看见。

兄　弟　我来念给你听听吧。（拿出一张报来念）"民众检查私货之组织……"

胖　子　啊！

兄　弟　（接念）抗战以来，奸商与贪污官吏、土豪劣绅相勾结，私运仇货，又复居奇囤积，操纵市面，大发其国难之财，政府功令，视若无睹，妨害抗战建国，莫此为甚。当局为杜绝走私起见，定于下月一日起，指定民众团体实行缉私，偶有私货，无论何人皆能检举云。

胖　子　啊！有这样的事，让我看。

兄　弟　（指报给胖子）看吧。

胖　子　在哪里？在哪里？

兄　弟　这张报上还没有登。

胖　子　原来又是你造的谣言，好！我非揍死你不可。（追兄弟，兄弟围着桌子转，打不着）

兄　弟　（一面跑，一面说）我说是万一有这样的消息，哥哥不能不有准备，总有一天……

胖　子　混账东西，不要说总有一天，就是今天我打死你。

　　　　〔兄弟一躲，胖子一追，碰着一张凳子，胖子跌一跤，中风不语，二姨三姨丫头娘姨李四太等均上。

众　　怎么哪？怎么哪？（大家叫）

女　友　三爷！三爷！三爷！赶快叫医生！

三　姨　喂喂喂！这怎么得了！

二　姨　老爷！老三！要是就这样去了，怎么得了！

女　友　这是中风不语，不要紧的。

二　姨　他以后还会不会说话呢？他的存折，他的图章，都不知道放在哪里。

三　姨　连我的五千块钱支票还没有签字呢。

二　姨　兄弟，这都是你逼他的，你不该逼他。

三　姨　（对兄弟）我把命跟你拼了吧。

　　　　〔二姨三姨同向兄弟扑去。

兄　弟　不关我事。（一闪就逃走了，二姨三姨想追）

女　友　不要闹了，不要闹了，（指胖子）赶快搜搜他的身上，看钥匙在不在，拿到楼上去，开开他的铁柜，看有什么股票哪，金器哪，重要东西收收好。

　　　　〔二姨三姨赶快去搜胖子身上，搜的时候，两人几乎打架，结果，三姨搜着了钥匙。

二　姨　钥匙是有两个。

三　姨　这不是开铁柜的。

三　姨　管他呢，去试试看。（就跑）

二　姨　（追三姨）好厉害！

　　　　〔女友取胖子手上一个戒指，跟二姨跑上楼去。

娘　姨　看有什么东西没有，大家拿一点。

丫　头　快点快点，不要好了勤务兵。

　　　　〔同娘姨下。

　　　　〔几个勤务兵跑进去，大家喊"快点快点！"

　　　　〔场上只余胖子一人。

胖　子　（忽然活转来）我只想吓倒我的兄弟，谁想那班东西比我还狠！

　　　　〔许多人一路吵出来，胖子赶快坐下，二姨三姨女友丫头娘姨齐上。

三　姨　铁柜的钥匙还是找不到。

二　姨　叫铁木匠来打开。

女　友　先把铺子里的货物点一点。

勤　务　要分我们大家分。

胖　子　（跳起来）慢一点，我还没有死。（大家大惊）

众　（齐喊）哎呀哎呀！僵尸僵尸！

胖　子　（叫起来）啊！

众　打！

——幕——

| 创作谈 |

　　1939年在桂林写的，那个时期以李宗仁、白崇禧为首的广西军阀和他们的亲戚都倚仗枪杆子走私。人们都说"百姓越来越瘦，阔人越打越肥"。我便写了这个戏讽刺那班越打越肥的家伙。

　　——欧阳予倩:《欧阳予倩选集·前言》，载《欧阳予倩选集》，人民文学出版社，
　　　　1959，第2页

被淘汰的人们

孟　超

（独幕剧）

时间：冬天的晚上。

地点：一个小城市的小旅馆内。

人物：张晋德——某军的军需官，三十五岁；矮矮的身材，圆圆的面孔，脸上
　　　非常滑润，露出颐养丰足的容色。

　　　吴新军——三十三岁；新从前方回来的营长，身体高大，健康，神态英
　　　俊，唯久经战阵，微露风尘之色。住在隔壁房间。

　　　陈振业——商店老板，四十五岁左右，高个儿，为人倒还老实。

作者简介

　　孟超（1902—1976），笔名东郭迪吉、南宫熹、林麦、林默、迦陵等。山东诸城人。著名作家。1924年进入上海大学学习，1928年与蒋光慈、钱杏邨组织"太阳社"，出版《太阳月刊》，创办《春野书店》。1929年，又与夏衍、郑伯奇等组织成立上海艺术剧社。1930年3月，加入中国左翼作家联盟。抗战爆发后，孟超在第五战区某集团军任宣传队长，从事抗日宣传工作。1939年夏，从鄂北来到桂林，直至1944年秋"湘桂大撤退"时，才离桂撤往贵阳、重庆。在此期间，他曾任国防艺术社总干事，中华全国文艺界抗敌协会桂林分会历届理事、常务理事兼组织部长；也负责过研究部、通俗文艺组的领导工作。参与编辑《野草》，主编《艺丛》。1944年春，西南剧展举办期间，他是剧评团"十人团"的成员，对桂林文化城的繁荣做出过积极的贡献。

作品信息

　　《被淘汰的人们》（独幕剧），原载于《抗战时代》1940年第二卷第四期，被作者收入《我们的海》（独幕剧集）中，由1941年12月白虹书店出版。本书剧本选自《抗战时代》1940年第二卷第四期。

鲁华生——小公务人员，二十四五岁；举止轻浮，滑头滑脑，绰号"落花生"。

李德彪——退伍军官，身材短矮，年三十余，麻皮，举止粗暴，绰号"烂皮地瓜"。

红喜——十八九岁；歪戴呢帽，装束粗俗，红衣绿裤，扎着裤腿，举止极为风骚。

翠喜——红喜的妹妹，十六七岁，装束和红喜差不多，态度时露娇羞意。

腊梅——三十左右，面色憔悴，着黑短衣短裤，斜盘头带。

老妈

茶房

勤务兵

布景—— 一个小旅馆，左方是门，右边为另一房间，正面有窗牌，窗壁那边隔壁邻另一房间，窗壁的纸已破碎，可以看到隔壁。房内墙上挂旅馆的开张对联，已陈旧不堪，贴旅客须知，亦不完整。床头壁上悬月份牌等，床靠左方，靠壁方桌一置茶具，两旁置破椅两张，右边有茶几一，上置笔砚，茶几前置火盆一，炭火已不甚旺。

开幕时张晋德坐床沿上，有厌烦不惊色，吴新军站在茶几旁边。

吴　晋德！你这样下去，一定要闹一个身败名裂。

张　哼！身败名裂？社会这样的人多啦，有几个身败名裂的，只有你们这些胆小鬼……（起立）

吴　告诉你，身败名裂还是轻的啦，说痛快些，闹厉害了，也许枪毙砍头哩。

张　（突然跳起来）你，你怎么来触我的霉头！老朋友！老远地从前方来，大家谈谈倒也罢了，为什么老说这些使人不爱听的话？（掉过头不理他）

吴　不是老朋友，我也用到这样啰唆？当初在军校的时候，虽然我们学的不同，你学经理，我学军事，我们两个友情多么深厚。当时不是立誓要做廉洁的青年吗！

张　（更加讨厌的）这不都是废话？！

吴　现在我一回来，遇见许多人，都风言气语地说你生活腐化，手底下不干不净。我们平时就不应该这样，况且在这抗战时期，我为了老朋友，不能不向你进几句忠告的。

张　算了！算了！我倒不劳驾！抗战，抗战，抗了一年多哩。老实说，不抗战我们倒还不必这样享乐哩！你们在前方的更不用说，就是我们在比较后方的人，敌人的飞机时常来轰炸，谁保定今天活还是明天死呵！

吴　你这话更不对了，在抗战中正是我们努力报国的时候，你为什么这样消极，没志气！

张　没志气！像汪精卫那样的要人都主张和平妥协，我们在下边干小事的，更有什么话可说？

吴　（愤激）汪精卫，你别提那王八蛋啦！他当汉奸，难道你也当汉奸吗？

张　汉奸我是不当的，可是，我要享乐，就是我祖宗也禁止不了我。（使劲把桌子一拍）

吴　（从愤激转到无可奈何的地步）好，算我白费唇舌，再会，（走到门口又走回过头来）不过，我总希望你考虑一下。

张　（站起向外送他，可是像赶他的样子）有什么值得考虑呢，好！回头见！

　　〔吴下。张回身来，在房里踱了一转，气狠狠地把桌子一拍。

张　（怒声）妈的！碰鬼！（先到火炉前边，看了看炭火渐渐灭了）茶房！茶房都死啦！

　　〔茶房一面急，一面走上来。

茶　是，是，来了。您老有什么事？

张　你瞧，火早要灭了；喊，老喊不动！妈的，你的旅馆的人死光了？！

茶　是。（端着火盆刚要走出）

张　回来。（茶房又回来）

茶　是，您老有什么吩咐？

张　鲁科员同李先生来过没有？

茶　您老没有回来以前，他们两位来过一次，说到会宾楼吃饭去；要您回来也去。

张　（把桌子一拍）妈的，早干么来？不早说。

茶　刚才不是吴营长在您这里，所以没有告诉您。

张　碰他妈的鬼，来啰唆了半天，耽误老子多少事！不然，今天晚上不又喝一个痛快吗！

茶　那么！那么去请一请他们？——不过他们来的时候是五点多钟，现在未必在会宾楼了。

〔张作无聊状，来往地在房里踱着，不理会茶房的话。鲁、陈上。

鲁　又碰了什么鬼，是大鬼，还是小鬼？千万可别碰了日本鬼。碰着日本鬼，可要了你的狗命了。

张　地瓜呢？

陈　老李说回去一趟，回头就来——你又动什么肝气呀！

鲁　吴新军那个傻小子，我一回来就赶过来了，满口大仁大义，好像中国没有他就会亡了似的，把老子教训了一番，你说使人老火不老火？

陈　这般小伙子就是那样，傻头傻脑，我们还能同他动气！

鲁　别听臭虫叫了，今天晚上怎样报销，这倒是正经事。

张　怎么办？你说吧。

陈　还不是和坐办公厅摸桌子腿一样吗，天天照常。

陈　我想今天晚上不必叫姑娘吧，她们来缠得我头晕眼花，牌都看不清爽了。落花生！你说怎么样？

鲁　我是——小生酒上不能，玩姑娘倒少不了咱的。那我不来。

张　好，好，都要，不过我倒想抽上一口，压一压气。

鲁　嫖，赌，吹，样样都好，一样少不了，说来咱就来——不过打牌三缺一，怎么办？

陈　要茶房去叫姑娘，同时请地瓜，岂不两便？

陈　还有，同时再开两个房间，安上烟盘儿，那不全了吗？

鲁　（拿起纸笔）"烂地瓜地，速来鸿宾旅馆，急急如律令敕！"

张　你真是写公文的熟手呵——茶房！（茶房进）

鲁　（把信递给他）去请李先生，再叫———一——二——三，三个姑娘。

茶　是。

鲁　不过，不要把昨晚上那两个木瓜又弄来呀！

张　还有把隔壁房间给我留下来。

茶　是。（将下）

张　火炉里添炭啊！

茶　是。（下旋添炭上，即下）

〔舞台静了一刹。

陈　不是我胆子小，最近厉行新生活运动严禁赌博嫖吹，恐怕我们将来玩不这样痛快了。

鲁　管他呢？玩一天算一天的。

陈　我倒没有听见说。

张　怨不得人家叫你"馄饨"，真是糊里糊涂，你没有看见满街贴满了皇皇告示吗？

陈　我哪里顾得看那些，好在我购了一批火油，漏了税，大不了，罚款，算补交了税就是了。

张　怕没有那么便宜吧！你又没有看见这几天宪兵警察都多了，还不是为了这个，我看说不定谁倒霉，总有碰着钉子的。

鲁　还不是中秋以后的天气，热一阵吗；风头一过，谁不照旧，我们大胆玩我们的，哪里怕的这一些。

张　不过小心点也好。

鲁　小心老陈的火油吧！

〔红喜一阵风地走上来，翠喜忸怩跟在后边。

红　张军需，陈老爷，对不起，来晚了——唔，花生皮，你也来了。（用街头卖花生的调子）花生哩！谁要——四两半斤，才炒出来的。

鲁　哎呀，我的儿，你真乖，你几时学的这个乖，正是（唱"刀劈三关"）番邦女子不多大，年纪也不过二九一十八，坐下匹桃花马，——（向翠喜）小妹妹，你怎么不学一学你姐呀！

红　（拍手）噢，叫起妹妹来了，她是张军需的人，你不成了张军需的小舅子了。——翠喜，过来给你哥哥敬一支烟。

翠　鲁老爷抽烟，（又向陈、张）张军需也要抽一支。

陈　还有我呢？

翠　别忙，就来了。

张　翠喜慢慢地也乖起来了。

鲁　凤凰窠里还有丑雏儿，谁的妹妹？——是不？红喜！

红　不是我的妹妹，是你的妹妹，老鸦窠里出不了凤凰，你妹妹，你妹妹。

鲁　咱俩谁也别争，我看你自己和老陈倒是活配对，你还是去当老板娘吧。

陈　别捣乱了，还是唱一个咱们听听吧。

红　（吃了一杯茶，唱）"玉堂春来在都察院……"

鲁　又是这一套，陈炭烂芝麻，咱家可听熟了！

张　还是唱一个小调儿吧！

红　（唱）"昨晚等到三更鼓，今夜等到鼓三更。哎哟，哎哟！我的郎！你还不来呀！"

鲁　我来过了，躲在你的床底下呀！

红　放屁！床底下不是办公厅！（打他一巴掌）
　　〔大家哄笑，茶房上。

茶　李老爷就来，不过……

张　不过什么？快说呀！

茶　不过刚才我走到街上，看见警察带了一批人，都是官长们，据说因为犯了赌，各位玩，得要小心点啊！

陈　（露慌张状）这怎么办啊！那今天玩不成了吗？

鲁　又不是倒号，怕什么，管他妈的，笨家伙才碰到这种倒霉事，玩还是玩，乐还是乐，谁能够干涉到咱们脸前里，难道就算了不成？

张　不过当心一点也好。

鲁　你们真是胆小如鼠，既然你们害怕，那么桌上多铺上几床毡子，出牌手放松些，抽鸦片把门关好，窗户堵严，难道宪兵有千里耳朵，过墙鼻子不成，放开胆子好了！

〔李团附上。

李　茶房，茶房，叫姑娘去，他们都有了，为什么不给我先叫好——牌桌子为什么还不安好？

鲁　老李，你真是急性鬼，你从前在北方带兵也这么急性吗？

李　哼！每回撤退往后跑的时候，心里比现在急得多哩！不过，那不是打鬼子，我想，见了鬼子腿更快吧！

〔茶房上。

茶　您老有什么事？

李　叫姑娘，打桌子，赶快，赶快。

陈　桌上多铺几床毡子。

茶　是，是。

张　去，带着买一点糖果，瓜子。

李　还有落花生。（茶房笑而不答）

鲁　再买几斤地瓜，可是不要烂皮的。

〔大家哄笑，茶房将下。

张　你先把隔壁房灯点着，我真疲倦极了。（将下）

〔茶房忙碌地打桌子放牌。

茶　是，是。（下，旋上）张军需，隔壁灯点好了。（即下）

陈　你没听说警察抓赌吗？

李　管他鸟的！

鲁　你怎的胆子这样小，胆小，就别干。

陈　当心是当心，干可总得干。

鲁　那就哑巴声的好哩，啰唆什么！——不过老张又要先去吹一口，那不还是三缺一吗？

张　不妨事，我要翠喜替我打着，我和红喜到隔壁上劲去。

鲁　好却好的，可是不许老不正经啊。

翠　放屁，红喜，你去给张军需打烟去，好好伺候张老爷，让他给你买一件缎衣料。

红　（傻笑）张老爷来呀！（红下，张随下）

　　〔鲁与翠喜使眼色，翠喜微笑点头。

陈　又要玩昨天那一套吗？

李　在军队里边，那叫作"偷营"！

鲁　别说破，说破不值半文钱。

李　不管说破不说破，老张是会大老爷上轿的。

陈　人家管军需的有钱，你何必管那些闲事。

李　不是我打抱不平，不过你们要玩得漂亮点。

翠　李老爷放心好哩，割不下你那块大肥肉来。

鲁　别啰唆了，要来就来。

李　可是有我老李在这里，玩点子，那可不成！（使劲把桌子一拍）

鲁　算了，算了！闹着玩，谁还能真抬老张的轿子。

李　那倒可以。

　　〔大家正要入座打牌，腊梅上，后跟一个老妈子。

腊　老爷们。（说完呆坐在床沿上）

陈　你的芳名叫什么？

腊　腊梅！（鲁用眼瞅了她一下）

鲁　腊梅！腊梅！好个漂亮的名字，黄黄的脸蛋子，紧蹙着眉头，恰像病西施哩！

陈　美人待耍俏，带着三分病模样，我看着有点像林黛玉。

鲁　我看见像你贵店里卖的板鸭！

腊　老爷们别俏皮俺了。

翠　别看腊梅姐，还是太太哩！

鲁　太太，我看着的是个吊死鬼。

〔李实在忍受不了，怒冲冲地把桌子一拍。

李　老子倒霉，为什么弄来这么一个母夜叉来。茶房，茶房，要她赶快滚蛋！

妈　请您老原谅，她是才做生意，不会伺候您老，还请多担待些！

李　向着谁来摆架子，要摆架子别当婊子，老爷不是好欺侮的。（把茶杯向着腊梅摔去，腊梅啜泣）

妈　你不好好地向老爷们赔个礼，打发老爷们欢喜，当心我回去揍你。

鲁　揍倒不必揍，揍厉害了当心揍断一棵摇钱枝子。

李　妈的就是你不揍，我也要来揍。（上去打了两个耳光，腊梅实在不能忍受了，大哭，继之以愤怒）

腊　我们也是好人家的女儿，老爷们请你少欺侮一点吧。

李　怎么，你还敢造反吗？

腊　告诉你们我不但是好人家的女儿，还是有夫之妇哩。

翠　（幸灾乐祸的样子）对哩！所以我说腊梅姐是太太呀！

腊　你也不要俏皮我，老实说，谁还是一生下来就当婊子，如果不是日本鬼子打来了，也许这个时候，还在家暖屋热火过痛快日子哩！

陈　（有点同情的样子）日本鬼子打来又怎么样？

腊　我的家本来是天津卫。

鲁　是啊，那里是出美人条的地方。

腊　在卢沟桥一开火之后，紧接着日本兵又来攻打天津，我们在半夜里被炮火惊起来，就逃，丈夫被鬼子打死了，孩子离散了，只剩一个人，跟着一群难民，不知跑了多少路，才到这里，手里钱也完了，衣服也当光了。

陈　实在也怪可怜的！

李　到底你们做买卖的心软，听她的！

腊　后来遇见了这位李妈妈，起初借钱我用，帮我的忙，最后她三次两次地劝我干这一套，我想好死不如歹活，这样不顾脸皮的事，哪里又是自己愿意的呢？（泣不成声）

鲁　（也有些不耐烦）这里又不唱三堂会审，用不着你来喊冤诉苦。

腊　老爷们，不是我说，鬼子打到中国来，我们中国人应该时时刻刻想到鬼子给我们的苦处，不应该吃喝嫖赌，在我们凭着份子贱骨头伺候你们一场，也算不了一回什么事；可是，你们俏皮我，骂我，打我，有这些厉害，你们向鬼子使去，欺侮一个没有力量的下贱女人，也算不得好汉啊！

李　什么，什么，你倒骂起我们来，昏蛋东西！

陈　她也实在太命苦了，老李不要再赶着闹了，让她走开好了——茶房！茶房！

茶　（在门外应）瓜子糖果去买去了，一回就来了。

鲁　谁要什么糖果，来，把她带出去。

　　〔茶房上。

茶　是。（带着腊梅将下，老妈跟着后边）

妈　你这不识抬举的臭货，这样子我看你几时才还清我的钱；等着吧，回去有你受的。

腊　老爷们，我现在没有别的念头，只盼望着早日把鬼子打走，让我安安稳稳当婊子也都甘心啊！（哭，呜咽着）

陈　去，（掏出一块车钱的钞票来）拿这块车子钱去。

〔茶房引腊梅老妈下，旋又上。

茶　老爷们，还有老妈的车钱没付。

李　他妈的，人家嫖姑娘，还有嫖老妈的？昏蛋！

陈　好，好，再拿一块钱去好了。（茶房下）

鲁　老板真有钱啊！

〔大家入座，开始打牌。

〔茶房送瓜子糖果上。

茶　瓜子，糖果。——刚才有警察到隔壁旅馆去了。（茶房下）

陈　也许会到我们这里来吧。

李　管他，把门关上，上好栓，如果来了，我们收拾也来得及些。（大声）老张，
　　听到了这没有，你也准备下子吧。

〔鲁就近将门关上，拴好。

张　（在内）好了，我只有两口了，谁来换防吧？

红　（在内）让我给你把门关好，拴好，定下心吸好哩！　（又开始打牌）（牌声，
　　李使劲洗牌）

陈　老李总是这样毛躁，又洗出声来了。

鲁　地瓜，总是粗鲁的。

李　我可斯文不来。

〔外边敲门声，大家慌张起来。

〔大家急忙把牌收在床底下，把桌子搬正了。

李　快点，快点。

鲁　快，就开门了。

陈　（向着窗子低声地）老张，赶快收拾一下。

张　（在内）早收拾好哩！

〔鲁前去开门，门开后，吴新军上。

李　吴营长，好，好，也来一道消遣一下吧。你们不认识吧，这位是陈经理，

这位是鲁科员。

〔陈点头，鲁作鄙薄态。

吴　老张呢？

陈　就过来了——吴营长高兴的话，大家乐一乐吧。

吴　实在对不起得很，我对这一类的事，感不到兴趣，还是原谅吧！

鲁　（用俏皮的口吻）吴营长大约是杀敌卫国的民族英雄吧！

吴　那倒不敢，不过刚从前边下来，我就住在隔壁第八号房间——刚才……刚才听到这边有一个妓女，在这里诉她的苦楚，我心里很有点感动……

鲁　是的，鼓儿词的故事，英雄怜名妓哩，这真叫作惺惺惜惺惺呵！

李　这不都是那么一套，当妓女总会说一些红颜薄命的话来打动嫖客的，自然现在日本鬼子也成了时髦话了，是不？翠喜姑娘！

翠　俺拙口笨嘴的倒不会。

鲁　她拙口笨嘴吗？还不是鹦哥！（吴有点看不上这种样子）

吴　不是来打断诸位的雅兴，我们在前线上对于后方的希望太大了，可是一到后方看到形形色色，真是出我意料之外。

鲁　是的，我们后方缺少你这位民族英雄，应当看不上眼——不过我也请你想想，且不说前线，就是后方几乎每天都有飞机来轰炸，说不定什么时候，人就碰到炸弹上，你就说得再漂亮些，死了不就完了，倒不如痛快痛快再说。

吴　可是，你们这一痛快，倒不要紧，把军纪、风纪、社会秩序一概痛快完了。在抗战时候，我们是应该怎样努力奋发，这样腐化下去，怎能使民族复兴？全国都这样吊儿郎当，中国不就完了吗？

陈　吴营长，别这么认真了。

鲁　敬领宏论，倒有点像官长训话似的。

李　新军如果没有别的事，还是请在这里一道好好地玩玩好了，何必这样为国忧劳？！

吴　晋德呢？

陈　他在隔壁房间——不过，那边也有你不痛快的事。

吴　不要紧，不要紧，我那边去。

〔吴欲下，妈急跑上，将吴撞了一下。

妈　不得了，不得了，老爷们救人啊，出了人命哩！

〔大家都惊骇了，吴也止住步。

妈　（跑到桌子旁突然地跪下）告诉你们，腊梅那孩子，在这里受了一肚皮气，回到家去，就……

李　就怎么？快说呀！

妈　她，她生生地吞了鸦片烟了，现在上气不接下气的，怎么办啊？！

鲁　又来了怪事了，你家里死了人，到我们这里干什么？嫖客还管着姑娘的死活吗？

妈　要是腊梅不在这里受了气，我千个心万个胆也不敢到老爷们这里来诉苦，那不是李老爷吗？人，打，你也打了；骂，你也骂了，现在被你逼得吞了烟，还说不关你们的事。

李　那么你还要放赖不成？（把桌子一拍）

吴　消遣，消遣出人命来，这都是消遣的罪恶啊！

李　别发臭议论了！

吴　不是我多说话，自从敌人打来以后，我们的同胞，尤其是妇女，加倍地受着虐待，而且许多的封建力量，张着血盆大口趁火打劫地吞食她们，我们在社会有地位的人，还应该帮助她们，解放她们；可是，你们，不但不，而且这样蹂躏，压迫，侮辱，对着她们，你们想想，你们的天良何在？

李　（把眼一睁）管你屁事？！

鲁　（精灵地想了一想）吞了烟，吞了烟，究竟死了没有？说清楚啊！

妈　死……（想了一想）直挺挺的了。

鲁　那么带我看尸首去！

妈　没，还没有死，可是差不多了！

陈　那你就不应该来放赖了。

翠　李妈妈，你好好地说吧，请老爷们帮你一点药费，赶快把她送到医院去好了——腊梅姐死得也太不值钱啦！

李　药费，千个没有，万个没有，给老子触了半天霉头，打了老子的兴趣，死了活该。

妈　那可不行，她欠了我好几十块钱，说好，你们是老爷、老板；说不好，她死了，要你赔钱。

李　偏不管，偏不管，看你又怎么办？

张　（在隔壁）别让她闹了，给她几块钱让她去好了。

李　偏不，偏不。

妈　要你赔人，要你赔人，非赔不可。

〔正闹乱中，勤务兵慌张地跑上，茶房跟在后边。

兵　张军需呢？快！快！

陈　又是什么事？

兵　宪兵，宪兵！（大家都呆了，老妈也停住了闹，呆看着她们）

〔鲁拿起帽子就往外跑。

李　华生哪里去呵？

鲁　小便，一会就来！

李　小便，怎么还戴帽子？

鲁　外边风大得很哩！（急急下）

兵　不，不是宪兵来了；宪兵，宪兵，找张军需呵！

李　你不说清楚，我真当是宪兵来了——他找张军需什么事？

兵　我也闹不清楚，怎么说他兵饷上出了岔子——我真闹不清楚，可是现在到处寻找哩。

陈　（高音）晋德！晋德！

〔张匆匆忙忙地走出，红喜跟在后边。

张　什么事？快些，说啊！

吴　劝你不听，出了事哩。

兵　报告军需官，刚才宪兵到军需处找你呢，说什么你饷银不清，又说什么奉
　　命拿办。现在，现在正到处找你哩。

张　（跌着脚）怎么办啊，怎么办啊！

李　赶快逃好了。

吴　逃又哪里逃得脱呢！

陈　（想了一会）我看你还是放大胆子回去的好。

张　（哀怨地）陈经理，不，振业兄，如果用款子的话，还请你帮忙呵！

陈　（失措状）噢，噢，小号里的现款，买火油早赔光了！

张　那么，全仗各位想法维持我了。（急躁着将下）

　　〔茶房急忙地跑下，拿账单上。

茶　（冷冷地）张军需，旅馆账请你先开销了。

翠　红喜！还有我们的账，也请张军需开销了。

吴　张军需还能欠下你们旅馆钱吗？全在我姓吴的身上。晋德，你去吧，不要
　　让宪兵闹到旅馆里来，那更麻烦了。

　　〔张下。

妈　（想了一想）姓李的不赔我的人，房间是你姓张的开的，我问你姓张的要定
　　了！（哭着急随下）

吴　（从容地向着陈、李）咳，晋德，我劝了他半晚上了，他只是不听，结果怎
　　样哩；在抗战的时候，一直喝赌嫖吹，过着这种糜烂生活，全不想到前线
　　上的士兵受着多少困苦，拼着命为国家打仗，结果是闹到身败名裂，这怎
　　么说得过去啊！

陈　咳，晋德他自己太不小心了！

吴　倒不是不小心的问题，你们要知道糜烂生活就是贪污之源，在平时尚且不

可，何况抗战中呢。嫖，赌，鸦片，扰害了社会，都是国家衰败的原因，不要说兵饷不清，就是这种生活已经够受了；陈经理，李兄，你们也想想看吧。

〔李、陈默然。

翠　我想不到你们当官长的，当老板的，当嫖客的，也有狗急猫跳的时候；对不起，陈老爷，李老爷，我们也该去了，红喜，我们走吧。（口里讲走，脚下却不动，眼直望着陈、李）

吴　别忙，（从怀里拿出几张钞票来）你们本来也是好人家的女儿，不幸当了妓女，在抗战中女人也有她的责任，像腊梅的吞烟，也应该给你们的头上浇上一瓢冷水的；我劝你们还是想法摆脱开你们妓女的生活吧。抗战时候，女人可以做的事多哩。（翠不语，接过钱来）

〔几秒钟的哑场，陈在房里慢慢地踱着，李摇着头叹着气。

（幕下）

| 作者评价 |

孟超同志长期在白区坚持进步文艺事业，参加进步戏剧活动。"左翼"十年时期提倡"普罗文学"，创作了大量的杂文、诗歌、小说、戏剧作品。这些作品揭露国民党的黑暗统治，呼唤新社会曙光的来临，迭遭国民党特务的通缉、逮捕。建国后，孟超同志积极从事文化出版事业，对戏剧出版工作做出贡献。他还发表了歌颂党和社会主义的诗歌、杂文、评论和戏曲剧本。一九六一年编写著名昆剧《李慧娘》。

——《孟超同志追悼会悼词》，《新文学史料》，1980年第1期

鬼

陈迩冬

（独幕剧）

时：秋夜。

地：华北沦陷区中的一大城市。

人：男；

　　女；

　　友；

　　鬼；第二鬼；（不出场）

　　打鼓唱道情的。（不出场）

　　舞台正后，靠右是一铺床，床头是门开处，床上悬着圆顶蚊帐，床栏乱搭着衣服。

作者简介

　　陈迩冬（1913—1990）原名陈钟瑶，曾用笔名沈东、冬郎等。广西桂林人。抗战期间，一直在桂林市从事抗日文化活动，曾任"广西国防艺术社"宣传部副主任，中华全国文艺界抗敌协会桂林分会理事，主编《抗战艺术》半月刊，《拾叶》诗刊及《大千》杂志，曾任《桂林日报》、桂林《力报》编辑，出版剧本《战台湾》，创作有《鬼》《从魔掌下到幸福之门》等独幕剧。1944 年担任"西南剧展"资料部指导，负责搜集并展出从"五四"到抗战时期的戏剧运动史料。是"十人评议团"成员之一，撰写了《愁城记》《家》《胜利进行曲》等剧目评论。

作品信息

　　本书剧本选自《抗战时代》1940 年第二卷第五期。

开幕时，男女各靠着床的一头，男靠近窗的一头，女靠近门的一头；两人的下半身，都藏在被里。

窗纸是破裂的。窗是两个，一在桌前，一在床后，鬼是在后一个窗外出现的。而前者，是第二鬼从此伸手进来的。

桌上燃着一支洋烛，此外是茶杯，面包，香烟，几本书……显得简单而又零乱。

正如我的剧本和我应该说明的是这么零乱而简单。现在就让他们说话了：

女　再来一个，（撒娇）再来一个。

男　没有了，（抬抬身，丢去烟尾）没有了。

女　有的，你有的，叫你再来一个。

男　唔……

女　唔，不高兴是不是？

男　（忙申辩）不是，不是，我是怕……

女　你怕我怕鬼，等会出去要你陪我，睡不着要你陪我，睡醒了又要……

男　（不耐烦）不是，不是，我是怕我们不容易离开这里。

女　为什么？

男　这里盘查得很厉害，尤其是对我们年青的……

女　那么就长此待在这儿吗？

男　那当然不是，不过，（态度轻松，半是调侃女的，半是自嘲）这儿也不坏呀！

女　还不坏！就说咱们住这屋子吧，这么大，这么空，只住着咱们两个，怪冷清的，晚上常常听得院子里有响动，我真有点……

男　有点怕，是不是？又怕鬼又缠着人说鬼，你真是……

女　我不怕，我不怕，我请你请你再说一个，横竖睡不着。

男　好吧，我就说一个最恐怖的，你别害怕。（抽烟，划燃火柴）

女　你瞧你这说书的架子，刚才又抽烟，大概还要喝杯茶。

男　（笑）那倒不必。（两眼翻上，在思索）我——一个——

女　（也想起了一件事）慢点，我——你先别说，陪我出去……

183

男　出去干吗？

女　小便。

男　你瞧，你就来了，还说不怕，连小便也要我陪着，我不说了。

女　我不怕，我不怕，我一个人难道真的不敢出去？（下床，走到门边，又踌躇着）你……

男　哈哈哈！

女　笑什么？

男　笑你！

女　笑我……

男　笑你心里挺怕，嘴里挺硬。

女　你还笑我，你明明躲懒不愿下床陪我出去，故意用话激我。我一个人出去，倒正中你的计。

男　呢，呢，呢，你才是，你一个人怕出去，故意用话激我，说我躲懒，我要是起来陪你出去，倒正中你的计啦！

女　好，你睡着，（又走到门边，推开门，可是又踌躇转回）好，咱们大家不中计：我不要你陪我，可是你也得起来，咱们两方协定，彼此不吃亏。

男　好，我起来表示我不"懒"，可是你还是一个出去，表示你不怕，成不成？

女　成，你起来。

男　你先出去，我再起来。

女　你先起来，我再出去。

男　咱们同时动作。

女　好。（从桌上拿了手电筒，慢慢地移步到门边望着男的）

男　（披衣下床，穿了鞋）出去呀！

女　（学男声）出去呀！（对男的恨了恨，出去）

男　哈哈哈！

女　（门外的声音）喂，平，今晚上没有月亮，也没有星光。

男　（故意）这样深黑的晚上，这样空大的屋子，这样……

女　别说啦，别说啦！

男　（忍不住笑）你分明怕鬼，故意跟我说话，我是不中计的。

女　坏东西，坏东西！

男　你骂我，我把烛吹灭了……

女　那不成，那不成，（这时远处传来几声板响）呀，（跑进来惊惶）你呀！

　　〔远处板响几下，接着有打金鼓的声音。

男　那是过街"唱道情"的，你瞧你就给吓住了。（又笑）

女　还笑啦！真缺德！

男　别闹了，你听他唱。

　　〔幕内金鼓重打几下，唱着湘音："月亮弯弯照九州，几多欢笑几多愁，几多夫妻同床睡，几多飘零在外头。"

　　〔舞台上这一对听了，相视无言。

　　〔男的走到门边，把门关上。

　　〔女的走到桌边，放下手电筒。

女　好凄凉的调子！

男　这是湖南调，使我想到那遥远的南方！

女　（有一个新希望去挑动她）遥远的南方，也是不远的南方，我们……（向男问）喂，看近日的情形，日本军队不但不能前进，好像在湖南吃了大大的败仗，不过，咱们这里得不到一点正确的消息，你看呢？

男　这是对的，你瞧这几天敌人不正在调动这里附近的驻军，由平汉路大批大批地向南吗！

女　我希望我们很顺利地离开这里，顺利地到南边去。当我们一到，我希望我们中国的军队已克复岳阳，甚至于克复武汉，克复……

男　你也克服你这脆弱的小姐性格不怕鬼了！

女　跟你说不上三句正经话，（上床）我睡了。（脱去长寝衣，侧身躺下）

男　（走近床头）咱们一头睡好……

　　〔女以手羞他，他俯身要吻她，她半羞半就地望着他，两人唇未接触，即被幕内敲门户破坏观众们千百只眼睛所等待，而又是演员们颇难做到的"动作"。

女　这样夜了，是谁还来找咱们，不会是……

男　不会是警察，大概是熟朋友。

女　你的朋友们也真是消息灵通，咱们从乡下刚出来不满一两天，来找你的已经有好几个了。（听着门子被重打，响了几下）不过，打门这样凶，也许今晚有警察来找麻烦，也许更有不幸的……

男　不会的，就是警察，咱们又没有为非作歹，又没有什么形迹可疑的……

女　在这儿不为非作歹的便不是中国的好青年，不敢为非作歹又不愿再当顺民所以才……

男　别说了（门又被敲响）还是去开门吧，（拿了手电筒，走到门边，也如她先前的踌躇）咱们一同去开门，好不好！

女　噫，你一个人也不敢出去，要我陪吗？（笑起来）

男　不是，是……

女　是怕我一个人在房里怕鬼吗？（得意地，报复地）我不怕，我——不——怕！

男　好，我不在这里，看鬼找你！

女　瞎说，你一个出去鬼才找你。

男　好吧，(出门，回头)看鬼找谁！（下而复上)你也起来，像咱们先前一样"两不——吃——亏"！

女　（满不在乎）当然可以（起身）

　　〔男下。女扬扬得意地笑，从抽屉里取出一支洋烛，加燃桌上，半是等候客人进房不嫌太黑，而另一半是多一点亮，便可以多减少一点"怕"。

　　〔这时窗外起了沙沙的细雨，飘窗作响，窗纸破裂处被风吹动着，当她正在燃烛，有一张窗纸被风卷起，卷起处露出一个满脸血痕拖着长舌的鬼脸，随即消逝，可是她背着窗，没有看见，（观众见了的）等到燃好了烛，回头望窗纸大开，门亦大开，惧怕又在袭进她的意识。她把门关好，把窗纸理好，又把枕被整了整，而窗纸又豁然一声，撕下了一块，她抬头看，没有什么，不禁打一个寒战，睡又不好，站又不好，坐又不好，而开门的人还未转来，她无奈何地跑到桌边，拿起手杖，靠着桌沿，望着门，神色惊惶，在防守，在等待。

〔幕内的脚声由远而近，她已听得有一双是属于他的，另有一双不知是谁的，可是脚步声全是那样安定，而笑语，笑语也是那么安定，她知道决不是警察到来，也不是鬼到来，她赶忙放下手杖，深深地舒口气，想极力恢复一个安定的神态，来示强于他，并迎接他们的客人。

〔安定的神态尚未装好，而他们已推门上场了。

〔男见女神情，知道她在他出去开门的时候里，有过"怕"的事，或是"怕"的事的意识。

男　怎么，我说你嘴里挺硬，心里挺怕，现在，你的脸色已经证明了，（见女望着他的友人）我刚跟老蔡说你还是从前的脾气（向友）老蔡，我们结婚以后这还是第一次跟你晤会啦！（把手电筒放还桌子上）

友　梅小姐近来好吗？比前发福了。

女　托蔡先生的福，（去开暖壶倒茶）请随便坐，这房里太不像话，真是对不起！

友　老朋友还这样客气吗？我倒对不起，来吵扰你们的睡。（也放手中电筒于桌上）

男　我们还没有睡，她正缠着我说鬼啦！

女　（指窗）你瞧，刚才无缘无故地扯破。一想起来……

男　（望窗）这还不是风，难道这屋子……

女　（抢着向友）听说这屋子已经很久没人住了，对吗？

友　是的，已经八年没有人住了，听说常闹鬼。（靠近躺椅，坐下）

女 （又怕又想听）你说是……

友 （改换口气）——我不过是"姑妄言之"！

女 那我还不是"姑妄听之"吗？

男 你呀，你是姑妄"怕"之！

友 梅小姐，你是相信唯物论的，不会怕鬼吧！

女 我——我是"辩正"地怕，（自觉好笑）世间上难道真有鬼吗？这屋子难道
又真有鬼吗？

友 有鬼又有狐！

女 狐跟鬼不一样吗？

友 那当然不同，狐能千变万化，白日出现，鬼就不能；狐有害人的，也有不
害人的；鬼老是害人的……

女 这屋子里的鬼害过人吗？出现的是什么样的鬼？

友 有时是白发的老头子，有时是古装的娘娘，有时是披头放发、满脸血痕、
拖着长舌子……

女 （推男，轻声）你去把房门关了。

男 就怕了！

女 你去关呀！

友 唔——对了，那次也是关着门的，有四个人，比我们多一个，也是这样的
晚上，他们在房里打牌……

女 是这间房吗？

友 不知道哪一间，已经深夜了，四个人打到第七圈，庄家刚上庄，恰巧碰到
了三家全是大牌，一家是"三元"，一家是清一色的"索子对对和"，还有
一家，嘿……还有一家记不清楚是什么。正在紧张的时候，坐庄的可急了，
拿着一张牌在想，打六万好呢，还是扣住红中？那庄家对门的不耐烦，猛
一抬头，看见庄家背后隐隐约约站着一个披头散发、满脸血痕、拖着长舌
子的人，两只眼睛直瞪住牌……

女　噫！（害怕起来）

男　那人看见了怎么办？

友　他赶忙溜走，后来庄家上下手两个似乎也看见了，接着一声不响地溜走了，只剩下那个坐庄的还在想：到底打哪张牌才不会出岔子……那三个跑到街上，跟隔壁邻人的大伙儿在唧唧，说活见了鬼，后来……

女　（下意识地望望窗）后来怎么样？

友　后来大伙儿想起屋子里还有一个人呀，一窝蜂赶快地跑回这屋子来，你猜怎么样？那坐庄的已经倒在地上口吐白泡……

男　死了？

友　没有死，救活了。

女　（松口气）那还算好。

友　可是，后来抬回家去，病了一个月也就死了，还有一次（从躺椅站起来）也是深夜里，其实已经头鸡啼了。住在这屋子里的人，听得楼上有弹琵琶的声音。（指楼上，女的眼睛跟着他的手指往上望，此时风又吹开破裂的窗纸，她不由自主地坐近男的）是那么如怨如诉的，他上楼去一看，在淡淡的月亮照着楼上的空房里，满是灰尘的大床上坐着一个穿古装的……

男　穿古装的美丽的姑娘？

友　不是什么姑娘，是男装的，红袍玉带，两只灰白的手在弹弄琵琶，再看，没有头；再看，有头的。那头搁着自己的大腿上，脸朝里边，像是看着自己的手指弹琵琶……

女　啊，（失声）怕死人。（连拍胸脯）

友　自从这次以后，就没见人再在这屋子住下去，即许有，也是住几天或是一两天就搬走了。闹鬼也越闹越凶，有人看见提着头走街的，有人又听见什么夜哭的，又有人碰见什么什么的，后来日本鬼子在这间屋驻扎过，也是闹鬼闹狐，不上三天他们全搬走了。

男　说起来日本也算得一个现代化的国家，他妈的飞机大炮是现代的，可是精神一点也不现代！

友　可不是！哪一个日本兵身上不带什么神符，千人缝，菩萨神像，日本军阀夸口要征服世界，我看是要笑坏世界！我们中国并不要征服他们，倒是要救救他们的老百姓。

女　（笑）现在日本民众已大大地觉醒了。你瞧反战厌战的越来越多，到处都是，（兴奋起来）在咱们的面前，在咱们的背后，在咱们的四周，眼见日本鬼……（偶一侧首，窗纸破裂处鬼面忽现，一瞥即逝）呀……（大惊，差不多要昏倒）

男　（同声）怎么？

〔女呆住，两眼睁大直视。

男　（摇她，摸她的头）梅，梅，你怎么了！

女　（慢慢地醒过来）在——咱们的面前，在咱们的后背，（手指后面，但不敢回头望）我看见——呀，我怕！（两手蒙头）

男　什么什么，你说明白！

女　啊，鬼！

男　（自以为明白，其实他不明白）我知道：你刚才说在咱们的前面，在咱们的背后，在咱们的四周，眼见日本鬼……可是我不明白……

女　不是日本鬼，是鬼！

友　（似乎比他清楚一点）难道说鬼就见鬼，这屋子……

女　（想到先前友所说的）呀，鬼……我怕！

男　（急向）你真的见鬼吗？

女　真的看见，就是刚才，就是，（慢慢转头望窗，男、友两人也严肃地朝着她望的方向）就是这儿，（指窗）有鬼，呀……（赶快跑到躺椅边，好像鬼又将要来了似的）

男　（也跟着跑到躺椅边，偎着她）梅，梅，你先别吓坏了，梅，你静一静，静一静。（扶她坐躺椅）

友　（也走到躺椅边）到底怎么回事？看见鬼，什么样子？

女　仿佛像你先前说的那个，披头散发拖长舌……可是我没有看见清楚。

男　（松口气）哦！（埋怨）你没有看清楚，这是你心里有鬼，所以眼睛里出鬼，不然我们怎么没有瞧见，偏偏是你瞧见，又是披头散发拖长舌子……

女　（似乎恐怖起来）别说了，别说了。

男　（学女声）别说了，别说了，我早就说别说了，你偏要说，我说没有了，你缠着再来一个，我说你怕，你说不怕，现在还来不来！

女　我的少爷，你别说了！

男　我的太太，我还有什么意思好说！

友　（解围似的）得了，得了，这还是怪我，总是我说得不该，真是"白日别说人，夜晚别说鬼"。（好像听见什么声音）噫！（侧耳再听）

女　（又惊惶地从躺椅里跳起来）啊！

男　（莫名其妙）怎么！

〔友以手示意，叫他们别出声，隔了一会，又蹑足走到门边侧耳听。男、女跟着他也侧耳听。

男　（忍耐不住）到底怎么回事？

友　（再听）没有了。

女　什么没有了？

友　刚才我听得院子里有脚步响，仔细听又没有了。

女　真要命，今晚吓死人。这回该千真万确是有鬼了！

男　你又来了，你又来了！……

女　（气愤）我又来了，我又来了，这回可不是我看见，这回是蔡先生亲耳听见，你还来说我，总是你，总是你，好好的旅馆不住，说什么怕检查！怕麻烦！有危险！现在好，现在好，住在这鬼屋里面，也没有检查，也没有麻烦，也没有危险……

男　（不耐烦走开去）喷，喷，喷！

女 （还是继续地说）这地方咱们再不离开，也别生活了，在外边给日本鬼蹂躏，
在屋子里给冤鬼吓死……

男 （也有点生气）你还说，你还说，要是我一个人，我早就……

女 你早就怎么样？

友 喂，喂，你两个火气真旺，三句话不合就斗口，这又是怪我，先前我不该
说，刚才我又不该听。（自以手打口，打耳朵）这真是我的错……

男 （见友那样做作，忍不住笑）你瞧你……

女 （学男声）你瞧你！（也忍不住笑了）

友 不过我刚才的的确确清清楚楚地听见……

男 咳，你也来！

友 我真的听见。

女 我真真真的看见。

男 好，好好，你看见，你听见，偏偏我没有眼福，也没有耳福，听不见也看
不见。（此时幕内"同"的一声响，像是倒了什么东西，三个皆见了，男
大惊）呀！有……唔……有……

女 （报复地）有鬼？怎么偏偏是你……

男 （半晌才说）不是鬼，怕是贼，（跑到门边）咱们出去看看，好像在隔院子
的那边院子，（兴奋而慌张）去，去，咱们出去看看，（推开门，向外望，
又回头，复关门，叫女的）拿手电筒，拿手电筒，怎么你们这样的慌张，
跟我来，（女、友各拿手电筒跟着他，他推开门跨足出去，又缩回，转身
望着桌边的手杖，叫友）拿 stick，stick！

〔三个人蹑手蹑足，晃着手电筒的光，先后下。脚步声逐渐远，再语声逐
渐细断，他们已走远了。

〔像一阵旋风，从门口卷进一个披着黑发的大鬼，两肩高耸、头戴黄纸尖
帽，两手指甲很长，作抽搐状，背台而立，等他转过身来，那脸即是先前
出现于窗外的，两眼睁大，四围逡巡，一见桌上面包，就走过去攫住，狞

笑，并扯着面包吃。

〔三人的脚步声又从远而渐近了，鬼似乎听见，也显得慌张，忙将所有面包装进大衣里，转身欲出，因为慌张，脚绊着凳脚，凳与鬼两边分倒。

〔三人闻声奔来，三人的脚步是那样急促，手电筒和光已射到门边。

〔鬼急起，将桌上两烛吹灭，忙奔至门口，已与三人中前行者碰个满怀，此时舞台黑暗，只手电筒闪着光，只听得女大叫。

〔友举杖击鬼，中太阳穴。

鬼　哎！（两支电筒照着他，见他两手抱头血渗渗流下，两眼向上翻，又逐渐下闭，倒地）

男　（扶女去床上，女似乎已晕过去了）快把洋烛点燃！

友　火柴在哪儿？

男　你看看桌子上！

友　（以手电筒照桌）没有！

男　在抽屉里，在抽屉里。

友　（开抽屉又关抽屉，摸索不得）也没有！

男　那么——在床上，一定在床上。

友　（又翻视床头）有个屁，到底在哪儿？

友　（一边把她放在床上躺着，一边摸着自己的衣袋）哦，哦，在这儿。（递火柴给友）

友　你真是！（划火柴点燃一支烛）

男　（轻轻拍着女的，摸她的额，摸她的手）梅，梅！

友　（跑到鬼身边，俯身摸他的额，摸他的手）呀，呀！

女　（轻轻地，轻轻地，哼着）唔，唔？

男　怎么啦！梅！

女　（仍是轻轻地）这样的黑呀！

男　（叫友）你再点燃一支烛。

〔友将桌上另一烛在桌上点燃。

女　怎么这样黑呀！

男　（叫友）再点一支，再点一支，抽屉里还有洋烛。

〔友开屉又取出一支，燃上。

女　还是这样的黑呀！

男　（吃惊）怎么？（看女的眼睛是闭着的）哦，你的眼睛没有睁开，你睁开呀！

　　这儿点着三支烛啦！

女　（微睁开眼睛，如梦初醒，然而于刚才的事，于现在的一切，是迷惑的）这

　　是梦吗！平，你在我身边吗？刚才……（渐渐回想起刚才的情景）啊，啊，

　　鬼，他……

友　不是鬼！

女　（渐渐恢复过来）你们……唔，你说那……

友　那是人！

女　啊，是人！（此时才回头去望那还倒在地上的鬼——不，是人）

友　（跑过去把鬼的化装品剪剥下几件，给她看）你瞧，这是鬼的帽子，这是鬼

　　的指甲，硬纸做的，这是……（举着红纸剪的长舌）

男　妈的，这是他的舌头。

友　（笑）对啦！我看看还有什么玩意儿，（又走到鬼身边，俯身从鬼怀中取出

　　几个面包）呀！这儿还有面包呀！（把面包放还桌上去）

男　（看面包若有所悟）这就是咱们原来放在这里的面包呀，妈的，装鬼偷面

　　包，我倒要看，这家伙弄什么来的，(也走到鬼身边，俯身在他大衣里摸索，

　　得一小枝纸制的花)这是什么玩意儿？

友　（接着看，笑）这是日本女人结婚用的。

女　（已恢复常态）啊，日本女人，怎么回事，给我看看。

〔友送花到她手中，她反复把玩着。

〔男的又从鬼身上摸出一小册子，一面递给友，一面继续摸索鬼身，一

面说。

男　你看看这册子，我再看还有什么玩意儿。

友　（出乎意料地叫起来，因为他已翻视了册里面的记载）这是他的日记，这是一个厌战的日本兵的日记！

男、女　（同惊）啊！

〔男停止他的搜索，走到友身边，女也跳下来，走到友身边。

友　你瞧，这里面全是，还记载着他装鬼的故事呢（将册递给男看）。

男　（翻看）我不认识日文，还是你看，你翻译几段来听听！

女　好，你一面看一面说吧。

友　唔，这是九月十九的："对中国战事已完全没有希望，而我们这些善良的农民，被强迫征调来，被欺骗来，我们算是替国家开疆土吗？恐怕是替国家掘坟墓！我们算是和中国人民讲亲善吗？恐怕是跟中国人民结仇恨……

女　啊！这倒是意想不到……

男　别打岔。

友　（又翻一页）这又是一天："十三中队又逃亡三个，自杀一个啦，我呢，我不能再忍耐下去，我逃亡，是自杀还是……""十月十日，今天是中国的国庆节，此地的中国人在汉奸政府下虽不能举行庆祝，可是他们心里一定非常高兴，因为中国越打越强了。可怜我们，心里多么暗淡，我跟我的同伴，除每天装鬼去找食以外，简直连阳光也不能看见。当我跟他找不到食的时候，只有相对愤恨着，愤恨国内的军阀、资本家，我想我家还可以勉强过活——但我夜夜怀念我新婚不久就离别的妻子，而他妻子却带着三个孩子，怎么办啦，晚上，他忍不住哭了……"

女　啊，还有同伴，这屋子难道有第二个鬼？天啦，他怎么啦？（指鬼）

友　是晕过去，就会醒来的，（又念）"这样寒冷的秋天，这样死一般的晚上，我向着天上的日照大神祈福，愿你救救我们全日本的善良百姓，愿你保佑中国的胜利，我们才得超脱苦海，才得重见天日，才得有饱食面包，哦！

神是没有的，中国人！你们便是拯救我们的神……"

男　　咳，太悲惨了。（侧首望桌上的面包，面包正被从桌前窗口伸进的一只黑手攫住，男大叫，跑过去摄住那只黑手，拿手杖加打击）

第二鬼　别打，别打我，我就是他的同伴，都是给日本帝国主义害的！……

（幕落）

忠王李秀成

欧阳予倩

（五幕历史剧）

人　物

程检点——五十岁左右

谭绍洸——三十二三岁

童容海——三十五六岁

陈坤书——四十二三岁

李秀成——三十九岁（就义时四十一岁）

赖文洪——三十五岁

陆顺德——三十四岁

王有材——三十五岁

孔至德——四十岁左右

林福祥——五十岁

黄文金——四十岁

作品信息

　　《忠王李秀成》（五幕历史剧），作于1941年，连载于1941年5月30日至8月18日桂林版《大公报》文艺副刊，后于1941年由桂林文化供应出版社结集出版。本书剧本选自《欧阳予倩全集（第二卷）》，上海文艺出版社1990年出版。

洪仁发——四十岁左右

李世贤——三十二岁

李母——六十岁左右

宋妃——三十岁

洪仁玕——五十二三岁

洪仁达——三十四五岁

蒙得恩——四十五六岁

莫仕葵——五十岁左右

成典宇——四十七八岁

洪秀全——五十四岁（殉国之年）

田顺——六十岁

王三青——三十岁左右

萧孚泗——四十五六岁

陈得风——四十岁左右

宋永祺	驿丞	侍从官	侍卫
校卫	卫队	亲随	卒长
伍卒	降将	差官	清兵
溃兵	难民	民众	乡民
女官	乳母	侍女	宫女

第一幕

第一场

〔音乐、启幕。舞台正中立一横宽约十二尺、直高约十尺（脚约二尺）的告示牌，上书安民告示，示文如下：

真天命太平天国忠义宿卫军忠王李　　　　　　示

照得江浙地方，久经妖兵蹂躏。

太平天国将士，特来扫荡妖氛。

兵到势如破竹，黑暗化为光明。

各郡望风归顺，足见百姓忠诚。

大家安居乐业，切勿自扰虚惊。

工人努力建造，农夫及时耕耘。

造成国家富庶，协力共致太平。

天军备钱百万，备米数百万斤。

农商免利借贷，饥民各自安心。

上下齐心一德，肃清奸细歹人。

如有偷惰违法，军令决不容情。

太平天国十一年十二月　日

〔乐止，便听见有人大声晓谕百姓兵士：（内声）真天命太平天国真忠军师忠王李王爷大获全胜，二次占领杭州、宁波、绍兴以及苏州、常州一带，因此全体将士、全城百姓准备庆祝胜利，恭请王爷受贺。现在奉了王爷钧谕，说是江浙一带虽然得胜，安庆、丹阳、江西各处沦陷以后，还没有克复。曾国荃所带的清兵也正围困天京。当这种危急存亡之秋，小小胜利，不必庆祝。王爷忧国忧民，也不愿受贺。等到将来，我们打到北京去的时候，再行庆祝，也还不迟。王爷命你们军民人等将预备庆祝的费用，全数拿出，赈济灾民，不得违误。

众　（内声）万岁！

〔盛大的音乐，炮声。

〔暗转。布告移去，紧接第二场。

第二场

人物：程检点、谭绍洸、童容海、陈坤书、李秀成、赖文洪、陆顺德、王有材、孔至德、林福祥、黄文金、侍卫、伍卒、卫士。

时间：李秀成二次克复杭州的时候。

地点：浙江巡抚衙门花厅。

布景：衙门里的旧式花厅。正中一排槟榔格子窗，两边有门，可以转入窗后。舞台左右两方都是白色粉墙，多少有点旧了，墙上挂了些字画。窗下设炕床，床前设案，案的两旁离开约四尺许摆着八仙椅，每一边四张椅子、两张茶几。

〔开幕，程检点率同两个伍卒上场，作布置的样子。

〔谭绍洸上。两伍卒布置完毕，即下。

谭绍洸　啊，布置得很不错。

程检点　（回头）啊，原来是谭将军。

谭绍洸　程检点，你真能干，匆匆忙忙，把一个破破烂烂的地方布置得这样整齐，真是又快又好。

程检点　随便哪一个衙门，都是破破烂烂的，我也不晓得清朝的赃官干什么的，连衙门都不晓得修一修。

谭绍洸　那他们一定说是为国为民太忙了，没有工夫修衙门。

程检点　公家的地方他们没有工夫修，自己家里的大房子、大花园倒是个个修得很讲究。哈哈哈哈。

谭绍洸　哈哈哈哈。（大笑）

程检点　我们这位忠王又太好了，关于起居饮食什么他都总是说随便。一个王爷怎么随便也要像个样子不是？所以我就马马虎虎布置了一下。后头花园里一座楼，我把它布置起来，就请老太君跟王娘住在里面。这个花厅虽然不大，随便坐坐也还勉强过得去。把前面的格子门关起来，生上一盆火，几位将军来议论军情，也要这样一个地方。

谭绍洸　王爷刻苦自己，体恤百姓，体恤兵士，自然是不错的。可是，天京那几位当权的王爷，阔得那种样子还了得！我们拼命打仗，给他们享福。

程检点　谭将军，你这话不要说。自古至今，差不多都是这样。皇帝面前的权臣不享福，还有哪个享福？像洪仁玕、洪仁发、洪仁达他们这三位王爷，都是天王的兄弟，那就更不用说了。

谭绍洸　可是他们还恨忠王。像忠王这样劳苦功高，他们还是恨他！

程检点　那自然啰，忠王姓李，又不姓洪。而且，忠王常常为了百姓的苦处，在天王面前指出那些王爷们的错处，所以，他们怀恨，就在天王面前，说王爷的坏话。天王自然是听信自己弟兄的话，还会听信外姓人的话吗？

谭绍洸　要不是这样，怎么会把事情弄得那么糟？前两天我还跟童容海、陈坤书两个谈起这些事，大家都难过得很，只恐怕我们越打胜仗，朝里那些大老爷们就越发吃醋，天王也就会更加猜忌。而且……

程检点　我以为，谭将军，你这些话最好不要跟他们谈。

谭绍洸　怎么？

程检点　童容海，人是个好人，不过心很窄，嘴又不稳……

谭绍洸　那不要紧，老童对王爷是很忠心的，要不然，他也不会离开翼王石达开来投奔我们王爷。

程检点　童容海还不错，可是陈坤书这个人，我总觉得他有点儿眼斜心不正。

谭绍洸　唔。可是我不怕他，他要是丧了良心，有对不起我们的事情，我就宰了他。

　　〔程检点发出不以为然的微笑。此时听见有人来了，彼此示意停止说话。

　　〔童容海上。

童容海　啊，你们两位在这里！

谭绍洸　啊，原来是童将军。

程检点　童将军，请坐。

童容海　叫我童容海得了，自己人还这么客气。

谭绍洸　你是不是从旗下营来的？

童容海　对了，我奉了王爷的命，去埋葬了清廷将军瑞昌。

谭绍洸　埋葬瑞昌？

童容海　是的，就是这回被我们打死的清廷将军，替他造了一座坟，还竖了一口碑。

谭绍洸　我们王爷真是天下少有。

童容海　王爷是体天父、天兄的德意，慈悲得很。他打开了杭州，一直到现在，连王娘、老太君都没有见过，就亲自去安抚百姓去了。

程检点　我常常替王爷担心，前回在苏州，王爷只带得几十个人，被土匪包围了。有几个年轻胆大的，居然拿枪对准了王爷的胸口。王爷丝毫不动，从从容容对他们说了一番道理。他们就把枪丢了，居然对王爷下拜。那回我也跟着去的，可把我吓坏了。你想，要是遇着一个冒失的，那不糟了吗？

童容海　那也只有王爷做得到。王爷的忠诚感动天地。

谭绍洸　就是不大能感动我们的天王。

童容海　讲到这里，我倒想起一件事情来了。

谭绍洸　什么事？

童容海　我得了一个很奇怪的消息。

　　　　〔谭绍洸、程检点注视童容海。

童容海　听说英王陈玉成，因为陈坤书陈将军替他筹了饷，他就上奏天王，请把陈坤书封王。

谭绍洸　啊？看起来官是可以拿钱买的！

程检点　我看这个消息不确吧？天王也不见得会答应。

童容海　不过也有人以为忠王的权太大，或许会多封一个陈坤书，来分王爷的权也说不定。

谭绍洸　岂有此理，说起来英王也不应该，他跟王爷是弟兄手足一样，还要暗中捣鬼，保荐陈坤书封王，来分王爷的权，这不是自己人拆自己人的台吗？

程检点　那不见得，恐怕其中还有别的缘故。

谭绍洸　有什么缘故？总而言之，不要脸。陈坤书哪个不晓得是忠王的部下，他偏
　　　　偏会去走英王的门路；英王也因为想拆忠王的台，就居然暗中去保荐他。

程检点　英王有勇无谋，我看他也是上别人的当，拿鹅毛扇子的恐怕还在南京呢。

谭绍洸　其实这样一来，英王害了自己，又害了太平天国。这一回他在安庆被曾国
　　　　藩围困了，我们王爷带兵去救。他怕王爷得了功，就不要我们救，结果把
　　　　安庆丢了，将来还不是又要我们去替他打回来？可惜他不知好歹！

童容海　如果真正交给我们去打，一定打得回来。

谭绍洸　不过朝里头出主意的人太多，只怕……

程检点　不要谈这些了，我们有三天假，去逛逛西湖吧。

内　声　陈坤书陈将军到。

　　　　〔大家互相以目示意，程检点拍拍谭绍洸，似乎叫他不要多说话。谭绍洸
　　　　带着微微的冷笑。

　　　　〔陈坤书带着四个卫士上。

陈坤书　（回头对卫士）外边儿去！（对众人拱手）啊，各位各位各位，哈哈哈哈。
　　　　（大笑）

谭绍洸
童容海　陈将军，请坐，请坐。（都有点说不出的表情）
程检点

陈坤书　不敢不敢不敢，各位请坐，各位请坐。

谭绍洸　陈将军，有什么新闻没有？

陈坤书　哪里有什么新闻，不过，我想这回到了杭州，一定可以久住一下。这几天
　　　　天气还好，明天我想请大家逛逛西湖去；逛完西湖，大家再看看戏。你看，
　　　　今天天气真好。

谭绍洸　天气好，陈将军，你的气色也好，我看你要升官发财哪。

程检点
童容海　一定一定。（一齐大笑）

陈坤书 哪里话，只有谭绍洸谭将军屡立战功，英雄盖世，才真够得上升官发财。（大笑）哈哈哈哈。

谭绍洸 可是你……

〔谭绍洸正想讲话，还没有讲出来，忽然听见炮声、锣声、喝道声、鼓乐声。

程检点 啊，王爷回来了！（下）

陈坤书 我想这一回，在杭州总可以多住一下吧？

谭绍洸 那怎么说得定，清兵在安徽、江西一带，还非常猖獗，曾国荃正在第七次围困天京。忠王爷一身担天下的重任，我恐怕就是分半天的工夫游逛西湖，都很难做得到呢。

陈坤书 一个人在世界上，这样的干法，未免太苦。其实，到了王爷这种地位，只要信得过的话，有许多事都不妨完全交给部下去做。

谭绍洸 王爷倒从来没有不信任部下，可是部下倒不见得个个完全信任王爷。这些人或者没把事情看得明白，或者把事情看得太容易。天下有许多事情，往往被自作聪明的人误了。比方说：一面要解天京的围困，一面要夺回安庆，扫平江西，再取武汉；内安百姓，外抗清兵，这种重担子，除了王爷还有哪个担得起？

陈坤书 可是，王爷不但会将兵，而且还会将将。讲起办事来，谭绍洸谭将军你，还有吴定彩吴将军，还有王爷的兄弟李世贤将军，不都是王爷的亲信，样样都能代替王爷吗？

谭绍洸 我们算什么，我们除了打仗拼命，什么都不懂，要嘛，除非陈将军你……

陈坤书 我？我不过比小兵高一点儿罢了，哪里敢跟谭将军比？（大笑）哈哈哈哈！

〔正在谈得高兴的时候，忽然听得卫士们在外边"嗤"了一声，知道是忠王来了，大家肃然。

〔忠王李秀成率将官赖文洪上，陆顺德随上。忠王的态度很轩昂，行动敏捷，对他的部下好像自己家里弟兄一般，不甚拘泥礼节，可是部下对他很恭敬。因为军务政事集于他一身，自不免现出繁忙的样子。尽管在收复宁、绍、苏、杭大获全胜的时候，眉宇之间，总还是带着说不出的忧郁。他知道部分的军事胜利还不能挽回危急的局面。

李秀成　弟兄们，坐吧坐吧！（走到炕边为他特设的座位坐下）

　　　　〔众将仍然站着。程检点捧上几件公文，请忠王过目。谭绍洸、童容海、陈坤书等对陆顺德打招呼。

谭绍洸　（低声问讯）陆将军，几时到的？

陆顺德　才到。

陈坤书　从绍兴赶来的吗？

　　　　〔陆顺德含笑点头。

陈坤书　你这回打开绍兴，功劳第一！

陆顺德　哪里哪里，完全是靠忠王爷的威望。

谭绍洸　绍兴酒喝饱了吧？

陆顺德　哪里哪里。（摇摇手示意叫他不要说，似乎怕李秀成听见）

　　　　〔李秀成在批阅公文，迅速地写了几个字，给程检点捧下。

李秀成　陆顺德。

陆顺德　在。

李秀成　绍兴的清兵完全肃清了没有？

陆顺德　完全肃清了。

李秀成　宁波的情形怎么样？

陆顺德　宁波的情形也很好，城池收复了，一路上老百姓都来迎接我们。这回打开宁波，李世贤李将军功劳最大。听说这两天他也会到杭州来禀报王爷。

李秀成　不过这回收复宁波、绍兴，我们的兵死伤真是不少。

陆顺德　因为李鸿章、曾国藩他们借了洋兵来对付我们。洋兵用的都是新式枪炮，非常厉害，不是靠我们拼命，真打不下来。

　　　　〔李秀成皱眉，抿紧嘴唇，不说话。

陈坤书　那些洋人也奇怪，不帮助我们，偏去帮那些清兵。

陆顺德　因为洋人只认识钱，清廷用很多的钱去买他们，还许他们很多的好处。

陈坤书　我看我们也可以多弄些钱买洋人，还要买他的枪炮，叫他们也帮我们。

童容海　其实我们信天父，洋人们也信天父，看天父的面上，他们应当帮我们。

李秀成　话不是这样说的，洋人们信天父也不过是那么一句话。如果他们真信天
　　　　父，就不会把鸦片烟硬逼着中国人买；他们要是真信天父，就不会为了鸦
　　　　片烟跟我们打仗，逼我们五口通商。他们满口的仁义道德，一肚子的诡
　　　　计多端。那些洋鬼子看不起中国人，也只有那些卖国的赃官才甘心受他们
　　　　的气，我们太平天国人就死也不会顺从他们。洋鬼子专会哄着我们有钱的
　　　　人，替他们去搜刮我们的老百姓。太平天国的老百姓是不让他们搜刮的。
　　　　太平天国决不上洋人的当，清朝的赃官肯上当肯卖国，所以洋鬼子帮他们；
　　　　太平天国的将士们，不肯上当，所以洋鬼子不会帮我们。我们跟清兵打仗
　　　　是不得已的，就算是他们肯帮我们，我们也决不忍借那不存好心的外兵，
　　　　来打我们自己的同胞。

谭绍洸　我们中国香港、上海、天津等等地方，都被那些赃官们断送了，这回他们
　　　　借了洋兵，不知道许洋人多少好处，又要断送多少地方。

李秀成　所以我们老百姓要起来跟他们算账，这个账还有得算呢。(对陆顺德)绍兴、
　　　　宁波一带，粮食怎么样？

陆顺德　粮食缺少。

李秀成　难民多不多？

陆顺德　难民多得很，因为这一回曾国藩攻进安庆，大杀三天，安庆城里的人，连
　　　　三岁小孩子都杀光了，所以各处的老百姓怕起来，就离乡背井，东逃西散，
　　　　弄得田没有人耕，生意没有人做，无论哪里，满路上都是难民。这个时候
　　　　专靠出告示安民是没有用的，这件事实在为难，所以特地来请示。

李秀成　目下最要紧的是救济难民，安抚百姓，使他们安居乐业，才有办法。如若
　　　　不然，今年不下种子，明年再误了春耕，百姓没有吃，我们的兵吃什么？

绍洸，你知道哪里有米？

谭绍洸　江、浙一带本是产米的地方，只因为连年打仗，误了耕种，米就少了。如今安徽的米运不来，只好从嘉兴想法子。

李秀成　好，传典钱谷和典圣库的官。

〔童容海马上走到门口去传话。程检点又捧了一札文书上。

程检点　请示王爷，那浙江藩台林福祥，还有几个官，怎么样发落？

李秀成　啊……把林福祥先生请到这里来，我跟他谈谈。

程检点　是。（到门前吩咐一个侍卫）

陈坤书　王爷对俘虏用不着这样客气吧。

李秀成　（笑一笑）我们是仁义之师，除掉冲锋打仗，我们待俘虏是跟待朋友一样的。浙江巡抚王有龄他是个忠臣，又能爱民，如今他死了，就是敌人，我也恭敬他。那个藩台林福祥他的确是个有用之材，我还想用他呢。

〔一个侍卫上。

侍　卫　启禀王爷，典圣库王有材，典钱谷孔至德传到。

〔王有材、孔至德同上，对忠王行礼，站在两旁。

李秀成　孔至德！

孔至德　在。

李秀成　你到嘉兴去一趟，办十万石米，来赈济灾民。详细的办法拟一个上来，户口要查清，办理要公平，要是有营私舞弊、克扣中饱的情形，你要负责。

孔至德　是。卑职一定尽力。

李秀成　王有材。

王有材　在。

李秀成　我们一面办冬赈，一面要替乡下人预备种子，预备耕牛。我想预备二十万两银子，借给种田的。请你拟一个办法，利钱是一定不要，等到秋收还本。我们要奖励他们耕种，租税有的全免，有的免一半，你们斟酌情形去办。经过战事，田都荒了，能够通融就多通融一点，只要明年秋收有望，你们的功劳，就比收复一个城池还要大，努力去做吧。

王有材　是，遵王爷的命。

　　　〔李秀成含笑点头。

　　　〔王有材、孔至德下。侍卫上。

侍　卫　林福祥先生请到了。

李秀成　请到这里来。

程检点　（回身引林福祥上）上面是忠王李王爷，这就是林福祥林先生。

　　　〔林福祥直立不动，李秀成起立。

李秀成　啊，林福祥先生。（拱手）

　　　〔林福祥长揖。

李秀成　来，给林先生看座……林先生，请坐吧。

　　　〔侍卫搬过一张椅子，放在李秀成座位右边，林福祥坐下。

李秀成　我们的人待你们各位，没有什么不对的地方吧？

林福祥　王爷的部下待我们都很好。

李秀成　王抚台死了很可惜，其实他不死，太平天国还会加倍地尊敬他，重用他。

林福祥　王大帅他为国为民，是不能不死。只要忠王能爱护浙江的百姓，王大帅死了也没有遗恨。

李秀成　我们对哪里的百姓都是一样的爱护。我们是老百姓的队伍，起义也只是为了老百姓。

林福祥　个个都像忠王，那就好了，可是，别人很难说。

李秀成　打起仗来，本来是很难说的。林先生要知道，这回安庆屠城，城里的百姓，连三岁的小孩子都杀光了，这种事情曾国藩能够做，太平天国可从来没有做过。当清兵入关的时候，嘉定三屠，扬州十日，连这回安庆的事，真是先后一样。我们要替老百姓报这种屠杀的仇，还要雪那为了鸦片烟逼我们五口通商的耻。林先生，你的道德文章学问，我们是素来佩服的，何不跟我们一块儿为中国的百姓请命？天下的百姓，都在水深火热的当中，你能够不伸一伸手去救他们吗？

林福祥　忠王的盛意，我是很感激的，不过我有不能留下的苦衷。

李秀成　恐怕你回去也不见得能够活吧？

林福祥　我本应当死的，如今做了俘虏，就是不忠；我要是投降，祖宗的坟墓都不能保，那就是不孝；不忠不孝，留着有什么用处？

李秀成　好吧，那我也不勉强。那你就带着王抚台的亲兵，护送王抚台的灵柩回到家乡去吧。

林福祥　忠王的厚意，我是没齿不忘。这回回去，侥幸不死，也不想再问世事。

李秀成　好吧。（笑一笑）文洪，你派人送林先生他们出境。

赖文洪　是。

李秀成　（对林福祥介绍赖文洪）这是赖文洪赖将军，我叫他派人送你们出境。

林福祥　感谢忠王的厚意。

赖文洪　林先生，去收拾收拾吧。

林福祥　是。

李秀成　等天下平定了再见吧。请林先生回去转达曾国藩，清兵进关以来，中国的百姓也够惨的了，用不着过分替人家卖气力。借洋兵是引火烧身的事，最好请他慎重一点。

〔林福祥很难过、很感动的样子，默然向李秀成一揖，随赖文洪走出去。

谭绍洸　这个人真有点莫名其妙。

陈坤书　他就不知好歹。（作不屑状）

李秀成　（一面翻着桌上文书，对谭绍洸、陈坤书笑一笑）取天下，治天下，不是完全靠枪刀的。

〔侍卫一人持手本上，给李秀成看。

李秀成　（惊问）怎么，他来了？

谭绍洸　谁？

李秀成　黄文金。（对侍卫）叫他到这里来。（离座走几步，对诸将）我看黄文金这回一定是英王叫他来请救兵的。

谭绍洸　现在我们无兵可调呀。

李秀成　可是安徽是万万不能放弃的。

〔黄文金很仓皇地走进来。

黄文金　王爷！（拜倒在地）

李秀成　（赶快扶起黄文金）黄将军，英王怎么样了？

黄文金　（站起来）英王不听王爷的话，把安庆丢了，连王爷派去的兵，也因为调度不好，全军覆没。王爷的爱将吴定彩将军也在安庆城里殉了难。英王十分后悔，本要来请罪，只是军情紧急，不能分身……

李秀成　过去的事不必谈了，英王也有他的苦处。可是他现在哪里？

黄文金　他奉了天王的圣旨，革除王位，要他死守庐州。不过现在多隆阿跟鲍超的兵已经把庐州围住，英王的兵截成了两段，已经是危急万分。如今只有王爷能够救他，要求王爷念其兄弟手足之情，赶快派兵替英王解围。

李秀成　唔……（考虑）

谭绍洸　可是我们的确无兵可派。

陆顺德　倘若把江、浙的兵调开，万一苏、杭一带有了闪失，岂不是天京更难保吗？

陈坤书　援兵是要派的，就只怕远水难救近火。

李秀成　只要英王能把庐州多守十天，我一定自己带兵去救，要夺回安庆。

谭绍洸　那江、浙方面怎么办呢？还不稳得很呢。

李秀成　要知道安庆是必争之地，敌人得了安庆，就可以居高临下，从各路进攻江、浙。我们得了安庆，一来可以运安徽的米接济天京，二来可以截断敌人的联络，三来占了安庆，既可以进攻武汉，又可以往北走，扫荡北方；就是保卫天京，也更加容易。只要我们把安庆、镇江占稳，保住苏州、溧阳，曾国荃攻天京的兵，不必打他，他自己会退，所以我们要赶快去把安庆夺回来。

黄文金　王爷的深谋远虑，真是一丝儿也不会错的。

李秀成　曾国藩用全力打下安庆，实在太聪明了，可是我们一定要打破他的计谋。无论如何，我们要先把安庆夺回。你们以为怎么样？

　　　　〔大家点头。

程检点　这是一定的。不是这样统筹兼顾，天京一定难保。

李秀成　你们看。(随手在桌子上取了一轴地图打开)

　　　　〔大家聚观。

李秀成　(指点)现在形势是这个样子的：这里失了，这两处就不能保；这里不能保，这一带都牵动了，那天京还能保吗？所以要保天京，要巩固长江上游，那就非夺回安庆不可。

谭绍洸　那我们就决定先攻安庆。

李秀成　对。程检点，你给我下一个密令，今晚连夜进兵，打下安庆再休养。

　　　　〔赖文洪急上。

赖文洪　王爷。

李秀成　什么事？

赖文洪　天使来了。

　　　　〔大家都非常惊讶不安的样子。陈坤书冷冷地微笑。

李秀成　天使来了？

赖文洪　是。

李秀成　不知道来的是哪一位？

赖文洪　安王洪……

李秀成　啊，安王！……程检点，赖将军，你们赶快去预备迎接。

　　　　〔程检点、赖文洪应下。

陈坤书　王爷每次打胜仗，天王总派钦差来的。这一次除了传旨嘉奖之外，一定又有很多的赏赐。

谭绍洸　可是王爷每回打了大胜仗，天王一定要召王爷回京。万一……

李秀成　　那……

〔众人沉默。

李秀成　　同到郊外去迎接天使去吧！

众　人　　是。

〔暗转。紧接第三场。

第三场

〔天王诏令一轴，从台中间由上挂下来，洪仁发朗诵诏书的声音。诏文如下：

天王诏令

诏曰朕诏忠义宿卫军忠王李知之维尔服膺

天父天兄圣教辅翼王室身先士卒连克名城着应传旨嘉奖并

赐万古忠义匾额以示优异

今曾妖国荃啸聚妖兵数十万围困天京仰尔统率天

军火速回京救急以固根本幸毋负朕意钦此

〔诏书挂两分钟后，慢慢拉上去或移开。

人物：洪仁发、李秀成、李世贤、陈坤书、童容海、谭绍洸、陆顺德、程检点、李母、宋妃、乳母、侍从官、侍女、侍卫。

时间：当日晚上。

地点：同前场。

布景：同前。案上焚香，有"万古忠义"匾额一方置案上，匾额后一个黄色匣子，内有诏书。案旁设太师椅，洪仁发坐在上面。忠王旁坐作陪。厅中用大蜡台点红烛数支，中间设火盆，生火。

洪仁发　天王的意思，是要你赶快带兵去救天京。你是个忠臣，你总不能不奉诏吧？

李秀成　安王，天王的旨意，自然是不能违抗。不过，要保住天京，一定要把杭州、苏州、溧阳、丹阳、镇江一带守住；要守住这些地方，就要守住芜湖、巢县一带；要守住芜湖、巢县，就不能放弃安庆。如今安庆失了，芜湖、巢县眼看着就不能守；芜湖、巢县一丢，我们在安徽就没有站脚的地方，那苏、杭就会动摇，所以我们要先救安庆。

洪仁发　你打安庆有把握吗？

李秀成　安王，我可以立军令状，安庆我一定拿得回来，苏、杭一带，我也一定保得住。

洪仁发　不过，忠王你要明白，这一回曾国荃围困天京，用的都是最强的湖南兵，万一天京被他攻破，你在安徽又有什么用处？

李秀成　我以为现在还不要紧。

洪仁发　你怎么知道不要紧？

李秀成　只要我们的粮道不断，天京是不会被曾国荃攻破的。

洪仁发　粮道……

李秀成　苏州、杭州、芜湖是我们的粮道，也是敌人的粮道，我们非守不可。

洪仁发　不过天京存的粮米，好像也不很多了。

李秀成　啊？我前回出京的时候，我就劝大家囤粮，当时，官、将、老百姓都捐出钱来，还有些女人把首饰都捐出来，为的是要多囤粮食，巩固天京。兵士们只要吃得饱，他们就能打仗。百姓们只要肚子不饿，他们就能守城。我以为到现在，天京的粮食一定存得很多，怎么安王说已经不多呢？那么，全城的百姓囤的那些粮到哪里去了呢？

洪仁发　那谁知道，大约是奸商把持住了吧？

李秀成　没人纵容奸商，奸商有那样大的本事把持粮食吗？

洪仁发　那我也不大清楚，不过我看你还是回京再说。

李秀成　这时候我万万不能放了安徽不管。

洪仁发　为什么？

李秀成　刚才已经说得很明白，而且，现在曾国荃围攻天京的布置，还没有妥当。曾国藩得了安庆，还没有守得稳，这个时候如果把我的兵调回京去，那就中了敌人的奸计。

洪仁发　忠王，我跟你是好朋友，天王命我来，我不能不把天王的意思传给你。你现在兵最多，名望也最大，爵位也不算不高，人人都当你是个忠臣，如果天王召你，你不回京，——虽然说"将在外，君命有所不受"，万一有人说你的坏话，说你靠不住，你又怎么说呢？

李秀成　秀成无才无德，只有为天王为国家的一点愚忠，听凭人家怎么说，天下后世，总会有人知道的。（沉痛）

洪仁发　这你倒也用不着多心，不过我以为清兵围困天京，连这一回已经是第七次了，以前六次，不是你一到就解了围了吗？你何不马上带兵回京，打退曾国荃，解了天京的围困，再去夺回安庆，不是更好吗？

李秀成　不，安王。以前六次解围，我虽然也没敢爱惜性命，那并不是我一个人的功劳。可是，这一回的情形不同。

洪仁发　还不是一样吗，有什么不同？

李秀成　以前清兵有几个统帅，清人跟汉人的意见又不同，号令不很统一，所以容易打。如今不然，大权归了曾国藩，用的都是湖南的子弟兵，号令统一，赏罚严明，不容易打。所以，我主张先断他们的粮道，断他们的接济，打破他们长江上游的根据地，不是这样，天京的围困，是不能解的。

洪仁发　你太长他人的志气，灭自己的威风了。

李秀成　这是实情，而且，我以为困守天京是没有什么意思的，到万不得已的时候，我想请天王亲征。

洪仁发　亲征？

李秀成　对了。到了万不得已的时候，我们可以请天王迁都江西，再攻下武汉，进河南，直打北京，这是上策。

洪仁发　啊，那还了得，那还了得！——我看你这些话都不要讲了，遵从天王的旨意，带兵回京，不会错的。（走开去）

〔李秀成低头沉思，很苦闷的样子。

〔外面李世贤高声报名。

李世贤　（在外）将军侍卫指挥李世贤求见兄王。

李秀成　进来！（走向门口）

〔李世贤走进来。

李世贤　（行礼）哥哥。

李秀成　啊，你回来了。

李世贤　才赶到。

李秀成　赶快来拜见天使。

李世贤　喳。（走过去对天王诏书）臣李世贤恭请圣安。（跪拜，起来再对安王一拜）叩见安王。

洪仁发　啊，好极了，好极了。令弟回来又多了一个帮手。

李秀成　这回宁波是他打开的，他才从宁波赶来的。啊，对了，安王，您看怎么样，我想叫舍弟进京守卫，我自己先去攻打安徽？

洪仁发　令弟进京，自然是很好，不过，天王信任他，是不是跟信任你一样，那就……

李秀成　（心里明白）我还想让家母带了内人宋氏跟我新生的一个男孩子一同进京，

　　　　到宫里伺候天王。

洪仁发　（听到这里，大笑）哈哈哈哈。忠王，你真聪明，想得太周到了，（笑）哈

　　　　哈哈哈！（笑得忠王兄弟莫名其妙）好吧，你姑且这样办，等我回京的时

　　　　候，也可以把你的意思转奏天王。天王许你这样办，那就不必说，万一不

　　　　许，我看你也只好回京。

李秀成　王爷回京，能够把秀成的愚见转奏天王，那是好极了。

洪仁发　你要离开江、浙，杭州的事交给哪一个？

李秀成　我看陈炳文可用。

洪仁发　苏州呢？

李秀成　我想把谭绍洸留在苏州。

洪仁发　我想令弟世贤既是带兵回京，宁波没有人，最好让谭绍洸守宁波。

李秀成　那么苏州呢？

洪仁发　你的部将不是有个陈坤书吗？

李秀成　陈坤书不大行。

洪仁发　你说他不大行，可是英王陈玉成在天王面前保奏了他，说他功劳很多呢。

李秀成　他实在没有什么功劳，不过，听说他给英王筹了一笔款。

洪仁发　那也许……（打呵欠）

李秀成　天使请休息吧。

洪仁发　不，我想静坐一会儿。你有公事，就不必客气。

李秀成　好，那就暂时告退。（与李世贤同向安王一揖）

洪仁发　请便，请便。（坐下）

李秀成　（对李世贤）后头去见见老太君去吧。

李世贤　是。

　　　　〔李秀成下，李世贤随下。

〔洪仁发望着李秀成走了，站起来走动几步。

〔四侍女捧点心上，摆好。在旁伺候着。

洪仁发　来。

〔外面侍卫齐声应诺。

〔两个侍从官走进来，听候吩咐。

洪仁发　（坐下）方才叫你们去找陈坤书，找来了没有？

侍从官　他已经在外面伺候很久了。

洪仁发　童容海呢？

侍从官　他也来了。

洪仁发　唔，先传陈坤书。

〔侍从官应声下。侍女捧点心跪进安王，安王吃点心。后面奏细乐。侍从
官上。

侍从官　陈坤书将军到。

洪仁发　要他进来。

〔侍从官下。陈坤书走进来，看见洪仁发在吃点心，站着等候。

洪仁发　（抬头看见陈坤书）是哪一个？

陈坤书　末将陈坤书。

洪仁发　啊，陈将军。

陈坤书　天使。（拜下去，起来从衣袖中取一小匣献上）这是夜明珠十颗，聊表微臣
一点忠心。

洪仁发　（挥侍女等下。回头对陈坤书）坐着，坐着。

〔陈坤书歪歪地坐下。

洪仁发　你是忠王的部下？

陈坤书　是。

洪仁发　那你一定是对忠王尽忠的。

陈坤书　（站起来）末将只对天王万岁爷尽忠。

洪仁发　那你对忠王不尽忠吗？

陈坤书　忠王是万岁爷的臣子，忠王对万岁爷尽忠，忠王的部下也就对忠王尽忠。

洪仁发　倘若忠王对天王不尽忠，你怎么样？

陈坤书　忠王忠心耿耿，是谁都知道的。

洪仁发　陈将军，天王得了密报，听说你要造反。

陈坤书　啊，这是哪里说起！（站起来发抖）

洪仁发　你不要怕，同时，也有人保奏你，请天王封你为王。

陈坤书　啊啊啊啊。（不好怎么样，拿手巾擦擦汗）

洪仁发　这回我出京的时候，天王给了我一道御旨，叫我查访你。如果你不忠心，就把你斩了，你要是忠心，就封你为王。

〔陈坤书心里有点明白了，但还是呆呆地站着。

洪仁发　（站起来，走到陈坤书面前，很严重的样子）喂，忠王又添了许多兵将是不是？

陈坤书　是。

洪仁发　石达开那里有好几个将军，带了十几万兵来投奔忠王？

陈坤书　是。

洪仁发　英王陈玉成的部下也有好些来投奔忠王？

陈坤书　是。

洪仁发　忠王现在一共有多少兵？

陈坤书　一百五十万左右。

洪仁发　天王召忠王回京，忠王不肯回京，这是什么意思，你知道不知道？

陈坤书　末将不知道。

洪仁发　倘若有人说忠王谋反是你主谋，你能说不知道吗？

陈坤书　哪里会有那样的事，那除非是太阳从西边出来。（说完这一句，跪了下去）求王爷明察。

洪仁发　你起来。

〔陈坤书站起来。

洪仁发　你不要害怕，我老实告诉你吧，忠王功劳太大，兵将太多，权柄太重，天王召他回京，他三番两次地不奉召，所以天王对他有点不放心，想叫你就近在暗中考察一下，有什么情形，你就告诉我，我跟你转奏天王，富贵还不就在眼前？如若不然，你的性命立刻难保。

陈坤书　（嘘了一口气）这话似乎是不应当说的，可是，忠王最近有些事情又似乎不大对。

洪仁发　怎么不对？

陈坤书　比方说，这回打开苏州、杭州，自己的兵还吃不饱，忠王他从嘉兴运了十万石米发给老百姓，说是赈济灾民。军饷还不够，他又把二十万两银子借给农夫们买种子去种田。

洪仁发　他有没有说天王赈济灾民呢？还是说他自己赈济灾民呢？

陈坤书　这个没有说明。

洪仁发　这可见是要收买人心，图谋不轨。

陈坤书　还有一桩事更奇怪。

洪仁发　啊？

陈坤书　清廷将军瑞昌不是被我们打死了吗，那还不是打死一只狗？忠王偏要替他买棺材葬坟竖碑。我们还捉了许多清兵、清将、清官，还有清官的家眷，忠王非但不杀他们，还拿盘缠把他们送走，这就更不知道是什么意思哪。

洪仁发　这样看来，简直是通敌嘞！

陈坤书　那怕不见得吧。

洪仁发　陈将军，我知道你很忠心，我保举你镇守苏州。

陈坤书　王爷的恩典。（要拜下去）

洪仁发　（止住他）慢着，最要紧的是随时留心忠王的行动，不要忘了你是天王的忠臣。

陈坤书　陈坤书只有一条性命，一点忠心。

洪仁发　好，天王有诏书封你作护王。你谢恩吧。（从袖中取出诏书）

陈坤书　（急忙跪下，三跪九叩首谢恩）微臣陈坤书叩谢天恩。

洪仁发　好，你把你的兵调到苏州，万一忠王有不对的地方，也好防备。

陈坤书　是。

洪仁发　好，你去吧。

陈坤书　是。

洪仁发　喂，还有一件事。

陈坤书　是。

洪仁发　你跟童容海的交情怎么样？

陈坤书　他是从翼王那里来的，所以没有交情。

洪仁发　翼王石达开就是个反叛，他的人投奔忠王，必有用意；所以，你要想个法
　　　　子把童容海那帮人弄走才好。

陈坤书　这坤书做得到。

洪仁发　你真是个忠臣，好好地去干吧，不要辜负天王的圣意。

陈坤书　是。（一面退，一面回身，嘘了一口气，脸上浮起得意的微笑，脚下不留
　　　　神绊了一下。急下）

洪仁发　唔，这一个总算办妥了。（回身喝了一口茶）

　　　　〔侍从官带童容海上。

侍从官　童容海将军到。（下）

洪仁发　啊，童将军。

童容海　（行礼）天使。

洪仁发　童将军，久违了，自从翼王离开天京以后，我们就没有见过。

童容海　是。

洪仁发　我很替翼王可惜，他跟天王自从金田起义，天王待他跟自己的弟兄手足一
　　　　样，想不到他中途背叛天王。

童容海　翼王并没有背叛天王。他不过是被奸臣陷害，在朝里站不住，才离开京城

走到四川去。要不然，他早就被人冤枉杀死了。

洪仁发　你是他的将，自然只好这样说，过去的事也不必再提了。可是，你既然对翼王那样忠心，为什么要来投奔忠王呢？

童容海　我以为要替太平天国打稳江山，必定要守住大江南北，所以，不主张翼王去四川。

洪仁发　啊，你是来替翼王守大江南北的。

童容海　王爷这话是什么意思？

洪仁发　没有什么意思，可是京城里有人造你的谣言，说你无缘无故来投奔忠王，是替翼王来拉拢忠王。你是石达开的说客，要想说动忠王，与天王不利。这些谣言我自然不信，只怕有一天被天王知道，于忠王也不大方便，我想你要想法子表白一下。

童容海　想不到会有这种事。

洪仁发　我也想不到。

童容海　要是这样猜忌，做忠臣也太难了。

洪仁发　这倒不见得。

童容海　其实顶多也不过一死。不过太平天国已经到了危急存亡的时候，也不要太伤将官们的心！告退。（行一礼，往外走）

洪仁发　童将军。

童容海　在。（回身肃立）

洪仁发　你放心，谣言总是谣言。

童容海　容海明白。

洪仁发　好。（点头。回身坐下）

〔童容海很难过的样子，走出去。

〔童容海正走出去的时候，侍从官走进来，彼此撞了一下。童容海下。

侍从官　啊，这小子火气倒不小。要在京城里，早就把他宰了。

洪仁发　咱们爷儿们出了京，就得多多少少受他们一点儿气。

侍从官　　就是那忠王，在京城里的时候倒不觉得，出来一看，好大的威风杀气，简直飞得起来。

洪仁发　　（冷笑）哼，我掐了他的翅膀，看他怎么飞。（打呵欠）

〔后面奏细乐，李秀成上。四侍女提着纱灯，四侍卫捧着衣物跟随。外面敲二更。

李秀成　　时候已经不早，请天使安息吧。

洪仁发　　（打呵欠）在路上几天都没有睡好。

李秀成　　打仗的时候什么都是因陋就简，还请原谅。

〔洪仁发站起来，侍卫替他披上一件斗篷，侍女掌纱灯前导。

洪仁发　　自己弟兄还客气吗，你要睡觉了吧。

李秀成　　（恭敬地微笑）是是。

〔全体同下。

〔谭绍洸、陆顺德同上，望着洪仁发的背影，作不屑的样子。

谭绍洸　　什么东西！

陆顺德　　实在太不像话了。

谭绍洸　　你想童容海、陈坤书都是忠王的部下，有他们的主将在这里，就不应该叫他们来讲私话。

陆顺德　　刚才我偷听了一下，不晓得他们说些什么。

谭绍洸　　那还消问，还不是算计我们。不要惹起我的火来，惹起我的火来了，我就不认得他什么天使不天使。

〔程检点上。

程检点　　你们看见陈坤书没有？

谭绍洸　　怎么？

程检点　　了不得了，了不得了。

谭绍洸　　难道刚才陈坤书说的话是真的吗？

程检点　　一丝也不错，他说天王有手诏，封他为王了。

陆顺德　他有什么功劳？

程检点　如今的时候，"这个"（以手示意，说陈坤书是用钱买来的王号）比功劳有用得多。

谭绍洸　怪不得刚才洪仁发把他叫到这里，鬼鬼祟祟地闹了半天。

陆顺德　我本来想偷听了一下，听他们讲些什么……

程检点　用不着偷听，这一本经我完全明白。

陆顺德　怎么样？

程检点　那还不明白，一定是说忠王权太大了，兵太多了，把陈坤书封王，分一分忠王的权。

谭绍洸　好一个混账王八蛋，他妈的，我……（紧抓着刀柄，恨得什么似的）

程检点　（拦住谭绍洸）所以陈坤书拿钱去买一个王位，洪仁发这些人也就用一个王位来买了陈坤书。

陆顺德　那还打什么仗，治什么国，平什么天下，救什么百姓？那还不如请天王开一个铺子，大家来做生意好了。

程检点　本来从金田起义到现在，我们的路，早就走歪了。本来大家都是老百姓，有的是种田的，有的是开矿的，有的是烧炭的，因为受不了那些贪官、污吏、恶霸、土豪的剥削、欺负，因此就放下锄头，拿起刀枪，大家拼命，还不是为了一班穷苦的弟兄们吗？想不到打了几个胜仗，占了几省地方，封王的封王，拜相的拜相，一个个高堂、大厦、娇妻、美妾，充起阔人来了，反过来还要搜刮百姓，还要诡计多端，陷害自己的弟兄。金田起义，早已经把这"义"字丢在九霄云外了！

谭绍洸　我们不能让他这样下去，我们要把大局扭转来。

陆顺德　哼，我们自己的伙伴里头就要出花样，还说什么！

谭绍洸　陈坤书这个东西我不怕他。

陆顺德　我看童容海也跟他同谋。

程检点　那不见得。

陆顺德　刚才不是洪仁发先传见陈坤书后传见童容海吗？为什么独传见他们两个人呢？

程检点　这正是他们的诡计，他们一面买通陈坤书，一面离间童容海，这样一来，忠王马上就少了二三十万兵。

陆顺德　闹吧，闹吧，一定闹得国破家亡，大家死无葬身之地！

谭绍洸　我想忠王太软了，要是这班奸臣还是这样当权，这仗就不能打。要打退清兵，一定要先把那些奸贼除掉。

程检点　谈何容易，他们都是皇亲国戚！

谭绍洸　皇亲国戚也好，什么也好，要干就干了他。

　　　　〔这时听见外面有人声。

　　　　〔声："谁在里面？"

　　　　〔谭绍洸等大惊，互相以目示意，大家不说话。

　　　　〔李世贤、李秀成同上。一面讲话一面走出来。

李世贤　嘻，这个事情实在太奇怪了。

李秀成　也没有什么奇怪，从古以来，这种事情多得很——宋朝的岳飞、明朝的熊廷弼不都差不多吗？（对谭绍洸等）你们在这儿谈些什么？

程检点　没有谈什么。

谭绍洸　听说陈坤书封了王，我们觉得很有意思。

李秀成　是的，刚才天使跟我说过了，天王有手诏封陈坤书为护王——保护的护。

谭绍洸　王爷觉得怎么样？

李秀成　没有什么。天王从来不轻易封人为王，想不到从我的部下破了例，这要算我们的光荣。

李世贤　就怕陈坤书从此以后，不听王爷您的指挥了。

李秀成　这有什么。大家都是天王的臣子，他不听我的指挥，还能不听天王的指挥吗？（微笑）

　　　　〔童容海匆忙地走上，看见李秀成，拜下去。

李秀成　啊，童将军，什么事？

童容海　末将不能伺候王爷了。

李秀成　这怎么说？

童容海　有人造谣言，说末将投奔王爷是奉了翼王的命，到这里别有用意。

李秀成　有这种事？我没有听见。

童容海　京城里传遍了。

李秀成　既知道是谣言，就不要信他。

童容海　不过……

李秀成　不要听谣言，你听我的话。你放心，只要我信得过你。

童容海　并不是为了谣言，就辜负王爷的恩德，我实在是怕得很。

李秀成　怕什么？

童容海　听说这种谣言已经传到天王主上那里，容海一个人就是杀头、挖心都不算
　　　　什么，只怕这种谣言有人故意造出来，想对王爷不好。

李秀成　那不去管它，我们忠心为国，怕什么谣言。你不要三心二意。早点歇息，
　　　　明天又要行军了。

童容海　是，末将告退。（行礼下）

　　　　〔童容海走下去了，忠王很烦闷的样子。

程检点　果然一步一步地来了。

李世贤　看起来造谣言的不是别人。

陆顺德　刚才天使把童容海叫去，不晓得说些什么话。

李世贤　国家已经到了危急存亡的时候，不知道为什么还要来这样一套。

谭绍洸　可恨那班奸臣，他们宁愿把江山让给敌人，也不放过自己的弟兄。当初金
　　　　田起义的时候，东王、西王、南王、北王、冀王这五位跟天王是弟兄手足
　　　　一样。不想南王战死在全州，西王死在长沙，打到南京的时候，这五位弟
　　　　兄就只剩了三位了。想不到这三位还是不能相容，北王杀了东王，逼走翼
　　　　王，不久，北王也就被杀了。天王的江山还没有坐稳啦，不到十年，这五

根撑天柱子弄得一根不留。不是奸臣从中播弄，也不会弄到这步田地。到
如今，太平天国的江山，全靠忠王一个人在撑持，这班皇亲国戚又不放过
忠王，还用许多的诡计，离间王爷的部下，陷害王爷，这样下去，太平天
国一定垮台。依我看，我们要早点想法子，把朝里那些奸臣去掉，天王的
江山才能保得住啦。

李秀成　怎么你要造反吗？

谭绍洸　依绍洸的愚见，要保卫太平天国，非这样子不行。

李秀成　你说的奸臣是谁？

谭绍洸　洪仁发、洪仁达、洪仁玕、蒙得恩这些人都是奸臣。

李秀成　他们都是皇亲，跟天王的左右手一样，你敢说这样犯天条的话吗？

谭绍洸　与其看见太平天国断送在他们手里，倒不如死。

李秀成　你要造反，我就能杀你。

谭绍洸　王爷要绍洸死，绍洸马上可以死。不过功劳比陈坤书大的人多得很，既能
　　　　够封陈坤书为王，就什么人都可以封王。只怕王位越封越多，王爷就会调
　　　　兵不动，那就真不堪问了！

陆顺德　他们就是要王爷调兵不动，好分王爷的权。

李秀成　(心里明白，可是还保持着镇静的态度)这种话不许再说，绝不会有这种事。

李世贤　可是陈坤书跟童容海两个，马上就靠不住。

李秀成　童容海忠心为国，我信得过他。陈坤书无论怎么样坏，也不会反叛。

程检点　王爷功盖天地，王爷的忠心就好比太阳、月亮一样，无论云雾多厚，也埋
　　　　没不了他的光明。不过，自古以来，因为奸臣陷害忠良，以致败国亡家，
　　　　这种例子也不少。王爷舍身为国，自然不管这些，不过为了太平天国，似
　　　　乎也不能没有个打算。

李秀成　这有什么打算，只要你们大家齐心一德，听从我的指挥，凭我们的忠义之
　　　　气，凭我们的勇敢，凭我们的聪明，凭我们的力量，就能把清兵打退，使
　　　　中国强盛起来。我们所要的不就是这个吗？一个人的生死荣辱，何必摆在

心上，就算人家有什么阴谋诡计对我，我决不用阴谋诡计去报复他，我只有一片为国为民的忠心，至死不变。

谭绍洸　可是他们始终还是疑心王爷，越打胜仗他们越疑心；王爷功劳越大，他们猜忌越多。

陆顺德　他们自己不能立功，就嫉妒人家的功劳。

李世贤　如今还要王娘带领世子进京作押，才能取信。

谭绍洸　这也就够伤心了。王爷的部下，哪一个不是丢了家乡，别了父母妻子，来跟随王爷？还不是凭一点愚忠，要想救国救民、成功立业？如今公然被人挑拨离间，被人暗算。这几年来，因为自己人捣乱，不晓得失了多少机会，想起来真是冤枉。万一……

李秀成　岂有此理！只要是忠臣义士，就应该把天下兴亡之责担在身上。连一点点冤枉都担不起，还能够说得上是忠臣义士吗？王娘带了世子进京，不过是替我到宫里去恭请圣安，并没有别的意思。你们既是我的忠实部下，就不应该那样胡思乱想，不应该随便说话。时候不早，大家歇息去吧！

〔这时候大家都是很沉痛的样子，然而被忠王伟大的人格所感动，只好低头无语。

谭绍洸　（跪下去）绍洸错了。

众　将　（都拜下去）请王爷恕罪！

李秀成　（很温和很诚恳地）你们起来，你们的意思我完全明白，不过你们要知道，太平天国正到了死里求生的关头，我们应当苦心孤诣撑持大局，你们应当深深地体贴我的意思。

〔谭绍洸几乎要哭出来的样子。大家都发出微微的叹息。更鼓声、角声。

李秀成　好吧！

〔众将徐徐站起来，退下。李秀成长叹，背着手走来走去，烦闷地坐下去，沉思有顷。宋妃扶李母从后面走上。乳母抱世子随着。侍女捧茶同上。

李　母　时候不早了，怎么还不睡？

227

李秀成　啊，母亲！（赶紧站起来，让母坐下）

　　　　〔宋妃从侍女手中接茶盘献李母，并献李秀成。

李　母　天使对你说些什么话？

李秀成　没有什么，因为清兵围困天京，天王叫儿子带兵回京去。

李　母　你能回京吗？

李秀成　儿子暂时不能回京，要先去打平安徽。

李　母　听说你要我带着媳妇、孙子跟随天使进京，是真的吗？

李秀成　是的。因为儿子为了军事不能进京，恐怕天王生气，想求母亲你老人家带
　　　　着媳妇、孙子进宫问安，天使也有这个意思。

李　母　几时动身？

李秀成　明天一早就要动身。

宋　妃　那太匆忙了吧？母亲一路上劳顿了，还没有歇息过来，小孩子也还在生
　　　　病。而且以前王爷在浦口的时候，天王听了人家的话，就把我们满门家眷
　　　　都扣起来，恐怕……

李秀成　那也没有办法。

李　母　不要紧，不要紧，我们说走就走。我知道我们不马上进京，天王就更不放
　　　　心了。只要于你的事有益，我随便哪里都能去。（对宋妃）你赶快去收拾一
　　　　下。（对乳娘）抱过来。（接过小孩子）秀成，这小孩子很像你，将来一定
　　　　很有出息。（对小孩子）啊，明天要离开爸爸了，让爸爸抱一抱吧！（把小
　　　　孩子举给李秀成）

　　　　〔宋妃很难过，慢慢地走下。

李秀成　（接过小孩）到他们长大成人，天下总可以太平了吧？

李　母　（再把小孩子接过来）你想得太远了，把目前的事做好再说！

李秀成　好容易想请母亲在西湖住几天，养养病，想不到……

李　母　我的事你不要管，我也不怕天王把我扣起来。我们都是乡下人，你不过是
　　　　一个种田烧炭的，十年来封王拜相，你到底替国家做了些什么事？你们说

　　　　　是为了救百姓，百姓还苦得很啦！你是忠王，千万不要忘了那个"忠"字。

李秀成　母亲的教训，不会忘记。

李　母　你放心，不要难过。

李秀成　是。不过……

李　母　什么？

李秀成　妈，儿子不孝，连累母亲受苦……（似有无穷感慨，又好像有许多话说不出，叫了一声）妈！（跪下去，伏在李母的膝下）

李　母　（抚着李秀成的头）唉，我可怜的孩子！

　　　　　〔沉默。鸡鸣。三更鼓角声。小孩子在李母怀中哭。

　　　　　　　　　　　　　　　　　　　　　　　　　——闭幕

第二幕

　　人物　老人、程检点、李秀成、赖文洪、王有材、孔至德、陆顺德、驿丞、陈坤书、女官甲、女官乙、宋永祺、谭绍洸、黄文金、亲随、卫士、侍卫。

　　时间　隔第一幕约八个月。

　　地点　松江乡村。

　　布景　山前一个营帐，帐前竖一面"李"字的红旗。营帐两边有路，台右一条通大路，台左一条可以上山。这是忠王行军时临时休憩之所。

　　　　　〔开幕时远远地听到枪炮声。一个老农同程检点在场。两个卫士手上拿着大刀警卫着。程检点后面站着一个亲随，手上拿着一支洋枪。

程检点　老人家，有什么话对我说吧！

　　　　　〔亲随搬过来一张椅子，程检点一边说，一边坐下。

老　人　我的话要见了忠王李大人再说。

程检点　这是用兵的时候，王爷正在察看敌情，你有什么话，对我讲是一样。

亲　随　这是我们程检点大人，你有什么话说就是了。

老　人　不，我的话要亲口说给忠王李大人听，自从忠王他老人家离开了我们，我们受的苦实在太多了，如今好容易忠王又回到浙江来，还不让我们把冤枉对他老人家诉一诉吗？

程检点　你有什么冤枉，说出来，我替你禀告王爷就是。

老　人　我的冤枉你说得清楚？你说不清楚的。

亲　随　这家伙死心眼儿。

程检点　哈哈哈哈！好，那你就到下边儿等着去。

老　人　下边，哪里是下边？

程检点　（指着台右）你到那边儿等着去。

老　人　好好好，我到那边去吧。（一面走，一面自言自语）人家说太平天国为了我们穷苦人才从金田起义，兴兵打仗，为的是救国救民，如今看来……

程检点　回来，你说什么？

老　人　（站定）太平天国出的安民告示，老百姓个个看了都欢喜，我们一看那告示，大家都说："救星到了，救星到了！"哪里晓得是一张不兑现的假票子。

程检点　岂有此理！你胆敢说这种话，不怕违犯天条吗？

老　人　什么是天条，我不懂。听听老百姓的话才是真的。

程检点　我看他是疯了。

老　人　在大人老爷们看来，苦百姓个个是疯的。

卫　士　你究竟有什么冤枉，你又不说！你那边等着去吧！（推老人一下）

程检点　好，让他等王爷回来再说吧。（对老人）你等等好了。

　　　　〔老人向台右走下。李秀成从台右走上，赖文洪随上，还跟着几个卫士，其中一个捧着一札文书，送进营帐中桌上。李秀成和老人恰恰相碰，李秀成走进营帐，老人回头站定。

老　人　啊，这不是忠王李大人吗？

李秀成　什么人？

程检点　一个乡下老头子要见王爷。

李秀成　啊？

老　人　李大人，（跪下去）你还记得在苏州的时候，有一回你下乡安民，有一个年轻人拿了一支枪直刺你的胸口，还记得吗？

李秀成　怎么样？

老　人　那就是我的儿子。当时我把他叫住了，后来，他听了李大人的一篇话，他就带领我们全村人留起头发，投到太平天国来。那不是很好吗？我把儿子送给你们，当你们是自己人，为什么你们又要诈我们的钱，抢我们的米，还伤害我们老百姓呢？

李秀成　（吃惊）哪有那样的事？

程检点　一定又是陈坤书造的孽。

老　人　我不管是哪个造的孽，我们只知道是太平天国留长头发的兵将做出来的好事。

李秀成　（走过去搀扶老人）老先生，你起来，有什么话你尽管说。你们有什么为难，我一定替你们想办法。如果有我的部下不爱护老百姓，我一定办他。

〔这时，几个侍卫上，走近李秀成身旁的一个侍卫，轻轻地说了一句话，下。

老　人　想办法？迟了，迟了！以前大人出的告示，说是借钱给我们种田，又说是发米赈济灾民。自从李大人你到别处去了，不但是没有把钱借给我们，给难民的米也没有看见发出来一颗半颗。百姓们遭了清兵的扫荡，又没有饭吃，又没有住处，饿的饿死，逃的逃走，乡下快没有人了；田也荒了，没有法子耕种。春耕过期，秋收无望。迟了，迟了！

李秀成　（对老人）你下面去候着去，我替你们想法子。

老　人　好吧，好吧，多谢大人。我们知道太平天国是为穷苦老百姓的，千万不要纵容那些自私自利的人坏了大事！

李秀成　老人家，你说得对。我一定把你的话记在心上。

〔老人噙着眼泪徐徐走下。

李秀成　（望着他的后影，似乎受了很深的刺激）来！

侍　卫　（应声）有。

李秀成　典钱谷、典圣库两个人怎么还没有来？

侍　卫　已经来了，在伺候着。

李秀成　叫他来。

侍　卫　是。（下）

李秀成　（指着桌上一堆文件，对程检点）想不到坤书会弄得这样糟，这些禀帖都是告他的。

〔程检点摇摇头，翻翻桌上的那些禀帖。刚才下去的那个侍卫带着典钱谷孔至德、典圣库王有材上。孔至德、王有材叩见忠王。

李秀成　（发怒）我上次吩咐你们，要你们办十万石米赈济灾民，二十万两银子借给百姓们种田，这件事你们办了没有？

王有材、孔至德　办了。

李秀成　那么钱在哪里？米在哪里？

〔王有材、孔至德两人相视无语。

李秀成　啊？

王有材　卑职们不敢说。

李秀成　不敢说？看起来是你们吞没了。

孔至德　卑……卑……卑职们不……敢。

李秀成　来，抓下去每人打四十军棍。

〔侍卫们同声激应。王有材、孔至德两人叩头。

王有材　王爷开恩，其实这些都不关卑职们的事。

李秀成　什么话？

孔至德　卑职们把粮食跟银子办齐了，正运到半路上，遇见了护王陈将军的兵，就接过去了。

李秀成　怎么，陈坤书的兵抢了去了？

孔至德　不……不敢说是抢，就是那么那么……

李秀成　你们怎么让他拿去？

孔至德　他们的人多。

李秀成　你应当将我的令箭给他们看。

孔至德　他们也有他们的令箭。

李秀成　你们当时为什么不来报？

王有材　卑职们不敢报。

李秀成　怎么不敢报？

王有材　陈将军说，报了就要杀头。

李秀成　你不报，就不怕杀头吗？

王有材、孔至德　（叩头如捣蒜）王爷开恩！

李秀成　来，把他们押起来！

〔两个侍卫把王有材、孔至德二人带下。李秀成愤恨无语。

〔陆顺德上，对李秀成行礼。

陆顺德　启禀王爷，陈坤书起头他避而不见，以后他说有空就来。

李秀成　啊，看起来他要造反了！……还有什么消息？

陆顺德　清兵打了败仗，又把洋兵弄了来。这回来打松江的完全是鬼子兵，有好几条洋船，三十几尊大炮，用的一色是洋枪，人数比前回攻宁波的还要多两倍。

李秀成　哼，他们就只会请洋兵。可是我早有预备，我们决不能败在洋鬼子手里。嗨！偏偏陈坤书又在捣乱！（顺手拿一卷地图打开指点着）

〔陆顺德、程检点同看。

李秀成　我看鬼子兵必定是一路从这边，一路从这边……

程检点　（把手指着地图，画一个圈）我们就做成这么一个口袋，等着装洋耗子。

· 233 ·

李秀成　可是遇见这样强大的敌人，我们要格外地谨慎。（一面说，一面把地图慢慢地卷起，放下）顺德，跟我一同去，布置一下阵地去。

〔李秀成正要同陆顺德去察看阵地的时候，诏书到了。

内　声　诏书到！

〔李秀成、陆顺德、程检点等都愣住了。

李秀成　不会又是召我回京吧？

程检点　难说。

李秀成　我们接旨再说。

〔驿丞捧诏书上。

李秀成　（接诏，读诏文）"……天京危急，奉诏立即回京，万勿迟延，钦此。"果不出我所料。不过我可以断定，只要我离开这里，松江一带必定失守，杭州也不能保，那我全部的计划都不成了。

陆顺德　现在只能说："将在外，君命有所不受。"

李秀成　让我们跟鬼子打完一仗再说。（拿起地图从台左下场）

〔陆顺德和两个侍卫随着同下。场上留几个卫士。

〔陈坤书带着两个女官、四个武装卫士从台右上场。

陈坤书　（趾高气扬地）忠王呢？

卫　士　启禀护王，三千岁去看筑寨子去了。

陈坤书　哼，三千岁！一来三千岁，二来九千岁，三来一万二千岁，做皇帝也就快了。（坐下去，靠在椅子上）

〔两女官另外搬一张凳给他放脚。

陈坤书　（自己捶两下腿）啊，好累，好累。

〔两个女官赶紧替他捶腿。

陈坤书　叫我这样干等着多难受。喂，听说忠王早要到安徽去打曾国藩，怎么又跑到松江来了？

卫　士　听说天王不准，还没有去。

陈坤书　哪里的话，分明是那曾国藩厉害得很，忠王不敢去动他。哈哈哈哈！……有酒没有？

卫　士　（赔着笑脸）三千岁不许喝酒。

陈坤书　不喝酒怎么能打仗？

女官甲　怪不得我们天天喝酒，天天打胜仗。

女官乙　可不是吗。早知道我们带两坛酒来。

陈坤书　不要，不要。在这儿喝酒没有意思，回家去痛痛快快喝。

女官甲　真是，这个鬼地方太没有意思。

女官乙　一点儿也不好玩。

女官甲　王爷也真是，说不来说不来，还是要来。

陈坤书　来一来就回去，不来还说我怕了他。

女官甲　王爷从来就没有怕过人。

女官乙　除了天王万岁爷，王爷谁都不怕。

女官甲　这才是忠臣呢！

陈坤书　（用腿把女官一边一个踢倒在地）妈的，哪儿来那么多的话？嘴要是不高兴闲着，不会唱两个小曲儿吗！

女官甲、女官乙　（趴下磕一个头，撒娇撒痴地用唱戏的调子说）遵命！（嬉皮笑脸地站起来唱小曲）

〔陈坤书的卫士从身上抽出一支笛子来吹着。陈坤书随便在桌上翻阅公文。

〔程检点急上。

程检点　闹什么，闹什么，闹什么？（一眼看见陈坤书，愣住了）

〔两女官停止了歌声。

陈坤书　（瞟了程检点一眼）啊，老程，好久不见了。

程检点　啊，原来是陈将军！

陈坤书　啊，你叫我陈将军？叫我陈坤书得了。

程检点　那不敢。

陈坤书　那你就还是叫我护王。我也不愿意人家叫我什么王什么王的，不过天王既然是封了我，我也没有办法。（大笑）哈哈哈哈！

程检点　啊，是了，是了，对不起，对不起！陈王爷，陈王爷！

陈坤书　岂敢，岂敢！咱们老朋友啦，不客气，不客气，哈哈哈哈！……忠王要我来有什么事？

程检点　我也不大清楚。

陈坤书　其实写封信，要不然就请你到我那儿走一趟，不也就行了吗？让我这样跑来跑去，耽误了不知多少公事。

程检点　忠王一定有重要的军情要当面商议。

陈坤书　那就快点请忠王来商议吧。

程检点　我看还是请护王多等会儿吧。

陈坤书　等太久了，我可要走的。（在桌上乱翻）

程检点　（走过去把那一札禀帖搬开）这些公文护王看不得。

陈坤书　什么紧要公文，我看不得？

程检点　看了怕您不舒服。

陈坤书　这是什么话？

程检点　既是陈将军，啊，护王，既是护王要问，我也不便隐瞒，有许多老百姓在王爷面前把您给告下了。

陈坤书　告我？

程检点　（把一份禀帖送过去）请看！（随手把其余的禀帖交给一个卫士拿走）

陈坤书　程检点，这简直开玩笑嘞！（把禀帖撕了）

程检点　那怎么敢。刚才那几十份禀帖都跟这是一样的。

陈坤书　忠王相信这个吗？

程检点　忠王不相信。可是越告越多，也就不能不问一问。

陈坤书　原来忠王一次一次要我来，就是为了这个事。（生气）

程检点　恐怕还有别的事吧。

陈坤书　忠王是个主帅，耳朵根子不应当这样软。怎么会听信一班刁民，来疑心自己的弟兄？这真叫人太伤心了。

程检点　那倒也不尽然。

陈坤书　你把那些禀帖全拿来给我看看。

程检点　就怕陈将军，不，护王，怕护王把它撕掉，早已经藏好了。

陈坤书　（更怒）这太岂有此理！想必是你在弄鬼，可是你要知道，我不怕。

程检点　可是我很怕。

陈坤书　你怕什么？

程检点　我怕那些卷宗被人毁了，在王爷面前不好交代。（说着就去捡起那些撕碎的禀帖）

陈坤书　（走过去一把抓住程检点）好，那些禀帖告我一些什么，你赶快说出来！

程检点　没有什么好说的。条款太多，我也记不大清楚。

陈坤书　我要你说。

程检点　（往后退两步）还不是说陈将军，哎，又忘了，护王，说护王您什么抢夺民财，什么屠杀百姓，还有，强买强卖，囤积居奇，还说您抢了百姓的米运到上海去卖给清兵。还有……

陈坤书　够了，够了！想不到江浙的百姓会这样刁。

程检点　如今的老百姓可不像以前哪！

陈坤书　程检点，你好！

程检点　我要不是为好，我就不会把这些事老老实实地告诉您了。

陈坤书　忠王的意思怎样？

程检点　那还不大明白。

陈坤书　要是我，哪个来告就把他杀了。

程检点　王爷爱民如子，不能这样做，也不忍这样做。

陈坤书　良民才可爱，刁民只有杀。请你把那些禀帖拿来看，看是哪些人，我先把他们杀了。

程检点　那怎么行！

陈坤书　你不给我看是不是？我也就不要看。我明明知道，江浙一带的百姓都是受了奸细的指使，要跟敌人做内应，所以就千方百计来捣乱。他们要告我，好，我也要替国家除害。闹急了，我，我就洗了他们！再见！

〔陈坤书盛怒，刚要下场，李秀成恰好回来。陆顺德同上。陈坤书回身站住。

李秀成　坤书，怎么今天才来？

陈坤书　前方紧急得很，走不开。

李秀成　我知道这一向你那里没有战事。

陈坤书　没有战事，也有公事。

李秀成　你知不知道有许多人把你告了？

陈坤书　程检点早已告诉我了。

李秀成　你在大桥头村为什么随便杀人？

陈坤书　因为他们要造反。

李秀成　你抢了百姓的米，私运到上海去，那又是什么意思？

陈坤书　那有什么证据？

李秀成　我早已查明，证据多得很。还有，我好容易筹了一点钱借给农民种田，你把它抢了，赈济灾民的米，你也抢了，你不是要造反吗？

陈坤书　我们的兵都吃不饱，哪里还有米去发给那些刁民？我们的军饷还不够呢，哪里还有钱去借给那些土匪？忠王自己要收买人心，也犯不着拿公款那样糟蹋。所以，我奉了天王的旨意，把那些米拿过来，让我们的兵吃饱，把那些钱拿过来，多买些枪炮好打敌人。

李秀成　天王就没有这样的旨意。

陈坤书　天王还叫我便宜行事。

李秀成　你把那些穷苦的农民怎么样？今年不种田，明年吃什么？

陈坤书　那我管不着。

李秀成　好，太平天国就断送在你们这班豺狼手里！

陈坤书　收买人心，图谋不轨，也没有什么好处。

李秀成　我是主将，决不能够让一个害国害民的人破坏大局。典圣库、典钱谷都已被押起来了，你也脱不了干系。

陈坤书　如今我已经不是你的部下，你封了王，我这个护王也是天王封的。

李秀成　天王赐给我的尚方剑，可以处置像你这样的败类！

陈坤书　(忽然发出奸猾而谄媚的笑)忠王，陈坤书虽是一个无用的小卒，有什么事，也能够直奏天王。今天来到这里，随身也没少带人，还多少有几个人布置在后面，两三百支洋枪也还拿得出来，有这一点家伙，也就不怕人暗算。如果同心协力去打敌人，那就大家都不要管各人的私事，如果有人要借故杀我，那破坏大局的罪名就加不到陈坤书的头上。我有罪领罪，只要天王下诏，随便什么时候，忠王拿我重办就是。(一拱手就带着女官和卫士走了)

李秀成　(气极了)去抓他回来！

　　　〔当陈坤书顶撞李秀成的时候，陆顺德怒目按剑，只想动手。程检点夹在当中，防备他们火并。等到李秀成有令叫抓陈坤书回来，陆顺德拔剑向前，程检点急忙将他拦住。

程检点　陆将军，请慢一步。

陆顺德　怎么？

程检点　请王爷息怒。这个时候去抓他，万万使不得。

　　　〔李秀成无语。

陆顺德　难道放走这个叛逆不成？

程检点　陈坤书罪大恶极，死有余辜。可是他为什么敢这样猖狂，因为有人替他撑腰。如今大敌当前，我们正预备跟清兵拼死活的时候，万一陈坤书不顾一切跟我们打起来，到那个时候，是非是更不能辨，而大局受了影响。所以投鼠忌器，王爷大度包容，不妨暂时放过他再说。个人的愚见，不知道对不对？

〔沉默一会，忽然听得三声炮响。

内　声　诏书到！

　　　　〔场上肃然。侍卫引驿丞背诏书上。李秀成接诏。开拆跪读。驿丞下。

李秀成　（读诏文）"……诏书递到，仰即兼程入京，毋得延迟，切切钦此。"（读毕起立，对程检点、陆顺德）我不知道为什么催得这样紧急，京城里有五个王、十八个将军、几十万兵，难道还守不住吗？

陆顺德　一定是又有奸臣在天王面前说了王爷的坏话。

程检点　坏话是一定有人说。不过天京能不能守，要看粮食够不够。

李秀成　粮食是一定够的。我出京的时候，曾经劝大家囤粮，以前我们从安徽运去的米也不少，照我计算起来，京城里的米跟盐非但不少，而且有多。

陆顺德　就怕那些当权的王爷们把米粮拿去卖了。

李秀成　那不会吧？谁也不会那样毫无心肝。

程检点　这样看来，王爷不必急于回京。

李秀成　还是那句话，要保住京城，一定要保住苏杭一带。目前一面守住松江，一面赶快攻打宁国、太平，截断安庆的后路，然后回兵到京城，曾国荃的兵就不能不退。

程检点　这是上策。

李秀成　到了这种危急存亡之秋，一定要用非常灵敏的手段挽回大局，所以一个主将千万不能随便调动。

陆顺德　还是那句话："将在外，君命有所不受。"

李秀成　可是我所处的地位……

　　　　〔大家沉默，忽然侍卫上来。

侍　卫　贵舅宋大人回来了。

　　　　〔宋永祺匆匆上。

宋永祺　王爷。（拜）

李秀成　（挽他起来）啊，永祺，你回来了。

宋永祺　（对程检点、陆顺德拱手）啊，程大人，陆将军。

程检点、陆顺德　啊，贵舅。

宋永祺　王爷福体康健？

李秀成　还好。你几时出京的？

宋永祺　我初五离京的。

李秀成　老太君近来好吗？

宋永祺　老太君跟王娘都很好，世子也很乖。

李秀成　京城的情形怎么样？

宋永祺　京城里乱得很，真是一言难尽。……有话要密禀王爷。（用眼睛看看程检点、
　　　　陆顺德）

　　　　〔程检点、陆顺德会意，悄悄下场。卫士全退。

李秀成　有什么话？

宋永祺　王爷，大哥，事情不好得很，京城里乱得不成话，杀人抢东西天天都有。
　　　　洪家的几位王爷天天喝酒看戏，老百姓饿死的一天比一天多。天王在宫里
　　　　头只是念经祈祷，从不上朝。像洪仁玕、洪仁发、洪仁达、蒙得恩他们那
　　　　班王爷，一心争权夺利。他们最怕的就是大哥，所以在天王面前说你的坏
　　　　话，简直说你要造反。

李秀成　我想不至于这样。

宋永祺　我可以对天发誓，没有一句瞎话，我是你的妻舅，至亲骨肉，自己人说话
　　　　还会不实在吗？刚才我说太君好，王娘也好，那才是假话。

李秀成　啊？

宋永祺　天王因为不放心大哥，所以对您的家眷也不大好，因为您前回上了好几个
　　　　奏折议论朝政，天王老大的不高兴，就把老太君叫了去，很严厉地要她
　　　　老人家好好地教训儿子。那个时候，老太君除了磕头赔笑，自然也没有话
　　　　说。可是，她们住在宫里头就好比坐监牢一样，因为天天发愁着急，人都
　　　　瘦了。

〔李秀成不语。

宋永祺　我看这个事情没有什么干头了，还是赶快进京一趟，想法子把家眷接出来再说。

李秀成　哼！……

宋永祺　（从身边拿出一封信来）这里有陈得风一封信。

李秀成　陈得风从没有什么来往，为什么会叫你带这封信？

宋永祺　不知道为什么。

李秀成　（拆信看，很惊讶）你知道这封信里说些什么？

宋永祺　我又没有看，怎么会知道？

李秀成　这封信怎么来的？

宋永祺　派人送来的。

李秀成　送信的人对你说过什么话？

宋永祺　没有说什么。他只说这封信很重要，不能托别人，知道我是内亲，所以就托我带来。

李秀成　（把那封信慢慢地撕碎，一面撕一面自言自语）陈得风，你把李某看成什么人！（把撕碎的信放在口中嚼烂）

宋永祺　陈得风这家伙好像有点靠不住。

李秀成　你怎么知道？

宋永祺　有人说他想去投降。

李秀成　我也是这样看。

宋永祺　啊！难道他还胆敢劝别人投降吗？

李秀成　我总有一天杀他的头。

宋永祺　是的，的确该杀。

〔侍卫上。

侍　卫　谭绍洸谭将军回来了。

〔谭绍洸上。一见李秀成，就拜倒下去。

谭绍洸　谭绍洸恭请王爷金安。跟王爷道喜！（起来顺便对宋永祺一拱手）

李秀成　啊，不要太多礼了。道什么喜？

谭绍洸　世贤将军已经封了王了。

李秀成　怎么世贤也封了王？

谭绍洸　是的，封他做侍王，立人旁一个寺字的侍。同时还封他做首相。

李秀成　真是天恩高厚，我们兄弟两个人真不知道怎么报答。

谭绍洸　大功必然受重赏。

李秀成　除掉我兄弟之外，还封了别人没有？

谭绍洸　还封了十几个，陆将军、程检点自不必说，就像汪安钧、周文嘉这种人都封了王。

李秀成　你呢？

谭绍洸　（有点难为情的样子）蒙天王主上的恩典，封为慕王。自问才疏学浅，异常惭愧，心里只愿常常跟随王爷，能够多少替国家出点力，就心满意足了。

李秀成　你自然是应当封的。不过封王封得太多，就怕将来……

谭绍洸　就怕将来总有一天调兵不动。

李秀成　目前就已经有人不听调遣了！——京城里的情形究竟如何？

谭绍洸　情形自然是很乱。如今世贤将军入阁拜相，总想他有点办法，不过只怕孤掌难鸣。而且病已经深了，一两个方子未必见效，所以大家也盼望王爷进京。不过，据绍洸看来，就是王爷进京，也很难办。这回封那么许多的王，完全是敷衍。还有……

李秀成　我有一本奏折参陈坤书，你知道没有？

谭绍洸　啊，他们那班人还在说陈坤书好得了不得呢！天王听了安王、福王那些奸臣的话，就对侍王说，王爷的奏折太难堪了，要他劝王爷以后少管闲事。

李秀成　哼，怪不得陈坤书那样跋扈，他竟敢带兵来见我。

谭绍洸　从他封王那一天，绍洸就断定他要造反。

李秀成　我看他将来一定反叛朝廷。

谭绍洸　恐怕反叛朝廷的还不止他一个。

李秀成　刚才听见永祺说，京城里有饿死的人，是真的吗？

谭绍洸　贵舅说的话，完全是真的。京城里的米价已经比两个月以前高涨六七倍，
　　　　百姓怎么不饿死！

李秀成　高涨六七倍？

宋永祺　恐怕还要涨。

李秀成　那是什么缘故呢？

谭绍洸　据说有奸商操纵……自然还有人利用奸商，勾结奸商。

李秀成　哪个勾结奸商呢？

谭绍洸　那就很难说哪！

李秀成　究竟南京的米还有多少呢？

谭绍洸　听说存米少得很。

李秀成　怎么？当我出京的时候，我劝大家囤米，预备万一被敌人围困，也还可以
　　　　死守，如今囤的那些米到哪里去了呢？

谭绍洸　这件事本来不忍说，说了怕伤王爷的心。当时百姓们听了王爷的话，大家
　　　　都捐出钱来买粮食，以后想不到福王洪仁达、安王洪仁发说是怕百姓把粮
　　　　米运给敌人，因此要人先领了粮票再去运粮。

李秀成　这个办法也不很错。

谭绍洸　可是领粮票要钱。

李秀成　那就不对了。

宋永祺　岂止如此！运粮运到路上，车子要捐，担子要捐。

谭绍洸　还有些诬赖人家私运，就罚人家，拿人家的米充公。而且进城的时候，城
　　　　门口要捐；进了城，卖的时候又要捐。这样一来，百姓们自然不敢运粮，
　　　　因此弄得城里的米一天天少，价钱一天天贵。有些进不得城的米，那些王
　　　　爷们就派些人用便宜价钱买进来，贵价钱卖出去。他们肥了，百姓们瘦了；
　　　　他们饱了，百姓们饿了。弄得连打仗的兵也没有饭吃，国家事还堪问吗？

李秀成　想不到竟会弄到这步田地。（很忧愤的样子）

谭绍洸　回京去又怎办呢？

李秀成　可是我们不能够置之不理，总得要想法子。

宋永祺　就怕白费心思，做好不讨好。

李秀成　（不理宋永祺，回头对谭绍洸）现在我们赶快进兵，用全副力量攻打安徽，先把宁国跟太平拿到手，再把广宁占了，断了敌人进兵的路，那他们安庆就不能守。我们一面想法子由嘉兴、芜湖运米接济天京，天京城里有了粮饷，就可以从里头打出来，就是不能攻出来，也能够长久守得住。等到我们攻下了安庆，直捣武汉，曾国荃一定要回兵救安庆，天京的围就可以解了。

谭绍洸　这真是上上之策，除掉这个办法，没有第二个办法。

李秀成　（对宋永祺）你去把程检点和陆顺德找来。

宋永祺　是。（下）

李秀成　（拿出地图来指点给谭绍洸看，一面望着宋永祺的后影）这个人心思有点摇动。

谭绍洸　宋将军是王爷的至亲，绝不会有什么。

李秀成　形势已经摆明白在这里，再不攻下安庆，天京必不能保。

　　　　〔宋永祺、陆顺德、程检点上。

陆顺德、程检点　啊，谭将军回来了。（与谭绍洸相互拱手为礼）

谭绍洸　大家都好吧。

陆顺德、程检点　托福，托福！

李秀成　刚才绍洸谈起，京城里情形乱得很，最叫我伤心的是，米粮完全没有，百姓们饿死的已经不少。而曾国荃的兵，越加越多，有久困的意思。我想叫杨辅清领着张洛行去攻太平、宁国，顺德，你就想法子赶紧运粮去接济天京。现在敌人拼命在断我们的粮道，事情是非常地难办，可是你必定要做到。

陆顺德　王爷的吩咐，就是赴汤蹈火，也要把事情办好。不过，童容海被陈坤书逼得太厉害，他事也不做，话也不说，这还能打仗吗？

谭绍洸　绍洸在京城的时候，也听见有人说，因为童容海是从翼王那里来投奔王爷的，恐怕王爷重用他，就暗中叫陈坤书逼他走。

李秀成　这些话不要听，也不必管。童容海既然归附我，就是我的将，我调他去打安徽，大家帮助他，使他立了大功，他自然高兴，那就随便哪个的什么阴谋诡计，都没有用了。……

〔大家都很赞同的样子。

李秀成　程检点，请你拟几道密令。

程检点　是。

〔一个侍卫送上一封信来，呈给李秀成，下。

李秀成　（看信，念）"忠王李亲启"。啊，这是童容海的信。（赶忙拆开看，刚一看，脸上愤恨变色）

程检点　怎么回事？

李秀成　（把信递给程检点）童容海叛变了。

〔大家大惊失色。程检点看完了信，递给谭绍洸。陆顺德也走过去看信。

李秀成　他说左右做人难，不能自杀，就只好自寻生路，从今天起，他就把队伍带走了。

谭绍洸　他带到哪里去呢？

程检点　他既不能回四川，又不能做土匪，除掉投降，还有哪一条路呢？

宋永祺　我们赶快派兵去追，去抓他回来。

陆顺德　我们先把陈坤书干掉，童容海用不着抓，他就会回来的。

李秀成　目前这些都不能谈，我们哪里还有工夫算私账。为了救太平天国，我们要赶快打安徽。没有童容海，我们就不打仗了吗？你们快去，等我把这里的洋兵打退，我们就在安庆会师。英王陈玉成被困在庐州，我们可以想法子跟他通一个信，约一个时候，要他拼命从里头打出来，我们从外面接应他。

等到英王的兵跟我的兵合起来的时候，我们就一面救天京，一面攻武汉，同时调动各处的兵马，渡过黄河，打到北京城去。那样一来，就再有一个曾国藩，也不是我的对手。

〔大家听了李秀成的话，都很兴奋的样子。

〔侍卫上。

侍　卫　黄文金求见。

李秀成　啊，他怎么会来？（想一想）叫他来吧！

侍　卫　是。（下）

李秀成　你们放心，随便什么艰难苦楚，我们都能打破，太平天国一定是胜利的。

谭绍洸　王爷的威德……

〔黄文金上，一走进来，拜在地上，痛哭流涕。大家骇异。

黄文金　三千岁！

李秀成　怎么样？

黄文金　英王就义了。

李秀成　啊，怎么说？

黄文金　英王从庐州突围出来，敌人的大兵追逼得很紧，英王就退到寿春。那时候，他只剩了两三千人，一路上没有饭吃，吃的是草根、树皮，到了寿春，投到苗沛霖那里。——英王是苗沛霖的恩人，苗沛霖受过英王不知道多少好处，英王以为苗沛霖就是不能帮助他，也绝不会害他。哪里晓得苗沛霖狼心狗肺，在酒席筵前就把英王绑了，送到清将胜保那里；英王誓死不降，就被胜保杀了。

李秀成　（悲愤流泪）英王，陈玉成，我的好兄弟，太平天国第一个好将，他死了，断了我的右手！（痛哭起来）

〔在场的人都哭。

李秀成　文金，起来，我们要替英王报仇，我已经预备好了，用全力攻打安徽，我看曾国藩、胜保那班人跑到哪里去！

〔外面三声炮响，有人报诏书到。

内　声　诏书到！

〔驿丞背诏书上。忠王接诏捧读如仪。驿丞下。

李秀成　（念）"……屡诏不见回京，胆敢违抗圣旨，殊属罪无可恕，国法难容，岂汝有异心乎？"（读到这里，气得半晌说不出话来）……天王既有这样的严令，再不能不回京去。不过，我的计划又要改变了。

谭绍洸　我不相信这个诏书是天王下的。

陆顺德　这简直跟十二道金牌一样。

黄文金　当英王从安庆败下来的时候，本来可以过江，要是过了江就不会死。天王说怕溃兵闹事，就把船封起来，不让英王过江，以致断送了英王的性命，坏了太平天国的万里长城。天王对忠臣这样不爱惜，黄文金今天要说一句砍头的话，今天召王爷回京，恐怕凶多吉少。

李秀成　天王既是一连三道诏书召我回京，必定有紧急的军情，做臣子的就是死也要回去。来来来，你们坐下来，听我说吧。（坐下）

〔大家陪坐。

李秀成　我要是回京，你们还是可以去打宁国、太平。陆将军，你还是想法子去运粮食，麦子也好，米也好，尽量多运，要知道百姓没有饭吃，兵不吃饱，是不能打仗的，你不要怕麻烦，不要嫌琐碎，务必要照我的话做到。

陆顺德　是。

李秀成　程检点，这一带的百姓太苦了，又经过陈坤书的摧残，他们有家不能住，有田不能耕，这样他们一定要逃走。以前太平天国的兵，随便经过什么地方，都有老百姓来迎接，因为知道我们是救他们的。如今出了些不好的将官，像陈坤书那样的人，去伤害百姓，我们能够问心无愧吗？你想我们的兵经过的地方，如果没有老百姓支持，我们又怎么活得下去？如果老百姓成天地恨我们，讨厌我们，不帮我们的忙，这仗又怎么能够打？所以我想请你还是要办平粜，赈济灾民，还要把钱借给农夫，奖励他们耕种。这件事是太平天国的根本，但是办起来比打仗还难，望你照我的话办到。就是像刚才那告状的老头子，我们也要给他一个下落。

程检点　我一定尽力办到。

李秀成　好，托付你。黄将军，你跟着我去打仗。

黄文金　是。

李秀成　谭将军，我这里的兵交给你，你要死守苏杭，杭州交给了陈炳文，你要帮着他；苏州完全交给你，无论如何你要守住，陈坤书是靠不住的。

谭绍洸　是。绍洸愿意跟苏州城共存亡。

李秀成　那好极了，常言道"国乱显忠臣"，你们大家都是忠肝义胆，总要为我们的子孙留一个好榜样。

谭绍洸　王爷进京以后，打算怎么办？

李秀成　我想在这个时候，天京已经没有什么大用处，如果天王肯御驾亲征，那也就不妨暂时把天京放弃，那就进可以战，退可以守。万一天王不肯，我想再带兵出京，跟你们大家一同打安徽。万一到了那个时候，不能出京，那也只好……我想不会到那样的地步。

程检点　一定不会到那样的地步。

　　〔此时隐隐听见枪炮的声音。

陆顺德　一定是鬼子兵打来了。

李秀成　好在我早有布置，一定叫他们全军覆没，让我在进京之前，跟大家打一次痛快的仗吧。来，备马！

　　〔卫士叫"备马！"外面激应。李秀成起立，披上一件斗篷。大家都站起来，准备出动的样子。

李秀成　哎，可惜英王死了！

　　〔外面鼓声、号声。

　　　　　　　　　　　　　　　　　　　　　　　　——闭幕

第三幕

人物：洪仁发、洪仁达、洪仁玕、蒙得恩、莫仕葵、李秀成、成典宇、洪秀全、侍卫、宫女、校卫。

时间：隔第二幕约两个月。

地点：天京求贤殿。

布景：金殿设宝座，柱子上金色对联，联文："拨妖雾而见青天重整中华新气象；扫蛮氛以光祖国挽回汉室旧江山。"宝座后面，一排屏门，宝座前面有栏杆，栏杆边摆一排固定的矮凳。殿右方的两根柱子中间设鼓架，上置大鼓。殿左方的两根柱子中间设钟架，上悬大钟。

〔开幕时，听见一阵宫女的笑声，几个宫女抱乐器绕过屏门后面，走进去。

〔洪仁发、洪仁达、洪仁玕三人从屏门后走出来，他们都在想什么似的，站在栏杆旁边。有顷。

洪仁发　李秀成已经回来了，天天要见天王，没有让他见，今天恐怕又要来，始终不让他见，恐怕做不到吧？

洪仁达　我看不能让他见，要是让他见了天王，他一定胡说八道。

洪仁发　这个家伙也真是讨厌，又会带兵，又会骗百姓。放在京外，怕他造反；把他召进京来，他又要捣乱，尤其是捣我们的乱。

洪仁玕　我想他不敢。

洪仁达　他有什么不敢，他就是一个大傻子，有什么说什么，要干什么就一切不顾地蛮干，这种人最可怕。

洪仁发　这回他乖乖地听话就罢了，只要他敢捣一点小乱，我就把他的头砍了下来。

洪仁玕　那倒也不大容易。

洪仁发　有什么不容易？难道说我们洪家四弟兄抓着生死的大权，还干不了一个李秀成吗？

洪仁玕　干是干得了，不过干掉了他，哪个替我们去打仗？你要知道，汉刘邦杀韩信是在楚霸王死了以后呢。

洪仁达　对对对。（抬头一望）喂，你们看，那边他又来了。还有成典宇、莫仕葵两个人跟在他的后面。

洪仁发　反正我们不让他见天王。

洪仁玕　我看让他见见也不要紧。天王是圣明之君，不听自己兄弟的话，还听外人的话吗？我们暂且让蒙得恩来敷衍他一下吧，我们进去。

洪仁达　哼！

洪仁玕　天下是姓洪的打出来的，姓洪的不起义，哪里有什么李秀成，姓洪的不做皇帝，他如今还不是在那里烧炭？

洪仁发　喂，进去吧！

　　　　〔三人一边走，一边窃窃私语，一面回头看看，走了进去。里面奏着悠扬的音乐，隐隐约约地可以听见。

　　　　〔李秀成与成典宇、莫仕葵同上。

莫仕葵　这几日天王的确有点欠安，你有什么话，不妨告诉我，我来替你转奏，你还信不过我吗？

李秀成　不，莫尚书，并非信不过你。国家已经到了危急的时候，做臣子的应当以死报国。我想求主上会集文武群臣，赶快决定国家的大计。

莫仕葵　那你可以上奏折。

李秀成　上奏折到底不如当面奏明来得快便。我正在军事紧急的时候，一天奉了三道诏书就赶进京来，已经在雨花台跟曾国荃打了几个死仗，因为军事紧急，要见主上；主上不见，真叫做臣子的太伤心了。

　　　　〔蒙得恩从后门里面走出来，一个侍卫捧着一个茶杯跟在后面。

蒙得恩　（一见李秀成，笑逐颜开）呵，忠王，好久不见了。

李秀成　赞王万福。（深深一揖）

蒙得恩　主上念你为国勤劳，赐你一杯茶。新造的忠王府看见没有？喝了这杯茶，
回府去歇息歇息吧！

李秀成　臣李秀成叩谢天恩！（拜下去，跪着，捧着天王赐的茶，喝了）臣李秀成
奉诏回京，有机密军事要面奏主上。——请赞王转奏。（站起来）

〔侍卫捧茶杯下。

蒙得恩　（走下来，拉了李秀成的手）老弟，这回在江浙一带太辛苦了，应当歇息一
下。天王这几天有点欠安，改天再见。

李秀成　赞王是很明白的，国事已经到了很紧急的关头，绝不是歇息的时候，这是
要大家拼命挽回大局的时候，所以一定要见了主上，请示一个办法。

蒙得恩　那主上自有办法，用不着当面请示。

李秀成　赞王，如今事情已经万分紧急，再不能够含糊敷衍的了。在这个时候，做
臣子的不把外面的情形奏明主上，万一有了差错，哪个担待？

蒙得恩　听你这话，难道疑心我们蒙蔽主上不成？

李秀成　秀成万死也不敢那样想，不过恳求转奏主上，李秀成有紧急情况要当面
奏明。

蒙得恩　回去写封奏折不行吗？

李秀成　那不行。一来有许多话写不明白，二来上一个奏折，要起草稿，要誊正，
送进宫来等候朱批；主上有什么要问的地方，再下诏书，秀成再上奏折，
这样一来，就要半个月。如今火已经烧到眉毛尖上，赞王，禁不起这样的
弯环周折了。秀成要是有罪，尽可以明正典刑，不过，今天非见主上不可。

蒙得恩　忠王你可知道君臣之分？只能由主上召见，没有听说臣子一定要见的。

李秀成　秀成奉诏回京，等候召见，已经三天了……

蒙得恩　（截断李秀成的话）主上要你等三十天，你能够逼迫君上吗？笑话！（对莫
仕葵、成典宇）莫大人，成大人，你们两位劝劝他。（悻悻然走了进去）

〔李秀成呆了。

莫仕葵　我看这个事情难办得很。

成典宇　你这回回来，到过赞王府没有？

李秀成　去过了，赞王不见。

成典宇　安王、福王、玕王那边呢？

李秀成　这三位王爷的府里都曾去过。

莫仕葵　见了没有？

李秀成　都没有见着。

莫仕葵　那就更难办了。

李秀成　天王不召见，想不到几位王爷都这样拒绝我，国家事并不是儿戏呀！

莫仕葵　喂，你说话可要留神。就因为你平常上奏折谈论国事，太不客气，不见你，这也就是叫你自己明白。你是聪明人，这还看不出来吗？

成典宇　忠王你太老实了。

　　　　〔这时候听见远处的炮声。

李秀成　听，这不是雨花台的清兵在开炮吗？

莫仕葵　（笑一笑）哪里，这是我们的兵在试炮。

李秀成　莫大人，到了这个时候，我们应当拿出良心来，不能够欺骗自己。

莫仕葵　这话怎样说？

李秀成　我听得出来，这个炮是敌人放的。

　　　　〔莫仕葵不以为然地冷笑。

李秀成　如今敌人的兵越来越多，他们在城外筑了很坚固的石墙，又在日夜赶工挖地道，准备攻城。而我们城里，火药不够用，粮食不够吃，百姓们又是病又是饿，抢米抢粮的事天天都有，兵士们饿得几乎要拿不起刀枪。这样地下去，不是要土崩瓦解吗？再要不想办法，我们大家恐怕都死无葬身之地呢！

莫仕葵　这些话你都打算对天王说吗？

李秀成　如果不老老实实奏明就是欺君。

莫仕葵　只怕天王不会听你的话。

李秀成　天王是圣明之主，一定能够容纳忠言。

莫仕葵　那随便你。（不高兴的样子）

成典宇　李大人，我劝你不要太固执，只怕把事情弄僵了，反于大局有碍。

〔这时隐隐听见群众呼号的声音。

李秀成　成大人，你听，饥民又在那里闹事了！

〔宫里的音乐悠扬地传出来。

成典宇　我们到朝房里去商量一个办法再说吧。

李秀成　（坚决地）不！我要击动登闻鼓，请主上临朝。

莫仕葵　（大惊）怎么，你疯了？

成典宇　那万万使不得。

李秀成　就是有了灭门的罪，李秀成一个人担。

成典宇　忠王，你不要太过分了。你死，是你的事，连累了我们，你过意得去吗？

莫仕葵　成大人，他既是不受商量，我们也没有办法。走吧！

〔莫仕葵拉成典宇同下。

李秀成　（茫然独立，想了一下，决定了他的主意）没有人肯担一点担子，没有人敢说一句话，太平天国难道就这么算了吗？难道说天下的人心都死了，就让这少数的几个奸臣把国家断送吗？不，不会的，千千万万的战士，千千万万的老百姓，都要保卫我们的国家！太平天国一定要兴起来，一定不会倒下去！就是有人要把她推倒，拼着我的血，拼着我的性命，我要把她扶起来。应当担的担子，是卸不了的；应当说的话，就大胆地说出来，怕什么！（走到鼓架前，拿起鼓槌击鼓）

〔殿后乐声顿止。屏门后有几个宫女伸出头来看看。李秀成又跑到钟架前拼命撞钟。莫仕葵带着一群校卫跑来，将李秀成拉住。这时里面"嘡嘡嘡"三声点响，屏门开了，蒙得恩、洪仁发、洪仁达、洪仁玕一同走出来。全场一点声息没有。一群宫女簇拥天王洪秀全上。他是一个五十来岁的人，须发都已经斑白，神情有些疲倦，坐上宝座，立刻显得十分威严。全场屏息等他讲话。校卫全下。

洪秀全　（用迟缓的语调）哪一个撞钟、擂鼓？

莫仕葵　（跪奏）兵部尚书臣莫仕葵启奏天王主上，忠义宿卫军真忠军师忠王臣李秀成奉诏回京，据说有紧急军情，不待臣等转奏，擅自撞钟、擂鼓，惊动圣驾，臣罪该万死！

洪秀全　啊，李秀成回来了？

莫仕葵　是。

洪秀全　叫他来。

莫仕葵　是。（起立，走到李秀成面前）天王主上召见，你说话要小心一点。（引李秀成走近御座）

李秀成　（跪下）忠义宿卫军真忠军师忠王臣李秀成叩见天王万岁。

洪秀全　李秀成，你回京了？

李秀成　是。

洪秀全　你撞钟、擂鼓，有什么事情要这样大惊小怪？

李秀成　臣惊动圣驾，罪该万死！只因清兵围困天京，他们在城外筑了很厚的墙，连日连夜用两三万人挖开地道，又从洋人那里运来许多炸药，准备要将城墙轰倒，形势已经十分危急，臣不敢不奏。

洪秀全　正因为这样，才召你进京，你赶快去把曾国荃打退，保卫天京才是啊！

李秀成　臣有保卫天京的计策，愿主上容臣启奏，请主上定夺。

洪秀全　好，你起来说吧。

李秀成　是，叩谢主上！（站起来）
　　　　〔洪仁发示意蒙得恩。

蒙得恩　忠王，主上为了国事，太劳顿了，最好不要说得太长。

李秀成　是。臣启奏我主，用兵之道，总要能攻能守，所以要攻必要能守，要守必要能攻。

255

洪仁发　忠王，议论最好少一点。

洪秀全　让他讲下去。

李秀成　如今要解天京的围困，死守在城里是没有用的，因为这回的情形跟前几回不同，所以必须要以攻为守。

洪秀全　你打算怎么攻？

李秀成　臣想带兵去打安徽，由宁国、太平进兵，夺回芜湖、安庆。那样一来，曾国荃就不能不分兵救安庆。

洪秀全　如果他不分兵去救安庆呢？

李秀成　那臣就从扬子江上游把他们的粮道断了，曾国荃的兵就会不战自退。

洪秀全　啊！

洪仁发　啊，这个计策好极了，这样一来，忠王又可以马上出京哪！

　　　　〔洪秀全冷冷地一笑。蒙得恩和玕王、福王大家都作不屑的一笑。

洪秀全　万一你还没有打到安庆，清兵就打进城来了，你又怎么样？

李秀成　到了万不得已的时候，臣想请主上御驾亲征。

洪秀全　啊？！

李秀成　照现在这个情形看来，最好暂时把天京放弃，迁都江西，夺取武汉，一面分兵四处攻打，使湖南、湖北、安徽、浙江许多地方同时吃紧。那样一来，曾国藩兄弟的兵，四方八面不能兼顾，天兵就可以声东击西，使敌人疲于奔命。然后用精兵渡过黄河，扰乱直隶、山东一带，包围北京。……

洪秀全　得了得了，你说得太好听，依你看天京是不能够守的？

李秀成　臣冒万死启奏我主，依臣的愚见，天京是很难守的了。

洪秀全　何以见得？

李秀成　第一，城里头没有粮。

洪秀全　没有粮？

李秀成　是。前次臣出京的时候，就请大小官员命全城百姓多囤粮米，谁知道忽然兴了领粮票的规矩，领票要钱，运到路上要买路钱，运进城来，城门口要钱，运进了城，管粮食的官又派兵去骚扰，又说是禁止私运，又说是禁止私买，又说是要捐助军米，又说是计口授粮。其实有势力的人，想把百姓辛辛苦苦种出来的米便宜买进来，高价卖出去，囤积居奇，发财肥己，因此弄得百姓不敢存米。直到如今，城里的米一天天少，饿死的一天天多，兵士们没有饭吃，有许多连刀枪都拿不起了。像这样还怎么能够打仗，怎么能够守城？这是一。……

洪秀全　好，够了。（回头问洪仁发等）真有这样的事吗？

洪仁发　城里的兵跟老百姓越来越多，粮食恐怕不够，要想法子那是真的，不过像李秀成说的话却不实在。

李秀成　臣能发誓……

洪仁达　天父、天兄不听不诚实的话。

洪仁玕　李秀成口口声声要想带兵出京，是什么意思？

李秀成　万不得已，也只好出京运粮。

莫仕葵　李秀成主张迁都，臣以为万万不可，那样一来，一定会人心大乱。

洪仁发　天京是太平天国的都城，无论如何不能迁移，李秀成说话，也太大胆了。李秀成口口声声要带兵出京，为的是便利他自己，他主张御驾亲征，迁都到江西去，不知道他是什么用意？他受了朝廷的厚恩，要不是丧心病狂，绝不会胡思乱想。

洪秀全　李秀成，你怎样说？

李秀成　（跪下去）臣只有一片愚忠，鞠躬尽瘁。

洪仁发　鞠躬尽瘁？忠王，我看你倒不必以诸葛亮自居，只要你不学曹操"挟天子以令诸侯"就行了。

李秀成　臣的身家性命，都是主上所赐，如果臣有二心，就请主上把臣斩了，明正典刑。不过，臣就是杀身灭族，也要把真话说了出来。如果我主不能御驾亲征，不能迁都江西，困守危城一定是不堪设想。臣带兵出京，完全是想从敌人的背后攻打敌人，臣的老母、妻子都在京里，臣能够不顾吗？臣不敢有丝毫成见，为了国家，赴汤蹈火万死不辞。

洪秀全　太平天国必定要经过磨难才能太平。朕奉天父的命，来替天下的百姓受难，来降伏敌人，搭救百姓。无论遭了什么危难，自有天父在天保佑，敌人不能伤害。你们都是天父派来，为朕保护江山，如今清兵围困京城，你们做武将的就应当不顾生死去把清兵打退，撞钟、擂鼓，蛊惑人心，就是犯了天条。至于说到粮食，京城里头遍地都是粮食，为什么你们不取？大惊小怪有什么用处！

李秀成　臣生性愚昧，不明天意，因见城里饿死的百姓很多，所以大惊小怪，惊动圣驾，臣有灭族之罪。不过京城里头遍地都是粮食，臣实在是太糊涂了，没有看见。还要求我主明白训示，使臣得到米粮，分给兵士，也好保护城池，打退清兵。

洪秀全　朕说的粮食，不是麦子，也不是米，是天赐的甜露。

李秀成　甜露？

洪秀全　你看丹墀下面，那些有绿叶子的东西，那是什么？

李秀成　那是草。

洪秀全　糊涂！那就是甜露。因为所有的百姓个个有罪，因此天父罚他们挨饿，要他们吃两个礼拜的甜露，权当赎罪。

〔全场无语。

李秀成　……是。

洪秀全　侍卫。（指宫女）

宫　女　奴婢在。

洪秀全　把那甜露摘些来！

宫　女　领旨。（下）

洪秀全　天兄为了替人民赎罪，曾经断食七天，如今人民为自己赎罪，就要吃甜露充饥，这是天命。

〔宫女捧一盘杂草上。

洪秀全　李秀成，这个甜露，你说不能吃吗？在军事紧急的当口，我们要挨得住艰苦。

李秀成　不过老百姓吃草根、树皮已经很不少了。……

洪秀全　（变脸大怒）李秀成，好大的胆！你以为你是忠臣，你是勇将，你有兵，你就不从君命。屡次召你回京，你不奉诏，好容易回京来了，你就应该马上去把清兵打退，解了天京的危困，而你把自己分内的事不做，偏要今天说这个的坏话，明天说那个的坏话，完全没有大将的风度。好好一个陈坤书，分明是个忠臣，你就偏偏容他不得。

〔李秀成想辩，却无从启齿。

洪秀全　如今天父赐万民甜露充饥，连朕都能吃，你偏说没有米粮不能打仗；你到底存的是什么心？难道你还敢不信天父吗？如今限你在一个礼拜内打退清兵，如若不然，国法俱在。

李秀成　臣也只有以死报国。（伏地含悲）

洪秀全　（走下位来，很温和地）秀成，你过来。

〔李秀成站起来走近洪秀全，正要跪下，洪秀全扶住他。

洪秀全　朕责备你，为的是深知道国家危急，非有忠臣勇将不能挽回。以前清兵六次围困天京，你都把他们打退了，如今是第七次，你一定要把天京守住。召你回京，为的是守城；放弃天京，就是放弃根本。你不要忘了金田起义，不要忘了国家缔造的艰难。朕把天京交给你，相信你一定守得住。（说着把身上的袍脱下来）你有罪，朕都能宽恕，这件袍赐给你，你要体朕的德意，不要胡思乱想，去吧！

李秀成　臣叩谢天恩！（接着天王所赐的袍，拜谢）

〔洪秀金说完就进宫去了，诸王随下。只剩李秀成一人，他捧着赐袍，又是惶惑，又是悲苦，有说不出的滋味，茫然不知所可。远处的炮声和民众的呼号声又作。

——闭幕——

第四幕

人物：莫仕葵、蒙得恩、成典宇、李秀成、李世贤、陆顺德、宋永祺、赖文洪、李母、宋妃、田顺、民众、卫队四人、卒长、侍卫、侍女。

时间：苏州失陷天京危急的时候。

地点：南京忠王府。

布景：忠王府里的花厅，布置相当富丽。右上角一带屏门，看见外边有点花木，这是通外边的一条路。左边一扇门通内室。厅的当中摆一张方桌，四五张椅子。左边斜放一张书案，一张太师椅。

〔还没有开幕，就听见莫仕葵、蒙得恩、成典宇等争吵的声音，莫仕葵的声音比较大。开幕时，莫仕葵、蒙得恩、成典宇、李秀成、李世贤在场。莫仕葵生着很大的气。

莫仕葵　不对，不对，无论如何，不能那么办！

蒙得恩　如果这样办，除非是大家散伙倒台，亡国的责任恐怕忠王也负不起。

成典宇　这些话都不必再说了，如今我们只说怎么守城。

李世贤　要守城第一要有粮食，像如今这样，兵士们一天只吃两碗稀饭，那是不能打仗的。

蒙得恩　天王不是叫大家吃甜露吗？

李世贤　赞王，你以为兵士们没有吃草的吗？有些地方，连草根、树皮都已经吃光了，所以饿死的百姓一天天多，有些兵因为稀饭吃不饱，也挖草来吃，弄得一百个人里头就有九十九个人泻肚子。像这样还怎么能够打仗？这不是那些为了自己囤积居奇，限制百姓们运米的老爷们造的孽吗？

莫仕葵　那些分明是奸商操纵，而你们弟兄两位一定要把这罪名加在做大官的身上，不晓得究竟是什么意思？

成典宇　这些话都不必再谈，现在只要看怎么能够弄到米。

莫仕葵　忠王说已经命陆顺德运粮，怎么还不到呢？

李秀成　一直到现在没有消息，可是我们没有法子等下去，如果再没有米，恐怕这个城就很难守。

蒙得恩　其实忠王只要赶紧去把清兵打退，解了围，还怕没有饭吃？整天坐在家里为了粮食发愁，有什么用处？

李秀成　我本想出京运粮，天王不许；我想用兵从敌人的后头打敌人，大家又怕我出了京不再回来。一直因循到了现在，许多的好机会都失掉了，敌人的兵一天天加多，看着就要合围。我明明知道，困守危城很难持久，不过到了现在，也只好决心死守，等候各路的援兵。目下最紧要的是军粮，城里头缺米，是大家知道的，百姓们饿死，也是实在的情形。但是有许多做大官的大商家、大阔佬，他们家里头是不是还有存米呢？

蒙得恩　哪个家里还有什么存米。

李秀成　有的。我都查过了，有的。有的存几十百把石，有的存几百石，有的甚至于上千石。

　　　　〔蒙得恩、莫仕葵冷笑。

李秀成　他们藏在家里，不肯拿出来，那些大房子里，也没有人敢问，他们还偷偷地运出来，重价出卖。

蒙得恩　哪里有这种事！

莫仕葵　这完全是笑话。

李秀成　这是真的，丝毫不假。以前我不敢说，如今国事十分危急，大家到了生死关头，我没有别的，天王把守城的责任交给我，我想要向那些存粮的人家借粮，借一些出来，给兵士们吃饱一点，好去打仗，等到敌兵退了，我再去运来还他们。想他们为了国家，为了百姓，一定会肯的。

蒙得恩　有，自然会肯，要是没有，你能派兵挨家挨户去搜吗？

莫仕葵　这个主意是行不通的。

蒙得恩　老实说，我们家里都在吃甜露。

李秀成　我不知道他们留那么多的米做什么？

蒙得恩　你说谁？

李秀成　我说那些囤米的。倘若兵士不能打仗，京城不保，不知道他们发了财有什么用处？

莫仕葵　忠王，你是个有名望有地位的人，你说话要谨慎些，倘若你这种话被百姓听见了信以为真，因此引起民变，我怕你担当不起。

李秀成　百姓们明白得很，到这个时候，什么事情都瞒不过百姓。

莫仕葵　好，你爱怎么说就怎么说吧！

蒙得恩　忠王，你还要仔细想一想，你这样下去，万一弄到众叛亲离，有什么意思？（对莫仕葵）我们走吧！

成典宇　会议了半天，还不晓得米从哪里来。（起身伸个懒腰）

　　　　〔赖文洪上。

赖文洪　启禀王爷，又拿获了一批私米。

李秀成　啊！有多少石？

赖文洪　有六百石。

李秀成　怎么样拿获的？

赖文洪　百姓们帮忙拿获的，还打死两个老百姓。

李秀成　怎么？

赖文洪　这批米是假装军火，想运出城去卖的，被老百姓知道了来告诉文洪，就被截住了。

李秀成　是哪家运的？

赖文洪　那……文洪没有问，总而言之，没有势力的人也不敢运那么多米。

李秀成　赞王，补王，豫王，你们看，到了这种危急的时候，还有人运这么多的米出城。

蒙得恩　奸商唯利是图，那是很难说的。

李秀成　这件事情一定要彻底查问。赖将军，拿获这批米的老百姓，给他们奖赏，打死的，给他们抚恤。你再去把能干的老百姓编成一个缉私队，专查私米。

〔蒙得恩、莫仕葵失色。

赖文洪　是。还有一桩事要请示办法：本来是奉了王爷的命，因为城里的米粮不够，就放那些老弱的百姓出城，可是城门口不放，有一个守城门的官要搜老百姓的身上，就把他们带的盘费都拿去了。文洪去责问他，他说谁也管不着。

李秀成　马上去把他砍了！

赖文洪　是。还有，奉了王爷的命去点验火药库，那守库的官不肯开库，他说最近他也封了王，他也姓洪，谁也不能管他的事。

李秀成　好，回头让我自己去。你去歇一会，回头去察看地道去。

赖文洪　是。（下）

李秀成　太平天国最近封王也封得太滥了，弄得不可收拾。

蒙得恩　我看这倒没有什么，不过忠王你太纵容你的部下，尤其太纵容老百姓，那才真不可收拾。

〔蒙得恩正在说话的时候，侍卫送一信给李秀成。李秀成一看，是陈得风的，他有点怀疑的样子。莫仕葵一眼瞥见，就走过去看一看。李秀成当时就把那信拆开。蒙得恩、成典宇都一同围上去看，大家做出惊讶之色。莫仕葵对蒙得恩使个眼色，有幸灾乐祸的意思。

莫仕葵　忠王，真有这样的事吗？

蒙得恩　这倒真应当彻底查问一下啦，让我再来仔细看看。（接过信来，一面看一面念）"忠王麾下……日前与令亲宋将军永祺往来磋商一件，想蒙鉴察，……"往来磋商，看起来这件事商量过很久了。"曾帅企慕英贤，有如饥渴……"曾帅，一定是指曾国藩。

莫仕葵　是说曾国荃。

蒙得恩　啊，对了，曾国荃。……（又念信）"想我忠王以不世出之英才，必能体悲天悯人之意，毅然改图，以竟非常之功，而拯天下苍生于水深火热之中也。"这个信写得好极了，我以为忠王不是岳武穆，也是文天祥，想不到有这种事情。忠王，怎么样，打定主意投有？曾九帅等着你呢，要不要出城去跟他见一见？

李秀成　陈得风既然是叛国，应当把他抓来明正典刑。如果大家以为凭这样一封劝降的信，就能证实李秀成叛国，李秀成也没有话说。

李世贤　这分明是敌人在利用那叛逆陈得风，行那挑拨离间的诡计，我们万万不能上当。

莫仕葵　我是兵部尚书，这件事情不能不管，忠王要是洗刷自己，要赶快把你那亲戚宋永祺找到这里来，我有话问他。

李秀成　来！

　　〔侍卫应上。莫仕葵走近蒙得恩，鬼鬼祟祟不知道说些什么，忽然大笑起来。李世贤很愤慨的样子，一语不发。

李秀成　去叫贵舅宋将军到这里来。

　　〔侍卫应下。

成典宇　（走近李秀成）到底是怎么回事？

李秀成　成大人，这还不明白吗？这种事情已经不止一次了。第一次李昭寿劝我投降，当时也有人疑心我，幸喜天王圣明，没有降罪，还封我为王。以后曾国藩也好几次带信劝我投降。还有别的叛将想引诱我的部下，我都把他们杀了。如果我要变心，也不等到今天。陈得风是什么东西，我的刀可以把那叛逆的头割了下来。

莫仕葵　现在多说也没有什么用处，反正还是忠王刚才说的那句话，总得要彻底查问。卫队！

　　〔莫仕葵的卫队四人，卒长一人，武装持刀上。

莫仕葵　（对卫队）等着！（对蒙得恩）我今天出来，多带了几个卫队，谁知道居然

就用得着，这就叫"有备而无患"。哈哈哈！（把成典宇拉着坐在自己旁边）

成典宇　这件事不好这样办吧？

〔莫仕葵对成典宇不知道说了句什么话，好像是叫他少管闲事。成典宇站了起来，站在莫仕葵、蒙得恩两人的当中，这边说说，那边说说，似有调停之意。结果，莫仕葵似同意某种办法。此时李秀成危坐无语，李世贤走过去想和他讲话，见李秀成不睬，也就没有开口。

〔宋永祺上。

宋永祺　（对李秀成）叫永祺有什么事？

李秀成　补王有话问你。

宋永祺　（对莫仕葵、蒙得恩、成典宇行礼）补王，赞王，豫王。

莫仕葵　（指着宋永祺对卫队）把他看起来！

宋永祺　（大惊四顾）这，这，这是怎么回事？

〔莫仕葵的卫队抓住宋永祺。

莫仕葵　宋永祺，国家待你不薄，你为什么通敌？

宋永祺　我通敌，这话从哪里说起？

莫仕葵　陈得风有信，劝忠王投降，说你跟他来往接洽过很多次，你把你那卖国的勾当老实供出来吧！

宋永祺　陈得风吃了敌人的迷魂汤，想要忠王投降，屡次三番暗中派人活动，想要我替他们穿针引线，也是有的。他们来找我，我就拿刀要杀他们，把他们吓跑了，想必是他们恨了我，就造我的谣言。

莫仕葵　这足够了。（对卒长）来，把他带到刑部衙门去！（对李秀成）忠王，对不起，这是国家大事，我也没有法子徇私，等我奏明天王，再来请教吧。不过，有什么对忠王不便的地方，还要请忠王原谅。

李秀成　李秀成懂得国法。

蒙得恩　那你不要多心，彻底查问，是忠王先说的。

莫仕葵　带着走！

〔卫队带了宋永祺下。莫仕葵、蒙得恩悻悻然下。成典宇暂时留在场上。李秀成还是坐着不动。赖文洪走出来。

成典宇　一封这样的信算什么，偏要小题大做，连我都看不上。

李世贤　我看他们要怎么样！

李秀成　无论怎么样的狂风暴雨，我们的舵要掌得稳。人活一百岁也要死，国家的纲纪是永远不能破坏的。

成典宇　对的，对的。不过，回头再商量吧。总而言之，大家自己人，总没有什么不好办的。再见，再见。

李秀成　再见。

李世贤　再见。

赖文洪　豫王，请等一等。

成典宇　赖将军，有什么话说？

赖文洪　各位王爷，请宽恕文洪的鲁莽。文洪以为国家事闹到这步田地，自己人当中还要无中生有的起许多纠纷，实在叫我们这些拿着刀枪跟敌人拼命的人太伤心了，百姓们死了那么多，也太冤枉了。刚才我当着面不好说出来，前回我们拿获了三百石运出城去的私米，今天又拿获六百石，都是些王爷家里私运的。这些我都有真凭实据，如果他们要存心跟忠王作对，赖文洪拼着性命不要，就跟他冲天。

成典宇　冲天也没有很多的办法，你想天王还是听赖将军的话，还是听安王、福王的话呢？不过你放心，大家不要性急，自己人的事情总没有什么不好办的。再见，再见。

李秀成　再见。

李世贤　再见。

〔成典宇下，李秀成送出门外。

〔李母上，宋妃抱着世子随上。侍女数人随侍。李秀成送客回来，见着李母，并不说话。

李　母　怎么样啦？

李秀成　哼！（在房里走来走去）

李　母　听说舅爷被抓去了，到底是怎么回事？

　　　　〔隐隐闻炮声，李秀成站住谛听。

李　母　啊，清兵又在攻城了。

李世贤　因为有许多阔人运米出城，被大哥截住了，他们怀恨在心，可巧今天陈得
　　　　风来了一封信劝大哥投降，说跟永祺有关，莫仕葵就想乘机报复，他自然
　　　　没有权对大哥怎么样，就把永祺抓了去。

李　母　现在怎么办呢？

李世贤　事情总会有个水落石出。

宋　妃　可是现在的世界很难说。（擦眼泪）

李世贤　大嫂尽管放心，我们一定想法子把永祺保出来。

李　母　你大哥看了坏一点的人就当仇人一样，不过，有的时候没有法子，也不能
　　　　不敷衍一下。

李秀成　不过，有的时候简直敷衍不下去。

赖文洪　现在事情已经很紧急了，当着太君也在这里，文洪以为要把贵舅保出来，
　　　　并不为难。不过，敌人的进攻越来越紧，国家的命脉危在旦夕，能够撑持
　　　　这个局面的，可以说是只有忠王一个人，而朝里当权的几位王爷，始终跟
　　　　忠王作对。忠王的地位越来越难处，有许多事情叫我们这些做部下的愤激
　　　　得真想自杀。我们以为如果在这个时候不拿定主意，一定是不堪设想。不
　　　　过，部下始终是部下，有话也不敢多讲。

李　母　你有什么话，说好了，大家都知道你的忠心，说错了也不怪你。

赖文洪　以文洪的愚见，现在有三个办法。这三个办法说出来，或许要杀头，可是
　　　　我实在愤激得很，杀头也要说。

李秀成　好，说你第一个办法吧。

赖文洪　第一，他们姓洪的，既是存心要破坏太平天国，王爷一个人也撑持不了，

我看不如干干脆脆投降就完了。

李秀成　这是什么话！一个人的生死不要摆在心上，成败利害不要看得太重，天地间的正义，总要有人撑持。就算是有一些大官、大绅士、大阔佬不爱国，千千万万的兵士，千千万万的老百姓，不是都为了国家，拼他们自己的性命吗？

李　母　对。（对赖文洪）你说你那第二个办法。

赖文洪　第一个办法自然是不能行。既是不能投降，就不妨离开这个地方，另外到江西也好，广东也好，另外建立一个国家。王爷这样做，一定能号召起来。

李秀成　太平天国因为内部分裂，才弄到现在这步田地，我不忍心从我这里再来分裂一次，成，不必说，败，也要败得光荣。

李　母　唔。（对赖文洪）还有你那第三个办法呢？

赖文洪　现在看起来，忠王跟他们是合不了一块的，天王又不明白，同归于尽也没有什么意思，倒不如学翼王石达开那样走开去，自己另图生路，却还是对天王尽忠，就所谓"合则留，不合则去"。

李秀成　如今不是什么"合则留，不合则去"，如今是要把担子拿起来放在自己肩头上，担起来苦干的时候，你这三个办法我都不取。

李　母　你的意思怎么样？

李秀成　现在没有什么话可说，只有城存我存，城亡我亡，我是以死报国的了。仇敌正在要致我们的死命，小小的恩怨，早已不在我的心上！

李　母　唉，这才真是我的儿子！

赖文洪　（十分惭愧的样子跪倒在地）文洪生性愚蠢，见识浅薄，刚才承太君跟王爷的指示，好像拨开云雾见了青天一样，真是惭愧得无地自容。如今恳求王爷怜悯我一片愚忠，文洪只有一死报答王爷，报答国家。（拔出剑来想自杀）

〔大家惊骇。

李秀成　（急忙制止他）文洪，你这算什么？要死死在阵上去！你有力量自杀，就没有力量去杀敌人吗？你太没有志气。去，敌人在开地道，我已经叫守城的兵从城里开条地道反攻出去，你去督队吧！

赖文洪 是。遵命！（拜一拜站起来，含泪走出）

李秀成 （长叹）唉！

李母 他倒是一个忠心的。

李世贤 奸臣当道，许多忠心的将官都愤激得要死，不是大哥极力维持，早就变了。可是他们还在拼命跟大哥作对。

李母 秀成，你看这个城到底守得住守不住？

李秀成 我真后悔！当年悔我没有直取武汉！我又没有用全力救援安庆。我退兵到杭州也是失策。尽管有人掣肘，我为什么不排除一切的顾虑！为什么不下更大的决心！妈妈，你的儿子有误国之罪！

李母 不要难过。这不能怪你，还是想计策保住天京要紧。

〔侍卫上。

侍卫 来王陆顺德陆将军回来了。

〔大家欢喜。

李秀成 啊，他回来了！（对侍卫）快快叫他到这里来！

侍卫 是。（下）

李秀成 母亲，我叫陆顺德去运粮，他回来了，一定有好消息。（从宋妃手中把小孩逗着抱了过来）

〔陆顺德上。他服装很不整齐，满身泥泞，头发披散，神色异常沮丧，一走进来，大家吓了一跳。

陆顺德 王爷！（很沉痛地叫了一声，跪倒在地）

〔李秀成看见这种情形，不知不觉把小孩递给宋妃，脸上肌肉全部凝固起来，走到陆顺德面前，场上的人都注视着陆顺德身上。

李秀成 （低沉地）顺德，你怎么样了？

陆顺德 顺德罪该万死！

李秀成 怎么？（挽陆顺德起来）你起来！

269

陆顺德　粮没有运到。苏州失陷，谭绍洸将军殉节了。

李秀成　怎么样失陷的？

陆顺德　最可恨的是城池并不是被李鸿章打开的，郜永宽、汪安钧、周文嘉他们这班东西私自投降，杀死谭绍洸，就把城献给了李鸿章。

李秀成　（悲恨极了，半晌无语）……我早就发觉了那几个家伙靠不住，当时因为他们花言巧语，假忠假义把我骗了，我没有当机立断杀了他们，我错了！

〔场上暂时沉默。李秀成一步一步慢慢地走来走去。忽然听见远远的一声炮响，接着有房屋坍塌和群众惊叫的声音。李母、宋妃和侍女都很惊骇的样子。但李秀成镇静如常。

〔白发侍卫田顺上来报。

田　顺　有一个炮弹落在王府后面。

李秀成　啊！（微微点点头）

〔田顺下。

李　母　（问李秀成）你布置好了没有？

李秀成　军事的布置，早已经妥当了。

李　母　那就好。

李秀成　有主张拿不出来，有办法又行不通；耿耿忠心，被人猜忌，深谋远虑，付之流水。自古以来，多少英雄豪杰，忠臣义士，就是这样断送了一生，这是天下最伤心的事。顺德，你去叫家里人把仓库打开，只要能够变卖的，统统变卖，只要能够吃的，哪怕是一碗米，一斤面，当着老百姓的面，一丝不要留，全部拿出去，分给兵士们。去吧！

陆顺德　是。（下）

李秀成　国事弄到这步田地，怎么对得起老百姓！母亲，今天晚上我要去跟敌人决一死战，不打胜仗不再回来。请妈妈多多保重，万一到了危急的时候，世贤可以护送您出城。

〔李世贤上前。

李　母　这些不要你担心，我自己知道。

李秀成　（对宋妃）我不能顾你了。孝顺母亲，你是懂得的，你要替我尽孝。（指她怀中的儿子）这一条命根，你保得住就保住他；万一保不住，你就杀了他，也不要让他被敌人掳了去。

宋　妃　是，知道。

李秀成　好了，妈妈，儿子很有把握，到明天早上，您等着听胜利的好消息吧！

李　母　好，你快去吧！

〔此时忽然听见钟鼓齐鸣，杂着爆炸声、群众惨叫声，全场惊异。

李世贤　这是怎么回事？

〔白发侍卫田顺上。

田　顺　王爷，火药库起火，已经差不多烧完了！

李秀成　啊！这还了得！……世贤，我们赶快去。

〔李秀成、李世贤正要走，成典宇慌慌张张地走进来。

成典宇　（急向李秀成）忠王，不好了！

李秀成　啊？

成典宇　天王服毒自尽，驾崩了！

〔全场如闻晴天霹雳，都呆住了。

成典宇　天王有遗诏交给娘娘，要把国事托付李秀成，如今娘娘跟幼主在宫里哭得天翻地覆，等你快去！

〔成典宇从袖内取出一封手诏交李秀成，李秀成接诏跪下，展开，含着眼泪草草一看。

李世贤　那许多王爷哪里去了？

成典宇　他们各自逃命去了。

李世贤　好奸臣！

〔李秀成急忙收起诏书，大步奔下，成典宇同下。全场人都一同呆望着。炮声、钟鼓声越响越可怕。

——闭幕

第五幕

第一场

人物：李世贤，李母，陆顺德，宋妃，田顺，李秀成，乡民甲、乙、丙、丁，王三青，萧孚泗，清兵若干人，难民若干人，溃兵若干人。

时间：天京失陷的时候。夏天。

地点：江宁方山。

布景：舞台分三层：第一层，台口布置矮树；第二层，作为半山的小路；第三层，为一座庙宇，庙宇旁边是山谷，那里有大树一棵，两旁树木很茂密地遮荫着。将近天亮的时候，雷声隐隐，电光闪烁，却没有雨。

〔幕启，场上一个人都没有，远处隐隐有枪炮声。山中宿鸟惊飞，一只猫头鹰在大树上悲鸣着。远远听见有女人凄厉的声音在喊着"救命"，旋即寂然。

〔李世贤满身泥污血染，一只手提了一口腰刀，一只手挽扶着李母从台右走出，由第一层走到第二层的小路。李母又是气喘，又是咳嗽。他们走两步歇一歇，回头看一看。李母疲乏得要倒下去，李世贤极力扶持着，让她在石头上坐下，并且说些话来安慰她。

李世贤　伯母，这下好了，这下不要紧了。好容易冲出了重围到了这个地方，很清静的地方，这就不要紧了。

李　母　啊，实在太热了，半夜里还这样热。

李世贤　也太累了，赶了一夜的路，坐下来歇一会，就会凉快一点。这天气也怪得很，一点风也没有。（取下头巾当扇子，替李母扇扇）啊，赶快下雨吧，让

　　　　　　我们也好喝一口清凉的水，今天才晓得，口渴比肚子饿还要难过。

李　母　以前在广西的时候，山清水秀，我们自己挑水，自己种田，吃也吃得多，
　　　　　走也走得快。这十年来总算享福，倒反而弄得吃也吃不下，走也走不动，
　　　　　早晓得今天还要这样逃难，倒不如住在乡下不出来。

李世贤　倘若不是清官、清兵跟那些土豪、恶霸逼得我们没有路走，我们也不会在
　　　　　金田起义，这本来是拼生死的事。

李　母　是的，这是拼命的事，如今也正是拼命的时候，你为什么不去打仗？你为
　　　　　什么不去跟敌人拼命，一直跟着我做什么？

李世贤　大哥带着全部兵马去打仗去了，留着我来伺候您老人家。

李　母　我几时说要你们伺候？

李世贤　这是大哥的一片孝心。

李　母　你大哥就胡闹，一定要把你留在我面前，我不愿离开忠王府，你们一定逼
　　　　　我离开，我不愿出城，你们一定逼我出城。

李世贤　到了不能不退的时候，自然没有办法。

李　母　就是要保家眷，也不能为了一个老太婆派一员大将。

李世贤　只要是一个好儿子，都会要保护他的母亲的。

李　母　大事已经完了，痛痛快快死了倒好。如今跟耗子似的东藏西躲，半夜三更
　　　　　跑到这深山里来，连一口水都不能到口。我这样死了，也显不得你们的
　　　　　孝心。

李世贤　就算天京破了，大哥一定还有办法，只要忍耐过这个时候，就可以跟大哥
　　　　　见面，请您老人家安心。

李　母　是的，我不能忍耐。

李世贤　不，我不是说您老人家不能忍耐。

李　母　是的，我实在不能再忍耐下去了，我要你离开我，你走，赶快走！

李世贤　伯母，我怎么能够在这个时候离开您老人家？

李　母　你是个将官，不应该为了一个老太婆离开你的队伍，你赶快去，找着你的

兵，打仗去！

李世贤　啊，伯母，我怎么能够离开您？三更半夜的时候，在这样荒凉的地方，土匪、溃兵、毒蛇、豺狼、虎豹，随时都可以出来伤人，在这个时候，我怎么能够离开您老人家？我怎么忍心把您老人家一个人留在这个地方？我将来怎么能够跟大哥见面？您放心吧，天已经快亮了，我背着您慢慢地走过山去，找一个农夫的家里，等您老人家安顿好了，我马上就去帮大哥打仗，您放心，一两天绝误不了事的。

李　母　（站起来四周一望，两手抱着自己的胸口）是的，在这个时候，你不能离开我。

李世贤　我背您过山去吧！

李　母　慢着，我口里头干得跟火烧一样，你到山下去，看有水没有？弄点上来，救救眼前吧。

李世贤　啊，是，不过山下也不一定有水。

李　母　随便什么水都好。

李世贤　就算是有水，又没有瓢，又没有碗，怎么拿得上来？

李　母　你不会把你的衣裳脱下来？把衣裳浸在水里，绞一点水出来给我吃几口就够了。

李世贤　是，那我就去。（说完向四周一望，正预备下去，被李母喊住）

李　母　等一等。

李世贤　是。（走回来）

李　母　你扶我到那上面去看一看。

李世贤　为什么？

李　母　我要到那庙门前去看看。

李世贤　太费力了，就在这里吧。

李　母　不，还是那边安稳一点。（起身就走）

　　　　〔李世贤马上去扶李母。

李　母　（一面走，一面讲话）我想要是站在那高的地方，一定可以看得见天京。

李世贤　只怕太远了。天亮的时候，也许可以看见那边的树木。

李　母　不过我的眼睛不单是看得见天京，我还看得见我们的家乡。

李世贤　那就更远了。我自从出来以后，就连想都没有想起。

李　母　唉！（长叹一声，喘着气，停一停）

李世贤　您老人家就在这里歇息吧。

李　母　不，只有几步了，我要上去看看。（再走上几步，将进到庙门前的地方）天京在哪一个方向？

李世贤　等我来看看。（看一看，用手向右方一指）啊，对了，那里就是天京。

李　母　啊，那里就是天京。

李世贤　是的。

李　母　那就是我们住过将近十年的地方！

李世贤　如今是离开了。

李　母　怎么那里格外明亮？是起了大火吧？

李世贤　清兵进城，一定是烧杀得很厉害。

李　母　（不胜悲痛的样子，半晌无言）哪里是西南方？

李世贤　（指着庙的左边）那边就是西南方。

　　　　〔李母走向庙左，李世贤赶紧去止住她。

李世贤　伯母小心，这下面深得很，听说有很多人从这里掉下去，就再也救不上来。

李　母　（不理睬李世贤）你看，那个一堆云的地方，不就是广西吗？

李世贤　是的，照这个方向一直走，可以到广西。

李　母　（张望了一会）好吧，我在这里歇一歇，你去找水去吧！

李世贤　（迟疑的样子）啊，是。

李　母　（在庙门口的石磴上坐下来）快去，我快要渴死了。我看，既是有庙，一定有水。

李世贤　（忽然在庙门口的墙根底下见到一个破竹筒）啊，好了，连盛水的东西也有

了，洗洗干净便好用。在这个时候，真是比金杯玉盏还要值钱。（走过去拾起竹筒）

李　母　啊，好极了，快去吧！

李世贤　（应声向山下走，还没有走到第二层，回头一看，见李母已站了起来）伯母，您不要走动。

李　母　世贤，你要是还能见得到你哥哥，你就叫他安心打仗，他的母亲早已是老废物了，只能给你们累赘，不要记在心上。

李世贤　伯母，怎么啦？（回头跑上去）

〔李世贤回头跑上去的时候，李母纵身向庙旁深崖一跳，李世贤想拉住她，已经来不及，往下一看，知道已经不能救了。

李世贤　（疯狂似的惊叫起来）啊，天啦！（哭倒下去）

〔这时候宿鸟惊飞，四处犬声相继而吠。

〔陆顺德很疲倦的样子，拖着一把大刀走上来，听见李世贤的哭声，远远一望以为是李秀成。

陆顺德　（惊喜地叫起来）王爷！

李世贤　（听见人声，握着刀跳起来，注视陆顺德）是哪一个？

陆顺德　侍王吗？我，陆顺德。

李世贤　（很快地跑下去，抱住陆顺德，悲痛地叫着）陆将军，我该死！

陆顺德　怎么？

李世贤　忠王叫我保护太君，太君怪我不去打仗，她投崖死了！

陆顺德　太君真是个女英雄，可是现在怎么办呢？

李世贤　（很激昂慷慨的样子）现在没有别的，只有赶快把敌人打退，成她老人家的志，可是，你知道忠王现在在什么地方？

陆顺德　我正在四处找呢。在城里突围的时候，大家就失散了。

李世贤　城里有什么消息没有？

陆顺德　地雷爆发，城墙炸崩以后，清兵就像潮水一般地进了城，到处放火杀人，我们有一万多兵被敌人围住，他们因为平常日子受了忠王的教训，真比田横岛上的五百人还要壮烈。一万多人斗到最后没有一个投降。这在中国的史书上，是从来没有的。

李世贤　陆将军，看起来我们太无用了，我们散在外头的队伍总还有几十万，我就不相信不能复兴太平天国，现在什么话都不要多说了，赶快找到我们的队伍，跟敌人拼最后的生死去吧！

陆顺德　好，我们先到山脚下，找着太君投崖的地方，覆上一堆土，做上一个标志再去吧。

李世贤　好，我们快去。（说完唏嘘流涕，回头望一望，从台左下）

　　　　〔陆顺德把刀撑持着自己的身子，一拐一拐地随下。忽然间，听见喊"杀！"的声音和男女喊"救命！"的声音。

　　　　〔宋妃抱着世子踉跄上场，白发侍卫田顺扶着她。宋妃简直走不动了，田顺十分着急。

田　顺　王娘，这个地方停不得，就是受了伤，走不动，无论如何也要赶紧爬过山去。您看，那远处烟尘滚滚的，又不知道是清兵还是土匪杀来了。

　　　　〔这时从远处又传来喊"杀！"的声音。

宋　妃　好吧，走吧！

田　顺　王娘，快点儿吧！

　　　　〔田顺扶着宋妃匆匆忙忙从第一层走上第二层，正在他们走着的时候，喊杀声越发近了。宋妃怀中的小孩子大哭起来。

宋　妃　孩子不要哭，兵来了，兵来了！

田　顺　啊，王娘，快快藏起来。乱兵来了，乱兵来了！

　　　　〔宋妃和田顺走过去伏在树后的草丛里。清兵追着一群男女难民过场，等乱兵过了，他们才从草丛里爬出来。

宋　妃　啊哟！（悲泣）

田　顺　幸喜没有被他们看见，王娘，赶紧走过山去。

宋　妃　啊，老田，我实在是走不动了。

田　顺　那怎么办呢？如今，天就快亮了，万一……

宋　妃　我是无论如何也走不动了，就是死，也只好死在这个地方。我死不要紧，
　　　　（指着怀中的小孩子）不过，这是王爷的一点骨血，只要把清兵打退，重见
　　　　太平，他父子还好见面。万一不幸，太平天国败了，这是李家一条根，将
　　　　来还望他报仇雪恨。如今我是毫无办法，能够托付的只有你，许多的侍卫
　　　　都不知道散到哪里去了，只有你还在我的面前，我把世子托付你，你抱他
　　　　逃命去吧！

田　顺　王娘一个人在这里怎么办？

宋　妃　你不要管我，我的主意早就打定了。

田　顺　我看还是……

宋　妃　天京破了，王爷保护幼主出城，不晓得怎么样了？太君也不知道在哪里？
　　　　一家人东逃西散，还哪里顾得了许多。你赶快抱着世子走吧，牵牵扯扯，
　　　　一定是同归于尽。

　　　　〔这时又听见枪声几响和一阵喊叫声。

宋　妃　听，那边又来了！你要是救了世子，你是个义士，你要是不救世子，你就
　　　　是个罪人。你不能看着王爷的骨血，断送在乱兵手里，你不能看着王爷的
　　　　后代，死在敌人刺刀之下。世子的生死，就在你手里，我拜托你了！（拜
　　　　下去）

田　顺　（急忙伏在地上）啊，王娘，折煞田顺了。

　　　　〔宋妃站起来，把孩子举起，递过去，田顺毅然接着。

宋　妃　去吧！（在万分悲痛之中显得异常坚强，挥手让田顺快走）

田　顺　田顺遵王娘的命，我对天发誓，定保着世子去找寻王爷，万一不幸，就无
　　　　论经过怎么样的艰难困苦，也要把世子抚养成人，王娘放心就是。不过王
　　　　娘既是真走不动，事情又这样紧急，看起来实在是难于两全。我从来不相
　　　　信天地间会有这样的事，会叫人自己把自己的心肝割成千片万片！啊，王

娘，您这样又贤惠又明白，看得远，想得透，拿得稳，决断得快，就是男子也千个里头找不到一个。……

宋　妃　不要说了，去吧！

田　顺　是，请王娘保重，为国家保重，为王爷保重，为世子保重。不久天下太平，母子团圆，一定很快。田顺拜辞了！（抱着世子对宋妃叩了一个头，站起来决然不顾而去）

〔宋妃一只手扶着大树，望着他们的后影，欲哭无泪。天到了快要发亮的时候了，雷声早已消逝，但还有闪电的光，照着她好似石像一般，许久不动。她那定住了的眼睛，渐渐随着她的头垂下去。她再也不能见着她的爱子了！她伏在树上悲泣。

〔李秀成在这个时候上场，前后望一望，忽然抬头望见宋妃，他走上两步，定睛一看，恰好电光一闪，看见果然不错，赶忙走近前去。

李秀成　（用低沉的声音叫了一声）啊，怎么你在这里？

宋　妃　（出其不意，大惊，退后两步。她绝没有想到这是真事）啊！……（定睛注视，浑身发抖）

李秀成　（走上前扶住宋妃）是我，是我。

〔宋妃目不转睛地望着，"哇"的一声哭出来，伏倒在李秀成的肩上。

〔李秀成万分怆痛的样子，扶着宋妃在一个石磴上坐下。

李秀成　你怎么样了？怎么一个人在这里？母亲呢？

宋　妃　……不知道。

李秀成　不知道？

宋　妃　分……散……了。

李秀成　（站起来望着天）啊啊！小孩子呢？

宋　妃　啊，不晓得你会来，不晓得你会来，我万想不到会是这样，我万想不到有这样的事。

李秀成　到底是怎么一回事？你说。

宋　妃　在破城的时候，好容易逃奔出来，也不知道什么时候，在什么地方，就跟
　　　　母亲分散了。保护的侍卫们，有的被杀死，有的逃得不知去向，只剩了田
　　　　顺一个人始终跟随着，只向着人少的地方逃奔，不知不觉来到这个山里头，
　　　　本想要走过山去，无奈我又饥又渴，身上又好几处受了伤，无论怎么样，
　　　　我也走不动了。先头又看见清兵、土匪在山脚下追杀一群难民，我怕小孩
　　　　子被人伤害，我知道田顺是忠心为主的，我就把小孩子托付了田顺，让他
　　　　抱着逃过山去。我想他能够找到你，父子可以团聚，谁想到你又来到这里，
　　　　啊，天啦！啊，我错了！我去找他回来。（一拐一跌地往山脚下跑）

李秀成　（连忙拉她回来）回来，你怎么啦？

宋　妃　我要去找他回来。

李秀成　蠢人，你到哪里去找？

宋　妃　我错了，我不该放他走。

李秀成　你没有错，你放他走得好。

　　　　〔宋妃哭泣。

李秀成　你把儿子交给田顺带去，非但没错，那是很好。田顺他还可以隐姓埋名，
　　　　想法子把他养大；倘若你把儿子交给我，在这时候，添我一个累赘。我身
　　　　旁又没有一个兵，没有一个将，幼主也在乱军中冲散了。到如今我还不知
　　　　道哪一尺地哪一寸土可以给我站住脚，我还能顾到我的儿子吗？你让他走
　　　　了，对的，走得好。

宋　妃　怎么，败到这个样子了吗？

李秀成　我还想到江西一带去，找到我们的队伍再图大举，就只怕大势已去，无可
　　　　挽回。啊，打败仗的滋味，今天我算是尝到了，最伤心的是明明可以不败，
　　　　明明是有救的症候，而自家人偏要从四方八面把我推到死路上去。

宋　妃　天父、天兄也再不保佑太平天国了。

李秀成　什么天父、天兄，那不过是欺人的话。

宋　妃　我们无望了！

李秀成　那也还不见得。

〔这时天色渐亮，隐隐听见有喊叫的声音。

宋　妃　啊，你快走吧，恐怕被人看见。

李秀成　好，我们快些一同走。

宋　妃　不，不能，我是走不动了，我只好死在这里，不过，我不愿意受那些清兵的糟蹋，王爷，你要是当我是你的妻子，你就把你的刀给了我吧！（跪下去，伏倒在李秀成的膝前，昂起头来，好像恳求的样子）

〔李秀成非常感动，沉思一会。这时喊叫声渐渐自远而近，李秀成下了最后的决心。

宋　妃　啊，快一些。成全我吧！

李秀成　……好。（这个字声音很轻，用很大的力说出来。然后把刀拔出来交给宋妃）

宋　妃　（握住刀柄）恩爱夫妻，来生再见吧！（自刎而死）

李秀成　（抚尸悲痛）好，死得干净。（悲痛到了极处，这句话用沉重的力量说出来。把刀插好，把宋妃的尸首搬放在树后。听见有人声，隐藏起来）

〔这时一群乡民拥上。他们都很疲乏的样子。

乡民甲　难道真是山穷水尽了吗？

乡民乙　到了这个时候，恐怕不是投降就是死。

乡民甲　投降，谁也不愿意；死，我也还不甘心。

乡民乙　那可怎么办？家也被清兵烧了，父母妻子都被杀了，活着又怎么样？

乡民甲　就是死也不能白死。难道我们的父母妻子被清兵杀了，有仇不报，就乖乖地死吗？我看天京虽然破了，太平天国并没有完，天王死了，还有忠王保着幼主呢。我们最好去找寻忠王，找着了就跟着他，我想他一定能够复兴太平天国。

乡民丙　再没有哪一个能够像忠王那样爱民的。我想他一定在想着我们，我们赶快去找寻忠王吧！

〔李秀成从隐藏的所在站出来。

乡民乙　这时候哪里去找？

乡民甲　就是找不到忠王，找到侍王也是好的。

乡民丙　总而言之，我们先要找到太平天国的队伍，再若迟疑，清兵就杀来了。

众　人　好，我们赶快过山去。

李秀成　弟兄们！

众　人　（愕然）啊，忠王！

李秀成　你们要跟我杀敌人吗？

众　人　我们愿意始终跟随王爷。

李秀成　好，我也永远不离开你们。我们大家都是一样的平民百姓，只因为有些人
　　　　封了王就跟平民百姓离开远了，太平天国才有今天的大败。可是有你们忠
　　　　心为国，太平天国是不会亡的。

乡民甲　我们跟随王爷，一定把大局挽回过来。

李秀成　你们知道哪里有我们的队伍？

乡民乙　我想走过山去，一定还有天国的兵。

李秀成　好，我们赶快过山。（忽然晕眩的样子，身子摇晃，不能自持）

乡民甲　王爷怎么样了？

李秀成　实在饿得太久，一点气力也没有了。

乡民甲　王爷为什么不早说？我们还有一点干粮。

　　　　〔乡民们都从身上掏出烧饼来献给李秀成。

李秀成　（坐下来接着饼）谢谢你们，这就好了。

　　　　〔李秀成吃着饼。乡民们各自警戒。

乡民甲　弟兄们，我们要小心一点，四围看看，不要被奸细暗算了。

　　　　〔乡民甲、乙留在李秀成面前，其余几个四方瞭望。乡民丙走向台左，发
　　　　现了宋妃的尸首，很惊讶地走回来。

乡民丙　啊，那边死了一个高贵的女人！

众　人　啊？

李秀成　那就是王妃。

乡民丙　怎么，是王妃？

李秀成　她自刎了！

乡民甲　啊，贤德的王妃，怎么会是这样的下场！

乡民乙　我们不能让王妃这样露着玉体，现在来不及买棺材，大家暂时搬点土掩着
　　　　再说吧！

　　　　〔大家点头，很悲痛的样子，各人开始搬土。李秀成此时心情的苦痛不问
　　　　可知。忽然听到马蹄声。

李秀成　（急起四顾）喂，清兵来了！

　　　　〔望风的乡民丁匆匆跑回来。

乡民丁　清兵来了！

　　　　〔大家停止搬土，互相警戒。

李秀成　你们在这里不要动，清兵来了，指引他们到岔路上去！（对乡民甲、乙）
　　　　你们跟我引路，赶过山去吧。

乡民甲　王爷赶快剃了头发才好。

李秀成　这是什么话？清兵进关的时候，为了逼着中国人剃头，不知道杀了多少
　　　　人，难道就忘了？我决不剃头，我要是剃了头，就不是太平天国的子民了。
　　　　走吧！

乡民甲
乡民乙　是。

　　　　〔乡民甲、乙做个手势，警戒的其余几个乡民，跟着李秀成急下。

　　　　〔乡民丙等见李秀成走了，聚拢去轻声讲三两句话，作互相警戒状。他们
　　　　便匆匆分坐地上和石上，装着难民模样。

　　　　〔王三青引着萧孚泗带清兵七八人持洋枪上。

萧孚泗　在哪儿啦？

王三青　我的的确确认识李秀成。我看着他，的的确确上了这个山，我看他就是走
　　　　也走不远。

萧孚泗　你要是谎报，我就杀了你的头！（向四处察看）

王三青　回大人的话，小的一定没有错。（向乡民丙等）喂！你们看见李秀成没有？

　　　　〔乡民丙等摇头。

王三青　喂，一个披着头发的长毛头子，你们看见没有？

乡民丙　我们也是才来的。

王三青　你们一个人都没有看见吗？

乡民丙　我们来的时候，好像有几个人从那边跑了。（指着台右）

王三青　（把刀指着乡民丙）你看清楚了没有，是怎么样的人？

　　　　〔乡民丙摇头。

萧孚泗　好吧，到那边儿去搜搜看！（指台右）

　　　　〔清兵等往台右，正待照着乡民丙所指的方向去找。

王三青　（忽从相反的方向察看，好像发现什么似的叫了起来）萧大人！这个家伙说
　　　　的话靠不住。这地下有许多穿靴子的脚印，李秀成一定是从这条路走的。

萧孚泗　怎么说？（回身走过去一看）不错，我们就从这条路追吧！（带着清兵由
　　　　台左下）

王三青　（回头对乡民丙等）好一班通贼的，回头要你们的好看！（说完正想跟萧孚
　　　　泗追下）

乡民丙　（忽然叫住他）喂，王三青，你来！

王三青　哟，你倒认识老子！

乡民丙　好一个奸细，混账王八蛋！

王三青　你敢骂……

　　　　〔王三青话犹未了，许多人一拥上去就把他掀翻在地，一个人骑在他的身
　　　　上，一刀就把他刺死了，接着又连刺了几刀。这时还听见萧孚泗在远处
　　　　吆喝。

萧孚泗　（在内）喂，那边树林里有两个黑影子穿过，一定是的，赶快追！

　　　　〔乡民丙等杀了王三青，聊泄一时之愤，可是他们抬头望着忠王的去路，

听见枪声响了，又增加无穷的悲恨，他们决心去救李秀成，一声喊"杀"，追过去。

〔暗转，紧接第二场。

第二场

人物：萧孚泗、太平天国降将数人、陈得风、李秀成、差官、清兵若干人。

时间：李秀成被捕后数日。

地点：清营。

布景：仍同第一场分三层。第一、二层山林树景除去，第二层看上去好像一个院子，第三层庙宇改为矮墙。台左仍是树木，台右有门。

〔开幕时，降将等分两排在第一层站班。萧孚泗带四个清兵、一个差官从第二层走出来站在当中，陈得风率领降将等参见。两旁有清兵各一排监视。

陈得风　沐恩陈得风等叩见大人！

萧孚泗　好好好，不必多礼。你们大家深明大义，归顺大清朝，大帅已经保奏你们，你们还可以留有用之身，为国家出力，将来封妻荫子；就是做一个安顺良民，也不枉人生一世。

陈得风　这都是大帅的恩典，大人的栽培。

　　　　〔陈得风说着又叩头，降将等随叩。

萧孚泗　起来，起来。如今李秀成已经拿到了，大帅也想开恩，不将他正法，还要提拔他，重用他。不想他糊涂得很，始终执迷不悟，所以想叫你们同伙的人大家劝劝他。你们劝他的话都已预备好了没有？

陈得风　都已经预备好了。（把说话的稿子递给萧孚泗）

萧孚泗 （接看）好吧，你就照这样说吧！

陈得风 是是是是！

萧孚泗 你们大家还要帮帮腔。

众降将 是！

萧孚泗 比方说，陈得风说到激昂慷慨的地方，你们应当挺起胸脯，做出非常感动
的样子。

众降将 是！

萧孚泗 他说到悲惨的地方，你们就应当低下头去，做出很难过的样子，甚至于擦
擦眼泪。

众降将 是！

萧孚泗 好，你们大家预备好，回头我把李秀成带了出来，你们就好好地劝他。

众降将 是！

萧孚泗 来！把李秀成带来。

差　官 是。（下）

萧孚泗 好吧，把你们的话再想一遍，不要把前后说颠倒了。

众降将 是！

　　　〔清兵一人从门内搬一张椅子出来，放在台的右方，给萧孚泗坐下。陈得
　　　风走向那些降将面前，和他们一个一个作商量的模样。

　　　〔差官带兵押李秀成上。他并没有上刑具，缓缓地一步一步走出来，走到
　　　台的当中站住，他的身体又正又直，他眉宇间含着很深重的悲愤，因此他
　　　的态度比过去格外显得庄严。他站着不动，一句话也不说，他的眼睛里就
　　　好像看着场上一个人也没有。

　　　〔陈得风等一看见李秀成，都不好怎么样，好像有什么摄住了他们的魂魄
　　　一样，浑身发抖，预备好了的话不知道跑到哪里去了。

萧孚泗 （看见这种光景，颇为着急，于是先开口讲话）李秀成，下面站的都是你们
自己人，你总该认识吧？他们想见见你，还有话想跟你谈谈。大帅开恩，
让你跟他们见一面，你要是有良心的，总应当知道感激。——陈得风，你

们不是说有话跟李秀成说的吗？……啊？……

〔陈得风不语。

萧孚泗　怎么？你们不是说有很多的话吗？为什么不说？……再要不说，就恐怕没有时候说了。

〔陈得风不语。

萧孚泗　你们大家呢？

〔众降将不语。

萧孚泗　这是怎么回事？……李秀成，我来对你说吧，想你反叛朝廷，残害百姓，如今被捕了，也是你恶贯满盈，本就应当把你就地正法，凌迟处死。大帅念你是一员勇将，所以法外施仁，想要免你一死，你们的伙伴们也想劝你弃暗投明。以前，你们害了国家，害了百姓，从今以后，盼望你为国家为百姓多做一点事情，将功赎罪。如今，富贵荣华在你的眼前，死也在你的眼前，流芳百世也在你，遗臭万年也在你，你要仔细地想想。——陈得风，你们是不是这个意思？

陈得风　……是。（用尽平生的力量，说出一个“是”字）

萧孚泗　李秀成，你总应当醒悟了吧？

李秀成　（严正地叱责那班叛徒）投降是最可耻的事，投降的是最可耻的人。有志气、有德行、有骨头、有良心的汉子，是决不会在敌人面前投降的。天京破了，我们的事业没有败。开路的不怕吃尽苦中的苦，成功的是我们的后人。看吧，不出五十年，我们的儿孙辈就会举起大旗，打进北京城去，赶走那些妖魔！你们是班什么东西！一个个昏了头，瞎了眼，死了心，掉了魂，无廉下耻，蛆一般的家伙，也配站在我面前说话吗？滚蛋！

众降将　忠王！（痛哭流涕，跪倒下去）

萧孚泗　（大惊失色）喂！（把头向上一抬，下巴往上一翘）

〔两旁的卫兵会意，唰的一声把刀抽了出来，举起对着降将，就要砍下去的样子。看守李秀成的兵，也急忙用手铐铐住李秀成，押着他走。

〔暗转，紧接第三场。

第三场

人物：田顺，乡民甲、乙、丙，民众若干人。

时间：忠王就义之日。

地点：某处郊外。

布景：旷野中远望，隐约可见城垣。

〔在暗转中，鼓声、号声大作。一声锣响，跟着就是一声号炮，清兵吆喝一声，表示行刑已毕，静止约四秒钟，开灯。

〔月夜，遥望城上一旗杆，隐约挂着个人头。许多民众手里拿着香跪在地上叩头，再昂头望天。田顺抱着世子跪在一旁。

乡民甲　忠王，你放心吧！各处地方的穷苦老百姓都在停工、罢市哭祭王爷，他们每个人都发誓要复兴太平天国，王爷，你把大事托给他们是不会错的，你在天上，尽管放心吧！

〔大家同声悲痛。

〔乡民丙匆匆上。

乡民丙　喂，清兵查夜来了！

〔大家站起来，抽出暗器来戒备着。这时小孩子忽然放声大哭，田顺拍着他。

田　顺　报仇的，不要哭，赶快长大吧！

〔小孩子不哭了，大家对着一个方向戒备地望着，慢慢往后退，如将决斗。

——闭幕·剧终

一九四一年六月于桂林

（欧阳予倩）"这篇戏用人似乎太多，戏也略嫌过长，不过，我没有法子再节短。至于人物个性方面，当然以李秀成为主。其他许多次要的角色，未及一一刻画，恐怕从旁边发展太多，会影响骨干，弄散了全篇的空气，我是这样想。

我从来写戏，很少出版，因为不敢自信。这回文化供应社把这篇戏印出来，并非说有了自信的把握，不过这剧本荒的时候，聊备一格而已。我平时对于自己的作品，从来不喜加以解释，无论人家如何看法，为毁为誉，我都不管。这回因朋友有催劝，写了这样拉拉杂杂的一大篇，这在我也要算是非常时期的非常举动，但是浅薄地自白一番，以表其求教之意，想来也未为不可吧。"

——张泽贤：《中国现代文学戏剧版本闻见录1912—1949》，上海远东出版社，
2009，第393页

一年以前，白健生先生对我提及，要我把太平天国的史迹编成两出戏。当时我含糊答应，因为生平对于太平天国史料的搜集与整理，没有用过功，迟迟没敢动手。过了两个月，白先生在西安看见上演《李秀成之死》，他又打电报来催我，那个时候，我已经就太平天国简略的史料大体加以估计，觉得不妨尝试，因此就回信给白先生，答应试写《李秀成》，或者《金田起义》。

承朋友们介绍给我一些书籍，又把《曾文正公全集》抽了一部对照了一下，才得把材料理出一个头绪，我便决定先写《李秀成》。

近年来，我有一个心愿：我想多写出一些坚强诚实忠义的人物，鼓励气节，为摇动、浮薄、奸猾的分子痛下针砭。不论是男为女，不论身份的尊卑，不论事情的大小，我都要用全力加以描写，《桃花扇》《木兰从军》和《李秀成》，都是从同一动机出发。在腹稿中的《王翠翘》《五人义》《旧家》也不会离开这范围甚远。

李秀成是太平天国史中特出的人物，我在整理材料加以剪裁的时候为他，虽经设身处地着想，到了危难煎迫激昂慷慨的地方；或是顾念大局，委曲求全的情势之下，未尝不热血腾沸，眼泪几乎要夺眶而出。惜我不文，无词以达之罢了。

这个戏十分之九根据史实，不过戏到底是戏，不是历史。在史家、考据家之前，当然不免献丑，不过想在将来出版的时候能够竭力把错误之点加以改正，当代专家如简又文、罗尔纲诸先生，我一定要去请教他们；广西还有许多位先生，对于太平天国素有研究，遗闻轶事搜罗甚多，我也想全部抄完的时候，一一去请教。恨我才能短绌，而事务又异常忙碌，除了艺术馆和两个剧团、一个剧场的日常事务之外，还要差不多每天排戏，最近因《日出》全部归黄若海君处理，才得抽了些空隙从事写作，不过意外的搅乱还是多得很，无中生有的人事纠纷，朋友或骨肉间的疾病死亡与穷困，不到又恐怕引起误会，横生枝节，虽得原谅的应酬，以及许多算不到的而忽然发生的问题，还是占去了大部分的时间。这个戏实在是在骚扰、疲倦、烦闷当中，一点儿一点儿凑成的，本来不敢自信，很想遵从"良工不示人以朴"的明训，再度加以修改，然后发表，《文艺》编者以为将初稿登出，听听大家的意见，再加修改或者也不为无益，匆促之间聊志数语如上。

（原载1941年5月30日桂林《大公报》《文艺》副刊第32期）

——欧阳予倩：《〈忠王李秀成〉弁言》，载苏关鑫主编《中国文学史资料全编·现代卷》，知识产权出版社，2009，第124—125页

| 作品点评 |

欧阳予倩在桂林抗战时期所写的独幕剧"其中只有很少一两个不是讽刺腐败的国民党人的，事成过去，这些戏也就失去了意义"（欧阳予倩：《欧阳予倩选集·前言》，见《欧阳予倩选集》，2页，北京，人民文学出版社，1959），此中不无谦虚之辞，但这些独幕剧确实不足以显示欧阳予倩的话剧创作才能，最能显示欧阳予倩抗战期间话剧创作成就的，是五幕历史剧《忠王李秀成》。……《忠王李秀成》在桂林上演之时，引起了强烈的反响，三度重演，共演出二十三场，场场爆满，观众达三万多人次，这种情况在桂林剧坛并不多见。

——李建平等主编《桂林抗战艺术史》，广西人民出版社，2014，第161页

《忠王李秀成》五幕历史话剧。1941年欧阳予倩编剧、导演。写太平军挺进天京（南京）并在天京定都之后，屡遭清朝将领曾国荃进袭。大敌当前，天国处于存亡之秋。这时的李秀成，经过十余年鏖战，屡建奇功，已由起义之初的一个普通种田汉，成为天国的一员忠臣良将。他为国为民，一片忠心，把天下兴亡之责担在身上。根据调查得来的敌我双方的具体情况，李秀成制定了切实可行的作战方案。这本是救国良策，但是，"天王却仍然对李秀成猜忌不已，那些皇亲国戚采用种种卑劣手段，争权夺利，分裂革命力量，使李秀成挽救太平天国的一个个计划均无法实行，只能在日益颓败的形势下坚持苦斗，直至天王自杀，天京陷落，李秀成被俘"，最后壮烈牺牲。剧本在写作技巧上采用对比的手法，忠奸分明，尤其是李秀成的形象很突出，给人印象很深，具有较强的艺术感染力。

——广西话剧志编委会编：《广西话剧志》，广西人民出版社，2008，第30—31页

　　欧阳予倩先生就是在这样一个特定的历史背景中，挖掘太平天国后期历史素材，成功地塑造了"忠王李秀成"这个典型形象。从而说明太平天国不仅仅败于清朝湘军和洋鬼子，还败于自己内部的分裂，败于奸佞的当政和叛贼的出卖。欧阳予倩先生从历史题材中精心提炼出来的该剧主题，在当时无疑具有重大的现实意义。真正做到了"历史戏并不是布置一个梦境似的迷宫，而是要使观众因过去的事迹联想到目前的情况"。它有助于揭露国民党反动派制造皖南事变的本质，有助于宣传和贯彻中国共产党"坚持团结，反对分裂；坚持抗战，反对投降；坚持进步，反对倒退"的正确主张与方针。

　　不同的时代有不同时代的主旋律，艺术作品的时代性和针对性是由时代的社会精神、审美倾向、艺术观念和面临的任务等因素共同组成的。艺术作品的针对性，往往从艺术作品的时代精神、审美倾向、艺术观念和现实需要等方面体现出来。

　　艺术家对艺术创作题材的选择，无不刻上深深的时代烙印。一个伟大艺术家的艺术作品与它所处的时代是分不开的，好的艺术作品应该富有很强的针对性，艺术性与思想性有机统一，使读者与观众从中受到震撼，得到启迪。欧阳予倩先生创作

的五幕话剧《忠王李秀成》就做到了这点。

············

李秀成一生值得书写的地方的确很多，而且"综观其一生，主流是好的。因为他在反对封建主义压迫和帝国主义侵略，解决近代中国社会的两个主要矛盾的伟大事业中，站在斗争的前列，做出过卓越的贡献，无愧于他所处的时代，应该受到我们的赞扬和崇敬！"因此，欧阳予倩先生创作话剧《忠王李秀成》时，主要选取了太平天国后期以李秀成、谭绍洸等人为一方，同以洪仁发、陈坤书等人为一方，忠奸双方之间惊心动魄的生死搏斗。结果邪恶势力占了上风，最终酿成了忠王李秀成的悲剧。欧阳予倩先生选取这些内容，主要是为主题服务的。他提炼的主题，无疑想告诉人们：太平天国的失败，一方面是由于清王朝统治力量的强大，更重要的因素还在于太平天国内部的腐化变质而引起的"内耗"。像李秀成这样的忠臣却"无时无刻不受着倾轧、埋怨、冤枉和猜忌"，"使他的雄才大略一筹莫展"。因此，太平天国的灭亡是必然的。这一主题无疑具有强烈的震撼感染力，也具有极强的现实针对性。

——盘桂生：《评"西南剧展"展演的话剧〈忠王李秀成〉》，载文丰义主编《寻找桂林历史文化的力量——纪念"西南第一届戏剧展览会"70周年学术研讨会文集》，广西师范大学出版社，2015，第264、266页

青年魂

谢康寿

（独幕剧）

时——现在。

地——离火线不远的村庄。

人——文凡：战地工作队队员

　　　普群：烈的爱人，女队员

　　　如冰：群的爱友，女队员

　　　东原：队员

　　　小鬼：勤务兵

　　　志平：队长

　　　如鸣：队员

　　　克英：队员

　　　美英：女队长

　　　民众多人

　　　日军多人

　　　受伤将士多人

作品信息

本书剧本选自《广西妇女》1941年第12期。

景——一间颇为宽敞的民房客厅，现在已经是×师战地工作队的工作室了，壁上悬挂总理遗像、党国旗及抗战地图多幅，工作标语多帧，厅内正中置长桌和桌布，桌上有暖壶，时钟，叫人铃，笔、墨、纸等文具，两旁及中央皆置椅，右后角上置一电话机，左边有一矮桌，置油印机、墨油等，左右边皆有一两张凳子，右边角上有门通里边，左边角上有门通外出入，另有临时收容所，离此并不多远，有时，说话及叫谁的声音还可听见。

幕——文凡坐在桌的右边，用心地在写作，普群、如冰在左边油印机旁从事印刷工作，远处不时传来一二吱吱稀落的枪声、炮声。

如　冰　（翻转头）文凡——诗人，你在写些什么？又在写诗吗？

文　凡　不，我现在正在写一篇血战白马岭的通讯，你不知道么？血战白马岭，把××线逆转的军事局势挽救过来，犬牙交错的战争，形成了今天××线上拉锯相持的阵势，这是本师的战绩，队长吩咐最近要写成功，寄出去发表。

普　群　可不是么？师长前次对我们说话，还说过："这次克复白马岭，击退敌人，就是运动战配合阵地战机动战术运用的成功呢！"

文　凡　是的，师长说："我们应该把这次战绩向外表扬，使大家知道自己的进步，相信自己的力量，同时，激励民众帮助军队作战，争取最后胜利！"白马岭血战，是从多么危险的战局挽救过来，我们的将士，又是多么英勇壮烈地牺牲，同时，敌人又是埋了多少尸骨在祖国的原野上呢！我想，凡是中国人，都愿意中国打胜仗，都希望看见和听到中国打胜仗的消息，每打一次胜仗，民众都振奋不少。

如　冰　嗳唷！文凡，你写下去吧！一个灵魂丰富的诗人，又有一位天真活泼的爱人（俏皮地指普群）在旁鼓励，自然可以写出有血有肉、振奋民气的文章来啊！

普　群　（打她一下）莫瞎说吧！

文　凡　如冰，鼓励我写出有血有肉的文章来的，不是普群，而是战场上伟大的活
　　　　生生的现实，伟大的战争啊！

普　群　你还是写下去吧！你一兴奋了，说话是不会停止的。

文　凡　是的，我太兴奋了，我差不多兴奋到不能再写下去了！

如　冰　你既然这样兴奋，写诗的情绪一定很浓厚啦！那么，就请你写一首诗出来
　　　　供大家欣赏欣赏吧！

文　凡　（若有所思）好的。我们是青年，我们战斗在祖国的边疆上，我们在战斗中
　　　　生长，战争教育着我们，我们坚决地认定我们今天虽是万分艰苦，然而，
　　　　明天的胜利，一定是我们的，我们要拼着最大的努力去争取，甚至我们的
　　　　灵魂，也贡献给祖国、给伟大的民族解放的战争了。（稍停，执笔忽忽写
　　　　作）我现在忽促写成《青年魂》一诗，大约可以代表我现在紧张、兴奋的
　　　　心情吧？

如　冰　那么，就请你朗诵给我们听吧？群，印了这许久，就休息一会吧！（拉她）
　　　　你一定很愿意听你的爱——人朗诵诗歌吧？

普　群　（停下来）你这个鬼！（打她，同时又是满意地笑了）

如　冰　（笑得腰都软了）……

文　凡　（朗诵《青年魂》诗）
　　　　谁给我们祖国予灾殃？
　　　　谁给我们民族予羞辱？
　　　　疯狂的屠戮，
　　　　无耻的奸污；
　　　　我们是人
　　　　为什么要受尽人类的惨酷？！
　　　　血海的冤仇
　　　　凝在心胸之深处，

天真的义愤

充满我们的血肉！

以眼还眼，

以牙还牙，

总有一天：

我们要取偿

最大的报酬；

我们要誓死与外力搏斗，

我们誓不与侵略者干休；

我们要扶持祖国的独立，

我们要争回民族的自由；

我们是青年，

我们爱祖国，

我们的灵魂，

为祖国效忠！

如　冰　好极了！普群，你觉得怎样？

普　群　没有什么。

〔东原上——其实在他在文凡朗诵了一两句的时候，他已经走出来了，怀着傲慢、恶意、轻视的态度，狠狠地又走了！——冷笑。文凡等也感到不满。

东　原　哈哈！原来是我们的大诗人在朗诵大作呢。失敬了！我早没有回来领教！在战地上，如此缠绵留恋的爱侣，如此高亢、美妙的诗篇，恐怕很少看得见和听得见的吧？

文　凡　东原同志，对不起！爱侣也罢！诗篇也罢！在战地上，大约作诗和唱歌，总应该有我的自由，你看得惯便看，听得惯便听，看不惯、听不惯便拉倒！

东　原　（狠狠地，没有话说）

普　群　算了吧，东原同志。大家是共生共死的战友，我们要提高理智，相亲相爱，
　　　　何必因这些小事闹气呢？

东　原　共生共死，哼，我却不和你们去共生共死啊！（愤然而去）

如　冰　这家伙真是可恶，破坏工作、取消工作简直就是无赖。

普　群　他还挑拨离间，对我说，文凡又爱上了如冰；对队长说，我们终日闹着恋
　　　　爱，妨碍团体工作，我坚决地答复队长，我们的恋爱只有互相尊重，互相
　　　　砥砺，绝没有妨碍我们工作的地方！……

如　冰　（恨极）说起来，我真要吃他的肉，他殷勤地甜言蜜语，说七说八，他说他！
　　　　留学日本，有热情，有学问，又能干，又聪明！哈哈！他要向我求爱，他
　　　　说！世界上最可爱的女子就是我了，他要求我握手，他要拥抱我……我看
　　　　见了他那无耻无聊的样子，我就要作呕！……哈哈！我曾经狠狠地打了他
　　　　一个嘴巴！哈哈！……（狂笑）

普　群　（抚如冰）你看，你又狂放这个样子！

文　凡　他自参加了工作队，究竟做了些什么工作呢？他鬼里鬼祟地来来往往，说
　　　　是做什么特务工作。对内则造谣中伤，挑拨离间，哼！恐怕是汉奸也说
　　　　不定！

如　冰　哼！我倒想起来啦！我们的小鬼对我说过，每次飞机来的时候，他总是跑
　　　　出去的，他还说过，有时候他很爱日本，他的名字，叫作——东原，也许
　　　　就是崇拜日本的征象呢！

文　凡　对呀！我们不能不注意他，还要报告队长特别监视他，喂，小鬼，（勤务
　　　　兵应声上）你去看看东原先生究竟跑到什么地方去了。

　　　　〔小鬼答应，下。

普　群　我们谈了许久，倒忘记了工作呢！

如　冰　好！我们赶快把它印完吧。（动手印刷）

〔文凡执笔继续写作，有顷，志平等匆匆地上，文凡起迎。

文　凡　队长，回来了？前线消息怎样？

志　平　是的，我们刚在前线救护伤兵回来，前线战事很激烈，双方伤亡甚重，现在，我们要马上发动民众到战地上去救护和担架伤兵。文凡，那篇文章写好了吗？印刷品呢？

文　凡　差不多了——本来早就要写好的，刚才和东原小子闹了一次气耽搁了一些时间，队长，那家伙行为鬼祟，挑拨离间，也许不可靠呢！我们要请队长特别注意他！

如　冰　报纸已经印好了十分之七八了，也是因为和那家伙闹气，丢下来有一些时候。

志　平　是的，我知道，我们不能希望他做什么工作，他，就是一个典型的青年救亡贩子——或者是救亡市侩也许更适当些，空头理论说得漂亮，可是，除了破坏、挑拨，却不能做一些工作了，我已经——（东原忽忽上，见志平，敬礼）

东　原　队长，你回来了，我刚才出去侦察民众情形，借机会调查汉奸，很多民众对我们军队观感不好，并且还有敌人便衣队和汉奸潜入活动，也许说不定最近会发动一个武装暴动呢！我们要设法镇压镇压才好。

如　鸣　队长，我以为东原同志未免说得太过火了！汉奸的活动和少数流氓地痞丧尽天良，甘心附敌也许是事实，说到民众对我们观感不好，却不是真的，因为我们军队纪律严明，有礼貌，有训练，民众爱戴之如兄弟手足，同时，凭着我们工作队的努力，已经取得民众无上的信仰了！

〔东原狠狠不堪。

志　平　好，东原同志！汉奸是谁？你有些眉目了吗？

东　原　是……是……是一个姓何的，名叫秋荣，以前当过军官，听说最近才投降敌人的。

志　平　你见过他吗？他常在什么地方来往？

东　原　谁能看见他呢？在什么地方来往，我也不知道。

志　平　我们注意他就是了。

〔传令兵送公文上。

传令兵　（向志平敬礼）报告队长：师部的命令。

志　平　好！（随手接过公文拆开，翻转信封背面，盖章后交还传令兵。传令兵敬

　　　　礼后下。随即阅读……由疑虑而愤激！怒状！）

克　英　队长，有什么紧急的事吗？

志　平　这是师部参谋处情报科的公函，本来我应该保守秘密，不过，我相信大家，

　　　　就公开吧！

〔如鸣接过公函。

如　鸣　（读）"近据情报员报称确查贵队某队员（姓名不详）有汉奸嫌疑，希即秘密

　　　　检举，密报缉拿为荷！"（震惊）

〔克英更惊，众静默如死。

东　原　（面有难色）我们的工作同志，会有哪个去当汉奸？除了……

志　平　（严厉地）东原同志！除了谁？你快说！

东　原　除了那些没有政治认识的兵夫，还，还有谁呢？

小　鬼　报告队长：我虽然是勤务兵，我却没有当汉奸啊！东原先生，我每天看见

　　　　你走来走去呢！

东　原　小鬼，你瞎说！

志　平　（狠狠，切齿地）好，看谁真的做了汉奸，我就要他粉身碎骨，死无葬身

　　　　之地！

如　鸣　谁做汉奸，竟敢混入救亡团体来，也算高明了！

文　凡　做汉奸，那丧尽天良出卖祖国的下流、无耻的狗，他能逃脱大家的眼睛吗？

　　　　总有一天，那狐狸尾巴会露出来的。

志 平　好，假定我们工作队里有人做了汉奸吧？我代表本队向那汉奸提出警告，限他三日内自首，并且要供出汉奸组织里的重要分子或机关、秘密情报等作为保证，汉奸自首，尽可以将功折罪，如果不，侦察确实，一定押解师部严办，我们都是青年，大家都应该有良心，希望各自珍重，切不可把青年的生命和光荣的前途以为儿戏！

〔众静然，唯颇注视东原。

志 平　好，大家有什么意见吗？

克 英　我赞成队长的主张！

〔电话铃声响了，小鬼忙去接电话，众静然。

小 鬼　喂！你是哪？……我是工作队部，啊，师长……找队长讲话……好，请你候一刻！（放下听筒）报告队长：师长请你听电话。

志 平　（接电话）你是师长？……是的，有什么吩咐？啊？……马上去，好的，好的，我布置这里的工作后，马上就去！好，请。（放下听筒）诸位同志，师长叫我马上到师部去有事商量，现在，民众需要发动，伤兵需要看护、慰劳，汉奸需要防范、镇压……我们人员虽少，但我们要用突击的精神，一个人要做两个人的事，只要努力决心去干，工作是有前途的，国家民族现在虽然说不上给我们以报酬，然而，历史会报偿我们！

文 凡　对！我们知道：历史是会报偿我们的！

如 鸣　那么，我们听候队长分配工作吧！

志 平　如鸣、克英、东原诸同志，马上去发动民众救护，担架伤兵，并且，还要以身作则，身先民众，如果战事或者逆转，也要率领民众掩护军队作战。如冰、美英两同志，马上出发临时收容所慰劳伤兵，刚才我们救护的受伤兵士，还有许多拼命保存着手榴弹和枪械的，除慰劳外，还要设法使他们把枪械缴出来，防止暴动。文凡同志驻守队部，如有要事，亦可临时处置，派出工作的同志，如回来时，马上派给工作；写好文章，也要马上印刷寄出。普群同志，也留在队部，协助工作。小鬼，快拣些新印的报纸，马上跟到师部去，好，大家马上出发吧！

〔各自分头出发，队部只剩下文凡、普群两人。

普　群　凡，为什么队长不马上检举东原小子，还要放他跑呢？

文　凡　队长是希望他自首，就是他不自首，相信他也跑不到哪里去！

普　群　你说他会黑算我们吗？

文　凡　怕他做什么？我们以牙还牙！

普　群　不是那么说，假如他真的做了汉奸，率领敌人便衣队或者汉奸来袭击我们怎么办呢？他将我们的军事秘密及一切工作，报告给敌人，我们又怎么办呢？队长和你们，总不值得慎重考虑的么？

文　凡　这自然是很危险的！不过，我相信那家伙是不行的，也许他没有这样的勇气，也许敌人不十分相信他！

普　群　这很难说，你不记得他是新从日本回来的留学生吗？

文　凡　是的，他如果回来时，我们就监视他，威胁他，甚至设法扣留他吧！

〔正谈话间，敌机声轰轰然威胁着祖国的天空，从远而近，这里是战地，没有警报——要有，那就是自己的耳朵和眼睛，或者是炸弹，机关枪扫射以及高射炮卜卜的回答而已。敌机的空袭与轰炸，已经是司空见惯，也好像是家常便饭，不以为异了！

文　凡　群，敌机又来了，你怕吗？

普　群　我不怕！

文　凡　（试探地）万一敌机有一个炸弹掉中了我们呢？

普　群　那……（坚决地）我们就一同死吧？——不过，我相信那大约是不会有的事。

文　凡　群，那大约真是不会有的事吧？（过去，安慰地）我们伟大的爱，可以克服一切，虽然不是迷信，我却相信任何妖魔鬼怪也不敢来伤害我们的！

普　群　凡，到来前线，工作和爱，便是我们的生命了！凡，我们真到了"失去一个"便不能生存的时候了！我们的爱，到了前线，才变成更伟大的呢！

文　凡　（爱抚她）群，是的，在战斗中的爱是最伟大的，任何的势力都不能摧毁它！
我们的灵魂，已经凝成一块，我们的心，也已经结成一个了！我们相信：
就是炸弹掉下来，虽然可以炸伤我们的肉体，也决不能炸碎我们的灵魂和
我们坚强的心！群，我们的灵魂在飞，我们的心在跳，它要飞到自由的境
地去，它要跑到幸福的王国，群……（拥抱）

普　群　（接受着甜蜜的温存，满意地笑了）凡，战地是伟大的，你看那英勇的斗争，
壮烈的牺牲，人民抗敌的要求和决心，敌寇的无耻和疯狂，以及假面具后
面的嚣笑和阴谋……这活生生的现实，以及有血有肉的惊奇的故事，不是
一部中华民族解放的伟大不朽的史诗吗？然而，战地有时也是寂寞的；你
看那荒漠的沙场，暗渗的河山，以及一些惨痛的伤心的事实，不是使人感
到万分的难过和伤心欲泪的么？凡，可是，有了你，我的生命，就充满了
甘美的泉源，我的视野，就好像到处都是森林和青草，我们的生命，也就
有无限的希望……

文　凡　是的，在战地上存在着光明和黑暗的两面，同时现在的世界，也存在着光
明和黑暗的两面，然而"战争改造一切"，在进步、正义的战争下面，一
切黑暗的丑恶的现实，也将一概扫除！我们要努力去争取光明的一面，同
时，还要向黑暗面进攻……（敌机飞得更近了，那如死神哀鸣的马达的响
声，震响在天空，远处有轰炸声，由远而近，"格格格格"的机枪扫射声，
也清晰可闻，死威胁着凡是听得见它的吼声的人们，谁也不知道他［或她］
过了一分钟，两分钟之后会变成怎样……可是，文凡和普群，他们不害怕，
因为他们对自己的生命已经有了把握！）

普　群　凡，敌机更加近了，要不要躲防空壕？

文　凡　你不是说过不怕的吗？躲防空壕，又有什么用呢？我们既不怕一切，自然
也就不怕死了！群，为了镇压我们震惊的灵魂，我们歌唱吧？我们唱——

《在轰炸中》吧？（在敌机轰炸与扫射声中，同唱）

屏着气息，

怀着愤怒，

冷视寇机凶狂，

在祖国天空来往；

看太阳血徽，

听死神哀叫！

"格格格"！

"轰轰轰"！

扫射吧！

轰炸吧！

我们坚强的心，

凝在一起，

我们众志成城，

可以抵御；

哼，你莫以为

空中无敌。

告诉你：

中华儿女，

不怕威吓，

我们已脱下

恐怖的外衣

我们的雄心

随自由飞去！

〔敌机在近处扔下了炸弹，继之惨叫声，咒骂声，闹成一片，幕后火光熊熊，那是敌机凶狂，屠杀，焚烧的写真！

普　群　（震惊）这近处的炸弹，也许是炸临时收容所吧？如冰等人不知怎么样了？凡，我要去看看她！（欲奔出）

文　凡　（拉住她）你要去看她，可是，那会有什么用处呢？

〔敌机声渐远。

〔电话铃声响。

文　凡　（接电话）你是——哦，队长，你马上回来？……战事怎么样？……什么？退守新阵线？为什么？……不死守，……机动战术，准备退却，拆电话线，检点重要公文，……还要？还要派一部分人到敌后领导打游击……呵！好，回头再说吧（放下听筒）群，师部准备移动了，我们赶快检点重要物品吧！

普　群　前线战事很坏吧？

文　凡　也许不吧？白马岭死守已无益，现在是运用机动战术，同时，还要派军队到敌后打游击……

〔于是大家匆忙检点文件，拆电话线等。

〔如冰、美英面无血色，显然是受了过分的震惊，疯狂似的奔入。

如　冰　群，（抱着她）你们倒快活呢？……一个炸弹，离我只有一丈远，爆炸了！机关枪好像雨点一样扫着，哈哈，可是，始终没有炸着我们，群，我们毕竟还没有死啦！哈哈……（狂笑）

美　英　幸而我们躲得快一点，受伤将士也全部扛出来了，虽然敌人花了最大的心血来轰炸，可是只轰炸收容所的一角和三个重伤的同志，我们真是幸运呢！

如　冰　刚才轰炸时，听他们说，有一个穿反领、戴眼镜、长头发的人在指挥放信号，不知道是不是那个东原小子？

文　凡　大约不会吧？他若回来时，我们解决他好了，刚才队长有电话回来，叫我们马上检点公文，准备随师部退却，临时收容所我看也会接到命令了，你们最好也到那边去帮助一下。

美英等　好的。（下）

　　　　〔如鸣、克英上。

如　鸣　妈的，真是那个小子，刚才飞机来时，我亲眼看见那小子在指挥放信号，我当时没有枪，算便宜了他，队长为什么不早把他绑起来，现在却放他走脱了！什么汉奸活动，其实，就是他在指导；他还会回来吗？除了日本鬼到来的时候！（愤怒地）

克　英　真的，那小子，说话说得漂亮，原来是一个汉奸啊！

　　　　〔文凡等正要开口，志平、小鬼匆匆地上。

志　平　文凡，你们准备得怎样了？

文　凡　差不多准备完了，队长，如鸣等人证实了东原小子做了汉奸，也许就会督领汉奸来袭击我们呢？如冰等人仍旧去协助临时收容搬移去了！

志　平　我放走他，实在是我的错误，不过，事情已到了这步田地，还有什么可说呢？现在，师长命令：本部要派一部分同志随李团长到敌人后方去领导打游击，马上集中杨村候命出发。这程途虽是艰险的，然而，我们相信，也是有光明的前途的。领导沦陷区人民建立抗日反汉奸的政权，是抗战的中心任务之一，此地的民众工作，我们已打了基础，相信一定更容易发展的，诸位同志有什么意见？谁留在这里？谁又随师部移动？

文　凡　我愿意随李团长去领导打游击，到敌人后方去开发救亡工作！

如　鸣　我也去！

普　群　我也去！

　　　　〔是时如冰等上。

如　冰　队长，临时收容所计划搬移了！有些伤兵不愿退，他们说他们还有手榴弹，愿意和日本鬼拼一死命，我们劝解都不听……你们不是决定留一部分人在敌后工作吗？假如真的话，我也愿参加打游击！

志　平　沦陷区的工作重要，战区工作也同样地重要，我个人到哪里都不成问题，不过，师长要我留在师部帮忙，所以暂时决定随师部行动。东原那小子，我们设法对付他，最好留在这里工作的同志，设法捕获他，同时，这任务也只好交给你们了！

克　英　那么，我随师部移动吧！

美　英　我也随队长去！

志　平　好，此外派出去工作还没有回来的同志，见面后再分配工作吧！只要大家去从事抗敌救亡，工作是可以自由的。好！我们马上分开吧。临别依依，还有什么话说呢？希望各同志把平日战斗的情绪，卓绝坚忍、不屈不挠的精神，带到沦陷区去，我们将来在前线再见吧！在战场上再握手吧！……

（与文凡等人一一握手，敬礼而别，小鬼携带电话机等同下，炮声渐密而近，机关枪声也偶尔可闻）

文　凡　我们首先讨论怎样对付东原那小子吧？

如　鸣　如冰不是说有许多伤兵不愿退却吗？我们就去组织他们，在这里埋伏，他既然做了汉奸，一定会率领敌人来袭击我们的，我们就消灭了他，然后再转到杨村去集合，也不会迟的。

文　凡　好。就这么办吧！

〔于是大家背上简单的行装，正要下，民众多人携土枪、干戈等匆匆上。

民　众　先生，你们走了吗？日本鬼来了，我们怎么办呢？我们刚才看见远远地有一个好像就是你们队里的那位戴眼镜的先生，带着一帮日本鬼向这边来了，说不定会来袭击我们呢？

文　凡　只要不愿做亡国奴、顺民和汉奸，怎么会没有办法呢？你们的土炮、干戈，就可以杀日本鬼呀！你们跟着我来吧。如鸣，你到前面去做斥候，有消息，马上通知，我和如冰等人到临时收容所去组织伤兵同志，告诉他！和日本鬼拼命的机会又到了，马上带他来这里埋伏。

〔如鸣去了，文凡率众下。

〔冷场片刻，如鸣飞上。

如　鸣　哼！东原小子骑着马来啦！哼，好威风，等一会我就要请他一粒卫生丸。
（从左角的门内进）

〔后台时传低噪声，"来了吗？""妈的，杀绝他！""好，来吧！""我要和他拼命！"……里面显然有生疏人的声音。

〔东原率日兵约十人凶恶地上。

东　原　一个人都死光了么？刚才的英雄哪里去了？

日　兵　八格野鹿！怎么的，好好的，不见人？……

东　原　他们听说皇军到来，都逃亡了！哈哈！（殷勤地卑笑）

如　冰　我们中国人不会逃亡的，刚才的英雄，还在这里！（从左背角门内上，扔手榴弹，东原及日兵等纷纷倒下，未死者狼狈奔逃！）

〔伤兵从日兵侧背架起机关枪扫射，日兵大约都死完了！

〔外复有大炮及机枪声。

〔文凡、如冰、普群、伤兵、民众等人均由各方面上场，带着战斗过后胜利的惊喜的微笑与狂欢。

伤　兵　（一瘸一拐地）奶奶的，怕日本鬼的不是中国人，（指日本兵）你的爸爸带花了，还不怕你，哼！杀了你们这批野兽，才知道你爸爸不是好欺负的！

〔如冰吃吃地大笑，普群拉她，她于是笑得更疯狂了，大家也随着大笑！

文　凡　好，此次我们完全胜利了，不过，日本鬼还是会来的，我们要马上赶到杨村去，那里有我们伟大的力量，我们的团部在那里，我们领导打游击的中心力量也在那里；（指民众）各位老乡，你们如果肯跟我们去的，大家共生共死，打日本，现在就请你们设法扛这几位受伤同志一道走！

民　众　我们愿意跟着你们去打游击，什么事情，我们都能做，都愿做！

伤　兵　我们感谢诸位先生，我们有一天的生命，就要和——日本鬼拼命一天！

文　凡　自然，爱国，救国是每一个中国人应有的责任和应尽的义务，不过，你们这样坚强，这样勇猛，真是新中国模范的军人、模范的民众了。

如　鸣　好，文凡，我们出发吧？

〔民众用床板等物扎担架床，扛受伤兵士出发。

如　冰　（狂笑）普群，你说打仗就是这样的么？这样就打胜仗，不会太便宜么？

文　凡　（代普群答）不，不便宜，把握敌情的正确，和得到民众的协助，一定会打胜仗的，打游击，更要这样，也只有这样，才会打胜仗！

如　冰　哈哈，打了这一仗，真使我的胆子大了许多，真的，这一仗还打得不够瘾呢！（狂笑）

普　群　（拉她）你快疯了，快点准备出发吧！……

〔队伍出发中，幕闭。

　　附：内插诗歌，征求作曲，如演出时，须设法使朗诵诗合乎韵律及表现情感即行。（作者）

　　　　　　——为纪念"七七"两周年而作，七，一，（1939年7月1日），岑溪

善　人

朱门弦

（独幕剧）

时：抗战中的一个初秋的早晨。

地：后方一大城市。

人：汪太太——她自称穆女士，也愿意别人这样叫她。

　　自由——她的丫头。

　　方先生——她的家庭教师，教二少爷的。

　　冯女士——她的私人秘书。

　　王司机

　　大小姐——她的女儿。

　　陈彦芬——她女儿的同学。

景：一间很阔气的卧室，里面陈设的东西，使人一见就感到舒适，那床，那沙发，那一切坐卧的东西，都能诱惑人想去坐卧一番，然而那些东西的布置却是不调合的。

幕：开幕时，台上静悄悄的，门窗都关着，汪太太早焚上香，一会，丫头自由推门进来；后面跟着方先生。

作品信息

本书剧本选自《抗战时代》1940年第3卷第1期。

自　由　（轻轻地）方先生，你等一等，让我请示过太太，再来叫你。

方　好。

自　由　（走到床面前）太太！太太！

〔方先生焦急地探着身子进来。

自　由　（急挥手叫方出房门）太太！太太！

汪　（在蚊帐内打一个翻身）啊，几点钟了？

自　由　（把蚊帐弄好）九点了，太太！

汪　怎么？我嘱咐你多少回了！叫你不要称我太太，称女士……

自　由　是，女士。方先生要见见你。

汪　哪个方先生？方先生可多了；你还会说话呀？

自　由　老师方先生。

汪　他又怎么了？

自　由　他说他的太太死了！

汪　不用说，又是要钱！——你怎么不告诉他，我在吃早饭以前不见人。

自　由　我说过了，可是他老是要我来回，他说您太太，啊，女士是出名的善人，一定会可怜他而见他的，所以我才来回太太——呃，女士的。

汪　（略一沉思）好！叫他进来吧！（下床）

自　由　方先生，太太请你进来。

方　（大踏步走到汪前跪下）太太……救救我内人……

汪　唉呀！方先生！别这样！（想伸手扶起，忽然看见他衣袖太脏了，手又缩了回去）自由，还不替我扶起方先生！唉，方先生，别这样，有什么事尽管说吧！行这样大礼，不是要折我的寿么？……

方　啊，太太！……

汪　而且，现在的文明礼节，也不兴这一套了！

方　是的，是的，呃，太太……

自　由　方先生，你别老称女士作太太；女士不喜欢这个称呼；连我们做丫头的都是称她女士，你也称女士吧……

汪　　自由，别多嘴！方先生爱怎么叫就怎么叫，你配管！——方先生，随
　　　便吧！

方　　啊，太太……

汪　　不过，一个女子被人家称作太太，就好像是专靠丈夫吃饭似的；二十世纪
　　　的女子，是应该跟男人一样要自立的，不应该依赖丈夫的，对不对，方
　　　先生？

方　　对的，对的！呃，太太，啊，女士，我的内人，不幸在昨天给炸
　　　死了！……

汪　　哎呀！师母被炸死了！咳，怎么不躲呢？

方　　平常都躲的，昨天飞机来得快，走不及了，唉！

汪　　所以呀，我是挂了一个灯笼就走的，这并不是怕死；像师母这样白白地牺
　　　牲了，多不值呀！

方　　啊，女士，现在内人的尸体还暴露着没法安葬，想请太太可怜可怜，帮点
　　　儿钱！

汪　　哦，这个——政府有救济费发的，你没有去领么？并且，你要是无力安葬
　　　的话，政府也会替你埋掉的。——自由，你去叫博爱预备洗脸水。（自由下）

方　　自然，政府会替我埋掉的；不过，我还有没给炸死的儿女，不能不养活他
　　　们……（看见对方没有注意他的诉说，不觉说不下去了）

汪　　（看表）九点半了！（从精美的钱袋内，取出两张票子来）好！方先生，这
　　　儿是二十块钱，你拿去用着，就算是本月的束修吧！汪先生又出去了，我
　　　手边没有零钱，真是对不住得很！

方　　谢谢太太，呵，女士！（接过钱颓然地下）

汪　　（目送方出去）唉，可怜！这样年纪死掉妻子！（松一口气，伸一个懒腰，
　　　悠然地缓步走到窗口，想吸一口新鲜空气，看见窗户还关着）自由！

自　由　太太！啊女士！

汪　把窗子打开！

自　由　是！女士还有什么吩咐么?

汪　没有了！

〔自由下。汪在窗前做了几下室内运动，然后，点起一支烟悠然地吸着，自由蹙着眉上。

自　由　女士！王司机要见！

汪　哎！今天早上真倒霉，你没有告诉他……

自　由　我已经告诉过他"太太在早饭以前不见客"，可是他说他非见不行；他说他要走了！

汪　啊，他要走了?那不行！我一下子去哪儿找替人呢?要是挂灯笼，发警报……好！你叫他进来吧！

〔自由下，又和王司机同上。

王　太太，我要走了！

汪　为什么！

王　征兵！

汪　征兵?你要去?

王　去也不要紧，横竖家里有弟弟照顾……

汪　（急）你弟弟做什么的——会开车吗?

王　他要是开车，他会叫车子睡在地上，或是让车头去撞墙。

汪　唔，那么……我看你还是不要走吧！在这时候，我去哪儿找替人呢?你是知道的，发警报的时候，没有车子我不能跑去躲的呀；还有平常我去参加什么会呀的，没有车也走不来许多地方！唉，天呀！谁叫我这样热心救亡工作呢！

王　太太！做征兵，也是为国家出力呀！

汪　我并不是阻止你去为国出力呀，你年纪还轻，为国出力的日子还长哪！我现在没有你，我不能去开会，不能去躲飞机；那不是减少了一个救亡分子了么？那不是……

王　　不过，去当兵是服从国家的命令；也是人民的天职。

汪　　这个有办法的。这样吧，我借给你这个月的工钱，再津贴三十块钱，让你拿去交缓役金，不是蛮好么？过了今年这一关，明年再说。

王　　不过去应征，是我自己愿意的。

　　〔幕后有人在街头演讲征募寒衣。

自　由　王司机，女士待你这样好，你就暂时不去吧！

王　　……好，那就明年再说了……

汪　　对呀！王司机，你这样也间接是做了救亡工作哪，因为我有了你，我才能够去参加各种救亡的会。这样，你不是间接做了救亡工作么？（边说边走去取钱袋，数出一百元来）这一百元你拿去交缓役金，今年别慌了！

王　　（接过钱）谢谢太太！不过在这时候……

汪　　得了！得了！嗳！难道我还不知道爱国么！我要是个男子，我早就持枪上战场了！（神往极了）啊，拿着枪，在战场上，看灿烂的落日，让黄昏的风，吹着我的头发：静静地等待冲锋的号令，于是，杀！冲！啊，我真想不出那种伟大、悲壮的情绪呀！唉，天为什么不生我是男子汉呢！

王　　在前线，听说有不少的女学生哩！

汪　　是啊；不过，我可不行，你看我身体太弱了！不能坐汽车上战场呀！

王　　谢谢太太！我去了！（下）

汪　　好，你去吧，千万别去应征呀！自由！冯女士来了没有？

自　由　很早就来了！

汪　　真是好人！你去请她来吧！

自　由　是。（将下）

汪　　啊，你先去叫博爱准备早点！

自　由　是。（下）

　　〔汪也悠闲地出去，舞台空一会儿，自由和冯女士进来。

冯　穆女士！哦，出去了！

自　由　大概是洗脸去了，您请坐吧，她一会就来的。（下）

冯　拿出一本拍纸簿，在迅速地写着。（汪上）

汪　真是，接二连三地发生这些讨厌的事，把我的生活规律都弄乱了！啊，冯女士！古摩林！（伸手）

冯　（恭敬地站起握汪手）穆女士！古摩林！

汪　嗳，坐呀！你老是这么客气对我，真太那个了！

冯　没有的事。

汪　累你久等了！

冯　没关系！穆女士说的府上发生了什么事呀？

汪　咳，真讨厌！二少爷的老师方老头的老婆，昨天给炸死了；没钱安葬，来找我打把式——这倒没有关系，给几五十块钱就打发去了！可是王司机这家伙要去应征，跟我请假，这可麻烦了。

冯　啊，王司机要去应征？！

汪　是呀，你想这不是麻烦吗？在这时候，叫我立刻上哪儿找替人呢？总算好，费了一顿唇舌，替他出一百块缓役金也就过去了！

　　〔自由拿早点出来。

自　由　女士！早点！

汪　冯女士！用一点吧！

冯　谢谢女士！我已经在家吃过了。（持笔又写）

汪　（吃着牛奶鸡蛋）你在写什么呀！

冯　女士昨天不是告诉我，要我拟一张今天征募寒衣会上的演讲稿吗！

汪　哎呀，真是！你看我真是太健忘了，你不提起，我居然就忘了这回事；我要是没有你替我记呀，我怎么去做救亡工作呢？今儿个还有什么要做的事，一齐告诉我吧！

冯　（翻着拍纸簿）今天早上是劳军书画展览会，十时二十分钟开会，十一点妇女界征募寒衣会，十二点张家婚礼；下午……

汪　等一等，张家的贺礼送过去没有？

冯　送过去了，一对鲜花篮，二十八块钱，还够体面。

汪　啊，二十八块的礼物不太薄么？

冯　上次汪先生做寿，张家送的只是一张寿幛，并不……

汪　现在不同了，张先生的地位比原先高了；算了吧，以后再补吧。下午一共有几件事？

冯　五个会呢！

汪　好，别忙告诉，我记不住，等我由张家回来再说吧。（吃完了碗内的牛乳，燃上一支香烟，自由收拾东西出去）哦，冯女士，你记下来，下星期五或星期六请张家新夫妇吃饭，到星期三你再提醒我一声。（冯像记者记事一般写在拍纸簿上）还有别忘了问我张家今日的酒席。

冯　是，穆女士。

汪　哦，你拟的演讲稿完了吧？

冯　完了，在这儿。（撕下一篇纸交汪）

汪　（一边看；一边默念）哎呀！谢谢你，冯女士！做得真好！你所写的就是藏在我心里的话！

冯　还得女士自己删改一下。

汪　不用了，好得很。

冯　（嗫嚅好久才说出来）听说方老师死了太太，女士就送了五十块钱，真难得。

汪　（微笑）我永远这样待人，可是总讨不出好儿来，人世是无情的。

冯　谁不知道女士的慈善与热心呢！

汪　哎！也许！

冯　（关心地）二少爷的书又得荒废几天！

汪　可不是，老不叫我心静一会儿！

冯　要不我先好好地教着他？可我不是很行呀！

汪　你怎么不行！啊，我倒忘了这个办法呢！你先教着他得了，我不白费你的心！

冯　你别又给我报酬，反正是几天的事，方先生事完了仍由方先生教。

汪　（想了一会）冯女士，简直这么办好不好？你就教下去，我每月一共给你二十五块钱。

冯　就是有点对不起方先生！

汪　那没什么，反正他死了妻去，减少一口，遇机会我给他找个小差事，不是一样！不过他跟我宝东之间，倒还满好，他遭了这样惨事，我也很难过他！家里又空！

冯　那么女士再帮他一点儿忙！

汪　唔（沉思一会）呵，自由！

自　由　（急上）女士！

汪　你叫厨房把我每天吃的鸡蛋，送十个给方先生。

自　由　是。（下）

汪　鸡蛋不是很养心的么？方先生受了大刺激，这两天一定很难过，送鸡蛋给他养一养心，倒是要紧的，我每天都少不了鸡蛋，就是为了养心呀！

冯　（忍住笑）女士做人，真是仁至义尽了。

汪　咳！我的心总是这样的。

冯　我得走了！女士再见！

汪　再见！（目送冯女士走后，拿起冯代拟的演讲稿。整一整衣服，像在会场里站起来演讲一般，咳一声嗽地做着手势）呃！今天，呃，我们开捐募寒衣的会，呃，这是应该的，呃，我们想在这秋风凉的时候，我们，呃，都换穿夹衣了；假如再过一些时候，天气更冷了，呃，那时，我们又都换穿棉衣了！呃，呃，而我们在前线的战士呢？呃，他们还是单衣，在这种情形下，他们和敌人拼命时，呃，不感到一种艰难么？所以，呃，我们要想在后方安然坐汽车，吃喝，玩，都得努力捐助寒衣才行……（没有听的人鼓掌，她自己不觉拍起手来了）好！……

内　面　好！拍手！

　　　　〔汪连忙把稿子藏进钱袋内，放到另一张桌子上。

汪　谁呀？

大　是我，妈。（她和一个小学校的女募捐员进来）

汪　（慈母般抱吻）怎么？就下课了么？

大　今天我们女学生到各家劝募寒衣，没上课。（介绍）这是我们同学，同我在一队的，这是我的母亲。

小　伯母！

汪　（白大）你出去的时候，连"开司"也忘了给我，你们累了歇歇吧！吓，（夸奖小）你们这样小，就能出来做救亡工作，真了不起！

大　妈，我们没有累，我们是来募寒衣的。

小　（像在街头演讲似的）伯母！现在天气快冷了，我们在战场……

汪　（笑）算了，不用这一套了，好，我捐一块钱呢。

小　（有点脑疑）伯母！

大　妈，怎么你才捐一块钱呢？

汪　妈没有钱哪！

小　伯母，刚才我们在街上，有一位很穷的老先生还捐了十五块钱哩。

大　妈！真的，就是教弟弟的方先生哪，你想他多穷！都捐了十五块呢。

汪　（收了笑容）他有人给他钱哪！我有谁给钱呢？我是自己独立的人！

大　爸不是给钱你吗！

汪　别乱说！

小　　还有一位司机先生，也捐了一百块咧！

大　　妈，就是王司机，他还说他要自己去当征兵哩！

汪　　（脸色陡变）啊！他捐一百块！

大　　是的！

汪　　他还要去当兵。

大　　嗳，他亲口说的。

汪　　（怒极了）贱东西！混蛋！骗了我……骗我的钱！

大　　妈，真的，一点不骗你，明天报纸上还要登他的照片呢。

小　　（同时）伯母，我们不骗你，我们是为前线战士捐寒衣，不是骗您伯母
　　　　的钱！

汪　　现在我连一块钱也不捐了，方老头的钱是我给的；王司机的钱，也是我给
　　　　的。他们已经替我捐了，我不捐了，不捐了，你们要别家捐去吧！

自　由　（急忙地走进）太太，啊，女士，挂了一个灯笼了。

汪　　啊，快叫老王预备车。

自　由　他还在给人照相。

汪　　不管这些，叫他快，快！

自　由　是。（下）

大　　妈！过去不远，就是岩洞，不用这样急吧！

汪　　你们还不去？我是不捐一个钱的了。

自　由　太太！两个了！老王在车上等您呢。

汪　　啊！（拿起一件新的时髦的衣服）快走！快走！

大　　（看见桌上的钱袋）妈！你一个也不捐，捐这个钱袋吧！

汪　　（赶快丢了衣服，回头来抢）不行！不行！

　　　　〔大将钱袋掷给小；小接得后，大示意叫她快走，小一溜烟跑出。汪抢了
　　　　自由、女儿，去追小，一边戟指她骂。

汪　败家精！不行不行！

　　〔小已出外。

小　（在内）汪夫人捐钱袋一只！

　　〔有人欢呼。

汪　（跑至窗口，自己推开窗）啊！不行！不捐！我的钱！哦，还有演讲！

　　〔警报声起。

汪　我的钱，我的演讲稿！（走得太忙，将到门口时，扑地跌了一跤）

汪　我的钱，我的演讲稿！

（幕急闭）

夜　宴

韩北屏

（独幕剧）

时：一个冬天的傍晚。

地：江南某县。

人：男——年二十四岁。以前是一个小学教师，抗战后，他曾做了不少的救亡工作。在他的家乡沦陷之后，辗转当了本地游击队的政治指导员。他结实朴素，如一淳厚的农民，不过在举止间仍有斯文气。

女——二十岁左右的江南小姐。家世很好，人也很漂亮，抗战前在上海读过大学。现在负着一个重大的使命到城里——也就是她的家乡来活动。她周旋在那些过去曾经垂涎过她的人之间，故意卖弄着风情。不过，在她做作的轻佻之中，却

作者简介

韩北屏（1914—1970），诗人、作家。原名韩立，笔名欧阳萝等。江苏扬州人。1939—1945年韩北屏先后任《桂林前线》出版社编辑、《广西日报》编辑部主任、桂林"文协""记协"理事、昆明《扫荡报》编辑部主任。1942年冬天，为了抗议顽固派破坏团结抗日、反对蒋介石独裁，桂林"文协"举行"郭沫若先生五十寿辰和创作二十五周年"庆祝活动。韩北屏为此在《广西日报》刊载了多篇报道文章。中华人民共和国成立后，历任华南文艺学院文学部副主任、教授，《作品》编辑，中国作协对外联络委员会副主任，广州作协副主席。主要作品有诗集《江南草》《和平的长城》等，电影剧本《海市蜃楼》《南海渔歌》等。

作品信息

作品发表于《抗战时代》1941年第3卷第2期。

时时流露出庄重大方的光芒。她和"男"是在同一个地方工作的。

日军官——三十五岁到四十岁。自大，狡猾，可是，在某种场合却又显得是急躁与糊涂的日本人。是本城日军守备队的司令官。

通事官——三十岁。瘦弱。他具有"没有个性"的个性，从没有使人难堪过，到处喜欢揩油，讨点小便宜而被骂一顿也能满足的小人。

大汉甲、乙。

景：大厅之旁的小花厅。

这种房屋，在江南是常见的。稍微像样一点的人家，就有一座大客厅，大客厅之旁，有一个小六角门，进去是一片锦绣的花圃，面对着花圃的就是这种小花厅。大客厅的布置多是堂皇庄肃的，小花厅则是精致玲珑。

台的正面是一排短玻璃窗，上面挂着有花布窗帘；所有的窗都关着，只有靠左的一对窗开着，窗帘掀起，可以看见窗外的景色。台右前方有一门，上下场皆由此。台右后角，有一高花架，上面有已经残败的盆花。花架两旁有长短沙发各一，沙发前有一火盆。台左壁是书架，旁有衣架及大镜一面，书架内端，悬有放大照片一张。台中有圆桌椅一副。

一切物件都很大方，只是色彩退脱，显得相当晦黯。

幕开：

是黄昏景色。室内已渐暗，隔着窗帘，映着晚霞的红光。

舞台静寂。稍停，女先上，服饰华丽，并带有酒意。男跟上，着农民服。

男　阿瑜，今天上午，他们又派人来过，问我们究竟有把握没有。

女　你说呢？

男　我照你的话说了。不过（迟疑）阿瑜，今天进行得怎么样呢？

女　（很疲倦地）天谷这家伙相当精明，仿佛总不肯上钩。我和他们缠了一整天，现在才算有点儿眉目。看情形，大概总有几分数儿。

男　（喜悦）他一定来吗？

女　你先别那么欢喜！我问你，他们准备得怎么样？

男　他们很坚决，不管我们这儿怎样，今儿晚上准干，因为一切备好了，假使再延迟下去，反倒有点儿不妥。

女　其实我们这儿也是一样，日子久了，总不免要露马脚。

　　〔女坐沙发上，拨炉中未熄之火，靠沙发，敲头。男从圆桌上取烟卷抽吸，踱到开着的那扇窗口。

男　（拉开窗帘，看看天色。中天是蔚蓝的，靠近地面的是淡紫的，有一两块被太阳烘紫了的云）阿瑜，他们大概什么时候可以来？

女　总要天黑吧。天谷是本县守备司令，当然不敢白天闯到中国人家里来。

　　〔男探首到窗外，吹口哨，远远地有人用口哨答了他。转身，又将窗帘拉好。

女　他们几时回去的？谁负责联络？

男　他们问了情形，马上走了。到时间各做各的事……

女　假如我们这儿的计划不能实现，那怎么办呢？

男　干还得干，不过多点儿麻烦就是了！

女　（自言自语）我真想痛快地干一下！

男　那当然是可以的！我对他们说过，要是这边不成功的话，我们可以参加大队去干；即使赶不上大队，好在每一条街巷都有我们的人，包管有干的机会。（走近女）阿瑜，这几天来，你太辛苦了！

女　辛苦倒没有什么！只是我的一班亲戚朋友，对我很多误会，他们骂我和日本人来往，丢了他们的脸！

男　暂时忍耐住！就要"水落石出"了！

　　〔门铃声。

男　（对女）谁呀！怕是他们来了？

女　没有这么快呀！

　　〔门铃声又作。

男　我去看看！

〔男下。女起身，把窗帘拉好，把房间里的家具整理一下，再走到镜前掠了掠头发，然后背转身靠着书架，很警戒地向着门口。

〔后台脚步声。通事官出现在门口。

通　（一脚跨进门，一脚留在门外）谢小姐！

女　（见通事官一人，压抑着失望）通事官，请里面坐！是你一个人吗？

通　（很狡猾地）他在外面！（跨进门内，向旁一偏做了一个手势。用日语说）请进来！

〔日军官着西服，手持皮鞭上。

女　请里边坐！

〔日军官进。很做作地对女招呼；向女上下看着了一下，大步走向室中，环顾室内。

女　（对通事官，故意地指日军官）为什么穿西装来？

通　穿军服不方便呀！

日军官　你们说什么？

女　我们说您穿西装更漂亮了。

日军官　穿军服礼节太多，穿便服随便些！

女　少佐的中国话讲得真好！

通　谢小姐，我们少佐在中国待过十几年的哩。

女　（指沙发对日军官）请坐！（对通事官也对日军官）是在上海吧？

通　不！在上海，在北平，在内地，都待过很久。少佐在“中国事变”之前几个月，才回国入伍的，那时他在盐务稽查所工作。

女　（不注意通事官的答复，对门外）张三，拿点炭来！（转身）你们两位宽一宽衣服吧！

〔通事官先脱大氅。日军官在火盆上暖了暖手，然后把外套解开。男捧炭上，加炭放进炉中。女打开抽屉取出瓜子之类。

女　你们请坐吧！

〔男拿茶壶下。

女　通事官！你们为什么这么快就来呢？

通　你问问少佐！

日军官　（一直注意着女，受到通事官的侧击，一时显得很狼狈）哦！我因为队上有事，不能太晚回去，所以，所以提前来了。……这房间不错！

女　太肮脏了！

日军官　不！现在有这种清静的地方，已经是十分难得！

女　如果不讨厌，以后请多来坐坐！

日军官　当然当然！（停）这座屋子什么都好，就是嫌空旷一点，我们从大门口进来，要经过好多空房才到里面。

女　是的！旧式的房子都是这样的；这屋子还是我祖父留下的哩。

〔女递烟卷瓜子等。

通　谢小姐真会招待！

女　通事官不必和我开玩笑了。

日军官　谢小姐搬进城住有多久啦。

女　还不到半年。我们在乡下住了两年多，真气闷死了。

日军官　不单是气闷吧？我听他（指通）说，你们还是因为乡下太乱了才进城的。

通　对了，你不是说乡下太危险吗？那里游击队常常出来骚扰……

女　不错了，乡下游击队太多了常常打仗，我的母亲，她天天闹进城，说城里反而有保障一点。

通　你认识了少佐之后，我保证更加安全。

〔女假装羞涩。

日军官　（也做出一本正经的样子）今后，我们不但要保障城里人的安全，而且也要平定四乡，最近就要去扫荡那些不法分子。

女　真的吗？

日军官　怎么不真？皇军到中国来的任务就是要保障中国人民的安全。

　　　　〔男拿茶壶上。

　　女　（接过茶壶）少佐，你们还没有吃过饭吧？我来请客！

　　　　〔日军官正要说话。

　　通　（做了一个眉眼）算了，少佐，既然谢小姐请，就叨扰一次了。

　　女　（对男）你去叫几样菜来，还要一点酒。（暗示地）顺便去告诉老太太一声，
　　　　请她回来吃晚饭。

　　　　〔男下。

日军官　（指门外）他是什么人？

　　女　他是我们乡下的佃户，此刻在我家帮工。

日军官　哦！

　　女　（指火炉）你们坐下来谈谈，我去关一关大门就来。

　　　　〔女下。

　　通　怎么样？

日军官　（用日语）很好！（忽皱眉，用华语）不过……

　　通　什么？

日军官　（凝神）我看她有点靠不住！

　　通　（天真而又慌乱，急辩）没有！没有！她的家世我很清楚，绝不会有什么不
　　　　轨行动。她死去的父亲曾经做过本县的县长，他是顶呱呱的小姐身份哩。
　　　　要不是大局变了她才不会和我们来往哩！

日军官　你说是我们逼她？

　　通　（又辩）不是！她，她……

军　官　（胸有成竹）让我仔细观察观察。

　　通　是，是！

　　　　〔日军官抽烟，靠沙发上，环顾室内。

日军官　（看窗旁壁上照片）那是谁？

〔日军官走向窗口，通事官跟去。

通　那是她父亲的照片。

〔日军顺便掀窗帘，天色已黑。

日军官　天已经黑了。

通　是呀。冬天白天短，不到六点，天就黑了。

〔女上，见他们站窗前，大惊。

女　你们怎么不烤火？窗口太冷呵！

通　我们来看你父亲照片的。

日军官　（又拉开窗帘）外面是什么地方？

女　（不安）是我们里房间的天井。（转移注意，走到窗口，要关窗）关上窗户吧！

外边冷！去烤火吧！

日军官　（制止）不用关，让它透透空气！

女　好，我们到那边去烤火！

〔女先走向火炉，通随去。女顺手将室内电灯打开，窗外已黑。

日军官　（走到桌前坐下）谢小姐，我问你一句话。

女　什么话，少佐！

日军官　你到城里来住，不怕日本人吗？

女　不怕！日本人不也是人吗？

日军官　人家不是说日本人杀人放火吗？（声渐厉）你母女俩胆倒不小！

女　我不相信，日本人不也是有父有母的人吗？有父有母的人就不会做出没有

良心的事！少佐，你说是不是？

通　（感到不安）谢小姐，你进城之后，感想怎样呢？

女　耳闻不如目睹，当然比传说的好一些！

日军官　（转和缓，笑）好一些？"有皇军的地方，就有安宁。"岂止是好一些！

通　（谄媚）哈哈！

女　（撒娇的姿态）我最讨厌你们日本军人！

通　（吆喝）嗨！

日军官　（站起，走向女，用手止住通）你说，为什么讨厌日本军人？

女　说呀！你们日本军人，都是自大的糊涂虫，打仗打了几年了，也没显出有多少威风，到现在还是皇军长皇军短，（转换声调）说起来日本军人也都是些可怜虫，尤其是你们军官，才是大傻瓜，驻防的时候，还不知道乐一乐！

日军官　（自以为渐渐了解，态度稍随便）你第一个理由我不同意，第二个理由倒不错，日本军人太守纪律了，真有点像傻瓜，不过，现在傻瓜不是来找你了吗？

女　（装作媚态）我这儿没有什么可乐的。

通　（稍定）我们见了谢小姐，就什么愁闷也没有了。

女　您真会说笑话，哦！通事官哟，听说您快有一个东洋太太了。

通　哪儿的话？

日军官　通事官神通广大啊！

通　（岔开）不必讲我的，还是谈谈您们的正经事吧？（忽打呵欠，看表）唉！不早了，晚饭怎么还不来呢？

女　今天晚上一定是东洋太太约着通事官，所以要早点吃晚饭。

日军官　（调侃）对了！通事官有事请先走吧！我说不定不回去了。

女　（假装）不回去？不行！不行！我这儿没有地方住。

日军官　一定要住呢？

女　（更急的样子）绝对不能够，绝对不能够！

日军官　骗你的！你看你急得这个样子！（上前要摸她的下巴）

女　（闪避）

日军官　你放心！你要留我住，我也不能够的。你想，我队上的事情多么重要，哪里能随便不回去呢？

女　回到队上又有什么事做？

日军官　哪里没有事呢？

　　女　现在驻防在这里，又没有战争，还不是平平静静的。

日军官　不平静，现在虽说大规模的战事没有了，可是小规模的接触还是很多的；尤其是四郊的游击队，出没无常，更是防不胜防。

　　女　你们对游击队怎样呢？

日军官　这是一个顶头痛的问题！（知失言）不过，我们以皇军的大无畏精神，不久一定会扫荡他们的。

　　〔日军官在室内徘徊，通事官蜷缩火炉旁，女沉思。

日军官　（停走）时候真不早了，为什么饭菜还不来呢？

　　女　路很远啊！少佐，别太心急呀！

日军官　（注视女，慢步走近女）……

　　女　（感到不安）你为什么尽看我？

日军官　（更近）……

　　女　（跳起避避）你别这样，我怕你！

日军官　（忽抽出手枪）你说，你究竟是什么人？你说！

　　女　啊！

　　〔通事官惊起。

日军官　（更进一步）说呀！

　　女　（最先是惊恐，后转成娇憨）少佐！你把枪收起来，我怕！（躲通事官后）钱先生，你帮忙呀！

　　〔通事官不知所措。

日军官　我早就有点怀疑你了，一个单身女人住到城里来，一定不怀什么好意，人这么少，要这么大的房子做什么？

　　女　（胆壮）这是我的家，我不能来呀？

日军官　（大声）不许你说！

　　女　（生气）我偏要说，这是我的家！这是我的家！你们这些不讲理的东西！（装

流泪，仆倒在沙发上）

日军官 （仍旧大声）起来！

女 （跃起冲去）你打！你打死我吧！（以胸口正对枪）

日军官 （看了通事官的畏缩与女的天真，笑）跟你闹了玩儿的！（收枪）我试验试
　　验你究竟是胆大还是胆小，不错！胆子也不错！
　　〔女生气转身。

通 （拍胸）把我都吓坏了！

日军官 （似真似假的）同你们中国人来往，不可不提防一点，中国人狡猾得很！

女 你们日本人才真狡猾哩！

日军官 （嬉笑）何以见得！

女 （噘嘴）看你刚才那个样子！

日军官 （拍女肩）哈哈哈哈！好孩子！

通 （附和）哈哈哈哈！

日军官 谢小姐，你的胆量不小，不像是江南小姐。江南小姐看见一只老鼠也会叫
　　起来，你为什么不怕我？

女 （带笑）你倒像一只老鼠哩。

日军官 （摇头）……

女 你说你不像老鼠啊？老鼠要出来偷东西吃，鬼鬼祟祟的，一听见声音，
　　马上缩回去；等一下，又偷偷地溜了出来。刚才你那种样子，真像透了
　　老鼠。

通 我真佩服谢小姐的胆量！我的腿都吓软了。

女 你更是一只小老鼠！

通 （尴尬）……

日军官 不要尽是老鼠老鼠的了。谢小姐，你打算到日本去玩儿吗？

女 我没有那种福气！

日军官 不要客气了，就怕我没有这种福气陪你。

女　假如我愿意呢？

日军官　那当然欢迎之至了。

女　不怕我是什么"奸细"了吗？

日军官　刚才已经有过试验。

女　到底是不是呢？

日军官　那要看将来！

〔女装出不高兴的样子。

日军官　你瞧，又生气了！

〔通事官打呵欠，发出很大的声音。

女　你又来了，是不是又想吃晚饭！

通　随你的便！什么时候有得吃，我就吃点儿。我还有什么妄想。

日军官　真的，现在应该吃晚饭了。

女　请你再等一等！

日军官　（看表）不成！快八点了，我就要回去了！

〔通跟着站起。

女　（拦住）为什么要走呢？已经去叫菜了！

日军官　（诚恳）我告诉你，本城是九点钟戒严，我回去要发口令，要分派巡查的队

伍；这是一刻不能迟、一天不能少的事！

女　别人不会替你做吗？

日军官　小孩子，说傻话，这种重要的事，谁也不能代替我做的！（轻轻推开女，

去拿大衣帽子）

女　（再拦）不行！不许你走！

日军官　不许？

女　就是不许！

日军官　（笑）你有什么权力？

女　你不用管！

日军官 （以为女爱他，渐软化）那么，你说，晚饭还有多少时来？

女 还有两个钟头！

通 还有两个钟头？那不是十点钟了吗？

日军官 笑话！

女 谁同你说笑话！？

日军官 那么，我们就走！（转身望女，迟疑，希望女再留他一下）

女 （庄严地）走到哪儿去？

日军官 （看情形不对）什么？（丢下大衣，掏取手枪）

〔女急闪至窗前，拉开窗帘，两大汉瞄准日军官及通事官。

甲汉、乙汉 （与窗帘掀开同时，大声）不要动！

〔日军官与通事官同时退后，惊骇。

女 （声音极其悠闲）手举起来！（走去，掏出日军官的手枪，指着他）本来不打算这么早就告诉你的，你一定要跑，那只好不客气了。

日军官 这是干什么？

女 对不起！今晚十点钟，就是请你们吃晚饭的时间，我们的队伍攻城，特地请你来这儿小住一下，让你的部下锻炼锻炼，看不用指挥官也能作战不会？

〔男进，持手枪，将一束绳索丢进。

男 晚饭来了，少佐！

〔男，女，甲、乙汉同声大笑。

（幕）

| 作者评价 |

韩北屏在文学上的成就有目共睹。他除了在新闻战线上写了大量新闻报道以外，还担任了多年的编辑和编辑部主任。但他对文学的钟爱是第一位的。他抽出业

余时间写出大量文学作品。特别是建国后他的创作热情像火山似的爆发出来，一发不可收，仅在1953年到1964年短短十一年间，先后出版了很多文学精品，计7部小说，4本诗集，3部电影，1部报告文学集。著有诗歌《人民之歌》《江南草》《和平的长城》，长篇小说《高山大峒》《荆棘的门槛》《没有演完的悲剧》，散文集《史诗时代》《非洲夜话》，报告文学集《桂林的撤退》，长诗《鹰之妻》以及《韩北屏文集》等等，有人称他是文坛上的拼命三郎、多产作家、文学样式的多面手。

——丁邦元：《蜚声文坛的韩北屏》，《钟山风雨》2018年第1期

桂林夜话

欧阳予倩

（独幕话剧）

人物：黄浩然、黄秀成、妇、男、董荷平、李信之、李董氏。

地点：桂林。

布景：一望断垣颓壁，好像是罗马发掘出来的古城。在初冬的冷月光中，更显得荒凉凄惨。一些被胜利带回来的人们，拾起些烧剩的木材、砖瓦，搭盖两三间房屋——其实只是一个棚子——比露宿总好得多，也就觉得又有了家了。

〔黄浩然的家，前两进都毁了。最后一进还剩一厅两房。家里人多，讲住是不够的。分散后的家庭再能团聚，也就不说太挤。

〔黄浩然先生饭后无聊，慢慢地踱出瓦砾堆积的院子，走上一个土堆，伸一伸腰，对着这残破的城吸了一口长气，不觉得轻轻地叫了出来。

黄浩然　啊！居然成了废墟了！成了废墟了！（凝望着一会儿，许多的恨事随着血液的循环又上了心头，两眉不觉低了下来。无意识地踢着脚下的碎瓦，缓步徘徊，好像在把奔放散漫的心思集中整理）

作品信息

《桂林夜话》（又名《归来夜话》，独幕剧），作于1945年，发表于1946年《半月文萃》复刊第1期，后收入1990年上海文艺出版社出版《欧阳予倩全集（第二卷）》。

〔忽然他的满女秀成出来找他——那是他的宝贝——她叫了一声"爸爸！"他回头一看，从他的嘴角唇边透出本能的一丝微笑。

黄浩然　（用逗小孩子的口吻）你跑来干什么？

黄秀成　（抱住他的胳膊）我来找您。

黄浩然　找我干什么？

黄秀成　我不知道您晚上又到什么地方去发愁去了。

黄浩然　笑话！我不过随便散散步。

黄秀成　今天晚上的月亮可真好。

黄浩然　唔……

黄秀成　她好像是想把这个破城极力妆点一下……

黄浩然　她特别照得明亮一点，让我们好认清自己的境遇，也认清以往的罪恶。

黄秀成　真想不到桂林会成这个样子！怎么会破坏得这样彻底？

黄浩然　这是愚蠢、病态和罪恶的集体创作：有的不明白"焦土抗战"的意思是"即使焦土，还要抗战到底"，误以为抗战先要焦土；有的为了发洋财，焦土而不抗战；有的无意识地疯狂；有的为了报复；再加上帝国主义和伪军的兽性发挥，这个城就不能不毁成这样。啊，居然成了废墟了！

黄秀成　真成了废墟了……爸爸刚才是不是又作了诗？

黄浩然　你怎么知道？

黄秀成　您是在那里作吟诗的样子嘛！

黄浩然　嗤，作诗也有样子？

黄秀成　爸爸心里的事，不要说出来，一看我都知道。您作的什么诗？念给我听，我跟您抄着留起来。

黄浩然　念给你听，你懂吗？

黄秀成　嘿，郑康成的丫头都懂得诗，岂有黄浩然先生的小姐不懂诗的吗？

黄浩然　哈哈哈哈，你这个家伙，还会引用古典！

黄秀成　本来嘛！

黄浩然　好，我念，你来讲解给我听，看你是不是真懂。

〔黄秀成顽皮地点头。

黄浩然　刚才作了一首绝句，我说："冷月清光浸废墟，桂林焚劫竟无余。新城闻道从头建，滓秽如山待扫除。"

黄秀成　（接着念）"冷月清光浸废墟，桂林焚劫竟无余。新城闻道从头建，……"唷，什么如山？

黄浩然　滓秽如山。

黄秀成　什么紫穗？

黄浩然　滓是渣滓的滓，秽是污秽的秽。

黄秀成　啊，我明白了！滓秽如山，怎么样？

黄浩然　待扫除。

黄秀成　啊，"滓秽如山待扫除"。

黄浩然　懂了没有？

黄秀成　完全懂了，爸爸的诗跟白乐天的诗一样，最容易懂的。

黄浩然　呵……那可差得远。可惜我不会作新诗。

黄秀成　真的，我把您这首诗翻成白话解释给您听好不好？

黄浩然　你试试看。

黄秀成　（想一想）凄冷的月亮，水一般的清光，浸着一片废墟。美丽的桂林，烧，抢，居然是片瓦无余！要从头建一座新城，也曾听见说起。那山一般积下来的粪草，几时才得扫除呢？

黄浩然　唉，翻得好，翻得好，十分恰当。后一句尤其好，"山一般积下来的粪草……"

黄浩然
黄秀成　（同念）"几时才得扫除呢？"

黄秀成　因为爸爸用一个等待的"待"字，就是希望赶快扫除的意思，所以我就翻成"几时才得扫除呢？"

黄浩然　不错。

黄秀成　可是，爸爸，我看那些粪草堆要扫除也并不很难，可是一边扫，一边又倒，这就困难了。

黄浩然　阻碍交通的粪草堆容易扫，阻碍进步、阻碍文化发展的粪草堆却不容易扫。街上的粪草堆，扫了最多是无意识地再倒；思想和制度方面的粪草堆，不单是一层层加高，而且还要当宝贝来保存。有些人最爱把发了霉的东西捧出来压迫大家接受，还把坟里头的枯骨供在神龛上，强迫人当神圣来朝拜，要是有人反对这种做法，明里即使没有什么，难免就要遭暗算。

黄秀成　他们为什么要那样？

黄浩然　大多数的人都变了枯骨一样的无知无识，听凭少数人拨弄，不就天下太平了吗？

黄秀成　那脑筋太简单了，人们不见得那样听话。

黄浩然　所以就要出最大的薪水去养密探，养刽子手哪！

黄秀成　我们家里也有密探。

黄浩然　胡说，家里有什么密探？

黄秀成　大嫂家里的那些侄儿真讨厌，最欢喜偷听人家讲话，随便写什么字都要偷着来看。

黄浩然　不理他们就是，反正没有什么不能让人看的。

黄秀成　可是他们还会造谣言，挑拨是非。弄得大嫂跟家里人都好像仇人似的。

黄浩然　唉，这些事……（好像觉得很为难，不想说下去。把话岔开）我们到那边去走一走，晚上在这种地方散步也是很难得的。

黄秀成　那边我去过，没有什么意思，都是些破房子，听说还埋着地雷呢！

黄浩然　真是，胜利了，到处还埋着地雷！

黄秀成　爸爸身上不凉吗？我看还是回去吧。

黄浩然　也好。（四面望一望，摇摇头，渐渐移步望回头走。一面走一面谈着天）疏散一年多，你没有能进学校，可是你倒反而读了许多书，懂了不少的事。

黄秀成　因为爸爸给我学习的自由，而且爸爸的许多朋友在谈话当中教我懂了不少的事。

黄浩然　如果学校健全，能够集体学习比较好得多，可是学校究竟不是集中营，学生究竟不是俘虏……

〔说到此处，忽然有一个妇人，身上穿一件破旧的长衫，赤脚，破布鞋，手里拿一把菜刀，从瓦砾堆里一歪一跛冲过来，几乎和黄浩然撞个满怀。另外有个好像勤务兵似的人从她的对面慢慢地走来。她一看见，就一把抓住他，举起菜刀要砍，吓得他手忙脚乱叫起来。

男　干什么？干什么？

妇　你抢了我的桶，你还拿了我的鼎锅。你还我，你还我！不还我，我跟你拼了这条命！

男　妈的，你疯了！我几时抢过你的桶，拿过你的锅？

妇　我杀了你！（一刀砍过去）

男　（一手托住她的右手注视着她）喂，你不是王家大嫂子吗？怎么你变了这个样子了？我是老张呀！

〔黄浩然和黄秀成一同回头看。

黄浩然　是怎么回事？

黄秀成　这女人一定是受了很大的刺激。

男　谁知道怎么回事？（对那妇人）喂，大嫂子你是认错人了吧？我是老张呀！

妇　（放了手，哭起来）我的命好苦啊！

男　大嫂子，你到底为了什么事啊？

黄秀成　（走近她）是呀，你说啊，谁抢了你的东西？

妇　（清醒一点）儿子丢了，行李也光了，回来房子也拆了！还不饶我，我的水桶，我的锅，还要抢了去！还打我！

黄秀成　日本鬼子抢了你的是不是？

男　现在哪有什么日本鬼子，还不就是那些霸王们！

黄秀成　真是太可怜了！

　　妇　不，我要报仇，我要去找他们拼了这条命！（说着拿起菜刀就走）

　　男　（拦住她）喂，这个时候你去找谁去？真蠢！

　　妇　我不管，杀掉他几个！（执意要走，挡不住）

黄浩然　拉住她！她一定会闯大祸。

黄秀成　她神经错乱了。

　　〔说时那妇人已经冲走了。那个男人见挡不住也就随她去。

　　男　随她去吧，蠢东西，人家有枪，还怕你这把菜刀？

黄浩然　你认识她吗？

　　男　以前我认识她的丈夫。她两夫妻开一间小杂货店，有两个小孩子，一男一女。她的丈夫是个独子。不知道怎么得罪了街长，有一天晚上查户口，糊里糊涂就把他当逃兵抓去了，好几年渺无音讯。从此以后她就气得疯疯癫癫的。刚才听她的话，想必这次逃难，小孩子不见了，回来又被那些霸王们抢了东西去。

黄秀成　（愤怒和同情交织着）真不成个世界！太可怜了，既是见着了，我们一定要救她。

　　男　救她？小姐，比这个还惨的事还多得很，天天都有，到处都是，从哪里救起？

黄秀成　至少我们应当先把她劝回去。我去！就是遇见了那班家伙，也好帮她讲讲话。

黄浩然　你一个人不能去，我跟你同去。

黄秀成　爸爸在家里等我吧，我走得快。

黄浩然　不要紧，我慢慢儿跟着来好了。

　　男　那还是我去吧，既是你们都那么热心！（说着就走了）

　　〔此时忽有一男一女和一个穿旧长衫的老者走来。老者姓董名荷平，是刚才那妇人王大嫂的亲戚；男的李信之，董荷平的女婿；女的李董氏，董荷平的女儿。他们是来找寻王大嫂的。他们一路叫着。

李董氏　大表姐！

李信之　大表姐！

〔黄浩然父女听见叫声，停步回头看一看。李信之赶忙上前问讯。

李信之　请问一声，你老人家刚才有没有看见一个女的，手里拿把菜刀，走过
这里？

黄浩然　刚才走过。在这里，她以前的一个邻居还跟她讲过几句话。劝她回去她不
肯，又走到那边去了。

李信之　（回头对妻子）我就猜准了是走这条路。（对黄浩然）谢谢你！我们是来接
她回去的。

黄浩然　我们也正想要去劝她，有一个人已经追上去了。

李信之　那你们就不必去了，谢谢你们！（对妻子）我们赶快去吧！

〔李信之夫妻二人急下。

董荷平　（认识黄浩然）啊，不是浩然先生吗？

黄浩然　哪位？

董荷平　董荷平。

黄浩然　荷平兄吗？（彼此握手）啊呀，几乎不认识了！

董荷平　这一年多真是老得不成样子了！你倒还好？

黄浩然　差得多了！这次没受什么损失吧？

董荷平　全完了！你们呢？

黄浩然　还不是一干二净！只还好没有遇到敌人，要不然……

董荷平　我们半路遇见敌人，真是惨极了，在山上饿了好几天，东藏西躲，结果还
是被发现了，因为我挑不起担子，把我打晕过去，跌在山沟里，当我是死
了，才得逃出这条命，差一点不能跟老朋友见面了！（黄浩然慨叹。董荷
平看见黄秀成）这是你几小姐？

黄浩然　这是我的满女秀成。（对黄秀成）这是董老伯。

黄秀成　董老伯，您真是受苦了！

董荷平　苦，当然，还有比我们更苦的。如今平安回来了，过去的事，只当是一
　　　　个梦。

黄浩然　真是一个了不得的恶梦！

黄秀成　刚才那个大嫂董老伯认识吗？那个拿菜刀的。

董荷平　啊，那是我堂房的外甥女，（对黄浩然）就是刘子卿的女儿。她就嫁给王
　　　　厚成。

黄浩然　王厚成是不是王子嘉的儿子？

董荷平　是啊，因为生活不能维持就开一间小杂货店，两夫妻勉强度日。他也报过
　　　　户口，也有身份证，不知道怎么会被当逃兵拿了去，一直就没回。那他老
　　　　婆当然更苦哪！去年疏散在路上又把个大孩子病死了。受尽了千辛万苦，
　　　　好容易敌人退了，回到桂林来，原来有的一间破房子还没有烧掉，就勉强
　　　　住下，家具什么都没有。

黄浩然　回来有房子住总算难得了。

董荷平　可是她无以为生，就把身边仅有的一对银耳环变换了，买了一担桶，每天
　　　　早上贩卖牛血，下午就拾点火烧柴、碎玻璃、火烧钉子去卖，好容易才弄
　　　　到一点家具——如饭锅、板凳之类。总算没有把她饿死。

黄浩然　唉，真是不容易！对于难民的救济不知怎么样？

董荷平　那恐怕是装点门面而已。难民回来只求安居，可是这一层就做不到。昨
　　　　天，我那外甥女她锁好门，带着一个女孩，挑着牛血去卖，谁想到来了一
　　　　群带枪的同志，把房子的上盖给她拆了，等她得了信赶回去，已经只剩了
　　　　一些碎砖，满地的破瓦。

黄浩然　想不到会糟到这个样子！

黄秀成　也太惨了！为什么不去告？

董荷平　这种事太多了！哪里去告？不过幸喜还好，家里的东西没被拿去，我就把
　　　　她接到我那里，谁想今天又来了两个，硬要借她的那担桶，她不肯，那两

个家伙就把她打晕在地上，索性连她一只饭锅也"借"去了。

黄浩然　真可怜！

黄秀成　中国的老百姓也太善良了！

董荷平　她气疯了，忍着痛，拿起把菜刀要去报仇。哪里找得着那些人？找了整整
　　　　一个下午，晚上还不见她回去，我们放心不下，才又来找她来了。

黄秀成　她是个绝望的人，应当好好地看护着她。

董荷平　大家都在谋生活，谁能够成天看住她？

黄浩然　这也是整个的政治问题，到处都是一样。除非是人民得到解放，用人民的
　　　　力量来制裁他们才能有效。

董荷平　中国的老百姓好像受压迫受惯了，什么都只有忍气吞声。

黄秀成　去年在荔浦，在昭平的乡下，有两次倒是很痛快：撤退过境的散兵欺负老
　　　　百姓，激动了全村的人，一齐背着枪上了山，结果还是一个明白的军官出
　　　　来道歉，把抢去的东西跟拉去的猪呵牛呵全部送还才算了事，总算老百姓
　　　　胜利了。中国要能唤起这种精神才有办法。

黄浩然　只要老百姓能够抬头，也只要有说话的权利，贪官污吏、土豪劣绅也就自
　　　　然不敢太过胡闹。

董荷平　那时敌人还在境内，所以怕引起民变。如今敌人走了，倘若还有老百姓敢
　　　　那样做，不拿来当土匪打才怪呢！

黄浩然　因为有荔浦、昭平那样的事，也就怪不得有人说广西的老百姓多半是土
　　　　匪。（苦笑。忽然触动另外一件事问董荷平）说到这里，我倒想起了，你们
　　　　那个大哥现在怎么样了？

董荷平　哪一个大哥？

黄浩然　就是那个当族长的，打土匪有名的……

董荷平　啊，你说的是鸣玉？

黄浩然　对了。可是人人都只知道他叫"董大哥"。

董荷平　叫他大哥，那真是滑稽——其实他的辈分并不高，他还要叫我叔公，可是

我也跟着人叫他大哥。

黄浩然　听说他很有本事。

董荷平　有什么本事，不过是脸厚心黑。

黄浩然　他现在怎么样了？

董荷平　他死了。

黄浩然　啊？

董荷平　他是疯癫死的。石头上坐下来，我讲给你听吧。（拣一块干净石头坐下）

　　　　〔黄浩然也坐下。

黄秀成　爸爸你凉不凉？

黄浩然　我不凉。你要不要先回去？

黄秀成　不，我喜欢听爸爸跟董老伯谈话。

董荷平　谈起他的事可多啦！三天六夜都谈不完。他是开赌起家的。又开赌又贩鸦
　　　　片，就发了财；就养活着一班打手，今天跟这个打，明天跟那个闹，弄得
　　　　无人见他不怕。他看着我们祠堂里有些产业，就千方百计蒙哄几个老辈子
　　　　推举他当了族长。好，他一当了族长，就什么都一把抓。连一班老辈都被
　　　　他压了下去。无论大事小事，全由他独断独行，谁也不能过问。平常他总
　　　　闹着跟人算账，可绝对不许人家跟他算账。他把祠堂里的财产随意处分，
　　　　把事情弄得一塌糊涂也没人敢问。只要有谁对他表示不满，他那班打手就
　　　　从明里、暗里，用种种方法跟你下不去。嘿！偏偏有一班小辈——一班小
　　　　伙子，"聋子不怕雷"，竟敢在老虎头上拍苍蝇，居然跟他算账，要赶走他
　　　　那班无恶不作的打手。这一来，两下可就干上了！把我们一个村子弄得天
　　　　翻地覆。好了，抗战开始了，他就借这个题目把他的打手和族中子弟组织
　　　　成自卫队，大家热心为国，也就一致服从，没有话说。谁想到他的花样可
　　　　是想不到的多——他一面打敌人，杀汉奸，一面却暗中跟敌人汉奸勾结，
　　　　"借刀杀人"来对付平日想要跟他算账的小兄弟子侄辈，他今天指这个是
　　　　汉奸，明天指那个是什么。不由分说，胡乱杀人，居然有好几家被他洗了，

连女人小孩子都不饶！

黄浩然　那真是太残酷了！

董荷平　可不是吗！因此村里人动了公愤，平常不说话的也说起话来了，大家一致起来对付他，他也就"一不做，二不休"，凭着他有几杆家伙，索性乱来一气。

黄秀成　大家怎么样呢？

董荷平　大家因为经过了几年的锻炼也就不怕他。居然把一个村里一盘散沙的心，结成了一条钢鞭一样，打在他的身上。他的罪状被公布了，他被告发了。他那些打手，有些看见风势不对也陆续开小差，溜之大吉。

黄秀成　啊！这可痛快！

董荷平　他这一气真非同小可，最初他还是装疯，临了他真疯了，弄到走投无路，他就死了。

黄秀成　死了便宜了他！

黄浩然　真是。

董荷平　古人说"众怒难犯，专欲难成"，真是不错。——唷，他们怎么还不回来？

黄秀成　（伸一伸腰，抬头望一望）看，那边有个灯笼，大约是他们回来了。

董荷平　（站起来）啊，是的是的。

　　　　〔李信之夫妇回来了。董荷平不等他们走过来，远远地就问。

董荷平　怎么样，看见了没有？

李信之　不好了，不好了……

李董氏　只怪我没有守着她！

董荷平　这怎么办？这怎么办？

黄浩然　赶快想法子营救吧！

黄秀成　想什么法子呢？

董荷平　让我去看看情形再说吧！（说着就走）

李信之　（阻止他）您不要去！现在去也无益，不如回去托托人情。

董荷平　不，我要先去把情形打听清楚再想法子。(对李董氏)你先回去！(对李信之)

你跟我来！（对黄浩然)老朋友你看，这是什么世界！（匆匆跟李信之同下)

〔李董氏呆望着，一会儿她也跟去。

黄浩然　大家想法子吧！——真是，不成个世界！

——闭幕　一九四五年于桂林

｜作品点评｜

《桂林夜话》抒发了作者对秀甲天下的山城桂林毁于战乱的无限感慨，对劫后余生流离失所的人们的同情，以及揭发了那些"带枪的同志"在抗战刚刚胜利后对平民百姓的欺压，"与其说这是一出出独幕剧，不如说是一发发炮弹，它们一个接着一个在敌人的营垒中炸响，飘散着浓烈的火药味"（蔡定国、杨益群、李建平：《桂林抗战文学史》，168页，南宁，广西教育出版社，1994）。

——李建平等：《桂林抗战艺术史》，广西人民出版社，2014，第161页

针对蒋介石反动面目的日益暴露、对人民实行严酷思想控制的现实，他挥笔写下了短剧《桂林夜话》（又名《归来夜话》）和《言论自由》。前者通过黄浩然之口抒发了对美丽山城桂林毁于战乱的无限感慨："这是愚蠢、病态和罪恶的集体创作"，更通过一个妇女被逼疯的惨痛事实，揭发了抗战胜利后"带枪的同志"欺压百姓的暴行，并引用剧中人"众怒难犯，专欲难成"的话，暗寓着对国民党当局含蓄的警告。

——魏华龄、李建平主编《抗战时期文化名人在桂林》，漓江出版社，2000，第67页